———————— 想象，比知识更重要

幻象文库

第六大陆（上）

（日）小川一水 著
曹京柱 译

新星出版社 NEW STAR PRESS

目录

Ⅰ 事前调查及计划草案（2025 年）

- 3 　一、项目计划地及设施草案
- 42 　二、既有设施的使用状况
- 107 　三、运输机械的开发和设施的特性

Ⅱ 物资、器材的搬入及场地平整（2029 年—2033 年）

- 167 　四、平整对象用地的调查及通告
- 241 　五、施工资格以及用地获取资格

- 267 　本项目的意义

第六大陆（上）
商业载人 月球基地 第六大陆 建设项目
项目主要参与人员

御鸟羽综合建设
·青峰走也……机动建设部·建设主任
·御鸟羽拓道……社长
·岩城高纯……机动建设部·部长
·参堂哲夫……技术开发部·部长

天龙银河运输会社
·八重波龙一……社长
·泰信司……先端技术研究室·研究员
·日比木秀人……主任控制官

伊甸·休闲·娱乐会社
·桃园寺闪之助……会长
·桃园寺妙……闪之助的孙女
·保泉铃花……特别监察部·监察员

Ⅰ 事前调查及计划草案

（2025年）

商业载人 月球基地 第六大陆 建设项目

一、项目计划地及设施草案

1

在深海交通艇"利维坦号"座舱中打盹的青峰走也听见咚咚的声响,睁开眼。

"什么声音?"

"安基拉斯①群。"

听到坐在后方预备座上走也的问题,坐在前方驾驶席的驾驶员指着耐压窗的外边回答道。窗外,成千上万条大小和手指相仿、形同柳叶一般奇妙的鱼汇成一个巨大的鱼群朝上方游去。

"是鳗鱼的鱼苗哦,在中国和日本只能见着成年鳗鱼。听说

---

① 译者注:安基拉斯(Anguirus)在西班牙语中意指鳗鱼,尤其是幼年鳗鱼。

鳗鱼的繁殖地在马里亚纳海沟深海，没想到这些幼鱼居然游到了这儿。真壮观……"

驾驶员凝视着一条条穿过卤素灯光光束的小鱼说道。走也不安地环顾了一下四周，说了一声："不对。"

"什么不对？"

"你刚才没听见吗？"

"不是这些小鱼碰撞交通艇的声音吗？不信你听，还在砰砰作响呢。"

"不，还是不对……"

走也竖起耳朵打算仔细听听，但那种类似梵钟般低沉的声音却不知不觉消失了。也许是现在还能听见，只不过因为意识到了小鱼碰撞交通艇的声音而暂时辨别不出来了而已。

"我去后面看看。"

"你不看鱼群了吗？也许我们俩是世界上这个鱼群最早的目击者。"

"当初建造'龙宫'时，就是边用超声波驱赶鱼群边施工的。"

走也说完打开驾驶舱门朝客舱走去，留下驾驶员一脸愕然。

客舱内四十名乘客一小时前刚坐上交通艇的兴奋劲慢慢冷却下来，半数人已经昏昏欲睡，另一半要么在看杂志，要么在和同伴低声聊天。大家和平时乘坐国际航班一样，完全没意识到金属舱壁外的死亡世界，一个个气定神闲。客舱没有窗户，所以无法看到外面的景色。即便有窗户，也什么都看不见，因为外面是两千米的深海。

"不错。"走也心里默默念道。能让神经质的VIP们如此放松，想必正式开始商业航行也没问题。只要没有小学生之类的团体，就不会发生恐慌。

就在他把视线移至客舱后方时，一个意外情况映入了他的眼帘。

客舱配备的是和四引擎客机头等舱同等规格的宽敞座位，一排排乘客的脑袋尽收眼底。其中一个座位上方，一顶几乎被前排椅背挡住的白色小贝雷帽微微露了出来。是一个小孩！

怎么会有小孩？不过，本来就没有规定小孩不能乘坐。想必是大人带来的。小孩边上的乘客一头浓密的如雪白发，应该是和老人一块儿来的吧。

看来自己多虑了。

说起来，此次航行走也本就无须担心。他是御鸟羽综合建设的社员，御鸟羽综合建设只是"龙宫"的承建方，而"龙宫"的设施和交通艇的航行是由五国合营的开发公司负责管理的。开发公司的驾驶员在交通艇上才有权进行安全管理。

况且，"利维坦号"安全措施非常到位，走也的担心几乎是多余的。就算他担心，那又能如何呢？

话虽如此，走也还是非常在意刚才的异响。他不是那种一旦设施建设完工就立马撇得一干二净的人，无法成为那样不负责任的甩手掌柜。他此次搭乘交通艇不是为了参加"龙宫"的落成宴会，而是去为已经启用的设施做最后的点检。

不论是好是坏，这就是走也——一个富有热情和行动力的二十五岁年轻人。

在胸中热情的驱使下,他迈入了客舱的过道。就在通过第二排座位时,一位肤色浅黑像是菲律宾人的男乘客叫住了他。

"喂,能给我点咖啡吗?"

"非常抱歉,我们只能提供一瓶软饮,登艇时已经分发。饮用水在这里。"

走也指着前排椅背上的小水龙头说道。男乘客听后,不悦地说了一声"水就算了",之后便没再说话。

"看来还是得配备专门的客舱乘务员才行。"走也一边思量,一边继续匀速地往前走,寻找先前异响的声源。

利维坦号的构造很简单:头部驾驶舱,中部客舱,尾部机械室,全长二十一米,呈圆筒形。几乎所有的机器和工作流体都被收纳在这个高强度钢管里。除了尾部突出部位的双舵螺旋桨,艇内没有任何推进器和舵等装置。它能在水深两千米的深海承受两百个大气压的高压,正是因为这种平滑简单的形状。

交通艇没有配备升降机,上浮下潜需要借助几乎占了船底全长的压载箱。压载箱和交通艇一样分为头部、中部和尾部三段。向压载箱灌入压缩空气后,可以将海水排出艇外,实现升舵和降舵。不过,交通艇的轻量小型化构造并非完美无缺,相较于纵向推进器的升降机,它无法做到随机应变。当交通艇出现纵摇,也就是上下颠簸时,操纵者无法应对。

因为深海没有巨浪,所以就勉强使用了这种构造,但一旦有三名乘客同时朝前或者朝后移动,交通艇就会倾斜。在客舱内各个椅背安装水龙头也是为了防止乘客在舱内随意移动，走也走得慢则是因为要给驾驶员时间调节压载箱。

走也怀疑是交通艇的构造导致了异响的产生。利维坦号以及它的姐妹艇克拉肯号和大海蛇号，这三艘交通艇是从日本三菱重工购入基本设计后，由御鸟羽综合建设进行改良再造的。原型的游览潜水艇只能在水深一百米内的浅海使用。将其改造成深海使用时，外壳替换成了更高强度的合金。这种合金也被用于建造"龙宫"的外墙，非常坚韧，没有任何问题。不过，相比合金材料，在浅海远不能及的高压下，如何向压载箱吹灌压缩空气才是开发过程中遇到的难题。后来御鸟羽向厂商借用了火箭引擎的氢燃料涡轮技术才把问题解决。

三菱的技术人员承包时信誓旦旦地保证："经过多次爆炸测试，已经彻底改良。"但究竟是否如此尚未可知。实际上，因为这个问题，利维坦号比其他两艘交通艇足足晚了三小时才出发。

这样一来，即便现在利维坦号停航、沉没，也能等待另外两只交通艇前来救援。客舱部分未铺设管道，属于完全密闭的空间，所以即便被蓝鲸泰山压顶，也不至于进水。乘客们没有生命危险。

话虽这么说，但走也一点也不乐观，因为他知道：不会坏的构造物只有一种，那就是不存在的构造物。如果构造物不存在，自然就不会坏，但只要构造物存在，那么它就一定会坏。

从前一位英国的自行车设计师道破的一番真理浮现在脑海，走也朝着客舱尾部的舱门走去。终于快到机械室了。

正当他要打开门时，一声犹如竖琴般清澈响亮的声音把他叫住了。

"我刚刚从这里看见了响声。"

走也往下一看,看见一双犹如小狗般圆圆的眼睛。

少女看着走也。长长的睫毛下一双大大的眼睛沉着冷静,不带一丝惊慌。贝雷帽下一头清爽的黑发沿着白净光滑的脸颊垂到腰间。大白衣领的黑色水手服外套搭配白色波浪裙、齐踝袜、一尘不染的平底皮鞋,和贝雷帽挺搭的,大概是某所私立学校的校服。

少女的一只手攥着拳头轻轻地放在合拢的双膝上,看得出来,是一个非常有教养的女孩,大概十二三岁。

走也沉默了五秒钟,其中三秒钟用在打量少女,剩下的两秒则在思考少女刚才所说的话。思索无果后,走也问道:"怎么啦?"

面对走也敷衍般的提问,小女孩轻轻指了指前面椅背的水龙头。

"我在这里看见了那个响声。"

"什么响声?"

走也不禁大叫了一声,但很快,他又冷静下来。环视客舱,确定没有乘客朝这里看后,他蹲下来压低声音问女孩:"你看到的是怎样的响声?"

"砰砰,就像脚踢铁桶的声音。"

"那你为什么要跟我说呢?"

"咦?哥哥您不也是听到响声之后才出来的吗?响声出现后,您就马上过来这儿了。"

少女又补充道："如果我弄错了的话，非常抱歉。"

走也摇了摇头，"你没有弄错。"两人发现响声的时间点是一样的，眼前这名少女听到的也是那个响声，她没有听错。

"谢谢你。这件事先不要和别人说哦。"

走也轻轻地挥了挥手，正准备进入机械室时，少女旁边的老人说道："你等等。妙的话还没说完呢。"

"非常抱歉，我有急事。"

走也瞅了一眼这位老人：一头浓密的白发，蓄着同样浓密的白胡须，身着白色三件套西装，外戴红色蝴蝶领结，非常绅士。就像是日本人版的某快餐连锁店门前塑像，甚至同样戴着黑框眼镜。虽然略微给人一种过于追求打扮的印象，但是和少女一样，家境应该非常好。

走也面对老人稍微有些怯弱，他身穿印有御鸟羽标志的土黄色工作服并且三天没换衣服了，但现在不是考虑经济能力的时候。

"我回来之后再洗耳恭听。"

"还是稍等一下吧。这孩子的听力可不一般。或者应该叫音感吧。总之，听她继续往下说对你绝没坏处。我保证。"

"可是我连您的身份都不知道……"

老人全然没顾走也的话，握着少女的手，说道："妙，继续讲，你很在意刚才那个响声，对吧？"

老人一副旁若无人的态度，走也正想顶回去，就在这时，少女说道："爷爷，别为难这位哥哥了，他还有很重要的急事呢。"

少女说完后又把脸埋下去了。走也听完她的话后，反而不好意思拒绝了。

他叹了口气，蹲在这名叫"妙"的少女面前，轻声说道："跟我说说吧。是什么响声？"

"这就对啦。女人有事相求，男人就应该大方点。"

"好啦，爷爷，待会儿再说教。哥哥，您这么忙还听我说，谢谢您。"

"我该谢你才是……"

走也拘谨地低下头回想了一下妙的话。

"你刚才说'看见了响声'，为什么不是'听见了响声'呢？什么意思？"

"是的，耳朵确实听见了响声，但同时，我还看到水龙头在震动。"

"水龙头在震动？"

走也注视着按压式的水龙头。水龙头下方是一个简单的托盘。托盘上如果没有放置杯子就不会出水，并且只有按着按钮时才能持续出水。因为内部没有电子电路，所以无法防震，但水龙头真的剧烈震动到连肉眼都能看出来吗？

"现在水龙头还在震动吗？驱动交通艇的马达在运转。"

"刚才的震动和现在不一样。虽然很细微，但是刚才响声响起的时候，确实震动了。"

"真的吗？"

"千真万确。我看见了。"

妙的眼神非常坚定。那一刹那，走也认真考虑了妙说的话。

饮用水的管道通过客舱地板下面通往机械室，进入机械室后，再连接到顶部的水箱。

既没有水泵也没有阀门，纯靠重力引导水流。另外，出于卫生方面的考虑，电装导管和空调通风管也是独立的。也就是说，如果震动来自饮用水管道的话，那么原因就出在水箱。

水箱究竟是什么东西？在利维坦号原型——浅海潜艇当中，它似乎被用于收纳通信浮标。潜艇在潜航的同时，从箱中放出电缆连接的浮标，浮至海面后和母船进行通信联络。但因为利维坦号要深潜两千米以上，根本不可能将电缆牵到海面，所以后来便改为采用能穿透海水的超长波，用于通信。小巧得惊人的无线振荡器则安装在交通艇背部。

这样一来，原先放置浮标的空间空出来后就用来放置水箱了。这样做，是否有问题？

走也在不停地思考，突然意识到一件令他毛骨悚然的事：那里收纳浮标的时候，空间留有一定间隙，即使从外部被压缩，也只是轻微变形。但在深达两千米的水压之下，即使是高强度的钢铁外壳，也会萎缩好几个百分点。交通艇的所有部位在设计的时候就已经将萎缩的数值计算在内了。

水箱替换浮标后，其外部还覆盖了一层外壳，但即便如此，外壳缩小后，还是会产生压力。而水箱和配管之间没有阀门，甚至连排水管也没有。也就是说，设计者在设计的时候并没有预料到压力的产生，而是假定水箱内会留有空气进入的间隙。

可是走也知道，并没有相关规定限制水箱的水量。

如果水箱塞满饮用水的话。

刚想到这里,突然客舱前方传来一声尖叫。

"哇,这是怎么回事?"

走也闻声后,迅速站起来朝客舱前方跑去。这个时候已经顾不上船体重心变化。发出尖叫的是刚才把走也叫住让他提供咖啡的男子,他的位置传来激烈的水声。男子实在耐不住口渴,便按下了水龙头的按钮,但没想到按下之后,水流比预想中激烈得多,一下子喷射出来,顿时惊慌失措。

走也大声喊道:"别关水龙头!别关!"

说完,走也试图伸手打开就近座位的水龙头。但是,为时已晚。

"见鬼!"

男子刚把手从按钮处收回来,马上就传来一声强烈的冲击声,"轰"。走也想打开其他水龙头就是为了防止这个冲击声。

水锤现象!

从男子座位前的水龙头配管反弹回来的冲击波以极高的压力敲打着管内的所有管面。虽然只有短短的一瞬间,但已经超过了水龙头可以承受的压力。

紧接着,客舱内四十个水龙头同时发出响声,水流以子弹脱膛的速度一下子迸发出来。

"哇!""救命!"

大家瞬间陷入了恐慌。有人从座位上站起来准备逃走,有人爬到椅背上抓住天花板,有人被撞倒在过道里。走也以最大的音量用英语喊道:"请大家冷静!没事的!交通艇不会沉没!"

但是没人理会。有的人继续大声尖叫，有的人则在祈祷神明，个个惊恐不已。

走也突然想起了什么，跑回了客舱最尾部，看见妙正手持着贝雷帽准备用来挡水流。他跑到妙的面前，用手遮着额头，问道："没事吧？"

"嗯，没事。西服湿了，不过就当作洗衣服啦……"

妙捏着水手服的衣角，面带苦笑。虽说是万分紧急的节骨眼，但被妙这样一逗，走也也情不自禁地苦笑出来。

"你比外表看起来胆子大多了，这么粗暴的方法能洗干净吗？"

"海水不行，但这是淡水啊。"

妙的一句话犹如醍醐灌顶。

走也转过身来朝着客舱前面用最大的声音奇怪地喊了一句："大家快喝水！"

客舱瞬间停止了喧闹。几十名乘客纷纷看着走也，仿佛在说："开什么玩笑？"。

走也乘机继续说道："大家请喝水。一点都不咸。是淡水，客舱并没有进水！"。

大家愣了愣，随即怯生生地捧起一口尝了一下，纷纷嘟囔："真的啊……""不是海水。""刚才到底是怎么回事？有人吸烟了吗？"

"交通艇没有自动洒水灭火设备，刚才只是水管出了点小小的故障。当然，交通艇内是禁烟的。"

走也套用了其中一位乘客的玩笑话，成功地向大家说明了情况：实际上只是水箱内的饮用水溢出来了而已。因为饮用水五十升都不到，所以情况就马上好转了。而且饮用水本身就是艇内自带的，即便水从水龙头喷发出来交通艇的重量也不会增加，自然也就不会沉没了。

话刚说一半，水流慢慢减弱，最后终于停了。如此一来，恐慌自然也就平息了。在座的都是各国各界的名人，在得知危险消除后，无人过分闹事。但不可避免地有人抱怨："我这套西装是去英国萨维尔街定制的。是不是每乘坐一回交通艇就得牺牲一套价值四千欧元的西装啊？"

说话的是刚才那位菲律宾人长相的男子。听起来像是一句玩笑话，但大家都听出弦外之音，包括走也。其实，男子就是在要求查明故障原因，防止事故再次发生，之后查清责任，索要赔偿。他们的确有这样的权利，谁让他们是赞助商呢。走也毕恭毕敬地承诺会进行善后处理。

骚乱平息后，走也走向机械室。水龙头的水喷薄而出，冲击如此之大，坚硬的外壳暂且不管，必须去视察一下水箱的情况。在通过最后一排座位时，妙的爷爷问道："我能进去看看吗？"

"请进。"

不习惯接待客人的走也经过一番折腾早已筋疲力尽，于是客套地点了点头，打开了机械室的门。

机械室塞满了配电盘和空气净化装置，三人往里走着，抬头看见和外壳连成一体的水箱。本来应该完全没问题的铁板水箱，就像内部爆炸了一般膨胀了许多。

身旁的妙看着水箱边点头边说:"原来刚才的响声是这个箱子膨胀的声音啊。哥哥,对不起。"

"对不起什么?"

"如果我早点说出来的话,大家就不会被淋湿了。"

"该道歉的是我。本想着至少能让你不被淋湿。"

走也垂下头。老人见状,赶紧安慰道:"别那么自责。我看你也不像是航运公司的人,对吧?"

"没错,我是'龙宫'及三艘交通艇的建造商——御鸟羽综合建设的工作人员。"

"也就是说这艘交通艇不归你管。不过,作为制造者,你们也应该承担一定责任。哎,算了,不管怎样,你刚才的危机处理非常到位。'大家喝!',实在是妙,'大家喝!'"

老人说完后笑了好一阵。之后他仔细端详着走也的脸,问道:"你叫什么名字?"

"青峰走也,任职于御鸟羽综合建设机动建设部。"

"原来如此,记住了。妙,咱们回去吧。"

"好,爷爷。"

老人牵着少女的手正准备回座位时,走也在背后问道:"不好意思,还未问二位的身份。"

"我们之后会再见的。话说,你是不是应该先给乘客们发一条毛巾?"

老人家所言甚是,走也忙不迭教大家从座位底下取出毛毯。

终于忙完的走也刚回到驾驶舱,想走开但又走不开的驾驶员立马展开了提问攻势。走也答着答着,就到时间了。

利维坦号的探照灯撕开了一片黑暗的海底,在灯光的照耀下,形似巨型年糕,几何排列着的海底巨蛋群呈现在大家眼前。

大家终于抵达了N岛多功能海底都市——"龙宫"。

2

从二十世纪末起,菲律宾就开始使用浮式生产储油卸油装置(FPSO),对海底的天然气进行日均两千五百万立方英尺的商业开采。毫无疑问,太平洋是一片蕴藏着巨大宝藏的海域。

二十一世纪头二十年,化石燃料的重要性愈发明显,各国之间的争夺战也愈发激烈。或私自在岛上建造设施,或巡逻艇之间用来复枪对射等小范围冲突不断。

当前,国际社会正朝着和谐的方向发展。世纪初在中东爆发的美国与伊斯兰诸国之间的战争,也因当时美国总统迫于舆论压力狼狈撤军而最终平息。自那之后,随意动用军事力量的国家便为全世界所唾弃。无论多想得到太平洋海域的原油,为此发动战争都是吃力不讨好的活计。

在此背景下,各国达成了一个共识——搁置往日恩怨,努力探寻和平合作的道路。由五国合营的开发公社随即成立,并在一番摸索后决定在N岛建立一个与资源利用无关的设施,作为抑制战争的象征。

那么该建什么设施好呢?一场设计大赛火速举行。全世界的策划人、设计师纷纷报名。大家的创意五花八门，游乐园、休闲度假胜地、和平纪念园、串联各岛的大型连接桥以及和当地无太大关联的高达八百米的展望塔等等。最终胜出的是日本御鸟羽综合建设提出的方案，即多功能海底都市——"龙宫"。

该方案被采纳的官方理由有二。其一，太平洋有着众多美丽的珊瑚群岛。将珊瑚礁作为最大卖点来建造观光设施的提案不在少数，但能将珊瑚礁与海底休闲设施结合的却只有日本御鸟羽综合建设。其企划部进一步解释道："N岛在紧挨着水深数米的浅海边上有一个两千米级的大陆坡，珊瑚、热带鱼以及一些平常见不到的稀有深海生物遍布其中。能将观赏与研究融为一体的地方，放眼全世界也只有这里。"

其二，"龙宫"可以作为将来探测海底资源的基地。御鸟羽综合建设在"龙宫"的策划中，除了三艘交通艇之外，还增加了适合远距离航行的商用探测艇。探测艇和海底基地的组合使得原本在海上难以进行的资源勘探变得更加简单和高效。

基于上述理由，五国合营的N岛开发公社最终采纳了御鸟羽的方案。事实上，其背后还有第三个理由，即排挤此次设计大赛中占半数以上的欧美企业。虽然不能使用武力，但欧美等国依然保留着强烈的经济侵略性，只要一有机会，便想侵占其他国家的市场。这样一来，已渡过短期右倾化危机、坚决拥护和平主义宪法、在保持中立的情况下外交愈加游刃有余的日本成为了合作伙伴的最佳选择。

于是，二〇二一年，"龙宫"建设工程正式开工。主要设施有三：首先，对马来西亚在N岛拥有的休闲度假地进行慎重的环境评估并予以扩张，使之成为游客和研究人员的接待地。其次，建造一个内含浮式干船坞①的交通艇终点站。最后，在N岛五千米之外的两千米深海海底建造由七个直径三十米的抗压巨蛋组合而成的深海都市。

施工开始后，N岛开发公社以及参与该项目的人逐渐发现御鸟羽综合建设中标的"第四个理由"。

从一开始，这项工程对于其他公司而言就是不可能完成的任务。

御鸟羽的工人能在不破坏任何一根N岛环礁珊瑚的情况下将六百吨的混凝土砌块固定在环礁跟前的海底，因为当年曾在海流湍急的濑户内海中为明石大桥设定基础沉箱的技术人员被挖到了御鸟羽综合建设。另外，公司的采购部长周旋于语言不通、商业习惯不同的五国之间，集齐了零部件和器材，在短短六个月的时间内建好了"利维坦号"等三艘交通艇的浮船坞。当年在波斯湾战争爆发时，作为海运公司负责人的他，近在波斯湾沿岸，远至英国沿岸北海，灵活调配油船，保证了日本的石油供给一升都没少。

最后压轴的是七个巨蛋的安置作业。外形做好后在内部填充空气，之后从日本远程拖航至N岛，看起来像冰山般巨大的混凝土巨蛋本身就非常壮观，之后使用五千吨级的起重船在误差不

---

① 译者注：干船坞为将水抽掉，使船舶进行出水检查、修理的封闭船池。

超过五十厘米的情况下将所有巨蛋沉放到了两千米深海。这技术对于目睹施工作业的开发公社人员来说，只能用神迹来形容。

只用了两周就完成施工作业的工程主管沉稳地微笑着。

"当年建造东京湾的沉埋隧道时可没少折腾。在比豆腐还松软的有乐町地层① 上施工，因为水有点太深了，所以提溜着一升酒向海技中心从事深海探测的老手们打听了诀窍。"

中国的公社理事问道："在我们国家，能有您这般高超技术的人会被授予国家功劳奖，日本政府给您颁发了什么奖呢？"工程主管只是静静地摇了摇头，那位理事自然不能理解。

拥有如此顶尖人才和高超技术的御鸟羽综合建设究竟是何方神圣？没查阅过公司资料的人们在查阅完后纷纷咂舌。

二〇〇八年，御鸟羽综合建设在全年湿度几乎为零的撒哈拉沙漠建设了包含人工降雨设施在内的大型绿化基地。二〇一二年，在最低气温低于零下四十度的南极洲翁古尔岛昭和基地附近建设了用于精炼沥青铀矿的铀提取设施。二〇一五年，在喀喇昆仑山脉的世界第二高峰乔戈里峰的九合之处② 建设了高层大气与宇宙射线的全年观测基地，还顺道架设了通往基地的全长两万五千米的索道，而其部分支柱间的跨距长达四千四百米，是世界之最⋯⋯

在上述种种极限环境下建设工程，并且全世界没有第二家公司能有相似的业绩——这就是御鸟羽综合建设。

---

①译者注：有乐町是位于东京千代田区的繁华街区。地层为地质历史上某一时代形成的成层岩石和堆积物。
②译者注："合"为日本表示登山路的概略单位，到山顶按路险阻程度分为十合。

社长是五十七岁的御鸟羽拓道。他出生于日本经济高速发展时期，从地方国立大学地球科学专业毕业后，在二十世纪九十年代的泡沫经济时期进入某大型建设公司工作。在业界内外辗转打拼三年后，二〇〇〇年创建御鸟羽综合建设。自那之后，充分利用自身在土木建设与科学技术方面的才能，以及在流浪期积累的人脉，仅用了二十年左右的时间便一手打造出这家实力超群的特殊设施建设会社。是一位精明能干的经营者。

开发公社的台湾理事在日本留学期间曾和这个男人接触过（其实是因为没钱，所以两人在榻榻米的公寓里一起生活了两个月左右）。这件事在完工时被大家知道了，虽然对外有所掩盖，但在公社内部没人追究。因为大家都心知肚明，不管评选过程如何，能完成这项工程的只有御鸟羽。

于是，在二〇二五年，关乎五国对和平的祈愿、御鸟羽综建的公司命运以及二者各自小算盘的"龙宫"在太平洋的深海海底落成。

利维坦号静静地驶入设置在"龙宫"的入口大厅也就是第一巨蛋下方挖掘的湿船坞中，随着背部舱口被六十枚螺丝钉紧紧固定在巨蛋底部，两个多小时的航行宣告结束。当然，这只是暂时的停靠，现在只能用耐水压的机器人对交通艇进行整备，等到第七巨蛋装修完毕后，将会作为船坞兼气阀舱使用，届时便能在常规气压下对交通艇进行整备。

第一个走出交通艇的走也盼咐身着南国度假休闲风夏威夷衫的酒店服务人员，要好好接待意外淋了个冷水澡的乘客们。交代完后，走也便离开了。需要做的事本来就很多，现在更多了。

他首先找到交通艇的航行管理人员，告知刚才发生的故障。之后，又找到负责旅游的工作人员告知发现鳗鱼幼鱼一事。最后他去了巨蛋环境管理室，询问可否提前将利维坦号放到第七巨蛋中进行排水和人工检查，但工作人员以现阶段空气储备不足为由拒绝了。

另外两艘交通艇和利维坦号是一样的构造，所以会存在同样的隐患，走也希望至少对已经发生事故的利维坦号进行精密细致的检查。他虽然是建筑方面的专业人员，但入职御鸟羽综合建设后，已经恶补了所有领域的技术。他深知，深海潜水艇相比建筑物，安全系数要低得多。建筑物在地震后仍然能放心地继续使用，但是深海潜水艇却不能。正是因为如此，走也无论如何都想对利维坦号进行一次检查。

就在走也和马来西亚籍的环境管理负责人不停争论的时候，一个日本人从入口走了进来。此人身着和走也同样的工作服，戴着高度近视眼镜，是一个中年男子，个子不高。

他一开口便毫不客气地问道："青峰，发生什么事了？我刚才一直在找你。"

"啊，岩城部长，请听我解释。利维坦号的水箱有缺陷，所以我想亲自从艇外检查一遍……"

岩城高纯是走也所在的机动建设部的部长。所谓机动建设部，就是御鸟羽综建在开展特别重要且特别困难的工作时，从各部各科抽调人员集中解决问题的部门。该部现在已是公司常设的机动部门。因为部门下不设科,且以部为单位行动,可以说具备了"突击部队"的行动力。作为部门主管的岩城自然是一个聪明得可怕的男人,现年三十四岁。

听完走也的话,他只是"哦"的一声点了下头,随后在手腕处戴着的触屏可穿戴电脑上用手指敲打着,似乎在计算着什么。

过了一会儿,他抬起头说:"已经提前搬入了一台发电机,另外,氧气的电解生成装置也已经设置好。届时电力会有剩余,所以现在就可以开始制造空气,然后把第七巨蛋中的水抽走。液化气瓶的储备气体不能用,所以大概需要十二个小时,不过,来宾应该只会在这儿住一晚。"

"请等一下。发电机要等到油田探测计划启动之后才能全力启动,如果现在就启动,会打乱工程管理。"

环境管理负责人一脸惊慌地说道,但岩城毫不在意。

"现在提前启动,之后会轻松很多。只要把工程总体进度往前推即可。"

"那样做的话,无法预料哪里会出现怎样的问题……"

"放心吧,我已经计算好了。"

负责人仔细看着岩城伸过来的可穿戴电脑自言自语地说道:

"嗯……这难度不亚于一次性完成两千片的拼图,但确实条件已经齐备了。"

"在御鸟羽的工程现场,这样的事简直就是家常便饭。放心吧,交给我们。你只要依据项目进度,把第七巨蛋帮我打开就行。"

"知……知道了。"

负责人用电传收到更改过的工程管理表后,开始联系资材管理部门及航行管理部门。岩城招手把走也叫过来,指着入口说道:

"这里交给我。你走吧。"

"去第七巨蛋吗?"

"不,去第五剧院。社长在找你。"

"社……社长?找我什么事?"

"刚才我还不知道,现在懂了。应该就是这件事,做好心理准备吧。"

"好……好的。"

走也咽了一口口水,走出房间。

位于第五巨蛋第一层的剧院是"龙宫"中最宽阔的地方。正如名字所示,它主要用于放映电影,有时也可作为剧场、餐厅以及活动场地使用。

今天这里则化身为"龙宫"落成纪念晚宴会场。虽然走也和岩城还需要进行一系列作业,但是本项工程的核心,即酒店巨蛋、深海生物巨蛋以及会议巨蛋投入使用后,工程即宣布结束。

剧院里,五国共计一百多号人参加了此次宴会,气氛非常热烈。从中可以看见利维坦号乘客的身影,看来酒店已顺利完成了乘客们的洗衣服务。

走也一眼就看到了御鸟羽社长——肩膀宽厚的壮年男子,站在剧院中央,一手端着鸡尾酒。当走也看见站在社长对面的人物时,他瞬间明白了自己为什么会被叫过来。一位是白西服、白头发、白胡子的老人,另一位是黑发少女。没错,就是之前那两个人。

被社长亲自点名还是第一次，所以走也难免紧张。他扣上了工作服的第一颗纽扣，走向社长。

走近后，走也轻声问道："社长，我是青峰，您找我吗？"

"哦，你来啦。"

御鸟羽回过头来，满脸微笑。但走也不敢掉以轻心。会社内部私下传言，社长有时难以捉摸，常常上一秒还哈哈大笑，下一秒就大发雷霆，只有当他面无表情表扬了你一句才能证明他确实在夸你。

"听这位桃园寺先生说，你刚才在交通艇里处理问题很灵活。我也长了不少面子啊。"

"谢谢！"

"那之后，想到解决办法了吗？"

虽然社长面带笑容，但走也直觉不能过于简单地回答这个问题。他稍微花了点时间思考，之后冷静地回答道："限制饮用水水箱的注水量，设置排水槽。用这个方法，三艘交通艇可以立竿见影地暂时解决问题。但归根到底，还是得交通艇回到海上基地后，安装正规的排水管和压力测量仪，船检也得重新做。"

走也自认为已回答得够周全了，但没想到御鸟羽完全不为所动。他既是一个经营者，同时还是一个科学家。其实，他自己心里早就有了结论。

意识到自己回答错误的走也，马上补充道："然后，在交通艇回到基地前，还需要强化电装装置的防水性能。如果排水槽中有水溢出，造成二百二十伏的电力漏电的话，会非常危险。"

"是吗？"

御鸟羽微微皱眉，看似有些不快地点了点头。走也心里默默地想着，看来传言是真的。

但突然间御鸟羽重新换回刚才那张欢快的笑脸，对着那位名叫桃园寺的老人说："您也听到了，我们已经想好了万全的对策。返程时，请一定放心。"

"不不不，我可没有质疑你们。"桃园寺微笑着挥手说道。

"贵社的大名早有耳闻，今日一见，果然名不虚传。技术卓越，人才优秀。我可以放心地把工程委托给你们啦。"

"承蒙夸奖，谢谢。请问是什么样的工程呢？"

"是你们最擅长的工程：在其他公司望尘莫及且难度极高的地方建一栋建筑物。"

"什么地方？鄙社不论是严寒或是酷暑，不论空气稀薄或压力爆表，都一一顺利竣工。还想着今后接轻松一点的工程呢。"

"抱歉，这项工程涵盖了上述所有严酷的条件。"

"所有？"

"对。温度低至零下一百二十度，高至一百六十度。气压只有地表气压的一千亿分之一，但是又有可能瞬间变成高压。希望委托你们在这样一个地方施工。"

"……那究竟是什么地方？"

"妙，你来说。"

老人往下看了一眼。只见一手端着橙汁杯子的妙用另一只手指着头顶说道："就是那儿。"

大家一起抬起头，只看见被泡沫陶瓷覆盖住的强化纤维水泥天花板。不可能这么近。海里？海上？陆上？不对——

"是月球。"

桃园寺老人像是讲了一个压箱底的笑话般，微笑着说道："意下如何？"

御鸟羽和走也面面相觑，一句话也没说。

3

空客飞机的舱门打开，踏上廊桥时，微微带着树木清香的温暖空气瞬间包围了走也的身子，不一会儿，长袖衣服里面就被汗水浸湿了。

走也情不自禁地喃喃自语："终于回到日本了……"

"你说什么？"

走在走也前面几步的岩城回过头来。走也一边用手帕擦去脖颈的汗水，一边回答道："是气味和湿度，从国外回来总能感觉得到。虽然很想念日本，但和凉爽的拉央拉央岛相比，总觉得还是拉央拉央岛好。"

"气味不一样吗？你对这些东西真是敏感啊。"

岩城哼哼地吸着鼻子。走也从他边上走过继续往前走。气味有可能是错觉，但这种如热毛巾般的热气如果不是在七月的日本，自己也就只在亚马逊体验过这种温度了。

在形似车站检票口的入关大门也能真切感受到这是日本：这

里没有持枪的警卫。二十世纪末，日本辛辛苦苦地摆脱了亚洲各国在产业上的穷追猛打，一直保持着工业技术领先的地位，也许正因为如此，才能在乘客看不见的地方设置多频摄像头或金属探测器等高科技监视装置，总之，一眼望过去看不见威慑式的安保设备。虽然全世界的治安都在变好，但还是日本更让人舒心。

一位女性工作人员从入关大门的透明岗亭中探出身子说："抱歉，对您的脸部失礼一下。"说完后用刮胡刀一样的小盒子对准走也的双眼。哔的一声，扫描完视网膜后，这位工作人员手边的电脑画面上显示出"吻合"的字样。她轻轻瞄了一眼，随即从机器的狭槽中拔出护照，说道"欢迎回日本"，同时微笑着将护照递了过来。

大概是觉着这种检测手段像多年前便利店的确认方式，效率非常低下，后面的岩城发着牢骚："航空业还是偏保守啊。JR[①]早就在检票口天花板安装高分辨率摄像头流水作业式地进行脸部对比和收费了。"

"使用那种系统，一千人当中可能会漏检两个人。在机场，这可行不通。车站漏检，JR只是减少一点售票收入，但是如果机场漏检的话，就可能发生恐怖袭击或者偷渡了。"

"如果有真人工作人员在场，即使乘客剃成光头，也能分辨得出是不是本人。另外，人不会发生故障。好了，对您的脸部失礼一下。"女性工作人员说完便拿着扫描仪对准了岩城。

---

① JR：即Japan Railway，日本铁路公司。

岩城嘟囔道："机器之所以会发生故障是因为制造机器的人会犯错。"

"正因为如此，所以机场同时使用机器和人。岩城高纯先生，您好像变瘦了一点？"

工作人员把护照的动态照片和岩城的脸对比之后说道。"那里的食物太辣了。"岩城皱了皱眉头。工作人员笑了笑，一边说"欢迎回国"，一边把护照递了过来。"真人工作人员还是需要的，即便摄像头对着您说'欢迎回国'，您也不会感到高兴，对吗？"

在旁边俏皮地打趣的走也问工作人员："这儿的空调是不是坏了？感觉有三十二度。"

"因为飞机里面太冷了吧。现在是二十九度。温度再升高一度，空调就会自动开启。非常抱歉。"

"那么，机场里都是户外空气？"

"对，只是换气。为了节能。来，下一位乘客。"

带着一丝震惊，走也离开了大门。怪不得有外面的气味。细细想来，至今为止自己只在冬季到过机场。

取完托运行李后，二人正要朝轻轨车站走，不巧去月台的通道刚好在施工，于是二人先走出了国际线航站楼。外面的温度确实和机场里面差不了多少。心里终于平衡的二人，现在连飞机在两条跑道上起飞降落的轰鸣声都能感觉到凉意。

朝着西北的都中心望去，顶部闪烁着航空标志的红色亮灯，如同长满绿苔的石碑一般的高楼大厦林立其中。这些外墙设计成植物的高楼群由于可以有效改善热岛效应和建筑物自身的热效率，并且在外观上非常新颖美观，所以大约十年前开始就非常流行。

高楼吹来的陆风平静地吹拂着坐落在台场海上的新羽田国际机场。走也走过人行道来到月台，不无佩服地说道："应该不止是今天这么凉快吧。航站楼的空调基本上都关了。气温比较稳定。"

"全世界都如此，出发的时候转机经过的香港也是这样。"

"我读幼儿园的时候，人们天天吵着温室效应、温室效应……"

"也多亏了以前人们这样吵，现在情况才慢慢好转。我们公司在撒哈拉沙漠也出了不少力。"

"可以理解为我们也在贡献着一点点力量吗？"

坐在前往都中心的轻轨上，走也一直在想着那件事。

二十年间，"建设"这份工作发生了很大的变化。在此之前，所谓建设，就是建大厦、架桥梁、筑大坝、铺沥青马路，总而言之就是剥削自然，拓展人类的活动领域。开发的理由绝不单纯，许多人无非就是想通过工程获得蝇头小利而不断增加工程量。

但是，人们的观念开始转变了。拓展人类活动领域其本身是必要的。全世界的人口增长渐趋平稳，但发展中国家的生活水平在慢慢提高。为了丰富人们的生活，农业用地、工业用地以及居住用地都必不可少。

但是，建设并不意味着一定要剥削自然，建造人工的东西。建设领域具有创造自然本身的力量。御鸟羽综建在撒哈拉沙漠所做的事便是一个例子。通过大规模种植尤加利树等耐旱的植被，并设置灌溉降雨设施以保证植被茁壮成长，现如今撒哈拉沙漠正在逐渐变成一片广阔的绿地，如同回到金字塔以前的时代。尽管对于习惯了沙漠环境的当地人来说，太过绿油油显得有点恶心，不过，在全世界范围内，人类在四千年里破坏的动植物生态总算渐渐地在恢复了。

不仅是远离人烟的土地，即便是城市中心也在进行着同样的进程。轻轨划过空中，走也从车厢里眺望海湾的街景。不论是住房、大厦、仓库还是工厂都被郁郁葱葱的枝叶所覆盖。随着廉价、耐用、防水性能极佳且充当植物栽培床的含水聚合物屋顶建材以及外墙建材逐渐普及，加之公共机构的补助金制度得到完善，大家都能用绿色植物覆盖建筑物了。

在一片绿色中间，齐刷刷地面朝南部天空的银紫色镜子闪闪发光的，是太阳能发电板。太阳能发电板在大气圈内的发电效率可超过百分之二十，每千瓦时不到九日元，比石油火力发电更加实惠。如此高效且廉价，使得太阳能发电板和植物外部装潢一样迅速流行起来。御鸟羽虽然没有进军一般住宅市场，但在建设业界，不采用太阳能发电板的建筑物已经没人建造了。

业界变化的背后是政治改革的推动。其中，最大的变革当数选举区的概念退出了国会议员选举。国会议员不再从地区中选出，而是从社区开始参加竞选。在网上宣布公约，由全国的选民投票选举。地方政治交给地方自治体，以便选举出总领大局并掌管国政外交的人。以前通过地区人脉及财脉成为议员的人几乎尽数落选。于是，建设业界内攀附特权的风气烟消云散，为将资金引入本地而不断招揽无用工程的议员也逐渐消失。

制度老朽的建设公司未能跟上时代的变化，接二连三地倒闭。

但建设工程本身就是在环境、科学以及能源革命中不断增加的。巧妙跟上时代潮流的企业现在都发展壮大了，毫无疑问，御鸟羽综合建设就是其中之一。得益于这波浪潮，现在的日本如同进入了第二次高速发展时期，非常繁荣。

利用微生物促进排水净化的江户川河床翻修工程在前年竣工后，东京湾的水面一下变得清澈见底。走也俯瞰下去，说了一句"现在真是一个好时代"。

虽然现在是一个好时代，但有些地方停滞不前也是无可争辩的事实。

走也想起入职时御鸟羽社长的训示：建设就是前进。和谐的自然很好，破坏之后的再生，没问题。但建设的本质是创造新东西。过去的人类用力过度导致地球越来越不安定，现在的人类要用同样的力量进行修补。

可是，未来的人类呢，是否能一直这样努力下去？当这个小星球的每个角落都整理得舒舒服服后，我们的工作是否就结束了？

"不！"御鸟羽极富挑战地说。建设永无止境，如果没有工程就创造工程。别人完全无法做到的工程，只有我们能用自己的力量设计、施工和完工。我们在撒哈拉沙漠、南极和喜马拉雅山建造的设施已经证明了这一点。那些都是意志化作的楼阁，也是人类跨出的一大步。

这就是他的性格，演讲也是为了鼓舞新进职员，所以他八成是在故弄玄虚。

尽管如此，走也还是被御鸟羽口沫横飞且极富主张的演说打动了。

我们的工作到底能坚持至何时？

走也是一个热血青年，但同时也有着冷静的思维。虽然社长的话引起了自己极大的共鸣，但那毕竟只能说给自己公司内部的人听。建设终归只是一个手段，从他人手上拿到项目之后才能发挥力量。项目是必不可少的。那么，让自己尽情发挥力量的巨大项目究竟是什么呢？

"喂，到啦。"

被岩城摇了摇肩膀，走也才醒过来。原来刚才一直注视着明媚的海岸风光，不知不觉睡着了。等到回过神来的时候，轻轨已经抵达了新桥站——一个建造在海平面底下80米深度的地下新站。

"快，赶紧拿行李。"

"这是区间列车吗？"

"不是。我刚刚抵达新桥，和青峰一起。"

抬头一看，岩城正一边盯着左手的可穿戴电脑进行通话，一边踮着脚试图用右手把行李从头顶上的行李架拖出来。身高比他高的走也站起来帮他取出了行李。

"总社打过来的吗？"

"对。我直接回总社，青峰则先回一趟家。"

"我直接回总社也没关系。"

走也刚探出身子，岩城就举起一只手示意他不要作声。在点了几次头后，岩城挂断了电话。

"别说了，先回家吧。总社那边的事情预计要花不少时间。我老婆已经习惯我这样了。"

"可是我还没结婚……"

"真是不懂事。出去海外三个月，总有一两个想见的人吧？"

"哦……"

走也这才发现，岩城虽然很严厉，但却是一个非常体贴的上司。

可是，难得岩城如此体贴，自己却辜负了他的好意。走也边从车厢走出月台，边说道："啊，突然想起来，我确实没有想见的人。"

"没有？"

岩城睁大了眼镜后面的眼睛，非常吃惊。

"你在想些什么？这个工程一旦开始，一不小心可就让你过三十岁了。"

"您就先别说我了，您自身又怎样了？"

"我老婆跟我是同行……哎，别说这些了。嗯，你真的没有想见的人啊？"

岩城嘟囔了一番，但最终还是摇了摇头吩咐走也："你还是先回趟家吧。把出差要用的行李重新整理好了之后再来。"

"啊？"

"听说你小子又要被派到某个地方了。"

"海外吗？"

"嗯，至少是海外。"

走也停住脚步回过头问道："至少？"

"总社是这样说的。别问了,我也不知道是什么意思。"

走也在原地愣了一会儿,但禁不住岩城拍着背催促快点,于是继续大步往前走。

刚回到公寓,走也就想乘坐电车立刻折回去,但不凑巧,因为发生了架线事故,电车停运。没办法,走也只能拦了一辆拥有优先车道行驶资格的氢气发动机出租车,直奔位于新宿的总社大厦。

走也刚飞奔到大厦入口,便被前台接待人员叫住,说是不用去机动建设部所在的六楼,而是去十二楼的会议室。走也暗想:肯定是一件大事。不用电脑开视频会议,而在会议室坐下来面对面商谈,肯定是无关人员无法旁听的大事。

一进会议室,就看见先到一部的岩城部长、其他各部的部长以及社长御鸟羽,正在大声地热烈讨论。讨论似乎围绕着坐在社长边上的人物展开,但因为被一大群男人的背部挡住了,所以看不见是谁。

岩城看见走也后,赶紧招手让他过来。

"过来我这儿,快!别磨蹭。"

"我没磨蹭。因为电车停运,所以乘出租车来的。什么会议这么紧急啊?"

"是一项新工程,简直难以置信。"

"大工程吗?"

走也把行李箱放在地上,坐在其中一个位子上。岩城把数据传送到自己手上的电脑画面上,对着走也说:"还记得桃园寺这个人吗？"

"桃园寺……"

"在宴会上见过了吧？"

"啊，那个很像肯德基爷爷的人。"

"可他是一个日本人哦？"

岩城皱了一下眉头。走也催促他往下说："我想起来了"。

"那个人怎么了？"

"你对桃园寺这个名字有没有印象？嗯，罢了。我那时候也没想起来。他就是桃园寺集团的会长。"

"桃园寺集团……就是做游乐园的那个集团？"

"游乐园，还有其他各种产业。"

岩城指着电脑画面，桃园寺集团的网页。

"集团主业是集团独资的伊甸·休闲·娱乐会社所运营的爱知县游乐场——东海伊甸。游乐设施的建设费用为一千六百亿日元，全年客流量七百万人次，是日本第三的大型游乐园，仅次于东京迪斯尼乐园和USJ。其周边产业涉及酒店、旅游、餐饮、书籍出版、音像等等，拥有众多子公司。你应该略知一二吧？"

"我有一个朋友对夏娃酱和亚当君了如指掌。说是这两个日本产吉祥物比迪斯尼更受日本人欢迎，还被做成手办。"

"他们是不是还冠名赞助了滑冰比赛？"

走也摁着眉间说："不说这些了。"

于是，岩城继续介绍："集团总资产为一兆两千五百亿日元，是一家货真价实的大型娱乐企业。桃园寺闪之助是创始人，也是现任会长。"

"那个老人是现任会长？……真是人不可貌相。"

级别差距太大导致感受不到其伟大的程度。岩城机械地继续往下说："此人和他外表一样，非常幽默。但无论他多么有钱，也不可能为了说些俏皮话、玩笑话特意赶到N岛这种偏远的地方。你还记得他当时说的话吗？"

"是月球。"

走也原封不动地复述了桃园寺当时说的话。岩城点了点头说"没错"。但走也还是一头雾水。

"关月球什么事？"

"他委托我们在月球上建造基地。"

"……他认……认真的吗？"

"似乎是认真的。伊甸会社已经正式发来了要求书。"

岩城切换了电脑画面。写着"建设要求书"字眼的文件映入眼帘。

"现在连规格也不清楚，所以不是设计要求书，另外，不知道为什么，连基地用途都不明确就把文书发过来了。说是让我们在月球表面建造一个能容纳十人永久停留的设施，并在将来扩充至能容纳五十人。调查、设计、开发、运输、施工、初级阶段运行等等全部由我社承包，和伊甸会社共同执行。工期十年，预算一千五百亿日元。"

"那个……"

走也不由自主地在胸前摆动双手，问道："这可能吗？"

"现在正在探讨中。"

岩城往背后指了一下，各个部长正在激烈讨论。不过，似乎讨论已经快结束了。

走也再次问道："先不管讨论了，您觉得可能吗？"

"人类以前登上过月球。"

一句响亮而低沉的话破口而出，是御鸟羽社长。他边上的部长们已经决定放弃该项目而正在发呆，听到社长的话后纷纷坐下。

"一九六九年七月二十日，美国的阿姆斯特朗和奥尔德林第一次踏上月球的土地，那是我出生后第二年的事。当时登月就已经成为可能，现在没理由不可能。"

社长的语气平静而缓慢，深深感染了在座的人。

"目前，除了中国政府在月球表面建造了一个小规模基地，民间还没有任何人做到。但是刚才经过粗略的讨论，凭我们公司的技术，我们很有可能做到。我说的没错吧，参堂？"

"嗯，可以这么说。"

在理工科大学兼任外聘讲师的技术开发部部长参堂哲夫将握着的拳头放在倒盖着的显示器上，闭眼说道："真空、高温、低温、放射线以及其他极限环境下的设施建设和运行维护所需要的技术我们会社都具备。运用机器人进行远程作业、远程监视、通信送电等等远程处理方式也已经司空见惯。专用建设机械的制造，也在N岛实践过。能量来源自不必多说，太阳光多的是，而且是不被地球大气所遮挡的强烈太阳光。唯一需要担心的是运输。在这方面，我们还缺研究材料，但是因为我们可以利用月球表面的沙土作为原料制造混凝土，所以已经不需要运送最重的建设材料。然后，近年来，火箭发射也变得愈发简单，听说已经可以发送二十吨左右的物资。将资材和机材设计为二十吨的规格并不算难，二十吨也足够用了。因为月球表面的重力只有地球的六分之一，根本就不需要大型建机。"

这位五十岁上下、头发几乎快掉光的科学家睁开眼睛露出灰色的眼球，简洁地总结道："综上所述，是有可能的。"

"大家都听到了吧。"

御鸟羽环视着在座人等，继续说道："在月球上建基地……多么了不起啊，不是吗？"

他没用"造"这个词，而是用"建"。社长这么一说，大家都明白了。这个有着罕见想象力和行动力的社长脑海里已经清晰地浮现出在月球表面施工的建设机械，以及一点一点雕刻出的基地轮廓。事到如今，谁也无法阻止他了。撒哈拉、南极、喜马拉雅以及N岛的工程都是因为他这样的一句话开始的。

"御鸟羽综合建设接下来的工作就是这个项目了。大家没有异议吧？"

没有人提出异议，反倒有人表情慢慢放松了下来，抖抖肩膀。那想必是临阵抖擞精神。本来就不是因为讨厌这份工作才入行，能遇上一个困难重重却规模巨大的工程更是求之不得。

"很好……大家开干吧！"

双手撑在桌上大口喘息的御鸟羽冷不丁看见了走也。

"青峰！"

"到!"

走也条件反射般挺直身体站起来。但是当他听到御鸟羽接下来说的话时,又差点瘫软下去。

"你去月球。"

"啊?"

"现场各位都不清楚怎么开始做事,你先去勘察一下。刚才我说过,中国在月球上有一个基地,他们每年会发射一次火箭到月球进行人员交替和物资补给。非常巧,今年他们计划在下个月发射火箭。我会提前布置好,到时候你就坐着他们的火箭去月球。"

"我……我去?"

不安到语无伦次的走也回问道:"为什么是我去呢?我还是一个底层职员,别的部门还有很多人选,而且我既没能力也没资格。也不是说我没信心。只不过即使我有信心,也轮不到我……"

"能完成艰巨任务的都是年轻人。项目启动后,机动建设部就是核心部门。我不管什么资格,也没听说过去月球还需要什么飞行执照。"

"但……但是,会长您一个人做的决定会不会……?"

"你是我亲眼鉴定过的人,所以才推荐你。岩城也不会认一个废物傻瓜做三年的部下。"

面对走也语无伦次的借口,御鸟羽逐个驳回,之后,他用力地从桌子上探出身子。

"而且,这也是委托方的意思。"

"委托……叫桃园寺的那位?"

"没错。"

御鸟羽往边上移了一步。原来他身后一直站着一个小个子。走也不禁叫出声来:"小……小妙？"

"好久不见，哥哥。不，应该叫您青峰先生吧？"

贝雷帽和水手服衣领非常亮眼，一头黑发的可爱少女微笑着说道:"爷爷吩咐我来出差，他说自己年岁已高，去不了月球，所以让我替他去。但我一个人实在没底，所以在找一个能同行的人。恰巧御鸟羽社长说您非常可靠，于是二人当场就达成一致让您也一起去。"

"你……你也要去月球？"

"是的，非常有意思。听说火箭上也有儿童票，因为是儿童，所以票有打折，而且体重越轻越便宜。我第一次觉得身材瘦小还有好处。"

"你的票价二十亿日元，小妙十亿日元，两人往返加起来总共三十亿日元。费用全部由委托方支付。——你可别出乱子。"

"三十亿……仅仅是实地调查……"

走也张口结舌。

见他沉默了太久，御鸟羽像是摊出王牌一般说道:"喂，青峰。"

"是。"

"你不想去是吗？"

这句话的下半句御鸟羽没有说出口，但却像已经说出来一般扎向走也的耳朵:"如果是我的话，我就去，"不对，应该是，"你不去的话，我去。"

他不可能亲自去，因为他是御鸟羽综建的心脏和大脑。也正因为他自己去不了，所以他才把一切托付给自己。

走也不可能说不，也不想说，因为社长的话饱含着沉重而热情的信任。就凭这一点，此前心里慌乱无章的想法瞬间被理清，走也再次挺直身板说道："我去。"

"……很好，去吧！"

御鸟羽满意地点了点头。

"在你回来之前，会社会进行更详细的研究探讨。期待你成果丰硕的报告。"

"是，一定。"

"很好。会议到此结束。起立！"

御鸟羽敲着桌子大声宣布。在座所有人一齐起立。

"从现在开始，我社将全力投入月面基地建设。这是一场持久战，一定要完工。大家务必打起精神！"

"是！"

这一声誓师呐喊宣告"第六大陆"计划正式拉开序幕。

二、既有设施的使用状况

1

透过往返月球的飞船——西王母五号的石英玻璃窗,妙用双筒望远镜往下眺望着,纳闷地自言自语:"不知道为什么,好模糊,看不清。"

"要对好两个镜筒的焦距。"

"没错,已经对好了,但还是不行。"

"哪边不行?给我看看。"

走也从坐在自己膝上的妙手中接过尼康的四十倍双筒望远镜,隔着妙的肩膀向外看。

他先是调整望远镜瞳距,眼睛拉近拉远地尝试了几次,之后还调整了视度。

走也以为已经调整得足够好，但结果还是和妙一样。慢慢在视野中后移的环形山以及山谷的黑白轮廓还是无法看清。看太久后，眼睛终于疲劳了。

妙在走也下巴底下说："哥哥。"

"啊，对了，是不是有雾？"

"月球没有空气哦。"

妙扑哧一笑。小女孩还懂得开玩笑。虽然只有十三岁，但实际上却非常老成。

见二人怎么调都调不成功，坐在三个座位中间位置的凤船长暂停了和边上马船员的交谈。

"调试望远镜是需要诀窍的。来，给我。"

只见他从走也手上接过望远镜后，把它放置在窗户跟前的空中，轻轻地把手放开。

望远镜随即飘浮在空中。因为西王母五号飞船是围绕着环月轨道以自由落体的状态在飞行的，所以舱内是失重状态。

凤船长用食指尖非常轻微地点了一下望远镜的目镜。尝试了两三次之后，他说道："好了，你们再试试看。但是绝对不要触碰它。"

一直在边上看着的走也没见着有什么两样。但是，当他按凤船长说的，不用手去触碰，而只是脸凑近了观看后，吃惊地说道："啊，能看见了……"

"真的吗？"

"嗯，非常清楚。"

"给我看看。"

妙正要抬起头，她的刘海正好碰到目镜。望远镜开始慢慢地向前翻滚。妙"啊……"的一声，遗憾地抓住望远镜。

走也问凤船长："您是怎么做到的？"

"肉眼看过去，月面慢悠悠地划过眼前。但实际上，西王母五号在离月面平均十万米的高度，以每秒钟一点七三千米的速度，也就是以子弹两倍的速度在飞行。使用四十倍的双筒望远镜，相当于在二点五千米外看一个物体，再加上视线移动的角速度也在扩大，所以图像就糊了。"

此时，妙已经将长发扎成了丸子头，而凤船长索性在妙的脑袋边上用手指画着圈圈说明："飞船大约一点九小时绕月球一周。如果能让双筒望远镜也用一点九小时绕一圈的话，它就能跟上月面上的物体了。妙，你能做到吗？"

"只需要轻微地让它旋转就可以了，对吗？我试一下。"

妙试图让望远镜浮在空中，用手指轻轻地点一下望远镜，之后再看，可是任凭她尝试了多少次，还是以失败告终。小姑娘嘴上说着"好难啊"，但还是一直在专心致志地尝试。

凤船长笑着说道："没那么简单的。当初，我们向俄罗斯的朋友请教的时候，一开始也愣是搞不定。如果你能在飞船着陆之前做到的话，我就承认你是宇宙飞行员。"

船长说完后便叫上旁边的马船员一起开始检查仪器了。

西王母五号是中国享誉世界的往返月球载人飞船，但其实它是从俄罗斯的宇宙飞船改造而来的。中国国家航天局和以往制造兵器和工业机械一样，先从北部邻国俄罗斯学习载人宇宙飞行技术，进行改良后才造出了本国的宇宙飞船。

西王母系列飞船的原型是前苏联在二十世纪六十年代为了实现登月任务而开发的礼炮（Salyut）系列宇宙飞船。该系列的大型宇宙飞船长达十三米，重达十八吨，而继承了它血统的改良版本更是赫赫有名。那就是一九八六年发射的轨道科学空间站：和平（Mir）号。

和平号全长十四米，是由五个筒状模块前后左右拼接而成的宇宙空间站。这五个模块全部以礼炮号为原型。后来的国际宇宙空间站ISS中也能见到礼炮号后代的身影。因为它们可靠、易改造而且使用寿命长。

中国之所以能在二〇二〇年成功制造人类历史上第一个载人月面基地，就是因为他们开发出以礼炮号为原型的西王母号。西王母号是大型飞船，拥有宽阔的居住空间，所以将人和物料运到月球上后，可直接作为基地使用。什么都没有的中国月球基地换言之就是放置在月面的和平号。

截至今年也就是二〇二五年，中国已经向月球发送了四艘西王母作为"昆仑"月面基地模块。该基地常年由三人驻守。走也和妙此行的目的地就是那里。

四天前，二人和两位中国宇航员在中国甘肃省的酒泉宇宙基地搭乘嫦娥号宇宙飞船成功发射上天，嫦娥号宇宙飞船与中国独立开发的神箭三号火箭以及同联盟号(Soyuz)宇宙飞船密切关联。事实上，就发射一事，此前还发生了一个小插曲。御鸟羽社长试图用天生的行动力和人脉确保拿到嫦娥号飞船的两个席位，但最后只争取到一个。这也没办法，因为中国宇航员到达月面基地后会和前任宇航员进行交接并在之后的一年中驻留基地，但走也二人在短期滞留后就要回到地球。少派一个中国宇航员，就意味着现在驻守月球基地的队员中有一人要继续在基地待满一年。变动带来的工作调整非常麻烦，中国方面能空出一个名额就已经要谢天谢地了。

限员三人的嫦娥号只空出一个座位，自然只能派一个人去。御鸟羽经过不断交涉并豪气地支付了三十亿日元现金后，中国方面才想出了一个折中的解决办法——让走也抱着妙坐。

听上去有点荒唐，换作规矩森严的美国宇航局（NASA），这种事情是不可能的。但是，仔细想来，其实也没那么荒唐。走也是普通日本人的体型，妙则是稍微瘦弱一点的小孩，同行的两位中国宇航员身材也不高大。嫦娥的原型——联盟TM号就是专门针对俄罗斯人中体型相对瘦小的宇航员而开发的宇宙飞船。重量上，这四人的体重和三个俄罗斯人体重几乎没有差别。而且，在发射火箭时，问题的关键不在于搭载的人数，而在于重量。

俗语说"瞻前顾后不如放手一试"，发射果然非常顺利。四人和宇宙飞船忍受住发射的加速度和冲击力，安全抵达了绕地轨道。

前一天发射的西王母五号已经在轨道上待命，此时的它还发挥着货物集装箱的作用——往月球运送大量物资。为了将大量物资顺利运到地月转移轨道，它搭载了一个利用火箭中间段改造而成的大型助推器。

升至轨道的嫦娥号和西王母号对接后，问题迎刃而解。因为西王母五号的内部虽然堆满了物料，但空间宽阔，嫦娥号压根就不能比。四人沿着连接通道转移到嫦娥号后面的西王母五号，开始为期三天的奔月飞行。

过去的联盟 TM 号由机器舱、再入舱和居住舱三个部分组成。作为其改良版，嫦娥号没有设置居住舱，而是用一个名叫"返回舱"的舱体取而代之。正如它的名字所示，返回舱就是从月球返回地球时使用的舱体。

进入环月轨道后，嫦娥号会把返回舱留在轨道上，自身则和西王母号在对接的状态下登陆月球。顺利着陆后，嫦娥号会与西王母号分离并被放到一边，而西王母号则和基地对接成为基地的一部分，届时返回地球就使用上次着陆的嫦娥号。这样的安排使得月面上常年都有一艘用于返回的飞船，而且每次都能更新。

利用机器舱离开月球后，嫦娥号会和返回舱进行对接，组成再入舱进入大气圈，最后返回地球。去程搭载的二十七吨物资，返回地球时只会剩一个不足三吨的再入舱。

现在，西王母五号正在微微倾斜的轨道上进行绕月飞行，同时做好了降落准备。为了让大家能在发生情况紧急时逃回地球，所有人又从西王母内部转移到嫦娥号，并将嫦娥号一百八十度大旋转，以便随时能和西王母号分离。此外，他们还中止了为分散太阳热能而设置的船体旋转，并将西王母后方的主引擎设定为向前喷射。

凤船长合上活页式的核对表，说道："西王母五号呼叫北京控制中心。返回舱分离完毕,已做好着陆准备。是否可以降落?"

从西王母五号发出的电波传到远在三十八万千米之外的地球,并被静止轨道上的数据直播卫星接收到。围着地球的三颗卫星顺利转发电波并将凤船长的声音发至彼时仍在地球背面的中国北京航天指挥控制中心。这种卫星使得不管地球时间是几点,西王母五号都能和控制中心进行通信。在这种卫星诞生之前,发射阿波罗号的NASA为了在本国见不到月亮时也能顺利接收飞船通信,不得不在遥远的澳大利亚以及西班牙设立了卫星追踪所。

控制官回复的时间再加上电波往返的三秒时间,大概过了十秒钟后,传来了回复:"收到。西王母五号,请降落到昆仑基地。"

"收到。现在进入降落程序。妙、青峰,做好准备了吗?"

"啊,请等一下!"

始终在全神贯注地用双筒望远镜眺望月球的妙大叫一声,同样看着窗外的走也知道她为什么这样说。

月面上如同湿土一般的黑灰色部分和白亮部分的分界线处,有一个东西闪闪发光。定睛细看,如同一个用米粒摆出的十字架。

那就是昆仑基地。和当初阿波罗十五号着陆时的位置一样,它位于雨海(Mare·Imbrium)东畔亚平宁高地中的山谷——日本人将其形容为捣年糕的月兔中"右侧的兔子"和"臼"之间的位置。

"开始降落程序。调转船头。"

凤船长按下定序仪的按钮,在横向加速度的作用下,窗外的景色开始转动——西王母五号改变了方向。

妙鼓起脸颊。

"刚刚好不容易才看清楚。"

"哈哈，刚才没有经过我确认，所以不算。回去的时候再挑战吧。"

凤船长笑了一阵，之后又静下来和马船员继续推进着陆程序。

"船头调转完毕。接下来开始减速喷射。"

一股力量犹如从背后猛地袭来。双筒望远镜掉落在了妙的胸前，妙的身体则紧紧贴着走也的胸口。向后飞行的西王母五号通过引擎喷射开始降低轨道速度。

"第一次减速喷射完毕。对地速度一千六百米每秒。降落率正常。"

"是否已修正雨海质量瘤①的影响？"

"正常。已发送电波测高仪测定的修正值。"

"很好。距离第二次喷射的时间？"

"约四千五百秒，根据刚才的测量数据进行修正后喷射。等捕捉到昆仑基地发来的ILS电波之后，再进行第三次喷射。"

"用其他计算机再次确认飞船中心位置及推力轴线。如果情况异常，由我进行手动降落。"

"明白。"

"真熟练啊。"走也心里想着。多载一个人也好，调整双筒望远镜也罢，他们如此游刃有余，一直让人无法相信他们竟然是本

---

① 译者注：雨海是月球的一个巨大月海，附近为虹湾及月湾。质量瘤是指一颗行星或卫星的地壳上一处具有比周边地方有更强引力的地域。

世纪最先被送到宇宙的一批人。虽然中国才进行第五次月球载人飞行，但却已经向近地的低轨道发射了二十多次载人飞船。正是如此丰富的经验才使得他们能驾轻就熟。

走也不经意地朝妙看了一眼，只见她正目不转睛地盯着凤船长的手。走也用日语问道："你害怕吗？"

"有一点。为什么这么问？"

"因为你挺不放心地看着凤船长。"

"我相信船长的技术。"

那么，妙究竟在看什么呢？她应该不会对飞船驾驶及机器设备有兴趣。通过一个月左右的接触，走也发现年纪小小的妙聪明出众。可即便这样，还是很难相信她能理解连走也都不清楚的宇宙飞船构造。

走也怀抱着妙，感觉她的心跳咚咚地从背后传来，自己的脉搏则在随之跳动。有一点点紧张，不，是相当紧张。凤船长等人的操作非常老到，但与此无关，正是因为亲眼看着他们操作才紧张。他们对复杂的程序信手拈来，令人目瞪口呆。可一旦他们弄错了其中一步，也许大家就撞到月球上粉身碎骨，或者飞船爆炸化为灰烬，再或者窒息而死。这样一想，不紧张才怪。妙应该也是在担心这个吧。

二人一言不发，只剩下凤船长和马船员的声音在嫦娥号里飘荡。

沿着轨道飞行的飞船减速后降落在地面。朝飞船前方喷射火箭就是为了减速降落，朝顶上或地上喷射都只能改变轨道形状而无法着陆，所以西王母五号才调转方向朝前方喷射引擎。

可是即使这样，进行喷射也并不意味着可以马上降落。从开始减速到实际着陆还需要飞行几千千米，西王母五号前后经过三次喷射才终于将高度从十万米慢慢接近为零。昆仑基地再次出现在地平线上后，便可以接收引导信号了。船体慢慢直立起来，顺着信号靠近基地。

如果靠太近的话，可能会发生撞击，破坏船体和基地，所以着陆地点设置在了离基地一百米左右的沙地。在沙地上空飞行的西王母五号用引擎喷射支撑着垂直的船体悬停在空中。

之后，一点一点减小推力，最后终于降落到月面。

此时，嫦娥号的座位是向上的。朝天坐着的走也感觉到背后结实地被震了一下，妙的身体沉下来。他本想支撑妙三十多公斤的体重，没过一会儿，船长就说道："到了。"

"走也和妙看着对方，二人才意识到自己的体重已经和在地球时不一样了。

"……走也哥哥，我不重吧？"

"本来就不重啊，现在轻得就像羽毛一样。"

"四队的队员已经出来迎接了。"

马说完后，把舱外摄像头的视频切换到电脑屏幕上。只见两个身着橙色宇航服的人大踏步地从基地走过来，五米左右的距离大约用两秒便一步跨过。这种跳跃姿势实在是太奇妙了。

"重量只有地球的六分之一。"

"因为这里是月球啊。"

本来应该狂欢庆祝的事情，妙却只是轻描淡写地说了一句。

走也不禁扑哧一声笑了出来。

2

人造卫星刚开始发射的二十世纪五十年代，人们纷纷想象，到了二十一世纪后，宇宙开发肯定如火如荼，月球和火星上建起了都市，人类可以自由往返。一九六九年，阿波罗登陆月球更被认为是揭开了宇宙时代的序幕。

可是，截至今年，也就是公元二〇二五年，飞出地球大气圈外的人还不到四十个。其中百分之八十要么是在老化得快被废弃的ISSS国际宇宙空间站——空间站还只是在高度五十万米以内的低轨道飞行，要么是在印度宇宙开发公社与欧洲宇宙开发机构一起勉强使用的伐弹那（Vardhana）轨道实验基地飞行。剩下的百分之二十当中，三人是二〇二三年被送到火星执行NASA和日本宇宙航空开发机构（JAXA）第一次载人火星探测任务的船员，由于在抵达火星轨道时减速失败，错失登陆良机，只能两手空空地返航。最后剩下的三人就是中国昆仑基地的队员。

人类在上个世纪萌发的进军太阳系的梦想几乎还未实现。宇宙开发的进程如此之慢，理由有二。

一是，太烧钱。阿波罗计划，项目总共花费近十兆日元。即便到了二〇〇〇年左右，把物资运到轨道，每吨还要花费四亿日元至十亿日元不等。发射的成功率也不高，几乎无人能实现计划阶段百分之九十九的安全系数。实际发射时，失败率往往达到好几个百分点，安全性完全比不上号称全毁事故率只有百万分之一的商业航空飞机。为了提高安全防护，各国耗费了大量人力。新开发的技术和材料也被首先用于安全防护，降低成本变成次要考虑的事情。结果，到了二〇二五年，往地面上空三百千米的轨道发送物资，每吨费用还是超过了三亿日元。

另外，还有一个更为深刻和根本的问题堵住了通往宇宙的道路，那就是缺少目标。

人类为什么要飞向宇宙呢？在阿波罗计划那会儿，这个问题的答案非常简单，那就是战胜敌人。当时肯尼迪率领的美利坚合众国和赫鲁晓夫掌权的苏维埃联邦陷入冷战，火箭的开发成为最紧要的任务。谁能率先研发出这种技术，就能直接往对方国家发动核弹攻击。洲际弹道导弹问世之后，演变成为弘扬国威的手段。两国争相发射火箭，几个月时间就可能交替领先。一番激烈的军备竞赛后，美国率先将人类送出地球，宣告在这场对决中赢得胜利。

自那之后，大家的动机依旧差不多。

天空实验室计划、礼炮计划、航天飞机计划、暴风雪计划、自由号空间站计划、和平号空间站计划，无一不是蔑视强大敌国并炫耀本国武力的产物。随着冷战的结束，这种攀比告一段落。欧洲、日本、印度、中国等势力追赶上来纷纷发射火箭，宣扬国威的动机销声匿迹。

但，此时大家已经丧失了前往月球的热情。

二〇〇〇年前后，苏联解体后，美国力量大大增强，全世界都遭受着美国主导的资本主义无秩序的浪潮冲击。所有事情都和费用、利益挂钩的社会风潮席卷全球，宇宙开发也未能幸免。无人反省宇宙开发的目的本应是追求科学的进步和人类的发展，大家都只顾着发射卫星赚钱。互联网通信卫星、汽车导航用的GPS卫星、提供详细地表图的地球观测卫星等纷纷挤上狭窄的轨道。

与之形成鲜明对比的是，不以盈利为目的而以学术为目的的卫星正被一点一点削减预算。载人宇宙飞船的发射计划甚至一度被认为是在浪费钱。另外，由于俄罗斯无法顺应资本主义而自身陷入混乱，导致象征东西合作的ISS国际空间站建造过程进展缓慢，还被揶揄连基本概念都没搞清楚，最终在二〇〇八年，老化的航天飞机和联盟号人员轮替出现问题，长达半年处于休眠模式，不得不摘下"长期载人"的招牌。

很明显，问题出在目标的缺失。人类不出宇宙照样可以活得很好——这个事实极大地阻碍了宇宙开发的进程。如果把投资在宇宙开发上的金钱用于社会福利、教育、和平活动、环境保护运动，地球要多宜居有多宜居——这个明显的事实同时也是宇宙开发反对派极力强调的主张。

但是，宇宙开发推进派也在用事实回击：如果现在居住的地方建设得足够好，不需要转移到其他地方的话，为什么人类会遍布全世界呢？自从两百万年前走出非洲森林以来，人类就一直在移动。阿拉伯人乘坐三角帆船绕过非洲大陆，横渡印度洋；蒙古人称霸欧亚大陆；欧洲人扬帆七大洋；日本人尝试移居亚洲各国等等。这些人明明有自己的国家，但，人就是这样，一直想探索外面的世界。

不过，这个主张有一个非常大的漏洞。没错，想去的人都去了，这也激励着更多想去的人去。可是，如果试图让不想去的人出一份力，那么这个主张就不够充分了。

由于各自主张不同，围绕着该不该去宇宙的讨论始终陷在毫无意义的相互对骂中。时间被无端浪费了，人类也一直停留在地球上。

一部分头脑聪明、思维客观的人意识到，要解决这个问题，不能等深思熟虑做出决断之后再行动。打个比方，单纯的讨论就像是连船都没有的人想去隔壁岛屿。水往低处流，只要有船，想走的人自然会走。如果航行花钱，那就造一艘能盈利的船。只要船足够多，那么非营利性质的航海便指日可待。

换句话说，现阶段只要把人送去太空后能赚钱就可以了。

其实，很久以前，就有人把这种想法付诸实践。二〇〇一年，俄罗斯宇宙厅成功斥资两千万美金将企业家送到了ISS。但这不是最早的计划，也不是最大的。在此之前，日本电视局曾将记者送到和平号空间站。美国的一家饮料公司也曾将免费乘坐宇宙飞船作为促销活动的奖品。美国、欧洲、日本等各国还提出了各式各样的方案，让游客乘坐观光太空飞船游览低高度的宇宙空间，时间从几分钟到几小时不等。不切实际的方案非常多，但也有部分方案实现的希望很大。

二〇〇八年上海旅行公司推出的方案可以说是观光宇宙飞行计划的巅峰。他们计划让三名乘客搭乘中国航天局已成功发射六次的载人火箭和宇宙飞船体验绕地球四周为期半天的完美宇宙飞行。但就在计划进行到还差最后一步时，出现了一些小问题，导致未能成行。据说，中国政府要在观光用的嫦娥号宇宙飞船上安装某种装置（一说是某种兵器）并进行试验，在此条件下可以允许民间人士乘坐飞船。可在最后关头，大家突然被禁止观看试验，也就是说要把飞船的窗户关上。

想亲身感受加加林那句著名台词的三位乘客没有接受。旅行费每人两千万人民币，约三亿日元。自那之后再也没有乘客愿意支付如此巨额的旅费，计划自然流产了。

对该项计划抱有浓厚兴趣并且一直在关注计划进展的人们深刻地认识到了二律背反定律。全世界的官方宇宙开发机构拥有最先进的技术，但不会无条件地让大家用来观光游玩。而民间的宇宙企业虽然有梦想也有计划，但却没有最重要的宇宙飞船，而且，筹备费用也高得吓人。很少有游客能支付得起如此高昂的费用，而性价比的问题，也像走钢丝一样，非常不好说。

一出生就夭折，刚推出就被否决，这一段商业宇宙旅行计划的历史，稍微了解一点的人，心中也已经植入了一层深深的无力感。如果不依靠强大的政府机构，想把人类送到宇宙几乎是不可能的。

很长一段时间内，全世界都弥漫着这种看破本质的想法。随着技术开发的推进，世界各地的人都变得越来越富裕，人们对宇宙旅行的期望也越来越高，可是，熟悉这个领域的人都清楚，目前"还"不行。还差一点——成本还得再低一点，科学技术还得再进步一点，每个人还得更富裕一点……殊不知，这个问题永远都是"还差一点"。

宇宙飞行成本足够低,普通人也能出得起钱。

人们迫切地想找到一种方法能让这两条若即若离的线交汇在一起。

3

大家用构造简单的悬臂和绞车把嫦娥号从直立状态着陆的西王母五号上吊下来。这项作业看上去非常危险,但在本系列的宇宙飞船中却并不稀奇。俄罗斯和平号空间站也经常使用仅长几十厘米的小悬臂更换一种模块。该模块连接在一种名叫"节点"的连接块四周,大小和西王母差不多。

嫦娥号里的四人已经穿好宇航服并完成预呼吸以防止突发氮素潜水病。凤船长解除加压,四人走出真空的飞船,落到了月球上。

最先出舱门的妙轻盈地跳到月面。之后依次是凤船长、走也和马船员。身着小号橙色宇航服的妙在走也面前双臂举过头顶,大大地伸了一个懒腰。

"唉,一路上真累。关节都痛死了。"

"这就是登陆月球的第一个日本人想要发表的感言吗?"

"啊?"

妙回过头来。一双大眼睛在蒸镀金的防眩面甲里若隐若现。

"日本电视局可是在全程直播这里的通信哦。社长把播放权卖给电视局了,用来补贴经费。"

"真的吗?不过,一路上真的好挤。"

妙毫不在意包括日本在内全世界有超过一亿人正在收听他们的谈话。当初得知妙由于座位安排的关系将第一个登陆月球时,御鸟羽的宣传官兴奋不已,扬言光音频就价值不菲。没想到妙的一番话可能招来中国政府的投诉:"评论我国的宇宙飞船很挤是什么意思?"。

"宇航服也非常紧,而且很硬,身体包得严严实实的……如果是裙子就好了。"

妙一口天真的语气,如同在给日本的历史课本上,严肃的教学段落中搭配散文式的旁白。虽然这身特别定制的宇航服耗资一千五百万日元,但还是很紧。从俄罗斯引进的金色猎鹰M式宇航服相比前一代奥兰M式宇航服灵活了不少,但软质部分还是厚达三毫米,即便是大人也需要一定力气去屈伸关节,更不用说纤弱的妙了。

嫦娥号搭载的摄像头前,稳稳地站在月面上的凤船长举起一只手说道:"呼叫北京,我是凤。就在刚才,我在月球踏出了第一步,这标志着中华人民共和国光荣的历史又增添了光辉的一笔。能站在这里,我感到非常自豪。"

走也抱着胳膊直点头,但心里暗想凤船长的发言只能算是中规中矩。有妙的一番直言不讳的评论在前,恐怕没人会记住他这句话。

朝西王母五号走来的两名基地队员江和崔相互使了一下眼色。

"凤队长，我们现在开始西王母五号的水平放置作业。"

"收到。青峰和妙你们俩离远一点。"

二人遵照指示走开后，四位队员开始着手第一项困难的作业。

一百米开外的昆仑基地，圆筒形的各个模块像花瓣一般相互连接起来横躺着。届时，西王母五号也会被连接到其中一个角上。但在转移到基地之前，必须把这个五层楼高的巨大圆筒放倒在地面。

不用起重机的情况下进行平放和搬运，也就只有在低重力的月球上才可能实现。

"已接收装载物体的重量分配数据，展开缓冲垫。"

和两位队员一起从基地过来的还有一辆车背又低又平、外形酷似巴吉（Buggy）的车——月球车。江从月球车上取出一件类似年糕的东西放在地面上，两位队员蹲下身子摆弄一番后，只见它像爆炸一般迅速膨胀开，形成了一个直径达五米的鼓状体。妙在一旁欢呼：“哇，好像烤薄饼哦！”

"美式说法叫做充气式缓冲垫，依靠气压进行膨胀。"

"准备用它来接住西王母号吗？"

"没错。"

凤船长开始遥控操作。安装在西王母五号顶部附近，像鸟巢一般的推进器开始喷气，西王母五号就像是被锯倒的大树一般开始倾斜。与此同时，凤全力启动反侧的推进器，将飞船倾倒的速度控制到最小。

大约二十秒后，西王母五号完全倒在了缓冲垫上。被压扁的缓冲垫呈放射状朝四周喷出气体。

走也略微吃惊地小声说道："这，有点粗暴啊……万一没对准缓冲垫怎么办？"

"不会对不准的。喷气是由计算机在控制，而且西王母的构造能承受这样的冲击，缓冲垫则是一开始设计用来恢复翻倒的坦克的。对付眼前这艘三吨半的西王母号完全没问题。"

凤船长又遥控了一番，只见缓冲垫慢慢漏掉气体，不久后西王母号便静静地平躺在了地面上。

凤船长一边环绕飞船检查飞船凸出部分是否损坏，一边继续说："你刚才说这样做有点粗暴，但你不知道NASA可是用同样的充气式缓冲垫将探测器直接丢到火星的。即使如此，探测器还是毫发无损。和NASA相比，你不觉得我们的方法已经非常稳妥了吗？"

"哦……那怎样将西王母五号运到基地呢？"

"很简单，这样。"

四人在西王母五号周遭一阵忙乎，将细缆绳扣在了飞船的高强度构件上。他们就像在自己国家的低重力模拟池中专心训练一般，动作非常熟稔。扣好缆绳后，将各条缆绳的另一端统一扣在了月球车的绞车上。

走也不无惊恐地问道："该不会拖着它翻滚前进吧。"

"说对了。有什么不妥吗？"

"倒没有不妥……只是不觉得很可怕也很冒险吗？万一卡到岩石，或者缆绳断了，或是西王母破了一个洞，该怎么办？只要碰到任何一个问题，就有可能让驻留一年的计划泡汤啊。"

"为了避免这样的情况发生，西王母一号在设置的时候就已经仔细研究过了。我们已经找好了平地，平地上没有岩石阻碍西王母号的移动。利用这种方法，至今为止，我们已经成功将三艘西王母连上了西王母一号。万一移动不了，也不意味着计划失败。因为它还可以作为独立的模块使用。只不过和其他模块来往有点不方便就是了。"

"哦，原来如此……"

月球车的车身抖动着，但看起来又几乎纹丝不动。比微型汽车还小还轻的车体要牵引如此巨大的西王母号，动作慢也是没办法的事，但这样下去，恐怕还没到基地，就已经日落了。一问果然如此，连接到基地需要半个月以上的时间，也就是说，要等到月球上十四天的白昼结束才能完成。走也心里暗自佩服：不愧是拥有四千年悠久历史的民族，果然非常有耐心。

"以滚动一圈为单位进行移动，今天的工作就是将飞船内部恢复到水平位置。我会先把你们送到基地，之后再回来。"

在凤船长的催促下，走也和妙迈开步子往基地走。偶然发现基地的其中一名队员——崔正目不转睛地看着自己。凤船长回过头大声训斥道："崔，别偷懒！否则吃亏的是你。"

崔听罢，身子转回西王母五号，但还是瞄了几眼走也二人。

基地所在的这一带，即使月球的白昼结束了三分之一，西斜的太阳还是满满地直射耀眼的光芒。由于月球上的太阳光不会发生空气散射，所以起伏较少的周边地面一片纯白，闪闪发光。远处的山丘被光影分明的分界线分开。昆仑基地的一部分被月壤覆盖着，照射到地表的阳光返照回来，多少能看清一些阴影部分。

抬头一看，比半月稍微大点的蓝色地球静静地悬挂在距离被日冕包裹的太阳三十度左右的天顶上。地面、天空还有地球，对比度极高地呈现在眼前。

走也二人一边环视着眼前的风景一边往前走。虽然中间跌倒了好几回，但还是顺利抵达了基地。站在模块外侧边上的气阀舱前，妙嘟哝了一句："好想再看看。"凤船长回答说："之后让你看个够。"两人短暂驻留的一星期里，有一项日程就是参观基地外部作业。

二人爬上折叠楼梯，钻入高达两米酷似窨井的气阀舱。每开一次舱门，空气都会流失，所以进出气阀舱的次数越少越好。走也和妙与往常一样迅速钻进舱内。气阀舱形似翻到的大碗，二人在舱内等待基地通过操作将舱内填满空气。

不一会儿，增压结束，内侧舱门打开，二人卸下宇航服面甲。基地的第三名队员、第四次跨年队的彭队长身着一件衬衫轻装出来迎接。

"欢迎日本客人来到昆仑基地的月球调查模块——朱雀！"

舱内的情况也有通过摄像头面向全世界直播。彭似乎意识到这一点，笑呵呵地伸出右手。走也露出友好的笑容，回握了对方，但妙却完全无视了彭。反倒是哼哼地吸着鼻子打量四周。走也用日语低声说道：

"小妙，打下招呼，打下招呼。"

"这里就像拉面店的后门。"

"啊？为什么这么说？"

"这里有一股油臭味，我受不了。"

妙面露不快，走也急忙挤出笑容强行拉过她的手让她和彭队长握手。被彭队长硕大的手握住手套后，妙也不得不回过头来，用一口生硬但发音清晰的英语说道：

"请多关照，彭队长。"

"也请你多关照，小妙。你有什么不放心的吗？"

"嗯，有点……"

"小妙，那个待会儿再说。先把宇航服脱了吧？"

"真的吗？"

"啊，对对。转乘到嫦娥号之后一直保持一种姿势，应该累坏了吧？而且，和凤船长轮替的崔离回来也还有一点时间……"

彭队长边说边往墙壁的架子走去，谁知一不小心一只脚滑了一下，只得滑稽地用手扶住墙。彭轻轻地咂了一下嘴，抬头看着天花板的摄像头说道：

"呼叫北京控制中心。因为小妙要更衣，所以请允许我把摄像头暂时关闭。"

说完便用手腕上的可穿戴电脑进行操作，摄像头的指示器暗了下去。

没有摄像头监视后，彭队长的笑容瞬间减少了三分之一。例行公事般郑重地说了一句："这样就没问题了。"

小妙认为彭队长的这句话表示可以更衣了，于是朝自身的宇航服看了一眼。脱衣服之前，她嘟囔了一句："请问……更衣室在哪里？"

二人的宇航服里面裹了一层冷却水细管交织的斯潘德克斯弹性纤维内衬，也就是聚氨酯全身紧身衣，其实就相当于内衣。如果要脱掉宇航服的话，就必须要有更换的衣服。

"糟了，衣服还在西王母号里面。作业完成之前，都没法取出来了。"

"那样的话，要不换上我们的衣服吧。"

说完后，彭队长走进了模块的里屋。

等他走远后，走也小声地自言自语："刚才他估计很尴尬吧，在全世界直播的时候差点摔跤。"

"地板湿了。"

走也顺着妙手指的方向，看了看脚底。铺在模块圆形截面下方三分之一高处的硬铝网状面板上，沾着一些黏稠的液体。走也循着液体流下来的路径注意到液体是墙上的管道接口漏出来的。他用手指沾了一点，凝视了一会说道："似乎是二醇之类的东西。应该是冷却液吧。连玄关都忘了打扫，真是太粗心了。"

"走也哥哥，总感觉这里有点……"

妙小声地抱怨。走也抓住她的手，隐约猜到了她没说出口的话。

重新环顾四周，确实乱糟糟的。墙上除了彭队长的宇航服，还杂乱地挂着铲子、撬棍、金属探测器等器具，其中有一部分似乎已经坏了。半开的架子上，一捆捆缆绳像死蛇般垂着。除了已经泄漏冷却液的管道，还有好几处管道和接口已经生锈或是快脱落了，上面留着卷绕的金属带修理过的痕迹。抬头看天花板，半导体灯做成的照明板像被烟熏过一般黑乎乎的，脚下的网状面板乱蓬蓬地沾满了沙土。就像妙形容的一样，这里散发着食用油和糖蜜混杂的强烈臭味。

二十叠榻榻米大小的舱内空间其实还算宽阔，但也许是因为到处堆放着器具和资材的缘故，整体显得有些昏暗和狭窄。

走也这才反应过来。

"原来彭队长是为了掩盖这些才把摄像头关掉的啊。宣传视频里可比现场干净多了。"

"是啊。虽然这么说有点失礼，但这里真的有点破旧……"

就在这时，彭队长抱着叠好的两套衣服从里屋回来了。妙赶紧把嘴闭上。

走也领到的是一套穿旧的纯棉衬衫、裤子和内衣。妙在展开自己领到的衣服后，不禁又抱怨道："……这是不是在跳蚤市场买的啊？"

妙领到的是一件白色长袍般的衣服，大人穿的话能从脖子盖到膝盖下方。前面的接缝处虽然有绳子，但除此之外，没有任何装饰的东西。而且，和走也的衣服一样，这件衣服同样有被别人穿过的痕迹。

"这衣服是医学检查穿的白袍。非常抱歉，这里没有儿童穿的衣物。腰部那里绑一下，也许能当作旗袍穿……"

"小妙，基地没有洗衣机。好像要四个月才能从无人补给船领一次更换衣服。在那之前只能先将就一下了。换完就扔。"

妙两手抓着长袍快要哭了，她用求助的眼神环视着舱内四周。

"那……更衣室呢？"

彭队长和走也看了看对方，一同把背转了过去。

"非常抱歉。我们基地还没有女性来过。""我们绝对不偷看。"

两人的耳朵传来一声大大的叹息，紧接着是一阵匆忙更衣而产生的衣服摩擦声。

4

基地是依照北京标准时间运转的，当二人换完衣服时，已经是深夜凌晨一点。由于正式的欢迎宴会在第二天，二人随便吃了点晚饭后，便钻进居住栋天花板上类似吊床的床上休息了。

第二天早起后发现，凤、马以及研究员江已经外出进行西王母五号的牵引作业了。就在他们喝着粥吃着油条的时候，剩下的两名基地队员中的其中一人——机械员崔似乎已经结束早上的工作，走了进来。他被安排为走也二人介绍基地设施。

"目前，昆仑基地由东西南北四个西王母号模块和几个辅助模块组成。节点是那个黄玉。"

顺着崔指的方向望过去，居住栋南侧有一个连着大小十几条胶皮管和软管的窨井式舱门。舱门的对面是一个直径二点五米左右的球形屋子，上下前后左右拥有同样舱门，那就是黄玉。这在原型和平号空间站中被叫做节点（Node）。

昨天去过的南侧是月面探测栋"朱雀"，平常使用的气阀舱就在里面。西侧是生命科学研究栋"白虎"。东侧是医学研究栋"青龙"。北侧是居住栋"玄武"，也是逃脱用的嫦娥号所在的模块。

"基地就只有这些模块吗？"

妙在早餐前把昨天领来的长袍用剪刀剪了一遍做成了夏日连衣裙，看看黄玉，又看着四周的通道，说道："大概四台大巴左右的空间，能在这生活一年？"

"地面面积比看起来要宽阔吧。好像资料里写着三百平方米……大约有一百坪①吧。"

"居住空间容积的话，是三百立方米。"崔更正了一遍。

"容积的数值要在无重力的宇宙空间才有意义，因为天花板和墙壁都能当作地板来使用。而这里的重力虽然只有地球的六分之一，但终究还是有重力，所以和地球一样，地板面积才是衡量指标。这样一来，除去架子上方地板下方的面积，基地内的地板面积应该是一百六十平方米左右。"

"五十坪的坪数，容积率约为百分之二百五十……如果是三口之家的话还过得去，但考虑到还有这么多设备……"

建设领域的走也尝试用自己的思维方式去理解基地的情况，那是他的任务。昆仑基地作为"建筑物"，掌握这个基地的情况是他此行最重要的目的。

---

①日本度量衡的面积单位。

崔瞄了一眼可穿戴电脑的时刻表，看着走也，冷冷地说道："住久了就习惯了。我们并不在意面积的大小。"

"真的吗？"

"玄武栋配备了人类生存必需品。"

崔张开双手展示着四周。眼前是一个天花板高度不足三米，宽约三米，长约十四米的屋子。他逐个指着屋里的机器解说："顶尖的制氧装置、二氧化碳去除装置、室温恒控在二十四摄氏度的空调设备、与生产丰富电力的外部太阳能电池相连接的电源设备、废水回收利用率高达百分之六十的水循环装置。有多达二百二十种食材供食用，日常饮食非常丰富。高速通信线路常年和地球连接，可无限观看娱乐视频。由操作面板统一操控基地机械。上方的睡铺也能保证私人空间。另外，最重要的是还有这个。"

崔指着三人围着的桌子。黄玉的反向一侧，也就是靠基地北端的位置架着一张多功能桌子，除了能当饭桌外，还能在移动面板之后作为工作台或会议桌。

崔把双手撑在桌上，说道："正是有了这张桌子，我们三个人才能像家人一样聚在一起交流。人和非常重要。"

"是啊。"

虽然崔说起话来像是新建商品住房的销售人员，不过走也还是被他的热心所感动，不禁点头赞同并想借着话题再往下说点什么。

"既然有这么多优秀的设备，基地的构造也一定不同凡响吧。"

"构造？"

"对啊，主体结构部分。比如，隔热性和抗震性等等。"

"哦，你说那个啊。当然非常优秀。外壁三毫米厚的铝合金，合金两面镶上五毫米厚的肋拱，外侧还有防止陨石的惠普尔屏蔽以及堆积的月壤……"

"等等。外壁厚度才三毫米？"

"是的，怎么啦？"

"怎么说呢。"

走也不知道如何用言语来表达。那么薄的金属板在地球上估计只能用来建库房。不论是木质或是铁质，只要是用梁柱制作矩形的骨架结构，墙体都必须达到隔热材料的厚度。而如果是由承重墙来承受强度的箱形框架结构，那就更需要坚固的墙壁了。

当然，走也也只是了解航空飞机、汽车、船舶中广泛运用的硬壳式结构。不过即使是这样，三毫米厚的铝合金还是太薄了。

"那么薄没问题吗？能耐热耐寒吗？"

"确实，温度环境非常严酷。月球的昼夜十四天交替一次，其间外部温度由一百六十摄氏度到零下一百二十摄氏度不等。虽然最外部的建材已经贴上了防热板，但单凭防热板恐怕无法维持内部气温，所以我们常年在外壁循环冷却水，以此保持恒温。"

走也恍然大悟，进入气阀舱时看到的墙壁上牵拉的管道群原来是这个用处。

"强度也不需要担心。建材强度与横截面积成正比，但因为月球的重力只有地球的六分之一，所以强度也只需达到六分之一就好了。另外，月球上还不会发生地震。"

"那么地基是怎样的，西王母和地面的接点是？"

"为了防止翻倒,所以用岩石顶住了。嗯,也算是以防万一吧。"

也就是说,他们只是将西王母放在月面上而已。硬要说的话可以叫做筏形基础,但完全没有相关措施防止不等沉陷等问题。

走也逐渐认识到基地模块作为建筑物的特性。纯粹是预制装配式的临时房屋。他们居然能在这度过一年。

"因为是永久基地,所以如果建造得坚固点会不会更好?"

"不行啊。"

崔摇了摇头。

"带到月球上的物资都有重量限制。最优先的是氧气、水、粮食、电池板等维持生命的物资,其次是执行调查研究任务时的必需物资。基地构造要求最低,这种程度就足够了。"

"确实,如果要把建筑物建造得宏伟美观的话,重量就是个无底洞……"

"青峰先生,您不放心基地的什么呢?"

崔向正在沉思的走也发问。走也含糊其辞,"倒不是说不放心。"这位中国队员中体格最大、精力最为旺盛的男人看起来似乎有点难相处,但过分吹毛求疵确实不大好。

"如果对玄武栋的讲解没有疑问的话,那我们移步去别的栋吧。"

崔又瞄了一眼手表,之后看着走也二人。直到这时,走也才猛然注意到,一向充满好奇心的妙从刚才开始就没有说话。

只见妙在胸前抠着手指,扭扭捏捏地低着头。

"小妙,你怎么啦?"

"那个……我从昨晚到现在还没……"

"还没干吗？"

"还……还没上过厕所……"

自己太粗心了。走也在睡前有便意，就随便问了一下厕所的位置和使用方法，但身为女孩子的妙一直没好意思开口问。

"崔先生，请问这里有厕所吗？"

"当然有。在放置衣物的架子对面。"

妙顺着崔手指的方向跳过去。当她把头探进这个类似百货商店试衣间的地方好好窥探了一番后，忍不住叫苦："墙……墙壁太薄太破啦！"

"气味不会漏出来的，它是吸气式的。"

"除了气……气味，还有声音……"

妙的声音小到快听不见。崔和走也无言以对。

"我们先去黄玉。有什么事的话叫我们。"

"好的……"

两人穿过被显示屏和控制装置围住的玄武南侧司令中心，进入四个模块的交叉点——黄玉，等待妙上完厕所。过了一会儿，脸颊通红的妙来到了黄玉。可能是心理作用，妙不小心从走也边上走过去太远了。"这次和换衣服时一模一样啊"，走也心里这样想着，从肩头处望过去注视着妙的脸。

"会用吗？"

"嗯，会用！因为事先好好学习了一下它的构造！"

妙大声回答道，手不停在胸前比划。定睛一看，原来是正在操作从宇航服上卸下来的可穿戴电脑。

"小妙，你在干吗？"

就在这时，黄玉突然变得漆黑一片。"啊！"妙大喊一声。走也条件发射似的抱住她。虽然在施工现场没少遇到突发事件，但这次，就在他想寻找紧急出口时，如同鼻尖被刀指着一般，吓出了一身冷汗。

走也一直以来都听从队员们的安排，忘记了月球本来就是与死为邻的地方，哪里有什么紧急出口。唯一的逃脱手段是返程飞船嫦娥号，走也并不会驾驶。走也咬着嘴唇，想起上司岩城时常挂在嘴边的那句话"要时常考虑到最糟糕的状况"。太大意了！

"崔先生，您在哪儿？可以逃到嫦娥号吗？"

崔应该就在身边的，但是此刻任凭手挥断了也不见崔的身影。走也"啧"的一声咂了一下嘴，打算带着妙回到玄武栋。

就在此时，"咔"的一声，黄玉又变亮了。二人朝着声音发出来的地方回头望去，只见进入到西侧白虎栋的崔从对面探出上半身，手头在接电缆。

"抱歉。经过这里时，发现电缆脱落了。"

"啊？……只是电源电缆脱落了吗？"

"对。为了防止区划单位封闭，所以使用的是随时能拔掉的连接器。"

"走也哥哥。"

妙依偎在走也的臂膀中，身体微微颤抖。

"没……没事了吧？"

"似乎没事了。电源插座脱落而已。"

走也抚摸着妙的头发，对崔说："吓死我们了。能提前跟我们说一声就好了。"

"抱歉，我以为这是小事一桩……"

崔说完，赶紧把脸转开。走也回问道："这种事经常发生吗？"

"也不是。来，这边请。"

崔再次瞄了一眼可穿戴电脑，之后转过身去。虽然感觉到一些不安，但走也还是跟了上去。

西侧的白虎栋是生命科学研究设施。里面有两列通道，通道两侧设置了许多层的架子，架子上摆满了大小、形态各异的箱子。有些箱子照得亮堂堂的，还在往里面输送空气，有些箱子则被遮光密闭。所有的架子都用数不清的电缆、软管相连，房间里满是空气压缩机呜呜的响声，和地球上某种店铺的氛围很像。没错，宠物店。

走也猜对了。崔从上层的架子中取出一个箱子给走也看。

"这是新西兰种的兔子。"

"哇，好可爱！"

只见塑料箱里面蹲着一只胖乎乎的兔子。妙伸手想打开盖子，但被崔制止了，"箱子里是无菌状态"。走也问道："这是特地从地球带过来的吗？"

"不，相当于它曾祖父母的一对兔子还是受精卵的时候就被运过来了，它已经是第四代了。我们在研究低重力环境下的繁殖情况。"

"这才是真正的月兔啊。它的父母呢?"

"生育完后代就没用了。毕竟粮食有限……"

"哦……那,这只兔子不久之后也会被处理掉,对吗?"

妙睁大眼睛,朝兔子双手合十念着南无阿弥陀佛。崔把箱子放回架子,朝其他架子走去。

"这边是植物。我们正在栽培水稻和大豆等十六种食用植物。小麦作为日常食物,常年都在收割。然后,这边是斑节虾、罗非鱼等水栖动物的水槽。"

"可食用的动植物优先是吗?"

走也不经意的一问让崔皱了一下眉头。

"确实有那种倾向。但是,我们也有在做其他学术研究。我们国家的宇宙开发有时被批判太重实利,但是这种事情……"

崔的话还没说完,只听白虎栋里屋传来闹钟一样的电子声音。之后便听见彭在咆哮:"见鬼,来不及了。今天的干烧虾仁吃不成了。"

"干烧……这里能做虾类什锦火锅吗?"妙问道。

过了一会儿,彭队长从架子后方的工作台中走了出来,一边挠着头一边说:"嗯……应该可以。也算是调整繁殖个体嘛。"

"好期待。"

"抱歉,我马上要进行下一项作业,没时间采收了。崔,之后能交给你吗?现在还剩下鹌鹑和根霉属菌。紫菜已经坏了,扔掉。"

"好的,明白。"

"交给你了，呼叫北京控制中心。彭接下来进入玄武栋整备二氧化碳处理装置。"

对着可穿戴电脑说完后，彭队长便快步走了。"这样，请二位稍等。"崔说道，之后便开始照看剩下的生物。走也心想，一大早开始就没见着彭队长的身影，原来是在这里。

"要培育这么多动植物进行研究调查，很辛苦吧？"

"差不多要耗费三分之一的作业时间。请让开一下。"

二人马上贴到墙角，只见崔抱着紫菜的箱子朝西边角落跑去。一转眼的工夫，他又走了回来，从地板下面取出像是饲料一样的粉末状物体，依次往鹌鹑的箱子里撒。走也不禁惊叹："工作真辛苦啊。"

刚说完，崔的可穿戴电脑又响起了计时器的声音。"没办法，"崔关上已经打开的箱盖，招呼走也二人，"我该做医学实验了。因为地点在东侧青龙栋，所以能顺便参观，还不错吧？"

"那霉菌怎么办？"

"死不了。"

崔放好妙指着的箱子走了。

三人穿过黄玉朝青龙栋走去。每次要从一个模块移动到另一个模块，都要费一些力气钻过直径只有八十厘米的狭窄舱门。

青龙栋内部是二人至今为止见过的最复杂的空间，也许用"复杂"一词还不足以形容。装粮食和机材的箱子，废弃物容器，机械、工具以及相关的零部件满满当当地堆在地上、挂在墙上或是吊在天花板上。其中，还有带扶手的传送带运转机、不带轮子的自行车以及扩胸器等等。

妙像怯弱地嘟囔了一句："总感觉会迷路……"

"请千万不要在这里丢东西，找都找不到。由于外部连接着宝贝补给船，所以这里顺理成章地成为了仓库。"

这么说来，东边是有一个舱门，好像一个黑漆漆的洞窟。

崔走到传送带运转机面前，脱去上衣。从墙上的测定机器中取出电极装在裸露的胸前，然后戴上带有软管的面罩。妙问："你在做什么啊？""在进行身体机能检查，也兼锻炼身体，这是每天必做的事。因为在低重力的环境下，肌肉系统器官和循环系统器官的机能下降得很厉害。"

崔继续讲解："这是跑步机，那个脚蹬式机器是自行车功量计。"说完后，走上跑步机开始跑步。

"不能在外面锻炼吗？"

"因为舱外活动（EVA）会消耗宇航服，而且没有效率。按规定，必须使用这些器械。"

"那，只有这几种运动吗？网球呢、单杠呢、游泳呢？"

"这（呼呼）……可不是在玩耍（呼呼）。"

"我们俩也必须这样锻炼吗？"

"十五分钟（呼呼）……左右（呼呼）……就可以。因为（呼呼）……你们是短期（呼呼）……逗留（呼呼）。我们则要（呼呼）锻炼一个小时（呼）。"

"对着墙跑一小时？"

妙皱起眉头，走也从后面拉了拉她的肩膀说道：

"小妙,这个看起来挺辛苦的,之后再说吧。我们先练别的。"

说完后,指了一下脚蹬式自行车。妙不情愿地骑了上去。走也则拿起扩胸器。

大力一拉,只听弹簧边上"啪"的一声响。崔回过头来。

"那个(呼呼)……由于常年没使用(呼呼)……可能弹簧会断掉。"

话还没说完,弹簧便在响声中崩开了,从缩着脖子的走也眼前掠过,"嘭"的一声碰到墙上又弹回来。

"哇……"

"这个也生锈了!"

妙憋红了脸使劲踩脚踏板,但脚踏板愣是不动。"不不,这个是可调节的啦。"走也说完替她调好了转矩。

运动十五分钟后,二人一边打量着堆积的东西,一边在舱内转悠,等待崔运动完。其间,彭队长两次慌里慌张地跑进来,抱起潜水氧气筒一样的圆筒状物体又跑出去了。

粗略看过去大概有二十几个圆筒。走也挑了一个查看了一番,发现上面写着"SFOG"字样。

东西南北四个模块都走了一遭后,设施参观就结束了。虽然为了向公司汇报,需要摄像、写文字报告,但一周的逗留才刚刚开始,况且此次前来也不仅仅是参观硬件设施,没有必要着急。

目前,二人今天的工作就算结束了。虽然想帮助基地的队员们做一些事情,但是二人仅仅在地球接受了最基本的训练,连基地的任务是什么都一无所知。为了不打搅基地队员们，二人只能在玄武栋的角落玩耍。

"走也哥哥，你看这个。"

已经把丸子头梳成麻花辫的妙端来一杯水。抖抖手腕轻轻地摇一摇，杯里的水就像麦芽糖一般，慢慢地荡漾起来。

"好奇怪啊。就像是生物一样。"

"可别洒出来啦。"

刚说完就洒出来了。只见水像一只大水母般散开，之后变成飞沫，慢悠悠地散落在地板的面板上。妙蹲下来，辫角轻轻扬起。

"啊……"

"你看，我就说吧。"

"对不起。我本来没想装这么多水的。不知道哪里有抹布？"

就当二人在找抹布的时候，从西王母五号牵引作业现场返回的基地队员江回到黄玉。看到现场情形，江大声喊道："啊，你们在干什么？"

随后，跌跌撞撞地跑进来，从衣物架取出毛巾，盖住水认真地擦拭起来。那劲头，像是一滴水都不能漏掉。

"新鲜水很宝贵。谁允许你们这样做的！"

"不是新鲜水！是洗澡水。"

走也指了指浴室，江才大大地叹了一口气。

"什么？原来是洗澡水啊……如果是洗澡水的话，可以补充，没关系。"

"饮用水不能再生吗？"

"不是不能，只不过很难喝。"

江把沾湿的毛巾拿到水再生装置的房间拧干，说道："蒸馏装置的隔板破了一个洞，大肠杆菌超标太多。为了杀死大肠杆菌，放了很多硝酸银。虽然不是说不能喝，不过远没有补给船上的新鲜水好喝。"

二人第一次和这位四队中最年轻的青年说话。他比崔友好多了，而且非常直率。

走也试着问他："我们俩是做了什么糟糕的事情吗？总感觉崔对我们不大友好……"

"怎么可能？应该只是压力大吧。毕竟离开家乡都一年了，大家都很想家啊。"

"是吗，可大家不都怀着强烈的使命感吗？"

"那是当然，不然可来不了这儿。"

江像美国人一般耸耸肩，随后看着可穿戴电脑，笑着说道："哎呀，终于到晚饭时间了。晚饭是我们中国人民最重要的娱乐活动。今天是我当班，要大展身手咯。"

"菜单都有什么？"

"因为可以从西王母五号拿补给物资了，所以菜单很豪华。油炸驼峰、炒干鲍……"

"哦……基地里的气味也许就是这样来的吧？"

妙指着被她称作"拉面店后门"的空气。

江点点头："很不巧没有换气扇，所以净化不了的空气就留在舱内了。"

"这不是给生命维持系统增加负担吗？"

"别那么严肃嘛。俄罗斯人还在和平号里抽烟呢。好了，我先去准备食材。"

江拍了拍走也的肩膀，走出玄武栋。走也呆若木鸡，江和拘谨严肃的崔完全不一样。

妙的脸上洋溢着笑容。

"是满汉全席吧。不对，应该叫满汉半席差不多。"

"你不是说很讨厌油吗？"

"讨厌的是油的气味啦。人家偶尔也挺喜欢吃中华料理的。我也去帮帮忙吧。"

妙高高兴兴地出去了。走也歪着脑袋。

"这里的物资到底充裕还是不充裕啊，真是搞不懂……"

5

豪华的欢迎晚宴过后，也就是可以从西王母五号取出物资的第二天开始，工作交接正式启动。一周的逗留时间是交接工作所必需的时间，而不是根据走也两人的情况制定的，但对于连上下左右都分不清的二人来说，七天刚刚好可以了解基地。二人小心翼翼地观察着队员们的行动。

根据规定，基地的队员要早上六点起床，八点开始工作，中间空出两小时吃饭、休息，在十八点结束工作。锻炼一小时后，包含吃饭在内有两小时的私人时间。最后为第二天的工作准备一小时。二十二点准时就寝。

但是，实际安排有一点不同。

起床比规定要早几十分钟，早餐有时就是吃便携口粮解决。挤出的时间主要用在生命维持系统的点检和整备。早饭后的工作时间相对遵照规定，但是有时候也没办法。规定的工作还没做完就匆忙去做下一个工作的情况时有发生。晚饭的时间准点。不过好像也就晚饭能准点了。五名队员就像机器一般坚守两小时的晚餐时间，所以私人时间几乎一点不剩。最后是就寝时间，五名队员从来没有准时在晚上十点睡过觉。私人时间结束后，整备修补工作、白虎栋的收割工作、第二天的工作准备等等，事情不断。有一次，走也凌晨四点起来上厕所时，听见白虎栋传来大声的讲话声，声音甚至盖过了如同通奏低音[①]般响彻基地的鼓风机。与其叫讲话声，可能叫训斥声更为贴切——是彭和崔。

另外，工作的间隙还必须和北京控制中心保持通信。第一天为走也二人导览的崔之所以时不时看着可穿戴电脑，一是确认时间，二是向北京发送文字报告。这事一定很枯燥，所以崔才很少用音频报告，而是采用文字报告。想到崔连上厕所的时间点都要向北京报告，走也心里顿时释然了。

当然，崔也不是一天到晚都绷着一张冷漠的脸。有一天，晚饭过后，在马的提议下大家一起看电影时，他就展现了意外的一面。那部电影并不是从地球实时传输过来的，而是马自带的存储

[①]译者注：通奏低音是欧洲古典音乐巴洛克时期一种典型的作曲技法。

卡里的东西——其实就是通过北京控制中心的卫星通信无法看到的香港桃色喜剧。妙难为情地背过身去，走也不知如何是好，只得在旁边安慰妙，而崔就像变了个人似的一直在放声大笑。

不过，其他多数场合，总体来说，崔还是很难相处。相反，彭队长和江倒是给人的印象很好。

过了三四天后，走也终于知道了为什么日程安排会这样参差变动。队员们的工作中，整备修补工作所占的比例太高了。大家没睡时所做的工作中，三分之一是在修理冷却系统、空气循环系统、水再利用系统或者电源系统等设备。之后，花时间较多的是在白虎栋的工作，也就是培植收割动植物。这些工作显然都压缩了其他科学研究的时间，因此不得不削减睡眠的时间。就连准时吃晚饭也在证明维持基地的运转并不轻松，其他事情已经够紧张了，如果连吃饭也不能慢慢吃的话，身体肯定撑不住。

在走也看来，昆仑基地就像是自行车，一不踩踏板就要倒下——如果这样形容不大好听的话，那就是在全力运转。一开始看到的冷却液泄漏大家都习以为常。基地地板下到处都有冷却液的水洼，释放出乙二醇的气味。另外，设置在基地外面的太阳能电池由于常年接收没被大气遮挡的强日光直射，第一批电池已经劣化，电力常常下降到临界值。这是相当严重的故障，作为局外人的走也一开始并没有发现，直到发生了一件事。那是第四天晚上，走也刚睡下时，彭队长跌倒了。

"咣"的一声巨大声响让走也惊醒。其实，走也本来就只是在打盹而已。常年运转的空气净化鼓风机和再生装置的马达声让基地内部比想象中嘈杂很多，走也自然睡不好。他晕乎乎地从床上探出身子，发现彭队长正在地上立着像氧气罐一样的东西，那罐子似乎之前什么时候见过。

"今晚也要工作吗？彭队长。都这么晚了，真辛苦啊。"

"啊，不好意思，把你吵醒啦。继续睡吧。"

彭抬头看了走也一眼，之后在罐身的某个部位操作着，不时发生咔咔的声响。走也也没多想，问道："那上面的SFOG，是什么的缩写啊？"

彭微微地摇摇头，难以启齿似的回答："你看到啦？……是固体燃料氧气发生装置的缩写。"

"氧气发生装置？"

还没睡醒的走也小声问道：

"氧气不够了吗？"

"怎么可能？没事，只是日常程序。"

"哦，是嘛……。"

走也重新躺下，想闭上眼再睡一会儿。

早上起来之后，走也想起昨晚的事，于是抓住已经玩得很好的江询问。江带着苦笑向走也说明了情况。

"你推测得没错。那确实不是规定的程序。基地一般通过水的电解来制氧，而SFOG则不使用电力而是通过给氯酸钾加热来产生氧气，是紧急情况下才会采用的方法。也许，彭队长发现用于制造氧气的电力不足了吧。"

"这样没问题吗？"

"只是暂时的。喏，现在不是多了很多人吗？"

走也这才了解到基地电力告急的事实以及队员们在那种异常情况下仍然气定神闲的胆量。

虽然中国政府在宣传基地时非常自豪，但背后，队员们要通过不懈的努力才勉强维持基地运转。甚至可以说，维持基地运转已经成为基地存在的目的了。

第六天的白天，走也和妙穿上久违的宇航服，走出基地来到月面。

"哇，好长——啊！"

刚从朱雀栋的气阀舱探出身子，妙就开始欢呼起来。此刻她正手指着影子。

此刻是月球的傍晚。十四天的白昼终于接近尾声，太阳已经降落到地平线的正上方。天空中没有红色的晚霞，基地的影子以及先一步到月面的江的影子拉得很长很清晰。

江在朱雀栋旁边的地面拔出铲子。那铲子看起来很普通，不过特地带到月球上的铲子肯定和外表相反，有着非比寻常的功能吧。走也这样想着问道：

"那铲子是调查器具吗？"

"不，只是普通的铲子哦。"

江的回答很干脆。

走也和妙一脸扫兴，江朝西侧的白虎栋走过去，之后在地面上反复挖着并捧起白色的月壤朝白虎栋扔去。定睛一看，靠近基地中心黄玉的三分之一白虎栋面积就是这样被人工抛撒的月壤覆盖住的。

挖了扔,扔了挖,江一边重复着单调的体力劳动,一边说:"还有预备的铲子,你们俩也可以过来帮忙。比看起来轻松哦,因为很轻。"

"这样做的目的是什么?"

"为了守护基地免遭宇宙射线和陨石的侵害,月球上可没有范艾伦辐射带这种好东西。来自太阳和银河系的辐射毫不留情地落到月球。你们只是短期逗留,可以服药防辐射,可如果是在这儿待一年,所受的辐射量可不能小视。"

"'辐射'落到月球会怎么样啊?基地会破一个洞吗?"

"那倒不会,只不过大家会得癌症。"

"癌症?"妙惊讶得出不了声。江大笑。

"不用担心。这四年来,玄武栋已经完全覆盖住。就算有太阳活动警报时,只要待在那里面就没事。而在第三批队员用月壤覆盖住玄武栋之前,只要一有警报,大伙儿就得遵照规定躲到基地的水箱底下。"

"怪不得现在给白虎栋施工呢,因为里面有动植物啊。"

走也注视着高四米的白虎栋。江才把新的月壤堆积到了八十厘米左右的高度,就像是用汤匙给大象浇水。

"照这样下去人工作业的话,把基地全部覆盖完差不多得要十年左右吧?"

"包括新来的西王母五号,预计要十二年哦。"

"……辛苦了。"

走也小声地自言自语："真有耐心啊。"妙捡起一块废弃的太阳能电池板想帮忙，但是江拒绝了，理由是"电池板的边角割到手会很危险"。

"那边有很多从白虎栋丢出来的垃圾，务必小心。"

重新环顾四周，白虎栋外围确实散布着许多从专用废弃舱口丢出来的或大或小的垃圾。回收水分后的排泄物容器、不可循环利用的机器零部件、还有类似动物的干尸等等，有些和白虎栋离得近，有些则离得远。

"废弃舱口排气可是项技术活儿。在留有空气的情况下打开外门锁，外门会快速张开，垃圾就会顺势飞出去。可是，如果空气太多的话，冲力太大会损坏外门。掌握火候扔垃圾是一件乐事。目前四队的纪录是我创造的，我把油块扔出了十五点五五米远。"

江刚说完，回头一看，说了一声："咦？"

"居然被超过了。那不是培育紫菜的箱子么？这样一来，崔就成了新纪录保持者啦……"

"不能在月球这样做！"

妙突然大喊。两人吃惊地回过头看着妙。只见这位少女像是要誓死守卫月球上这个荒凉的垃圾场一般，双手叉腰挡在二人面前。

"你们忘了地球上的环境问题吗？现在连月球都要污染，这绝对不行！"

"话虽如此，可是垃圾也带不回去啊。"

江一边慢悠悠地继续挖，一边自言自语："凭人类现在的技术，光把物资送到月球就已经很艰难了。不用说垃圾，就连月球上的资源都无法带回地球。你去过东侧了吗？和青龙栋连接的补给船等下一艘补给船到了之后就完成任务了，到时候我们就能用剩下的推进剂把它吹到附近的边上。四年下来总共有十二艘补给船被遗弃在月球上，如果带回地球的话，肯定能高价卖给航天爱好者们。"

"这个是杂类垃圾，那个是大件垃圾。真是杂乱无章啊……"

"这个基地真是！又破又臭还到处是垃圾……你们就不能想想办法吗？"

"小妙，这话过分了哦。"

走也赶紧打住妙的话。

"江、崔、彭队长以及中国的这项计划本身为了人类进军宇宙已经奋不顾身地在拼命努力了。刚开始处理得比较粗糙也是无奈之举。其实，能运用智慧和努力将不方便的地方掩盖住并且乐在其中相当了不起啊。"

"但我爷爷说那样不行！"

"桃园寺先生这么说的吗？"

走也不禁回问了一句。

"那个人到底说了什么？"

"说了什么？嗯，就是……就是不行！"

妙三缄其口。

"我跟爷爷约定好了，现在还不能说。"

"约定？"

"是的，抱歉。"

妙说完后把头埋下去，久久没有抬起来，之后又把身体转到一边。至今都没留意的情况一下子引起了走也的注意。

桃园寺老人把小小年纪的妙托付给自己，让孙女踏上世界上最稀奇的旅程并不是有钱人中常见的率性而为。

但，如果仅仅是率性而为的话，那也太大手笔了。即便他坐拥几千亿日元的个人资产，也不可能只是为了让妙游山玩水就慷慨地花掉三十亿日元。

照这样看来，妙肯定是带着任务来的。可是，这样一个小孩会接到怎样的任务呢？

走也正沉思时，耳边传来江的声音："谢谢你的高度评价，青峰。不过，我们并没有那么高尚。"

"江？"

走也回过头。只见江在默默地挥动铲子。他突然想起了什么，问道："你们不用在月球上做其他事情吗？我还想问问地质调查、标本采集以及土质试验安排等等问题……"

"二队的记录已经附上影像存进电脑了，我之后拷贝给你。"

"那你们的记录呢？"

"我们没有记录。"

"没有？"

面对走也的追问，江淡淡地说道："是的，就凭这里的人员和设备，已经调查不出其他什么东西了。能做的都做完了。虽然有在进行利用月壤制作混凝土的试验，但附近完全没水，所以没什么进展。如果是月球南极倒还有可能。总之，不管做什么，现在的人员、物资和经费都不够。"

"那你们为什么要留在这里？"

"因为没有推土机……吧？"

江深深地把铲子铲到土里，无精打采地说道："我们知道这是在自虐，队员们在北京控制中心远程遥控下遵照着细化到分钟的日程安排行动。即使是纯粹的体力劳动，对于守护基地来说也非常重要。如果是无关紧要的事，北京控制中心是不会允许的。"

可是，制定这么严格的日常安排又有什么意义呢？

江埋头工作，对面的妙在玩着影子游戏。静静伸缩的影子和轻快跳动的影子并立着。

走也则在两个影子中间静静地思考。

6

日子过得很快，第二天就是返回日了。

队员们起得比平时还早，纷纷行动起来，做好离别的准备。整个西王母五号都要留在月球，所以里面的东西基本不需要卸下来，但实验样品、纪念品箱子等等需要用嫦娥号载回地球。放满纪念品的小箱子里有月壤的小瓶子、五星红旗以及四队驻留期间加盖过邮戳的几百张明信片。由于是"月球上的来信"，这些明信片被带回地球后肯定能卖一个好价钱。走也曾在太平洋的"龙宫"见过类似的东西，但实在无法理解人类想在山顶、海底还有其他天体建邮局的心理。

　　走也和妙几乎没有随身物品。御鸟羽综建的计划是利用月球上的矿产资源制造混凝土，而必需的土壤样本早在阿波罗时代就已经采集好，并已经成功合成了模拟月尘。相比之下，他们更关心的是月球上是否有地基·地层支撑建筑物。目前，走也已经从江的手上拿到相关数据并电传回会社。其他诸如视频和音频等无法通过通信发送的大容量数据也被收录进走也用于摄影的可穿戴电脑中。拿到多达几百GB的数据后，走也几乎可以身无一物地回去了。

　　另外，今天早上对于要回地球的队员们来说还有更重要的准备工作要做。即将离开的四人不像来时可以乘坐西王母五号，一直到三天后降落在戈壁沙漠之前，他们必须要纹丝不动地坐在狭窄的嫦娥号里面，而且舱内没有厕所。虽然要上厕所并不是完全不可能，但是得使用塑料袋这种极为尴尬的方式解决。大家只能空腹然后吃药忍耐。妙得知消息后惊恐万分，忙不迭地开始认真询问药效。

　　当然，最重要的还是工作交接。彭和凤、江和马，双双面对面检查机器，确认没有遗漏。其间，崔一个人无所事事地在基地乱晃。

　　原来，五队少派了一个人前来，崔要填补这个人的空缺并在基地再待一年。

　　走也二人能感觉到崔时不时投过来的目光并不友好。非常遗憾，自己是不请自来的游客，被人讨厌也没办法。只不过，自己真的很想和他加深友谊,哪怕只有一点也好。

但是,这种想法实在是太天真了。

结束所有准备工作后,七人在玄武栋集合。行李已经搬入与玄武栋北端相连并且一年前就被发送到月球的嫦娥号。嫦娥号返航后,剩下的队员就把今年的嫦娥号移到同样的位置(为了方便移动,嫦娥号上安装了车轮),在未来的一年里作为紧急逃生船来使用。

彭、江、走也、妙穿上宇航服,凤、马、崔则身着室内服。大家相视而立。就像抵达时一样,离别的场景会用摄像头向地球直播。

彭走上前去,说道:"过去的一年时间基地取得了许多优秀的研究成果,现在我们终于要离开这里。各位同志都非常值得信赖,能将基地转交给你们,我们无怨无悔。基地见证了中华人民共和国强大的科技力量,希望你们在接下来的一年里好好守护它,站在人类的最前线努力奋斗!"

"谨此接受任务。祝愿各位返航一路平安!"

虽然都是中规中矩的套话,但言语中还是饱含着感动。两位队长握了握手。接着,马研究员和江也进行了类似的发言。

之后,大家的视线汇集到走也身上。虽然走也早料到会有发言环节,也做好了心理准备,但在一百多个国家面前直播还是难免紧张。

他清了一下嗓子,说道:"基地真的非常棒,我深深地敬佩大家为了科学的发展所做出的努力以及在此过程中表现出的热情。月球的环境也非常宜人，说心里话，我真的很舍不得离开。请大家替我在接下来的一年里继续在月球上度过快乐的一年。"

一口气说完后，走也伸出了右手，等了一会，崔的手并没有伸过来。走也突然意识到刚才忘记称赞中国了，可能有些失礼。

走也抬起头，大吃一惊。只见个头高大的崔双目圆睁，紧咬双唇，如同双亲被侮辱了一般，神色可怕地瞪着自己。走也一下不知道说什么好。

彭灵机一动。对走也身边的妙说："小妙，你也说两句吧。"

"啊？哦，好的。基地的饭菜非常可口。地道的中华料理和横滨餐馆里的中华料理果然不一样。"

大家哄堂大笑。走也也笑了，然后长舒了一口气。崔应该不会在这时说什么中华人民共和国之类的吧。

江对崔眨了下眼说："轮到你了"。崔如同在吞硬物一般动了动喉咙，准备发言。

就在这时，不知道基地的什么地方传来"砰"的一声，和枪声一模一样。七人面面相觑，约莫过了十秒钟。

"哔、哔"的警报声响了起来。彭和凤几乎同时喊道："是减压警报！"

二人飞也似的赶往黄玉模块。马紧随其后，江则猛地扑向机器操控面板。一边读取等离子面板上滑动的文字，一边大喊："是青龙栋，青龙栋在减压！宝贝连接部正常、黄玉连接部正常、不是气阀舱！上层惠普尔屏蔽的传感器启动，是陨石！"

警报的音量几乎把江的叫喊声淹没了。恐怕三人都没有听到江的话。

"崔先生，小妙就拜托你了！"

"啊，等等，走也哥哥！"

把妙托付给崔后，走也也飞奔出去，紧随三人之后钻进黄玉狭窄的舱口。走也学过紧急情况的应对方法，那就是，远离危险模块。

可是，谁也没有退缩。三人分别奔向南侧、东侧、西侧的模块，拼了命地寻找空气泄漏的地方。

"哪里？到底哪里在泄漏？"

"彭队长，在这里！青龙栋被陨石砸中了！"

走也对着彭喊道。彭刚刚跑进堆满各种物资和医学训练仪器的青龙栋里面，他抬起头，试图寻找陨石撞击的位置。弯曲的天花板上贴满的半导体发光面板正好有助于搜索，只见其中一块面板破裂，在边角位置有一个类似用圆规切割的漂亮圆形——那里破了一个直径三厘米左右的洞。走也不寒而栗。绝热膨胀的白色烟雾缭绕，洞里一片黑暗虚无，没有任何人曾见过这种场景。

那是未被大气圈和防护面甲所遮挡的真正的宇宙。

走也恐惧得如同被冻住一般站那儿一动不动。而彭接下来采取的行动则令人大吃一惊。

"只能那样做了！"

只见他弯下膝盖用力跳起，身体整个撞向天花板，之后用肩头堵住了破洞。

"彭队长,那样太危险了!"

"没事,我穿着宇航服。别说这个了,赶紧确认气压!"

"您说什么?"

"去确认气压。然后关闭警报!"

只见彭用单手手指插进照明面板之间的缝隙支撑住身子——他的体重即便在月球上也还有十几公斤。凤在走也的后方大声喊道:

"怎么样,没事吧?"

"彭队长正在用身体堵住漏洞!现在的气压是多少?"

"江,现在的气压是多少?"

凤转过头大声怒吼。"六百八十!"江回答完后继续读报气压值。

"两分钟内下降了100Hg!照这样下去,二十分钟内基地就会成为真空!"

"还在继续下降吗?"

"您说什么?"

"气压还在继续下降吗?"

"现在气压是六百七十五,还在继续……等等,现在已稳定在六百七十五,似乎已经停止下降!"

"很好,关闭警报!"

基地一下子安静下来。走也一边揉着嗡嗡痛的耳朵,一边朝天花板上的彭队长喊道:"彭队长,现在气压已经稳定在六百七十五。接下来您有什么指示?"

"拿油灰还有金属板之类的东西过来。等等,先拿支撑物。

朱雀栋里还有配管时备用的导管，用那个！"

"如果从朱雀栋拿过来的话拐角拐不过来。我去白虎栋找找！"

走也推开刚进来的凤，朝对面的白虎栋跑去，并对还在白虎栋寻找漏洞的马转达了彭队长的话，之后卸下生物箱子上的送气管赶回青龙栋。

还在青龙栋的凤把备用氧气罐的阀门一个个打开。走也立起送气管支撑住彭队长，观察着他的情况。宇航服的面料虽然不能承受一个气压的压强，但彭队长的皮肤紧贴着衣服，有效防止了布料破裂。

彭队长脸色苍白地笑着说道："用肩膀来堵看来是对的。吸力真的太强了，如果是薄薄的手掌，估计早就骨折了。"

"小马，油灰呢？"

"我拿来了，在这里！"

马一边把纸黏土一般的油灰打开，一边跑了进来。由于没有梯子，凤直接让马站在自己肩上。走也则用尽力气抓住送气管。

"好，现在把彭队长拉下去！"

随着马一声大喊，走也用尽浑身力气把彭队长拉下来。"嘭"的一声破裂声，彭脱离天花板，漏洞周边的空气立马变成白浊色。马赶紧用涂满油灰的铝板堵住漏洞，之后铝板边缘也加紧填满。

凤再次大喊："江，现在的气压！"

"六百八十……六百八十五、六百九十！空气填补成功。已经不会泄漏了！"

"太好了,终于得救了……"

四个男人一屁股坐在地上。个个脸色铁青,满脸冷汗。

彭揉着宇航服的肩膀。里面一定大量内出血。走也再次想起来,这个勉强舒适的圆筒外头正在被破坏力巨大的真空支配着。如果不是彭的及时处理,自己戴着面甲还好,但只穿了一件衬衫的凤恐怕早就出事了。

其实,彭的处置也不能算妥当。如果破的洞再大一点,他自己可能就被吸走了。洞的边上如果不是树脂板而是金属板的话,起毛边的边角足以割下彭胳膊的肉。而且,破洞可能还不止一个,如果有好几个的话,进入青龙栋就相当于自杀行为。

"为什么要冒那个险?"

走也大口喘着粗气,小声问道。彭擦去额头的汗水,微微一笑。

"因为我们很自豪,能用自己的力量守护着这个无法从祖国得到足够的支援而且到处都出故障的破烂基地。"

"哪里会破烂?……挺好的啊。"

"不用恭维啦,你肯定跟我想的一样。我懂。"

走也被彭凝视着,脸刷的一下就红了。以前只是以为这位性格温和的基地队长人很好,没想到被一下子看穿了内心。

"我们肩负着中国十八亿人民,不,应该是全人类的骄傲和希望,耗费巨资来到这里。哪能因为区区一个减压事故就逃跑。况且想逃也没地方逃啊。"

在那个瞬间,也就是见到"宇宙"的瞬间,走也吓到动弹不得。可是这位矮个男人却鼓足勇气挺身而出。

和自己完全不是一类人。

彭和凤抬起头看着铝板开始对话："应该是一个直径二十毫米左右的流星体，撞击到外侧缓冲物后，蒸发成为气流贯穿进来了。这个大小，如果是地球上的话，早在大气圈就燃烧殆尽了。如果掉落在玄武栋或白虎栋的中央一侧，表面覆盖的月壤应该能抵挡得住。"

"那可不好说。没有击中玄武栋算是走运了。击中青龙反而还好。"

"之后要从外部进行正式的修补。凤队长，你又增加了一项工作啊。"

"不不不，这是一次很好的演习。告诉我们如果只是开了这么一个小洞的话，不会出现伤亡。别在意。"

二人淡定地继续交谈。走也却感觉体内袭来一阵无法言状的无力感，只好耷拉着脑袋。就在这时，妙怯生生地从黄玉探出头，叫了一声："走也哥哥……你没事吧？"

"嗯，我没事，小妙。已经紧急处理完了。放心吧，危险解除了。"

"是吗？太好了！"

妙深深地呼出一口气。走也站起来，走到她旁边抱住她。

"刚才很害怕吧？对不起，把你抛弃了。我觉得我必须要做点什么。"

"是挺害怕的。以后请再也不要这样做了，虽然这次也是无奈之举……"

"彭队长刚才'挺身'而出把漏洞塞住了哦。"

"挺身?"

"没错,跟字面上一样,就是用身体贴在洞口上。"

妙透过走也的腋下看着彭队长,惊恐地向后缩了一下。

"他真那样做了吗?……真是无法置信。"

"真的哦。"

"实在无法理解。"

妙一副大人的口吻,但肩膀还是不住地在颤抖。走也见状,抱住了她的肩膀。

之后,江也从黄玉回来。凤问道:"这里已经没事了。北京那边怎么说?"

"我已经切断了和北京控制中心的通信。"

"切断了通信?为什么?"

"因为……您能跟我来一趟吗?"

大家的表情不再是害怕,而是变成了困惑。大家相视一番,一起回到玄武栋。

只见崔蹲坐着,蜷缩着两腿,双臂无力地垂在地上,身体不住地颤抖。凤问道:"崔,发生什么事了?受伤了吗?"

"……请让我回去。"

"什么?"

"求您了。请送我回地球!"

崔抬起头,大声号叫道。他,居然哭了。

"我受够了。待在这样一个只有岩石和阳光的真空沙漠,还要听命于对这里一无所知的北京控制中心。每天就是挖土、处理兔子的粪便、不停地踩自行车脚踏板，然后做一些莫名其妙的体力劳动……"

"崔……"

"我不要隔着屏幕通话，我想见我的家人。我想在东湖奋力游泳，我想吃饭吃到撑，啥都不想睡到天昏地暗，还有……我不想死！"

崔尖叫着，同时狠狠地瞪着走也。

"要是……要是你们没来这儿，我就能回到地球，回到那个凉爽并且充满土地气息的地球了……都怪你们小日本！"

"住口！"

马和凤摁住刚站起来的崔。彭一脸严肃地说道："这副德行算什么？你还算是我国的宇航员吗？当初从一万八千名候选人当中脱颖而出的那股劲头去哪儿了？你不是曾经许下誓言要把月球的沙漠变成第二个黄土之乡吗？怎么，忘了？"

"我不管，我不管……求求你们送我回去吧！"

说完他把双手搭在二人身上，开始抽泣。彭和凤对了一下眼神。

"他能恢复平静吗？我认为没有必要启动另一艘嫦娥号送他回去。"

"同意。之前和平号空间站也出现过相同的情况。国外客人的来访增加了工作量和压力，刚才发生的事故只是一个导火索。给他一个长点的假期，多让他和家人通通话就没事了。"

妙紧紧地握着走也的手。走也明白她的心情，前一秒钟还满身英雄气概的国家宇航员，没想到后一秒竟变得如此冷酷无情。

走也明白这时候说什么都是徒劳，但还是坚持说道："非常抱歉，都是因为我们不请自来才造成这种局面……如果有什么我们能做的，我们一定尽力帮忙。"

"请不要放在心上。我们所有人在被送上来之前都知道可能会发生延期的情况，为此还专门签过承诺书。"

彭用略微冷峻的声音继续说道："这也是为了崔好，人类历史上至今还没有人在月球上待过两年。回国后，他会成为英雄，受到的赞誉会比我们所有人都高。两年的奖金也是一笔可观的收入。"

"真的吗？"

"只是……青峰、小妙……"

彭把目光转向二人。

"这件事请务必不要对外透露……我们中国人是一个自尊心很强的民族。"

走也和妙互相看着对方。他们的自尊心甚至让他们为了崔切断了常年和祖国连接的通信，没理由拒绝他的请求。

二人看着彭，坚定地点了点头。

"当然。""我也不会对外说的。"

"谢谢你们。那重新启动返航准备吧。哎呀，在那之前，我得检查一下宇航服。"

彭匆匆忙忙地换宇航服去了。两位日本人低头看着伏在地上哭的崔，良久无言。

7

嫦娥号进入绕月轨道后，妙俯瞰着月球嘟囔："好残酷的世界啊，对吧？走也哥哥。"

"是啊……换我的话肯定做不来。"

走也把脸颊凑到正眺望着窗外的妙面前，和她一起俯瞰着月球。

"为了自尊心连命都不要，为了祖国常年忍受孤独并且奋力拼搏的英雄们……真崇高，崇高得甚至有些可怕。"

"那样是不行的。"

妙用日语说道。走也把视线往下移。只见妙正双手拿着胸前挂着的可穿戴电脑，非常熟练地打着字。她在短期驻留月球的时候时常往电脑里录入一些东西。

"那是什么啊？"

"报告。"

"报告？"

"对，给爷爷的报告。"

妙连看都不看高分辨率液晶屏幕，手指眼花缭乱地飞舞着。

"月球基地又窄又臭还很可怕。住在那里的人忙于日常生活，几乎没有喜悦和快乐。只有那些为了祖国拼命努力的人才能到这里，普通的人压根来不了。"

"那样说有点过分了吧？"

走也皱起眉头。

"如果报告里这么写的话，到时候计划会不会中止？小妙，你不想在月球上建基地了吗？"

"不，我想。"

妙干脆地摇了摇头。

"虽然比想象中好很多，但其实在地球看基地平面图时我就预感中国基地会是这样子。而我想建的基地，和中国基地是完全不同的东西。"

"小妙你想建？"

"嗯……"

妙回过头来，天真无邪地吐了一下舌头。

"走也哥哥，不要对任何人说这件事哦。"

"哦……"

走也沉默了。

一直在和北京通信的彭队长发话了："小妙，降落到戈壁沙漠后，能去一趟航天局的医学研究所吗？大概一周时间。"

"我还想着降落后马上回日本呢。"

妙歪着脖子抱怨。彭面带歉意。

"未成年的宇航员，我国只在几年前送到过太空一次，完全没有医学数据。登过月的就更不用说了。所以，研究所的博士们都很想对你做个调查……"

"喏，你看。"

妙鼓起脸颊。

"不想去都不行，对吧？真是的……那就请准备好味噌汤和米饭吧。"

"味噌汤？"

"对，日本的食物。一定得是黄酱汤。配料要绢滤豆腐和油炸豆腐。"

"嗯，吃的好说。"

彭的表情有点奇怪，但还是向北京方面转达了妙的话。走也在旁边哧哧地偷笑，但是听到妙的自言自语后，他收住了笑声。

"计划不会中止。"

妙再一次俯瞰着月球。

"和我预想的一样，月球很漂亮也很好玩。纯白的沙土，蔚蓝的地球，黑暗的宇宙中漂浮着的百万颗星星，还有轻如鸿毛的身体……在这儿建我们的基地吧？"

走也还是不清楚她的话具体是什么意思，只好继续保持沉默。

着陆后，也有各种医学测试在等着走也。作为搭顺风车上月球的交换条件，走也无法拒绝这些要求。就这样，他和妙都成了实验对象。

走也比妙迟了好久才结束实验，就像二人在财力上的差距。妙刚好一周就回到了日本，而走也被中国大陆足足多扣留了三天。

收官时，爱看热闹的日本电视局等等各国媒体发起了采访攻势。由于没采访到日本首位美少女宇航员本尊，大家一股脑地把问题抛向走也。月球的景色、低重力下身体有多轻、基地发生的事件、喜欢的食物、身高体重兴趣特长、是否有恋人、是的话对象是不是妙等等，尽是些难以回答的问题。虽然走也一再对记者们说："届时请关注御鸟羽的公告，"但还是不小心说漏嘴，"我觉得（妙）很可爱。"记者们纷纷起哄欢呼。又烦又累的走也回到日本后，听得最多的是接下来这句令人震惊的话。

"一兆两千亿日元。"

开着公司的车前来东京站迎接走也的机动建设部部长岩城，在走也进车厢后，绷着一张比平时还严肃的脸说出了这句话。

"……一兆？"

"两千亿，报价单已经出来了。我社在月球承建基地的话，要耗资一兆两千亿日元。"

走也呆若木鸡，尝试着消化这个巨大的数字。当他反应过来后，不由得大叫一声："一兆日元左右？不可能吧？桃园寺集团的预算不是一千五百亿日元吗？"

"在第一次会议上，大家都只光顾着讨论建设费，却忽略了运输费才是大头。单单发射一枚卫星就需要五十亿日元的资金。想用一千五百亿日元在地球上建造基地，一般来说确实不可能。"

"没错。光把我们两个人送到月球上就花了三十亿日元。我一直在想因为是委托别人所以才花那么多钱，不会所有的作业都是那个价格吧？"

走也一口气说完后，才发现自己好像没听全上司的话。

"一般来说？"

"没错。伊甸会社说自有办法。不知道具体是什么方案，不过听说新型火箭是解决问题的关键。"

"新型的……火箭？"

走也嘟囔道："火箭的话，我们会社之前没发射过啊……消息确切吗？"

"她说确切。"

"啊？"

岩城握着方向盘指了指后座，突然一个素未谋面的女人微笑着探过头来。走也顿时惊慌失措。

"你谁啊？"

走也一下子忘了礼貌。只见这位女士将眼下流行的半透明红色头发向上扎着，穿着一身鲜艳的淡红色西服，年龄在三十岁左右。

女士嫣然一笑，回答："我是伊甸·休闲娱乐会社特别监察部监察员，名叫保泉玲花。"

"您是伊甸会社的监察员？"

"是的。从现在开始要和钱作战了。从前名古屋一个叫乐园观光的小型游乐园之所以能在五十年的时间内成长为现在的伊甸会社就是因为没输过和钱的战争。我会用敝社的技术全力支持贵社。"

"部长……"

从她说话的内容和语气来看，此人绝非等闲之辈。"桃园寺老人也好，妙也好，伊甸会社怎么尽是这种人啊。"走也心里默默想着，将视线转回到驾驶座。

"我们会社的财务呢?为什么让外面的人参与进来?"

"别啰嗦,这也是客户的要求。伊甸会社听完报价后还不撤销订单,而且似乎还预料到会是这个金额。他们已经花了三十亿日元下去,肯定不是吹牛皮,更不可能算错。既然这样,我们只能奉陪到底。——这可是社长说的。"

"啊?社长?"

"嗯,接下来派你去种子岛。"

"种子……岛?"

走也几乎又要跳起来。

"先是去月球,这次去种子岛,搞什么?真把我当地方巡回演出的马戏团啊?"

"火箭基地在种子岛上,没有办法。第一次将你外派到月球是伊甸会社的要求,而这次是我们会社技术开发部的要求。技术开发部的参堂部长称赞你从月球发回来的报告非常有用。"

"是为了让我过去才故意这么说的吧?"

"就算是这样,你也无权违抗。不想辞职的话就老实去吧。"

"知道了。"

走也筋疲力尽,一下靠在座位上。

玲花在后面报着嘴笑道:"听说你把妙小姐伺候得服服帖帖的,换我我可做不来。做好思想准备了吗?"

"我才没伺候她呢……"

"果然被一个难缠的人缠上了吗?"走也脑海浮现出一个无法否定的疑问。

三、运输机械的开发和设施的特性

1

"社长，咖啡冲好了。——哎呀。"

泰信司刚打开社长室大门，差点撞上正好走出来的两个白人，脚下踩了个空。两人连句道歉都没有，直接从泰的身边走过，脚步匆匆地消失在了走廊尽头。

"哎，咖啡都洒了……"

"端过来吧，我喝。"

社长八重波龙一在房间里招着手。即便已经入秋，种子岛依然酷热得不行，但他还是严严实实地穿着意大利西装，梳着狮子鬃毛般的长发，一个十足的时髦男子。泰刚把托盘放在他面前的接待桌上，他便一把端过冰咖啡一饮而尽，那气势像是连杯子都要吞下去。

泰担心地问道："不挽留一下客人么？"

"不用了，谈崩了。说是诺华特先生下次要用那种火箭。"

"是不是发生了什么差错？脏器合成实验卫星明明发射得很顺利啊。"

"怎么可能有差错？我们的人已经做得够好了，任何时候都是。还像工蚁一样，通宵了一星期。先端技术研究室的你应该也知道，信司。"

"嗯，算是吧。"

天龙银河（G）运输（T）会社先端技术研究室的研究员泰点了点头。

"我没负责火箭发射工作，其实也不是很清楚。然后昨天也没去Block House①，而是单手端着一杯果汁在竹崎②慢悠悠地欣赏风景呢。"

"竹崎？笨蛋，无论如何也不能去新闻中心晃悠啊。万一给媒体发现怎么办？"

"没事。来的都是NHK的记者和文部科学省的边缘官员，没人认识我。"

"……哎，到最后，民营放送局一家都没来啊。不过，一年只发射两次的话，被人忘记也正常。"

八重波浑身无力地瘫软下来。泰接着说道："话说，瑞士人

---

①译注：种子岛宇宙中心大崎火箭发射台的发射控制中心。
②译注：种子岛宇宙中心小型火箭发射台。

到底是对什么不满？"

"说是我们太努力了。"

八重波伸手拿起第二杯咖啡。

"说是感觉我们不够游刃有余，还说什么眼睛充血通宵工作的人什么时候犯错都不奇怪，希望工人更加熟稔什么的。他们之后大概会委托中国和印度吧。有什么办法。"

说完，八重波砰的一声把杯子摔在桌上。

"其实，说到底就是经验不足啊。一年就发射两次，怎么积累经验？可是，即使如此，我还是想方设法地安排人员轮岗，甚至邀请老爷爷们开讲座倾囊相授，千辛万苦地想让年轻员工增长经验。"

"国外的机构普遍每月至少发射一次。所以，被当成新手也不奇怪。"

泰无奈地小声说道。

"因为是新手，所以在工序上特别用心。工序上用心，成本就上涨。成本上涨就没有项目上门。没有项目就没办法积累经验……"

"整个就一恶性循环，见鬼。"

八重波气愤地数落起来："政府至少把本国的项目交给我们也好啊……"

"自从民营化之后，政府就跟我们一刀两断了。国家宇航员全部送去NASA，人工卫星也委托给国外火箭发送。昨天来的官员们还说什么我们国家都能发射这么先进的火箭了真是值得高兴。其实，我们不是今年才能发射，早在三十年前我们就有国产火箭了。好一副漠不关心的样子。"

"完全没有权益可言的业界对他们来说可有可无。什么时候官员能通过网络选举就好了。"

"唉，话虽如此，不过，我们能引进这么多与公司不相称的设施，也是因为这行确实不赚钱。"

"设施都要哭了，每天门可罗雀。"

八重波把视线移到窗外，泰也跟着看着外面。

从种子岛事务所所在的山丘眺望出去，绿葱葱的原生林以及和红树科的秋茄树迎风摇曳，海水和淡水相互交融的低湿原野风景宜人。原野对面是延伸出太平洋的火箭发射基地，看起来像是巨大白色墓石的火箭装配大楼和周边的设施如同海市蜃楼一般在摇动。从十千米外的发射基地到事务所，地面上的所有东西除了动植物都在天龙GT会社的管理之下。

八重波用浪琴打火机点着国产烟，呆呆地吸着，冷不丁说了一句："要不干脆开动植物园得了……"

"还不如把整个资产倒卖了，来钱更快……"

两人同时叹了一口气。

天龙银河运输会社是一家从事宇宙运输的私企，由八重波龙一一手创立，它可以一手承接当前日本的火箭制造和发射。

本世纪初以前，它的业务是由日本宇宙开发事业集团（NASDA）和宇宙科学研究所（ISAS）两个机构来承担的。后来由于执政党推出行政改革政策才导致了今天的局面。

改革打着解除管制、民营化、削减成本等等旗号，对宇宙开发造成了不小的影响。二〇〇三年，NASDA、ISAS和航空宇宙技术研究所（NAL）三者合并为"宇宙航空研究开发机构"。挺过一段时间后，似乎改革还是不够深入，于是机构的大部分被移交民间机构托管。利用税金进行的火箭开发变更为独立核算制，本身无法创造利润。在国内制造的人工卫星也被安排由国外比较廉价的火箭发送上天。

在那之前，日本的火箭是由NASDA、ISAS这两个官方机构和三菱重工、石川岛播磨重工等民间企业共同制造的。但是，宇宙开发的总管文部科学省削减了除部分学术项目外对两大官方机构的资金支持，完全将发射国家卫星和宇航员的任务委托给了美国。这样一来，此前一直合作的民间企业渐渐无从获利，宇宙开发最终成了一项入不敷出的棘手差事。

从中发现商机的是一名叫八重波的男子。

作为一个资本家的儿子，八重波自小就无比憧憬火箭，面对陷入困境的日本宇宙开发事业，对比同时期依靠自身力量发送载人火箭的中国宇宙开发的发展态势，心中怀着不甘逐渐长大。他跑去大学偷听航空宇宙讲座、做平行进口车的经销商、考取轻型飞机驾照、将二手工业机器倒卖到东南亚等等，经历了一段与放荡仅一纸之隔的岁月之后，八重波在五年前遇见了泰，并最终定下了自己将来要走的路。

那时泰还在研究生院，已经萌生了航空飞机材料工学方面的划时代想法，但碍于日本大学特有的资历优先主义，一直没有公开发表。某天晚上，泰在学生街的居酒屋和平凡的友人慢条斯理地述说着自己的发现，八重波正好坐在隔壁桌。两人你一杯我一杯地喝着剩下的酒，十分钟后就促膝长谈起来。

听完泰的话，八重波深信不疑。如果泰说的话能够成真，那么人类会掀起一场巨大的变革。但是，现在泰一无所有，没经验，没资金，没人才，也没时间。等他崭露头角的时候，恐怕外国早已捷足先登了。

八重波觉得必须要帮他。

八重波果断采取行动：逐个找到泰认可的人，和他们达成合作协议；关闭三四家自创的企业，腾出一笔资金。时值三菱重工正在出售宇宙开发部门，八重波想尽办法把这个部门买了下来。

就这样，天龙银河运输会社成立了。没有任何靠山的八重波成功促成了这笔和日本最大的企业联合体之间的交易。由于创立了文部科学省委托的会社，当时还一度成为小小的热点话题。

可是，经历了初期的风光后，往后的日子就完全可以用"悲惨"二字来形容了。

八重波计划在天龙彻底进行重组以求实现一个企业该有的盈利——这在历史悠久的三菱是不可想象的。他一边积累力量和经验，一边等待时机将泰的想法变成现实。但后来他才意识到这只是一个如意算盘，压根不可能实现。

因为，完全接不到项目。八重波本想通过企业重组补回那些三菱精简掉的部门赤字，但是真正划归到自己手下管理，才发现最大的原因在于机构臃肿等琐碎的问题导致根本无法盈利。在和国家一刀两断之前，几乎都是使用税款在运行，难怪会成为行政改革的目标。一番痛苦的经历之后，八重波才恍然大悟。

既然无法依靠国家，那就只能从民间拉项目，但也非常困难。二〇二〇年，卫星产业的市场规模全世界大概是二十兆日元，乍一看是一个很庞大的数字，但是同期的信息通信产业的市场规模大约为四百兆日元。相形之下，完全是小巫见大巫。需求太少了，而且相比新兴风险企业兴衰更替频繁的国外，日本国内是纯粹追求业绩和可靠性的苛刻世界。新入行的天龙几乎没有资本站稳脚跟。

天龙为数不多的卖点无非就是被国家抛弃的机构。宇航发达的国家比如美国、俄罗斯和欧洲等国的宇宙机构受国防和经济政策影响强烈，不一定能满足所有需求。比如二十世纪九十年代航天飞机和和平号共同任务的第一阶段，美国依据国内安全保障规定在文件中加了一条"该任务的参加者不得和苏联、古巴、越南等国家发生任何交易"，并要求当时的俄罗斯宇宙厅签字，导致二者一度产生纠纷。类似这种因为国家利益而导致火箭发射被拒的情况即便到了现代仍然时有发生。对于这种顾客，八重波总是推销自己政治上和军事上的中立立场，并以此维持着会社的命脉。

二〇二五年，也就是今年的九月，天龙GT会社利用H-3C火箭成功发射的诺华特公司脏器合成实验卫星便是这样的"捡漏项目"。

总公司设在瑞士的多国医药品企业诺华特近些年来一直致力于开发用于再生医疗的人工脏器。脏器本身是立体构造，但在实验室的培养皿浅底盘里，细胞只呈平面铺开。为了培育为立体构造，可以通过组织工程方法（也就是使用能进行生物降解的聚合物制作立体骨骼使细胞黏附在上面）或是在溶液中培养的方式实现，但是这样做往往会出现无法制作出血管密度高的组织，或是出现溶液对流打乱构造等问题。研究陷入了瓶颈。

但如果在微重力空间里，就能培育出不被破坏的立体构造组织。诺华特公司试图通过这种方法进行实验，但是遇到了一个障碍。实验用的细胞是解除了寿命限制、强化了糖酵解以解决氧气不足问题的改造产物，其性质和癌细胞相近。要将这种细胞带到宇宙，现有的宇宙机构非常敏感。NASA等机构要求提交大量的文件资料，"老鼠进书架——咬文嚼字"似的证明其安全性后，才答应搭载其发射上天。

但是，诺华特公司的实验是以盈利为目的的。如果公布实验的细节，竞争对手必然前来窥探。诺华特对外宣称无法委托给技术不过关的机构，而对于宇宙开发，新兴国家的宇宙机构一是禁忌意识薄弱，二是不具备精密实验仪器的防震水准。

于是，天龙GT会社的机会来了。

发射很成功。二〇一九年发射的一号机H-3C火箭秉承了日本火箭一贯的艺术构造和高超性能，而这次发射的十五号机也以低于一百分贝的惊人低频振动顺利将卫星运至宇宙并以远地点误差四十米的高精度载入轨道。轨道高度四十万米，卫星重量二十二吨，除去卫星开发费用，发射费用为七十亿日元。价格虽然比中国等国家的火箭高百分之二十左右，但是精心细致的点检整备切实提高了成功率。大体算得上是无可挑剔的成功。

可即便如此，诺华特公司还是前来告知合作到此结束。如果对八重波说的理由属实的话，那么诺华特之后应该会委托给宇宙新兴国家中经验相对丰富的印度或者中国的宇宙机构。这些国家的火箭虽然没有艺术性可言，但只要肯花一些经费用于提高卫星的抗震性，还是可以利用的。

诺华特宁愿这样折腾也不愿委托天龙GT会社，难怪八重波和泰这么失落。

"真糟糕啊，日程表上已经一片空白咯。"

泰一边嚼着茶点——种子岛特产紫薯派，一边说道。他并不是没有危机感，只不过他本来就是乐天的性格。而且，他非常相信八重波，是八重波让一介书生的自己一跃拥有今天的成就。

"怎么办，再去贷款发射样机？"

火箭开发需要先进的技术和众多的工作人员，有时以发射本身为目的的发射也是必不可少的。因为这样可以发现问题、解决问题、改良火箭、维持火箭制造者的技能和士气。当然这种发射不能产生利润。泰不知道，八重波为了凑出这笔资金（主要是提升工作人员士气的资金——也就是酒水钱），不惜将自己的车变卖换成二手国产车。其努力的程度让人动容。

平常泰这般淡定自若的调侃，八重波都会用玩笑还回去，但这次，他一只手扎进引以为傲的狮子头发中，沙沙地挠着头，认真地说道："还剩最后一座靠山。待会儿客人就要来了。"

"哦？真的吗？哪个国家的客人？"

"日本。御鸟羽综合建设和一家叫什么伊甸的旅游公司。听说过吗?"

"哦,听说过伊甸。不就在咱们名古屋的飞鸟工厂旁边吗?东海伊甸,是那家吗?"

泰百思不得其解,继续问道:"游乐场和建设会社?为什么要联合起来发射火箭,莫非想建造新型游乐场?"

"他们在电话里要求我们必须精确地投入轨道,但是,这些人肯定连'火箭'的'火'字都不会写。信司,待会儿和我一起接待客人吧,我需要你在旁边帮忙通俗地解释。"

"原来是为了这事才把我从名古屋叫过来的啊。我还以为是让我过来倒茶的呢。"

"要不是秘书今天请假,我才不会叫你这么邋遢的人过来呢。"

八重波看着泰的马脸,终于忍不住苦笑出来。只见泰穿着一身皱巴巴的白衣服。用他自己的话来说,脏了也没关系,也省得向别人解释自己的身份,所以外出的时候常常都是这样的穿着。在他认为,头发只要没有头皮屑就可以,所以他的头看起来完全就是一个洗过但没打理的雀巢。银色边框的眼镜下方,一双眼睛笑眯眯的。虽然个子很高,但喜欢猫着腰哒啦哒啦地拖着脚步走路。一句话,这人就是一个头盖骨以外完全不修边幅的男人。

八重波看了一眼金色的可穿戴电脑,去年还是劳力士,今年已经改用精工了。

"客人应该差不多快到了。外面有出租车来吗?"

"出租车?……新机场的出租车公司上个月不是倒闭了吗?您没派人去机场接机?"

"糟糕。光顾着刚才那两个瑞士人了。"

八重波咂了一下嘴。泰正试图用可穿戴电脑打电话安排接机时，突然停住了。天空传来一阵阵轰鸣声。

两人探出窗外抬头看着日本本土没有的蔚蓝天空，啧啧赞叹："哇，乘直升机来这里，真豪华啊。咦？是伊甸会社自己的飞机。"

"不是直升机，而是波音公司的倾转行者（Tilt Walker）。原来是从名古屋直飞到这里的，怪不得没有联系我们接机。信司，去把停车场空出来。"

"我们又没有停机坪，没关系吗？中种子的指挥塔不会发飙吧？"

"又不是火箭之类的危险物品，没事。又不会爆炸。"

还没等泰一一通知完毕，事务所里的人已经全部去停车场，纷纷把车开到边上。一直在上空悬停等待，像是在轻型飞机翼梢上装配了活动式螺旋桨的倾转旋翼机垂直降落在停车场的中央。

走出机门的是一位身着商务西服的红发女子和一位看起来比泰还年轻的男子。旋翼还在轰隆隆地旋转着，两人顶着强风抱着头小跑过来。由于风力太强，女子中途跌了一跤，男子立马好心地伸手拉了她一把，但没想到女子反倒大声斥责起他来。似乎团队合作不大默契。

八重波在三楼社长室俯视着停车场，微微一笑。

"哎呀，这小伙子……会是我们的救星吗？"

过了一会儿，两人被泰领了进来。女士已经整理好被风吹得乱糟糟的头发，魅力十足地微笑着，伸出一只手。

"我是伊甸·娱乐·休闲会社的保泉。这位是御鸟羽综建的青峰。"

"我是御鸟羽综合建设的青峰，这位是伊甸会社的保泉。"

男子也伸出右手。二人完全同时伸出手，都没想到礼让对方。那一刻，他们对视了一下，但都没有缩手的意思。

八重波既疑惑又失望，眼前的两人看起来很适合搞笑，完全不像是能解除天龙困境的救世主。

"算了，还是先看看他们有什么本事再说吧。"八重波暗自思忖，同时伸出了双手。

"我是天龙银河运输会社的董事长八重波龙一。"

就这样，两个人神奇地同时和一个人握手了。似乎是意识到自己刚才的行为有多愚蠢，二人双双脸红了。

"这样就很合理啦。大家都是平等的。"

泰一本正经地说道。

2

握过手后，大家按规矩分别开启可穿戴电脑的摄像头和屏幕交换电子名片。玲花的小型触摸面板可穿戴电脑是支持纯语音输入的法国名牌。八重波小小地称赞了一下它那简练高雅的设计，但现场的气氛并没有因此缓和，双方都没有敞开心扉。

坐下后，八重波率先开口。

"二位似乎之前在电话里说要往宇宙运送相当大量的物资,请问物资大概有多重呢?"

"嗯,计划初期首先发射一台探测器,重两吨。之后,分十年运送约两百吨的资材和机材。"

玲花的回答非常流利。她已经事先把御鸟羽的报价和计划完全背了下来。走也没有全部记住,只好时不时瞄一下电脑。

"哦?两百吨。相当大的量啊。"

八重波重重地点了一下头,但并不是非常惊讶。如果能接下这笔生意,接下来的十年,天龙足以衣食无忧。不过工程量听起来虽大,但在谈判初始阶段,这样的数字并不少见。随着理解程度的加深,往往是客人比较惊讶。

"如果这样的话,发射九支火箭最划算。敝社的火箭,近地轨道投入重量约为二十三点五吨,用两百吨重量除一下,大约就是这个数字。"

"那发射九支火箭的价格大约是多少?"

"太空火箭几乎每台都是定制的工艺品,光制造就经常需要花上好几年。加上还有外汇汇率和新技术的影响,所以现在无法给出精确的数字,但是根据以往经验,一支火箭七十亿日元,九支的话大概是五百五十亿日元,前后浮动三十亿日元。量产比较合算。"

"哦?"走也歪着脑袋戳了一下玲花的胳膊肘。

"很便宜哦。"

"我知道。可能是用于估算的资料太旧了。八重波先生,那个价格大概会变动多少呢？不会最后变成十倍之类的吧？"

"怎么可能？上个世纪一美元由二百四十日元跌到八十日元的时候，用美元结算的价格变成了原定的三倍，但这次不是国内的订单嘛，绝对不会翻倍。"

"非常抱歉。手头上的资料有点误差，我们以为会更贵一些。"

"我们会社向来都是能便宜就便宜，应该没问题。"

"话是这么说，但还是……对了，火箭的种类只有一种吗？如果往月球运输物资的话，火箭会不会有所不同？"

"月球？"

这个词完全出乎八重波的预料，他随即回问了一句："运到月球？两百吨？"

"嗯，是的。"

"要运两百吨……那两百吨物资具体是什么东西呢？用于大规模探测计划的物资吗？"

"我们要在月球南极建基地，载人基地。"

玲花直截了当地回答，走也跟着点了点头。

八重波顿时无言以对。早料到他们俩是门外汉，但没想到他们的计划这么离谱。至今为止，天龙GT会社接到过各式各样的空想咨询，比如让打着商业广告霓虹灯的卫星在夜空飞行，在宇宙空间站建墓地等等，当然没一个能实现的，不过都没有这次离谱。

玲花不安地问道："果然，要发送到月球是不是比发送普通的人工卫星更难？"

"也不能这么说……只不过，地球到月球的距离，两位应该都知道。"

"三十五万六千千米到四十万六千千米。是低轨道的一千倍左右。但是宇宙空间不是失重吗？一旦突破大气层后，应该也没什么差别吧？……"

看来，这位女士只是大概复习了一遍高中学过的地理知识就来了，完全是一个门外汉。八重波明白了。旁边的男子一直没说话，估计也一样……等等。

仔细一看，这位男子不就是最近经常上电视的那个年轻人？

"青峰先生？您就是去过中国月球基地的青峰先生吧？"

"是……是的。"

"一定很辛苦吧？发射之前，训练啊准备啊有没有花一年时间？"

"没，几乎没有。为了能赶上一年发射一次的补给飞船，只做了身体检测，然后学习了一下紧急情况下的注意事项。说来惭愧，前后只花了一个月的时间。"

"这样看来，他也只是一个游客而已。"八重波心里念叨道，还好把负责解说的人叫过来了。

八重波看着旁边的泰，说道："泰，你向二位客人简要介绍一下火箭的情况吧。"

"从戈达德开始吗？"

"还是从凡尔纳开始吧……算了，你自己决定。"

"好的。"

泰点了一下头，转过头来面向客人。由于之前他已经介绍过自己是航空材料的专家，于是他直接跳过开场白开始讲。

"嗯……二位知道人工卫星的速度吗？"

"七点九二千米每秒。"

玲花立马回答。泰点了一下头，继续问："那么，为什么是这个速度呢？"

"应该是为了在高速中巡查地球表面之类的吧。太空没有大气，即便速度很快，也不会产生空气摩擦，所以能比飞机飞得更快。"

"哦？是吗？"

泰挠着头开始说明。

"若要让人工卫星一直围绕地球下落，就必须要有一定的速度。比飞机快只是留在轨道的必要条件。在地面上扔出去的球迟早都会落到地面上，但如果大力扔出去，速度够快的话，那么球就会一直绕着地球旋转，并永远保持下落的状态。这个速度是七点九千米每秒，也就是第一宇宙速度。"

"哦……"

"如果以更快的速度把球扔出去，那么球就不会落到地球，而是会飞到太阳系内。这个速度就是第二宇宙速度十一点二千米每秒。要去月球，至少得达到这个速度才行，请记住。另外，我社的H-3C火箭的全备重量是五百二十吨，它的质量比也就是燃料占整体重量的比例大概是多少，二位知道吗？"

"嗯……"

话题突然转变，玲花哑口无言。泰没有理会，仍旧继续说：

"占了八成,大约四百二十吨。一般的喷气式客机,燃料才占四成。为什么需要这么多燃料,二位知道吗?"

"不懂……"

"轨道速度非常快。打个比方,秒速七点九千米,是来复枪子弹速度的八倍,喷气式客机速度的二十五倍。普通的引擎根本无法产生这么快的速度。火箭是一种将化学反应产生的热能量最大理论限度提取出来的装置。只有往这个装置里填充大量燃料,人类才能勉强飞到太空。"

"请问,如果是这样的话,飞往月球是不是不可能?"

玲花似乎受不了泰的长篇大论,插了一句。泰笑着摆摆手。

"当然是可能的。但是,就像我刚才所说的,发往太空的火箭速度比想象中要高很多。第一宇宙速度和第二宇宙速度相差三点三千米每秒。上升到低轨道后还需要加把劲继续提升速度。二位知道吗?是时速一千两百万米。必须要相应地填充大量燃料才行。换句话说,必须要削减货物重量。"

"大概要削减多少?"

"低轨道投入重量的八成。能运往月球的重量大约是五吨。"

"也就是说……费用会增长到五倍?"

"要是五倍的价格能解决就好了,但还是不行。因为要在月球建造基地,所以货物的目的地不是绕月轨道,而是月面。这样一来,就需要着陆装置。而着陆装置的重量大约占货物整体重量的二分之一。最后,还有一个重要因素……"

"还有什么?"

玲花不耐烦地皱起眉头。"不是我的错。"泰不由得身子往后一退。

直到刚才还一直沉默的走也终于开口了。

"是因为要载人对吧?"

"没错。"

泰露出笑容。走也接着往下说:"中国的神箭火箭,为了提高载人的可靠性,花费了大量资金。我和一个一起去的小女孩两人就花了三十亿日元,而那还只是嫦娥号这种小型飞船的搭乘费,总重量二十一吨的西王母五号的发射费用没算在内,加上另外两个船员总共花了近八十亿日元。我们还是享受的折扣价。和中国相反,日本还从来没有发射过载人火箭,还需要再投入资金进行相关整备。"

"没错。我社的H-3C火箭目前已经连续成功发射了十五支,设计的发射成功率是百分之九十五。这还算高的。就在十年前,成功率一般只有百分之九十。发射十支坠毁一支,发射五十支坠毁三四支都正常。坠毁的火箭大多数都集中在缺少开发期间的初期运用阶段,所以经验并不丰富的日本,其实坠落的火箭比想象中多很多……"

"发射十支就会坠落一支?"

玲花瞪大了眼睛。

"如果这样的话,那不是肯定无法载人了吗?"

"是的,所以刚才所说的只是无人火箭的情况。载人火箭的成功率已达到百分之九十八,我社会再加把劲努力提高成功率。

但是说到底还是难免有坠落的情况发生。美国的旧式航天飞机四十年间发射了一百五十次，坠落了三次。其中两次，飞行员不幸牺牲……话虽如此，如果坠落的概率和商业街有奖抽签的概率一样的话，肯定无法载运老百姓，所以我社无论如何也想将失败率控制在百分之一以下，可是恐怕很难做到。"

泰又挠了挠头。

"H-3C火箭的LE-11发动机虽然本来就是精密的液氧液氢发动机，但还是有着二段燃烧式的惊人纤细构造。另外，它还搭载了两个每分钟五万转的涡轮。从其直系祖先H-2开始到实用版H-2A、集成版H-2C、搭载LE-11发动机的H-3、最后到集成版H-3C，我们一步步进行开发，技术已经愈臻成熟，甚至可以说已经无法更进一步了……除非可以用'特洛菲'。"

"泰。"

八重波使了一个眼色，泰心领神会，赶忙说道："啊，抱歉。"然后刻意地捂住了嘴角。

"二位都听到了。"

八重波向前挺出身子。

"把人送到月球和发射人工卫星完全不是一回事。之后，要把货物卸到月面并进行相关操作的话，更不可能像阿波罗一样住在电话亭般的室内或者登陆船里面。制造长期驻守的设施、发送轮替人员等等，工程规模可以无限膨胀。"

说完后，他回头看着泰。

"怎么样，综合上述这些因素大概可以运输多少吨？"

泰抬头看着天，默算了一阵，之后皱起眉头说道："要运送两百吨的货物的话，首先需要一百吨或者两百吨的辅助设备。之后，把人送上去还得再送回来，凭现在的技术，一个人也要五吨左右……五十人的话，就是两百五十吨。大概是这么多人吗？"

"项目初期每年送十人上去，最终人员规模为五十人。"

"如果这样算的话，十年内大约送一百人以上？那就是五百吨。合计要往月球运送八百吨的重量，换成低轨道重量的话就是四千吨。每吨运输费用三亿日元多一点，也就意味着……"

"一兆两千亿日元……"

玲花的声音有些沙哑。走也看着她的侧脸说道："对得上么？"

"和报价差不多。"

玲花看着电脑遗憾地回答。之后，两个人相互看着对方。不知不觉两人竟熟稔了起来，难免有些不自在，于是又硬生生地把头低下来，开始小声商量。

"怎么办？果然还是超过了预算。"

"社长给我留了一张王牌，你看。"

玲花抬起头看了一眼，镇静地说道："刚才聊的都是老式火箭，对吧？"

"是的，不过，就像我之前所说的那样，无论是低轨道还是月球飞行，所使用的火箭都是一样的。现在我社只有H-3C火箭。"

"现在是这样没错，不过贵社应该在计划研发新型火箭吧？"

"新型火箭？没在研发那种东西啊。"

"特洛菲发动机。"

天龙GT会社的二人肩膀像抽搐般颤抖了一下。玲花心中暗喜："果然有用。"

"确切地说，应该叫可变式推进方式复合发动机（Transforming Powersource Hybrid Engine）。听闻贵社正在研发该发动机，刚才泰先生也有提到。"

"您从哪里听说的？"

"啊，信司，等一……"

八重波还没来得及阻止泰，他已经先上钩了。玲花微笑着说道："消息源恕我无可奉告。"

"看来确实有这样的发动机啊。"

"嗯……有是有，不过，还没公开。"

"感谢您如实相告。如果能开发出这款发动机的话，费用是不是可以大幅降低？"

"如果按预想的情况来看，是可以降低一些……"

八重波一下说不出话来，脑海中正飞快地计算得失。特洛菲发动机是能让天龙GT会社起死回生的一项计划，研发过程非常隐秘。这个由泰提出的绝佳方案甚至让八重波赌上了自己的人生。

八重波心想着哪天能制造出搭载这款发动机的火箭。但是，天龙GT会社现在身陷资金短缺的泥沼，照这样下去，好不容易想出来的方案最后也会成为泡影。为了避免这种情况，要么通过政府同意后引入外部资本进行研发，要么就做最坏的打算把特洛菲发动机的技术转卖掉。美国或者欧洲应该可以替自己实现这个愿望，但是他和泰不可能参与到其中。

能把这些情况向二人和盘托出吗？搞不好这两个人只是假装外行，实际上却是商业间谍？八重波已经考虑到这个地步了。

但是，玲花接着继续说道："我们不谈预想。如果可以实现的话，我们来承担开发费用。"

"你们来承担？"

"是的，伊甸会社出钱。"

"您觉得会耗资多少？开发新型火箭是成品价格的十倍，可不是十亿、二十亿就能解决的。"

"两百亿都不是问题，只要能生产出这种发动机。加上量产效应，应该能把发射费用压缩到原定的两百分之一吧。这样算下来，一兆两千亿就能降到六百亿。即便加上开发费用，我们也不是承担不起。"

"您都算得一清二楚了啊……"

"社长，我想起来了。"

泰凑到八重波的耳边说道："刚才她说的就是我学生时代写的论文。当时虽然提交给了任课老师，但是研究生院网站上只挂出来论文摘要，几乎没人看正文。搞不好有人看过后记下来了。"

"连那个都给翻出来了啊……看来这二人不是说着玩的。"

八重波犹豫不决，伊甸会社和御鸟羽综建看来是玩真的。八重波担心的不是他们了不了解这些内容——海外的宇宙开发机构肯定比他们懂行得多，而是他们会不会帮忙研发，以及他们是否像自己一样非常想去太空。

八重波干脆大胆地问道："御鸟羽综建、伊甸会社的二位，如果能研发出特洛菲发动机，那么人类进程将会因此改变。我计划研发时已经决定赌上我的一切。你们如果承诺能坚持到最后不半途而废的话，我们就献上特洛菲发动机。二位意下如何？"

看起来比八重波年轻了一轮的走也挺直背板，八重波看着他眼里闪烁的光芒，不由得微笑起来。

"特洛菲发动机原来是这么厉害啊。如果这样的话，我上司肯定会答应。不对，我一定会让他答应。"

"哎哟，这年轻人，"八重波点了一下头，"和时下冷漠的年轻人不一样，非常会说话。"当然，不能光信他一个人的话，但是御鸟羽既然派他过来，那他上司肯定认可他。这么一说，自己之前曾听说过御鸟羽的社长也是一个风云人物。

玲花的反应和走也不同，但也非常明显易懂。

"既然我们要投资，那就一定要见到回报。如果是能改变人类进程的技术，应该会有很多商家过来洽谈合作。只要能得到回报，我社绝不会撒手不干。如果需要的话，要不现在就开始商量利益分配的问题？"

玲花刚说完便要开始摆弄电脑。"原来是这样啊。"八重波心想。这两个人的立场就是赞助商和承包方的关系。赞助商不谈梦想而谈金钱是理所应当的。如果这两个人太冒进的话，八重波反而会怀疑他们的稳重性。

而且，这个代理人还是女人，无趣也是没有办法的事。八重波这样心想着，不过后面证明这些想法都走偏了。

管不了这么多了，八重波横下决心决定赌一把。

"这些是后话，之后再说吧。我们先去看一下特洛菲发动机。"

"已经有实物了吗？"

"如果只有设计图的话，我能这么吹牛吗？待会儿请仔细观赏。"

八重波站了起来，嘴角浮现出充满挑战的笑容。这种笑容此前没人见过。

建在种子岛最南端的旧宇宙开发事业集团种子岛宇宙中心，占地面积八百六十万平方米，车子在原始森林里的道路行驶了几千米后，来到与群青的海洋相对的竹崎海滨。那里有一个奇怪的设施。

看起来只是一个仓库，高十米，纵深三十米，面向南部海面，正门挂着宽十米左右的卷门帘。

奇怪的是这个仓库的左侧、右侧、后侧都建着河堤一般的堤坝。四个角落立着电线杆，电线杆上拉着电缆，把仓库围住。南侧也有一个堤坝，其表面是混凝土构造。整体就像一个朝南的缓坡，爬上缓坡后便能看见太平洋。

站在坡顶的走也喃喃自语："好像航空母舰上的弹射器啊。"

"这个构造是方便仓库里的飞机能借着坡冲出起飞。"玲花在堤坝底下说道。

"弹射器会这么粗糙吗？"

"粗糙？"

玲花指着走也的脚底。走也低头一看，混凝土的表面遍布着灰桃色的斑点，到处都在层状脱落。眼睛凑近一看，原来是露出来的骨料沙粒和一些粗糙但细小的水泥颗粒，这些颗粒如同石灰岩洞窟的钟乳石一般呈单方向流动。

走也觉着像火灾后的墙壁，但又有根本不同的地方。因为水泥颗粒是由下往上流动的。

"这儿。"

八重波在仓库旁边喊道。走也从坝上跑下来，走到他旁边。

"这是什么设施啊？"

"SRB-R试验场。"

"SRB？"

"固体火箭助推器的简称。我们平常把这里当作H-3C助推器的燃烧试验室。"

"哦，就是粘在火箭侧面的像蜡笔一样可爱的东西对吧？"

"怎么个可爱法？里面可是几百吨的炸药堆。"

"……请不要动不动就找茬儿。"

被玲花瞪了一眼，走也耸了耸肩，之后想起刚才自己说的那句话，随即转头问八重波："助推器试验？难不成在这里点火？"

"是的。"

八重波指着仓库的卷帘门和对面的混凝土坝。

"平放的SRB会朝着海，也就是对着那个挡板'轰'地进行喷射。毕竟一百秒要燃烧掉八十吨的橡胶轮胎，所以会产生很多烟。"

"呃,那会爆炸吗?"

"周围的堤坝就是为了防止爆炸的掩体,它们可以把爆炸气浪排到空中。周围的电线杆是避雷针。所幸至今为止都还没用上这些东西。"

八重波往仓库的便门里探了探。

"今天刚好要进行启动试验,所以把特洛菲发动机也带过来了。我们对外宣称是在进行旧式 SRB 的试验。泰,把卷帘门打开。"

"明白。"

卷帘门嘎啦嘎啦地打开了。阳光洒进来,眼前出现一个形似风洞的装置。装置上有一个像鲨鱼嘴一样的狭缝状喷射口,泰换好工作服后,从一堆忙于调试机器的技术人员中走出来,用手指着装置说道:"这个是 TROPHY-E103 发动机。构造很简单吧?"

走也和玲花走进来,绕着平放在支架上的发动机好好看了一遍。泰说很简单,但是对于两个外行来说,完全就是一个既奇怪又复杂的配管集合体。

面朝大海的喷射口跟普通火箭的铃状喷射管说像但又不像,类似一个箱子的断面。银灰色的喷射口几乎没有像样的腰身,连接在同样是方形的粗筒上。筒高、宽各一米,长约四米,越往里,筒就随着微妙的曲线越来越粗。筒的顶端被斜斜地砍掉了,周边盖着一个简单但是看起来构造很精密的盖子。盖子以下缠绕着几根像是传感器和促动器的配管。

盖子前面的构造突然变得复杂起来,好多条金属管插进盖子,然后连接到最里面形似金属内脏的配管连接块。走也和玲花都对那个配管连接块的构造一无所知。

二人刚要凑过去看时，泰说道："从那部分开始是为了试验临时设置的供给系统，不会连接到实体机上。"

"从哪部分开始？"

"从这里开始，这边就是特洛菲本体。"

泰指着喷射口到粗筒的部分说道。如果只是那一小段的话，长度只有七米左右，确实很简单，简直是出奇的简单。这玩意看起来怎么也不像是能改变人类的新技术。

"二位是不是觉得很不可思议？"

泰像看穿了二人的心思一般，乐呵呵地开始讲解。

"这是特洛菲发动机的三号试验机。二位看到了，这不仅仅是一个发动机，其下部是火箭，上部是吸气系统，可以吸入大气。"

"吸入大气？太空火箭能这样？"

"太空火箭前半程都是在大气中飞的。这家伙能在大气圈内充当吸入氧气的冲压式喷气发动机，到了太空之后再变身为火箭引擎。"

"冲压式喷气发动机……"

"哦，所以它才叫可变式推进方式，对吧？"

走也姑且点了点头，但是离真正理解还有很远。

"为什么要采取这种方法呢？"

"刚才我说过质量比，也就是燃料占全体重量的百分比。我说会占八成，而八成中的七成，在高度五万米、对地速度达到每秒一点六千米的大气圈内就消耗掉了。可以说，火箭的第一段几乎就是为了冲破大气圈而储备的燃料。如果能减少这部分重量，就能相应地增加货物的重量。

泰夸张地深呼吸了一下。

"火箭装载的燃料——推进剂里面，氢气肯定无法削减。但是，氧气在途中要多少有多少。吸入氧气后，特洛菲可以实现极高的比推力。"

"比推力？"

"嗯，就是将推力除以每秒钟消耗的推进剂重量得出的数值。说来话长，二位把它理解成油耗就可以了。以往的液氧液氢火箭的上限比推力是四百五十秒左右，而特洛菲可以达到四千秒。

"怎么样，厉害吧？"泰问二人，但眼前的两位听众呆若木鸡。

泰略微失望地嘟囔了一句："比推力五百秒这个壁垒，半个世纪以来，没有任何一支太空火箭能突破。完全是一堵铁墙啊……"

"哦？那太不可思议了。"

走也虽然没有亲身感受过，但还是忍不住点头。

玲花一脸怀疑的表情问道："既然那么难的问题能用构造如此简单的发动机来解决，为什么至今为止都没有实现呢？"

"构造虽然简单，但是别人要制造，却完全不可能。"

泰重振精神昂起头。

"刚才提到的空气吸入式发动机叫做冲压式喷气发动机，吸入超音速飞行风的发动机叫超音速冲压式发动机。要往如此高速的吸气中注入燃料然后持续点火非常困难，因为冲击波会导致火猛烈地飞起来。另外，接触如此高速的气流，会产生巨大的摩擦热量，一般的材料根本受不了。特洛菲发动机之所以能做到，是因为它采用了一种特殊材料。"

走也伸手摸着喷射口，注意到其底部到顶部是毫无起伏的流线形状。印象中，其他火箭发动机都缠绕着螺旋状的线。

"就是这种材料，特殊的金属陶瓷，金属和陶瓷使用的是往深度方向连续变化的材质。金属不耐高温但刚性强，陶瓷刚性弱易碎但耐热性能强。这种材料正是截取了金属和陶瓷的优点合成的特殊材质。我们在给金属陶瓷进行表面加工时，发现它可以有效抵挡层流，之后成功实施了超音速气流的顺利混合及点火。而之前没有人这样做到过，所以超音速冲压式发动机至今都未面世。"

说完后，泰摇了摇头。

"其实，不只是超音速冲压式发动机。有了这款发动机后，革命性的改良才变成可能。单拿喷管来说，由于已经不用再缠绕冷却用的液氢配管，所以便一举达到了简化工程、提高安全性、减轻重量等等目的，吸气系统同样变得更轻、更坚固、也更简单。最后，如果在火箭的整流装置和火箭主体也采用特洛菲的话，还能减少机体的空气阻力。这部分由于没有真机，所以暂时没办法试验。"

"泰先生，泰先生。"

走也拉了一下正在热情讲解的泰的肩膀。

"这些细节的东西完全交给您。您就给我们一句话，搭载了这种发动机的火箭会怎么样？"

"大小和至今的火箭一样，但是有效负载是它们的十倍。"

泰干脆地回答道。走也惊讶得出不了声。

"十倍……也就是二十四吨的货物可以增加到两百四十吨？"

"是的。另外，制造费用只有原来的二十分之一。"

"二十分之一……"

"因为强度上很高所以构造不需要很紧凑，而且，零部件的构造变得更加简洁，数量也大为减少，整体算下来有三十多万个零部件。而普通火箭的零件数量要足足多一个零。"

"那真是……太厉害了。"

走也终于搞清楚来龙去脉，回过头来对玲花说："保泉小姐，您听到了吧。用你们的话来说，不就是赚到了吗？"

"真的是这样吗？"

只见玲花不放心地用手摁着脸颊，凝视着泰的脸。

"问您一个很重要的问题，您为这个申请专利了吗？"

泰听完后，突然有点无力。

"还没有。因为，一旦申请专利后，肯定就被别人知道了。但是，如果一直揣在怀里，又可能被别人超越。之前一直想着，等我社想办法做出真机后再申请专利也不迟……没想到现在已经陷入进退维谷的境地。"

"现在就申请吧，也是时候了。"

八重波开口了。

"现在有了赞助商，我们就能实现了。没有必要再藏着掖着。

当前，为了避免别人捷足先登而禁止使用这项技术，先申请防御性专利吧。"

"是啊，还能入账专利使用费。"

"不，我们的目的不是专利使用费。"

八重波打断玲花的话。

"就免费让外界尽情使用吧。只要不干扰我们，谁使用都无所谓。"

"八重波先生，您的想法也太天真了。"

"天真一番又如何？特洛菲如果普及，全世界就会掀起宇宙开发热潮。届时会有几百支火箭升空。宇宙时代就会来临。而即便是这样，对我们也没有影响，因为没有人比设计者兼材料工学学者泰更熟悉特洛菲发动机的核心——金属陶瓷。外界再怎么模仿，我们都能领先一两步。这样一来，无论是月球、火星还是木星，我们都能冲在最前面。我们这些平民百姓居然能把NASA和俄罗斯航空宇宙局甩到屁股后面，有比这更让人开心的事儿吗？"

八重波越说越兴奋，就像是决堤一般。玲花惊讶地看着他，走也则笑得肩膀一抖一抖的。

"保泉小姐，你输啦。正如这位八重波先生所说的，向世界公开后肯定更有趣。"

"啊……"

"很厉害哦，这可不是梦。"八重波重重地跺了一下地板。玲花呆呆地凝视着他。

"社长，试验开始。"

在特洛菲周边忙活的技术人员大声喊道。八重波回过头去，"好！"

"接下来请二位撤离到外面的监控楼，在那儿可以看见新征程的礼炮哦。"

说完后，一行人离开试验楼，进入百米开外的监控楼。房间里排列着远程检测装置，四人隔着厚厚的窗户，注视着被掩体包围的试验楼。

"液氢温度、压力正常。"

"液氧汽化器无泄漏，一至八号气门打开，供给系统正常。"

"特洛菲要利用SRB获得初速度之后才能启动。这次我们利用涡轮吹入超音速氧气来取代SRB，然后观察火箭的运行情况。"

泰语速飞快地解说着，脸都红了起来。他并不负责火箭运行，所以没有操作过排成一排的远程检测装置，但他还是把它当作自己的事情期待着，一脸紧张地注视着窗外。

"五、四、三、二、一，燃烧开始！"

远远看过去试验楼就如同在发射闪光。蓝白的火舌水平喷出，叩打着挡板的斜面。不一会儿，火焰的轮廓逐渐稳定静止下来后，变得格外清晰，喷射速度已经超过音速。顺着斜面往上冲的排气非常惊人，水蒸气瞬间变成白云上升到数百米的高空。

监控楼被伴随着地鸣一般的轰鸣声包围了，八重波和泰把额头贴在振动得哗啦哗啦直响的玻璃窗上目不转睛地看着试验楼。走也二人则一会儿注视着他俩一会儿看着输出了数百吨推力的无比强大的机器。

试验很短。计时的技术人员喊到三十后,宣告发动机停转,火焰消失。监控楼里一片欢呼声。

八重波回过头看着玲花,激动地问她:"您觉得如何?能帮我们把这家伙送上天吗?"

"……嗯,就这样定了。反正刚才又没发生爆炸。"

"爆炸了那还了得!"

八重波大叫着抓住玲花的双手,用力地上下摇摆着,也顾不上她为难不为难,只是大喊着:"谢谢!谢谢!"

走也强忍住笑,刚松开手的玲花甩着手走过来,叹了一口气。

"为什么男人都这样?他也好,我们会长也好,都像孩子一样。"

"我也是哦。然后,那个叫泰的人也是。"

"看他那么热血,一不小心就答应了。真是饶了我吧。"

说到这儿,玲花才闭上嘴,不好意思地看着走也。走也一副"我懂"的样子,摇了摇头。

"其实,这样不也挺好的吗?如果一直都疑神疑鬼地刺探对方,那这项计划永远都无法继续下去。如果你没意见的话,让我们都坦诚相见吧。"

"……要把握好分寸,可不能和他们合谋串通。"

"听您的。"

走也眼角带着笑点了一下头。玲花肩膀松了一下劲儿,像是考验走也一般再次凝视着他。

"好了……伊甸会社已经确保了去月球的交通工具,接下来就看你们会社了。"

"交给我们好了。"

走也想起了御鸟羽综建的同事们，至今为止他们已经完成了多项艰难工程。

"我们公司也是一群孩子般的人啊。"

3

新宿，御鸟羽综建本部大厦技术开发部研究室。

极限环境下的众多特殊建筑就诞生在这个屋子里。作为部门负责人的参堂部长沉稳地摇头说道："不，基地的基本构想不是我们提出的。是伊甸会社的主意。"

听完后，走也大吃一惊，回头看着身旁的两个人。

"是你们提出的方案？"

"是啊。如果只是跟你说一句'请建一个基地'，你肯定不懂我想要怎样的东西吧？"

穿着制服第二次来到御鸟羽综建的桃园寺妙笑嘻嘻地点头回答。她和玲花、走也以及机动建设部的岩城坐在各自喜好的位子上。

妙口齿清晰。

"所以，我们就先把基地的大小定下来了。大小决定后，所需的材料也就定好了。材料定好后，地点也就敲定了。伊甸会社定好上述事项后，才把细节的东西委托给贵社。"

"是这样啊？"

走也虽然点头默认，但还没理解妙的意思。

参堂接着往下说："没错，最初的要求书就这样写着呢。十个人驻守一年。凭这两样条件，就敲定了两件事。一是，基地规模要比中国的大。二是，它得是一个永久基地。凭这两点就能决定建设方式了，也就是用混凝土来建。"

"除了混凝土之外的其他建设方式呢？"

"要么是中国基地那种金属构造，要么是使用伸展性材料的充气式构造——也就是所谓的灯笼式构造，再要么就是利用月面固有的火山性洞穴改造的隧道式构造。但是，金属构造所需的材料要全部从地球运输，费用太高。灯笼式构造软质部分强度低，在阳光照射下容易劣化，缺乏持久性。隧道式构造容易被洞穴本身大小限制住规模。总之，各有缺点。"

"原来如此。"

玲花点了点头。完全像是第一次听一般，把要点都记录到可穿戴电脑里。

"和上述三种构造不同，混凝土在真空中的强度和持久性都无可挑剔，而且它还有一个最大的优点，那就是能在月球生产。要建设一个初期十人驻守、最终总计五十人驻守的大规模基地，混凝土是最合适的材料。话说，青峰君，混凝土的主要成分——水泥的原料是什么？"

"硅酸盐水泥的话是黏土、石灰石和石膏；高铝水泥的话，是矾土和石灰石。"

走也对答如流。参堂点了点头。

"高铝水泥可以用月球的岩石相对简单地制成。将月球岩石的主要成分灰长石加热至摄氏一千四百度左右,除水泥之外的其他成分就会融化流失,再进一步加热,就能得到接近高铝水泥的物质,加热的过程使用太阳炉即可。接下来要制成混凝土还需要两样材料——骨料和水。"

说完后,参堂端起桌上的茶杯,但他没有喝,而是轻轻地摇晃着。

"问题来了,月球上没有水。"

"当然。那里到处都是荒芜的沙漠。"

"不,不。"

听完玲花的话,参堂摇了摇头。

"并不是狭义上指地表没有液态水,而是说月球整个天体几乎完全没有氢元素,是一片极度干燥的土地。这个和月球的成因紧密相关。月球是大约四十五亿年前,原始地球和另外一个行星相撞的产物。两个星球相撞的巨大冲击使原始地球的地幔上部整个被吹走,经过熔化再凝结后才变成现今月球的样子。在这个高温高热的过程中,像氢这种比较轻的元素几乎全部蒸发,所以才导致现在的月球没有水。"

"哦……那怎么制造混凝土呢?"

"用其他地方的水。"

参堂眯着眼睛狡猾地笑道。

"大家都知道彗星吧?就是那个尾巴长长的扫帚星。它的核心部分是一种类似融化中的雪球一样的块状物，里面蕴藏着很多水。要是彗星撞月球，你们觉得会发生什么？"

"爆炸，然后蒸发？"

"确实，一般会这样。如果撞击地点被太阳光照射到，那么水分子经过一天时间就会发生光解现象，变成分散的原子。但是，如果太阳光照射不到的话，那就有可能以水的形态残存下来。"

"对……对，如果是在月球的阴影部分，就可能有那种水，对吗？"

玲花刚说完就发觉自己说错了。

"但月球又是转动的。不管彗星撞到哪边，最后都会被太阳光照到不是吗？"

"非也。大家都知道，地球的南北两极被冰层层包裹着。因为极地的日照极其微弱。月球的自转轴和地球差不多倾角都不大，只有一点六度而已。在极地高大的环形山中，有些地方自从月球诞生之日开始就从未被太阳光照射过。如果冰块撞击到那种永久阴影区的话……"

"撞击过吗？"

"没有证据表明是否撞击过。毕竟那地方已经有几十亿年的历史了。"

参堂摇了摇头。

"依据反证法来看，应该发生过撞击。这样一来就意味着，零下二百二十度的低温阴影中，积攒了大量的水分子。"

"原来如此……"

"那是确证过的事实吗？"

还没习惯科学逻辑论证方式的玲花像被戏耍一般频频点头，但走也不同，仅凭理论的话，他无法信服，于是他赶紧追问。

参堂一副既高兴又为难的表情，歪着头回答。

"你这个问题是其他问题的变种，也就是凭什么确认？"

"什么意思？"

"这个问题起源于一九九四年，克莱门汀号卫星（Clementine）往月球南极发送雷达电波并接收到疑似水的物质反射。之后，一九九八年，月球勘探者卫星（Lunar Prospector）通过中子分光器调查显示，月球存在氢元素。这架卫星在任务的最后阶段受命撞击可能存在水的环形山并试图造成水喷发，但尝试最终以失败告终——水并没喷发出来。"

"哦……"

"之后，美国和日本也通过调查发现，至少利用电波和雷达得到的数据证明，月球上是存在水的。但是否准确无误，谁也不敢一锤定音。或观察近红外线的暗线，或将其当作固体拍摄X射线衍射照片，或制作相图，证明'那'是不是水的调查方法多种多样。至于论证到何种地步就可以断定是水，这就看个人判断了。归根到底，没亲手碰到样品之前，任何人都无从知晓那个判断是否确切。"

不仅是土木工学专业出身，还精通各个领域的老科学家参堂的一席话，不用说玲花了，连走也都不知道。他终于缴械投降了。

"明白了。也就是说，先确认完这个问题之后再开始作业，对吗?"

"没错。当务之急是先投放一架可以软着陆的探测器。"

参堂点了点头,接着说道:"我们姑且先按水存在的前提继续往下说。月球南极永久阴影区的面积是两千平方千米,根据推测,那里应该存有六十亿吨的水,这个数字是黑部第四水坝蓄水量的三十倍。如此多的水,足够制造混凝土。因此,基地的预定建设地点就设置在这个永久阴影区的环形山周边。目前这些都——"参堂的视线转向妙。

"包含在伊甸会社提出的计划里。"

"啊?都到这么详细的地步啦?"

看着玲花一脸疑惑,妙开口了。

"保泉小姐,这还不算详细哦。因为伊甸会社企划部的人也想到这些问题啦。我也只是能理解而已。难题还在后边呢。"

"妙小姐……"

"什么?你连这个都不知道吗?"

被走也这么一说,玲花非常受伤地埋下头。

"这项计划在伊甸内部也只是会长和一小部分人知道。我只懂财务方面的工作……"

"哦?"

坐在稍后位置的岩城听完轻轻地哼了一声,并给回过头来的走也递了一个眼神,让走也注意。如果妙能接触到连玲花都不知道的东西,说明和妙保持联系比想象中更重要。但是,一个项目竟然由一个中学女生把控核心,还是难免让人不放心。兴许岩城是在提醒走也这两点都要注意。

玲花重振精神。

"那么，贵社已经制定好详细计划了吗？"

"嗯，从现在开始才轮到我们展示真本事。"

参堂深深地点了下头。

"要执行十年的长期计划，需要经历三个阶段。第一阶段要用无人机器执行，做好接收人类的准备。"

参堂在墙上的显示器调出各项工程的工程表。

"首先是在接下来的四年内尽早发射探测器，确定预定建设地点。条件是要与有水的永久阴影区相邻，可以轻松获取水泥原料——灰长石，但是必须要有日照。如果没有日照的话，无法获取能量源——太阳光。在定好建设地点之前，先开发人工建设工程所必需的临时逗留设施。设施可以仿照目前的设施形式，也就是昆仑基地的西王母式组合。敲定建设地点、运送短期驻留设施、开发建设机械就是第一阶段，本阶段完成后，就能让十人短期驻留月球了。时间从今年算起到六年后的二〇三一年。"

长方形的工程表最上面的一栏有一个横条写着"前六年"，和第一栏部分重合的第二栏横条伸展铺开。

"第二阶段是施工人员建设基地的阶段。人类生存必要的物资优先，按顺序增设设施，依次是承接登陆船的设施、发电设施、氧气制造设施、取水设施、混凝土制造设施、输送设施、施工设施。只有进行到这一步，人类才能正式短期驻留混凝土基地。也是从这个阶段开始，我们会往月球运送大量机材。因而，第二阶段可以说是最繁忙也最危险的阶段。"

在第二栏的横条上写满了各式机材名、工程名,数量是第一栏的十倍。

"首先要平整月面,为后来的太空飞船建造登陆港。如果不建,逆向喷射会让月壤到处乱飞弄脏周围所有物品。之后,设置发电面板,布好超导电缆,利用有线电动推土机和铲运机收集月壤和冰冻水,使用发射器和捕集器转移到必要的地方,通过太阳炉、滚压机和回转炉等等制造水泥。由于解冻冰需要消耗大量热量,所以除了部分冰之外,其他的直接固态粉碎,和水泥、骨料一起搅拌。之后,装进碳纤维芯材的模板里,必要的话,加压预制,用太阳炉加热发生水合作用,养护几天后,制成水泥预制板。利用叉车或推土机搬运、堆积建造基地框架。水泥预制板之间用液氢的淋灌装置进行黏着,就像是因纽特人的冰屋,或者初期的南极越冬基地一样。因为那里常年低温,往上面浇水就能冻住,所以可以期待实现完全密闭。另外,水还是非常优秀的宇宙射线遮蔽材料。"

工程表的旁边是基地框架的建造设计图。可以看见基本模块是断面类似鱼糕的细长建筑,众多模块呈格子状连接,穿插了环状排列和文字说明。

妙看着设计图,肩膀像是抽搐般颤抖了一下。

"第二阶段的关键是现场要向地球进行频繁反馈。目前还没有在真空环境下进行如此大规模工程的先例,无论发生什么都不稀奇。关键是发生故障时,工作人员要立即向地球报告,灵活地传达给制作中的机材。施工规定和安全条例也要在该阶段制定。综上所述，六年后到八年后的这两年会是最困难的阶段。"

第二栏的横条底下是第三栏的横条"八年后——二〇三三年以前"。

"混凝土制的居住区完成之后便进入第三阶段。进入该阶段意味着当地的建造机材已筹备齐全，施工程序已经标准化。之后，机材的运送会暂时告一段落，现场施工会成为主要工作。增设居住区，增派人员，增加其他用途的区划，进行内部装潢。另外，从这个时期开始，除了御鸟羽综建，伊甸会社的工作人员也会进入现场。此外，还有其他的人也……"

解说一直行云流水的参堂不知道为什么突然停住了，过了一会儿才继续开口。

"第三阶段持续到二〇三五年。御鸟羽综建计划的工作也就到此为止。十年时间建成月球基地。"

现场一片"呼"的叹气声。走也意识到自己紧握的双拳正不住地在颤抖。听到具体的计划后，现实感瞬间大增，所以身体兴奋得情不自禁地颤抖起来。

参堂淡然地接着说道："好了，上述工程必需的物资清单也基本上念完了。为了保证所有工程顺利进行的必要物资，资材、机材、燃料、食物、水、人员等等合计大约是一百八十九吨。算上一些意外的变动，大概两百吨。这就是御鸟羽综建算出来的需要运到月球的物资重量。"

"原来如此……果然是两百吨啊。"

"没错。"

参堂略带不安地点点头。

"要把两百吨的物资卸到月面上,那就需要将更多的机材运送到绕月轨道。另外,还需要飞船将轮替人员送回地球。这样那样的费用再加上机材的开发制造费,大约就是一兆两千亿日元……"

大家不可思议地歪着脑袋。

"伊甸会社的二位应该已经知道将费用压缩到两百分之一的魔法了吧?"

"是的,我亲自确认过了。"

玲花一副"终于轮到我出场了"的样子探出身子回答道。

"可以解决。天龙银河运输会社正在进行一项划时代的新型火箭研发计划。如果进展顺利的话,只用几支火箭就可以运送完所有物资。"

"几支的话估计不行。"

走也泼了一把冷水。

"首先,将十年间开发所需的机材集中在几支火箭发送不太现实,而且风险也很大。应该选择体积小一点但更便宜的火箭分几十次发射。"

"呃……也对。"

参堂饶有兴致地看着二人,笑着点点头。

"无论如何,现在已经看见光明了。太好了,我们总算没有白忙活。"

说完，参堂向大家展示了一下研究室的惨状。仅用两个多月的时间设计出前所未闻的建筑，已经榨干了技术开发部成员的精力和体力。文献、地图、文印资料等等像暴风雨过后一般散落一地。里边的一张桌子底下，一位职员正在睡袋里酣睡。

就在这时，一直静静听讲的岩城部长发话了。

"参堂，我有一个问题……"

"什么问题？"

"你刚才说，基地建成时，还会有其他人去基地，对吧？"

"嗯，是的。"

"你有听说那些人是谁吗？"

听完岩城的话，参堂有点不知所措地皱起眉头。

"应该是……访客吧。实际上，伊甸会社的要求中，还包括建造几个大厅、食堂以及镶玻璃的奇怪房间。很显然，应该是给宾客用的设施……"

话还没说完，参堂就注意到玲花的眼神，于是轻轻地清了一下嗓子。

"当然，我并不打算多事去打听这些人的身份。只不过，建造这么大规模的设施是作何用处至今都不清楚，确实不利于开展工作。"

"参堂伯伯。"

听到妙喊自己，老人把脸转过来，连声说"是"。就在御鸟羽综建的每一个人都以为妙要回答问题时，没想到她说的话和问题没有一点关系。

"选择基地地点时,我想拜托您一件事。"

"什么事?"

"请选择一个适合眺望的地方。"

"眺望……"

参堂、岩城和走也面面相觑。

走也问道:"小妙,果然是为了招揽游客吗?"

"游客……是啊,旅游当然也是目的之一。"

说完,妙的脸上浮现出一副想要打听事情的笑容。

"参堂爷爷,通过刚才您的讲解,我已经大概了解了建筑物的建造方法。但是我还想问您一些其他事情。"

一个年纪轻轻的女孩能理解参堂那番复杂的话已经让人无法置信了,没想到她接下来说的话更让大家大跌眼镜。

"内部装潢,大家也会帮我完成,对吗?"

"装潢?"

"是的。我想要气派的钟楼和飘窗,漂亮的拱门架在小路上,花儿种在喷水池四周……墙壁当然是白色的,但只是白色的话太过单调,可以加一些绿色或者粉色装饰得可爱一点。壁画可以用版画,不知道石雕会不会很难?"

"小妙。"

已经听得目瞪口呆的走也问道:"你究竟要建造怎样的基地?"

"我说过了啊。普通人也能前来享受快乐的地方。"

妙站起来,朝玲花招了招手。

"保泉小姐,咱们回去吧。得赶紧和爷爷报告去。"

"是……那么，我们就先告辞了。"

三个男人莫名其妙地目送着少女离去的背影。

两天后，伊甸娱乐休闲会社给御鸟羽综合建设发送了一封月面基地计划的追加要求书。

里面的条件基本上让人无法相信他们是要建造一个宇宙基地。

先从基地内部环境的苛刻要求开始。温度、湿度、噪音、振动、臭气、亮度等等不是最低必要水准，而是要保证舒适水准。每个人的居住空间要确保五十立方米——是宇宙基地最低限度十七立方米的近三倍空间。而且里面还要包含十立方米以上的单间。施工人员和短期驻留人员的居住空间要严密分开。餐饮要有日本、法国、中国、意大利、阿拉伯五种口味，并且配备相应人员。墙面的机械类物体、管道、导管、电缆等维持运转的设备要通过内部装饰全部隐藏起来。色调、常用器具等等也要保证和商业设施相当的规格。完全保障人员安全，至少要有逃生飞船、宇航服、避难隧道等三个系统以上的安全配备。这些设备也要藏起来，以免打乱常用器具的布局。最后，要为施工人员提供舒适的劳动环境，并对短期驻扎人员进行周到的服务，等等。

一百五十多项要求完全是想让御鸟羽综建把这个基地建成地球一流酒店同水准的驻在设施，太不合理了。要求比较集中的内装部设计负责人叫苦不迭，找到会社高层哭诉。

"这些要求怎么可能实现。光涂饰壁画一点来说，一来，宇宙基地不能使用带有挥发性气体的涂料。二来，树脂布和木质板还存在着室内空气污染和耐火性能差的问题，所以根本不能带进基地！"

这个问题传到了御鸟羽社长那儿后，他只说了一句"别发牢骚"，又给打回去了。负责人绞尽脑汁终于想到可以在研磨完水泥面后，轻微地进行凹槽加工来反射特定波长的可视光，也就是所谓的结构生色法。大闪蝶的翅膀和孔雀的眼珠等等就是采用了这种不用色素来营造色彩的方法。

可是，像这类要求勉强可以克服，但还有不少要求无论如何也需要额外的物资和器材，而那些费用都会直接算到施工费里面。比如，在基地内建造一个地板面积三百六十平方米的球场设施，如果可能的话，给短期驻扎人员和施工人员各建一个。这样一来，除了直接增设两栋居住栋外，别无他法。御鸟羽对此也很头痛，随即把走也叫了过来。

"看过了吗？伊甸会社的追加要求。他们说要给什么工作人员建一个排球场。那样的话，必须增设两栋居住楼。计算下来，第二阶段的工程量要多一成。他们究竟在想些什么，你知道不？"

"应该不会只是想把一些爱好运动的工作人员送上去吧？"

"少给我插科打诨。伊甸的那群人简直把月球当作波利尼西亚的一个小岛了，他们不懂单单送一个排球上去就得花一百万日元。你去趟他们那儿，求他们降低点要求。"

"球场其实可以想想办法哦。只要想出一种新球类运动让大家在狭窄的空间也能快乐地玩耍就好。"

"哎哟，这主意不错。"

"不过话虽如此,现在的情况确实很棘手。我去找他们问一下理由。"

说完后,走也走出社长室。有一件事,他没对御鸟羽说,那就是要求书的起草者。

肯定是妙。她把待在月球期间努力写下的"报告"交给了伊甸会社。那份报告应该就是她的任务。

为了把月球基地从宇宙和人类互相争夺的战场变为任何人都可以轻松造访的观光设施。

这些走也都知道,但还是有一个解不开的谜。依照现在的计划,把人类送到建好的基地,费用每人不会少于一亿日元。基地的运转寿命只有二十年,按那个价格,如果不能保证每个月至少发送四人,使得二十年间的访客总数接近一千人,那么伊甸连一千五百亿日元的建设费用都收不回来。

但是,月球基地只有沙子、冰、黑暗的天空、稍小的重力,真的对游客有那么大的吸引力吗?刚开始的时候,可能因为是一个热点话题可以吸引一些游客,但是舍得花一亿日元在月球待短短几天的游客,几十年间能找到几个?

其实,这个谜归纳起来就是:这个基地到底是什么用途?

为了解开这个谜底,走也出发前往伊甸休闲娱乐会社总社的所在地爱知县。

4

走也提前咨询了位于名古屋市中心的伊甸总社，但被告知不用找总社职员，而是直接去某个地方见妙。似乎这次来访早就被预料到了。走也坐在ＪＲ磁悬浮新干线的车厢内不停打着电话，抵达名古屋站后，转往民营铁路的中央广场买了一张前往那个游乐场的票——游乐场的名字就是目的站的站名。

东海伊甸。坐落于木曾川河口位置，拥有宽达三十万平方米的人工填造陆地，是日本第三大的游乐场。通往游乐场的电车里坐满初秋修学旅行的儿童和学生。

游乐场的入口大门当然没有售票柜台。和火车站一样，设置在大门上的摄像头会流水式地对客人进行脸部识别和鉴定。之后，通过信用卡公司等信用机构向通过识别鉴定的游客发送付款通知。刚开始引入这种系统时，如何鉴定成长速度很快的儿童一度成为讨论的话题，但后面通过简单的常识就解决了——实际上，脸部还未定型的幼儿不会一个人来游乐场。只要认定其父母就好，如果是没有父母陪伴的团体游客，那就认定带队老师。

东海伊甸的大门甚至还在该系统同步使用了可穿戴电脑的ＥＴＣ功能，从而提高了精确度。那是从二〇〇〇年左右就开始用于高速公路收费的电波检测系统。走也也是穿过大门时可穿戴电脑发出了一声短短的电子音才发现的。

可穿戴电脑（Weacom）是 wearable computer 的简称。如它的名字所示，作为一个携带电器，它几乎集合了所有能想到的功能，是一个通用终端。在当今这个时代，几乎人手一台。它是将上个世纪末开始普及的手机、个人计算机以及拥有悠久传统的手表、手镯、项链、发箍、眼镜等装饰品融为一体的工具。作为其主要功能之一，户外网络的连接靠吉赫频带的微弱电波维持，由于电波覆盖范围狭窄，所以可以从基地台推断出佩戴者的位置。很久以前，一种名叫PHS的简易移动电话便已经可以实现这种定位功能。

理论上，可穿戴电脑的佩戴者被别人知道身在何处并不奇怪。尽管各电脑厂商极力宣传产品的安全性能，可以防止位置信息泄露，但这里是东海伊甸，是她的地盘。

"走也——哥哥！"

此时，走也正夹在像原始人般用草叶盖住身子、头戴玩偶饰物的一男一女两个孩子中间，不知所措。突然背后传来银铃一般清澈的声音。

回头一看，几步开外有一个他司空见惯的纯真笑容。走也惊讶对方怎么能从左右穿梭的修学旅行团中认出自己，马上又想起可穿戴电脑的功能，于是挠着头说道："啊，小妙，被你发现啦。"

"欢迎来到我的伊甸。"

妙穿着一双盖住脚尖的黑色漆皮凉鞋，优雅地走到走也面前。她今天没穿平常的制服，顺滑的黑发倒是和以往一样。胸前到膝盖上方穿着由白到黑渐变的乔其纱连衣裙，外披一件纱质对襟衫，头戴一顶像星云一般洁白的草帽，稚气和高雅巧妙地融于一身。

走也还没来得及开口，妙便一把拉住他的手臂。

"好啦，我们快点走吧。"

"走？去哪儿？我今天是来谈事情的。"

"今天随便玩哦。我已经把你的票弄成免费入场券啦。"

"去玩？可是到处的游乐设施都要等好久的样子啊……"

"都说了不用担心啦。"

被妙的纤细小手抓着，加上她一脸认真的表情，走也就像是假日期间的哥哥一般被拖走了。

会长孙女的名号果然有用。模仿方舟造的海盗船、蛇形弯曲的过山车、地狱游览车、以旧约全书为题材感觉玩过后会遭报应的无节操游乐项目等等，妙一亮出挂在脖子上的如同护身符般的可穿戴电脑，便可从工作人员入口进去，不用花任何时间等待。

刚开始，走也只是陪着玩了两个项目，但不管怎么制止，妙都不听，于是从第三个项目开始便放弃了，索性认真玩一回。

"小妙，今天不用上学吗？"

"你说什——么？"

"上——上学！"

"啊——！"

最高落差一百四十米的怪物过山车"科赛特斯"行驶中刮起的风把妙的草帽刮到了接近傍晚时分的伊势湾中。

从过山车下来后，奄奄一息躺倒在长凳上的走也感觉额头被一个冰冷的东西抵住，抬起头一看，原来妙正两手端着冷饮低头看着自己。

"最后，我们去坐那个吧？"

妙手指着超巨型摩天轮"苹果树"。

即将落到西边养老山的夕阳斜照着，两个人坐在慢慢上升的苹果状吊篮内。那天第一次，不，是相遇以来第一次独处。走也目不转睛地注视着妙。

对妙的感情，走也可以直率地表达出百分之九十五。自己对这个有点才华横溢但本性天真的女孩怀有着纯洁的好感。换个说法就是可爱的妹妹。

但是剩下的百分之五却不好说。毕竟妙已经十三岁，快要成为大人了，所以要说不纯的感情也不是没有。只不过，也许更多的是敬畏甚至还可能是恐惧。

这孩子有些地方不能用常理来解释。

什么地方呢？——走也认真思考了一番，却发现自己几乎不了解妙的个人信息。

坐在对面的妙凝视着近黄昏的东边天空，背光处的脸很美但没有生气。看起来不像是因为玩了十几项游乐项目后累的，而是深深地透着与年龄不相称的疲惫。

"……冰冷的灯光。"

像花瓣般柔软的嘴唇微微地动了一下。走也朝着相同的方向望去。

日本中部最大的都市渐渐点亮无数的灯火。不仅数量多，颜色也多种多样。

走也把下巴搭在抓着窗框的手上，小声说道："也有红色和橙色哦。"

"颜色这种东西，每个人的感觉都不一样。那里没有家的灯光欢迎我回去。"

"……你的家，不就在那边吗？"

"家里只有佣人和机器人，爷爷工作繁忙四处奔走。"

"没有其他家人吗？"

"爸爸比爷爷还忙。"

走也心里暗想又失败了。他注意到妙称呼自己的父亲时没有用敬称。也许，她不想用吧。理由可以想见，因为妙始终没有说起过母亲。

走也想改变话题，但还是失败了。

"可是，小妙你这么可爱，在学校肯定很受欢迎吧？"

"我已经大学毕业了，在加利福尼亚。"

"……"

"朋友的话，网络上有很多，但半径一千千米之内一个都没有。很讽刺吧？"

"有我哦。"

"我就知道你会这么说，所以才叫你过来。"

妙转过身来，短暂地眯起眼睛微笑着。

"那份要求书，估计让你们很头痛吧？我就料到你会过来。"

"你把在昆仑基地的教训都写进去了，对吧？托你的福，我们公司上下乱作了一团。"

走也明知故问地问了一句。

"那个基地是你个人任性要建的吧？"

"没错。我把一生的愿望托付给了爷爷。"

妙轻快地说道。那表情就像是让爷爷给自己买个玩偶一般。

"一千五百亿是爷爷的个人权限能拿出的最大一笔钱,伊甸会社并没有想通过基地赚钱。对外为了掩人耳目,才安排保泉小姐参与到计划中来。委屈她了。这个项目从一开始就注定不可能盈利。"

"原来她抽中了下下签啊。"

"你认为自己和她一样吗?"

"怎么可能。"

二人相互看着对方,无力地笑了。

"我只希望接下来的十年时间里,趁爷爷还活着的时候把基地建好。但这一切都没有实在的把握,只是一句梦话。现在只能尝试看看能走到哪一步。"

"为什么要这么做?"

"……因为我是一个特别的女孩。"

妙微微地抬起头,把视线投向了窗外的宇宙。

"普通女孩有的东西我没有。但我脑袋聪明一点,钱多一点。既然这样,就做一些别人无法效仿的事儿吧……他们应该也不会想效仿吧。"

"是指在月球上建基地吗?"

"是舍弃地球。"

妙果然轻描淡写地说了一句冰冷到可怕的话。

"舍弃了也没关系,我在地球上拥有的东西全部是用电波和光连接起来的。朋友就不说了,萨摩亚群岛温暖的水、珀斯温柔的袋鼠、莫斯科热腾腾的俄罗斯甜菜浓汤、乞力马扎罗清凉的山风、高知县滴溜溜的鲸鱼、黄石公园高高的水杉、香榭丽舍大道的美味泡芙等等,我都体验过了。我已经没有必要留在地球,所以才想在比世界任何地方都远的月球建造新的住所。"

"也就是说,在月球上建的是你的家?"

被走也这么一问,妙突然浮现出新月月光般清澈而机灵的微笑。

"要在月球上建的是婚礼会场。"

走也目不转睛地看着妙的脸。妙一点都不害羞,反而立刻反问道:"你觉得为什么会是婚礼会场?"

"……不懂。"

"因为如果是婚礼的话,即便花钱,人家也会来。艺人结个婚就花好几亿,即便普通人也会花一千万左右。"

"只是名古屋才这样吧?"

"嗯,是啊,我的灵感来源就是因为我是这儿的人。但是,不管是世界的哪里,都有很多父母会祝福两位新人开始新生活。一个人两亿,至少两位新人起。花四亿来一个三天两夜的婚礼兼新婚旅行——这才是真正的蜜月啊。这么一来,游客必然上门,而且肯定络绎不绝,络绎不绝。"

妙低头看着眼前的游乐场,接着说道:"为了让游客玩得开心,不能有半点疏忽。东海伊甸的入场券八千日元,之所以有这么多人舍得花钱进来就是因为这里连清洁员都是身穿玩偶服的人在做,一切都安排得非常体贴周到。客人玩得不开心可不行。"

"所以,你才想要建一个豪华的月球基地。"

"没错。"

妙点头之后，陷入了沉默，似乎在等走也的点评。但此刻走也不知说什么好。妙大胆、细腻的想法以及最重要的婚礼会场的设施氛围都让走也感觉自己和她有隔阂。

吊舱过了顶点，静静地下落。其间，妙再次开口。

"走也哥哥，当一个人要踏入一个新世界，为了宣称那个地方只属于自己，你觉得该怎么做比较好？"

"只属于自己？"

问题来得很突然，走也不假思索地回答："插旗子或是申报之类的吧？"

"是在那里出生。"

妙很肯定地说道。

"如果是在那儿出生的人，就可以自信满满地说，那是自己的土地。如果只是来了又走，那只是探险。但如果在那儿结婚，结完婚再生小孩的话……毫无疑问，那里就是他们的土地。"

"……这也是建造婚礼会场的理由吗？"

"是理由之一，还有其他理由。"

妙说到这儿暂时沉默了，似乎不想继续往下说。

过了一会儿，她又自言自语地说道："相爱的两个人一起来到月球……结婚，生小孩，建房子，耕田，建城市。也许这并不算世外桃源，但却是一个充满生机的世界。一个全新的广阔的世界。对……就像当初美洲大陆一样的新大陆，至今没有人去过的大陆。"

"第六个大陆。"

"第六大陆。对，第六大陆。很好听。"

妙重新露出刚才好一段时间没出现的笑容。

"走也哥哥,这个名字我要了。"

"嗯……"

走也心不在焉地回了一句。他正在思索别的事。

"小妙,那个新世界中……"

"嗯?"

"你是什么角色啊?"

妙毫无防备,沉默着没有说话。视线慌乱地躲闪,像是要逃跑一般看着窗外。

"会是什么角色呢?我并不想结婚……"

"原来你不想结婚啊。有男朋友吗?"

"嗯……有的。就在眼前。"

正同样看着窗外的走也将视线移回吊舱内,发现妙正一脸淘气地笑着。

他苦笑道:"我?"

"你不愿意吗?"

"哪里?非常荣幸。"

妙紧紧握住走也伸出的手,非常自然地坐到了走也的旁边。

两人就这样正式开始交往了。只是,妙在处理害羞与踌躇时太过情场老手,走也也没有纯真到因为对方的年纪比自己小了一轮就惊慌失措。

所以,两个人的恋情基本没有动摇地稳稳地开始了,自然也没有非常多的浪漫而言。不过,虽然一切都很顺利,但这种关系却很奇妙。

少女在前面走,青年在身后追。

两人的言语变得更加亲近。

"不过话说回来,结婚还早对吧?"

"是啊。我不想结婚。我还没弄清楚自身的位置……"

"没关系,慢慢想。我会守护着你。你的计划挺好的。"

吊舱慢慢地降到地面,妙还在眺望着东边的天空。就在景色要藏到建筑物里之前,一个银色的圆盘出现在地平线上。是满月。

不知是满月的月光还是游乐场的灯光,朦胧的蓝白色的光照耀在妙的脸上。非常冷硬,如同女王的美貌。

无情月夜的女王。

走也的脑海里不禁浮现出这一句话,已经忘了是从哪里背下来的句子。虽然感觉和原文有点细微的差别,但他自认为用这句话来形容现在的妙再合适不过。

很棒吧。下界众生会聚一堂,在不落的太阳和永久的黑夜交织的宫殿里举行盛大的宴会。

不是为了政治家,不是为了人类,也不是为了地球上最重要的大自然,而仅仅是小小女王的一个命令。

这不也是一件痛快的事吗?

二〇二五年十月一日,御鸟羽综合建设、伊甸休闲娱乐会社、天龙银河运输会社,三家会社正式公布将共同建设月球婚礼会场——第六大陆。

II 物资、器材的搬入及场地平整

（2029年—2033年）

商业载人 月球基地 第六大陆 建设项目

四、平整对象用地的调查及通告

1

　　伴随着双发涡轮轴发动机的轰鸣声,倾转行者降落到地面。两个人走出飞机下到沥青路上。

　　其中一个是老人,一头如雪般的白发,身着西装三件套。另外一个是女孩,戴着白色贝雷帽,身穿有如黎明前天空般的藏青色休闲西装,差不多高中生年纪。

　　老人扬起一只手示意驾驶员待命,女孩则先走了。

　　那是一片开垦林地后建造的广阔设施。除了飞机降落的停车场和活动房式的办公室外,还并排着两个体育馆大小的平房仓库。仓库边上有一个类似变电站的配电设施,被高高的围栏围着,警备森严。

但设施的核心不是这些建筑物,而是中央的洼地。二人在飞机上便看见了洼地的布置。像操场一样的圆形空地被数米高的山冈、枯河般的沟槽、双臂环抱般大的岩石摆放的荒地以及陡峭的悬崖等等所包围。这些地形看起来不像是天然形成的,而是为了某种目的人工制造的。

洼地非常宽,方圆大概有一千米。不知道的人来到这里估计会以为是国外吧,但其实这里是日本本州。被树木围着的停车场的对面可以看见梦幻的蓝色山地——富士山。

这个设施原来是租用了陆军自卫队一部分演习场改建而成的。

二人从停车场走出来后,发现有一辆吉普车正候着,于是坐进车内,朝设施的深处驶去。通往洼地中心的道路需要经过山冈,吉普车开到山冈时,女孩说了一句:"请停车。"

"指挥所能看到洼地哦。主任还在等二位。"

"不,在这儿看就好了。"

连老人也这么说,司机只好不情愿地停车。少女下车后,老人和她站在一块。

从山冈往下看去,洼地让人想起了某种设施——动物园放养野兽的笼子。

那里有几栋简易的棚屋和白色的野兽。

建筑全部由混凝土砌块建成,毫无关联地散落着,形状不一。其中一栋似乎还在建造当中,只完成了一部分墙壁。显然,这几栋棚屋不是用来住人的。

建筑物与建筑物之间,野兽像是推土机一样的机械来回穿行着。之所以用"像是"一词是因为，这些机械臂相比普通的推土机，背部异常地低，支撑推土刀的机械臂很细，无限轨道——也就是所谓的履带非常宽。整体非常像一个扁平的便当盒。

而且，车上没有驾驶席。背后竖立着像长颈鹿脖子一样的传感天线杆，杆的顶端复合摄像头不停闪烁着。

纤细的电缆几乎与背景融为一体，从天线杆上朝天空延伸。仔细一看，原来电缆和一座建在洼地角落的高约30米的塔相连着。

看得出来，电缆被大力牵扯着，所以完全没有垂到地上，而是始终紧紧地绷着。那些机械看起来就像被一根绳子牵着的狗群。

没什么响声。机械的大小和四吨卡车相当，但6台这样的庞然大物来回穿梭竟异常安静，只能听见小小的呜呜声。

老人低声说道："是电力驱动的吧？"

"是的。七十五千瓦的马达驱动，那根电缆是超导线。"

从吉普上下车的司机接着解说："因为在月球无法使用柴油发动机，所以动力几乎全部依靠电力马达。我们还在其他很多地方下足了工夫。"

"就是'多功能建机'吧。"

"没错。月面施工用多功能建设机器，简称多功能建机。如同它名字所示，从推土机到叉车、岩盘粉碎机、压路机、除雪机等功能一应俱全，是一台万能机器。现在正在这个野外试验场进行最终测试。"

穿着御鸟羽综建工作服的司机面向老人，不无得意地说道："我社的技术开发部联合小松制作所、本田技研、石川岛播磨重工共同开发了这台机器。过程虽然非常辛苦，但好在机器性能非常好。"

"怎么个辛苦法？"

老人再次发问。司机一边偷偷地瞄着从刚才开始便一直没说话的妙，一边说道："首先是低重力对策。由于重力只有地球的六分之一，意味着车体重心的高度是地面的六倍。如果是普通的建机，只要碰到一点坑洼不平的路就会翻车。所以，我们把车体高度大幅降低，取而代之，让车体变宽。其次是真空对策。无法使用内燃机就不用说了，气冷式冷却器也无法使用。热量完全积压在了车体内部。作为解决办法，我们在车体内部布满了使用氟氯烷的散热器。另外，在真空环境下，润滑也是一个难题，因为润滑油会蒸发。于是，我们把可动部件和轴承部件全部覆盖了摩擦系数低的二硫化钼系金属，作为固体润滑剂。"

"哦？然后呢。"

"让机器保持零维护也非常重要。设计的时候就将可能发生故障的部件排除在外。之所以没有配备使用压缩机的热泵和容易泄漏的氮气填充润滑剂，那是出于这个考虑。如果实在无法避免，也要保证能用配件简单地更换掉。那六台建机，不论哪一个部分，甚至连履带部分，都可以在不借助辅助工具的条件下进行更换。"

"原来如此。"

"最难的是将这样的新车体结构压缩到五吨的重量。这是绝对条件，如果超过五吨就无法运到月球。"

"怪不得机器看起来那么单薄啊。"

老人抖了抖手腕。

"当然也不是一味地越轻越好。如果太轻的话，车体会被掀翻。"

"被什么掀翻？"

"地面。"

司机调皮地笑了起来。

"地球上的建机之所以又重又大是为了处理重型机材而故意加重的。如果太轻的话，建机本身就会翘起来。在月球上，这种情况更为极端，一挖掘地面，建机就被弹起来了。所以，需要堆积月壤来加重。既保证车体的强度，又保证车体足够轻以使得能用火箭运载。——我们好好地秀了一把自己的本事。"

"原来如此啊。听到了吗？妙。"

"好厉害啊。"

少女轻轻点了点头。那反应远说不上感动得身体颤抖。司机挠着头心想，也许女孩对这些都不感兴趣吧。

忽然，他的可穿戴电脑响起了呼叫声。司机回复完毕，转过头来看着两位客人。

"测试已经开始了。二位看该怎么办？"

"我们就在这里观看。"

女孩说完，倚靠在吉普车的发动机盖上。老人不像是看风景，反倒像保护少女一般，和少女站在了一起。司机无可奈何，只好跟着站在旁边。

在此之前，一直在眼皮底下自由活动的多功能建机开始一齐朝同一个方向进发。

目的地是堆放在试验场角落的，和冰箱一样大小的混凝土砌块堆。多功能建机先是伸出和叉车一样向前的货叉，分别举起砌块。然后，组成一个纵队，以时速两千米左右的速度慢慢地开动。

大家都以为建机要用砌块来建房子，没想到它们竟然往洼地外侧走了。前方是一片荒地，荒地上摆放着车体一半大小的岩石。

进入荒地后，队列几乎没有减速继续前进。岩石都很大，无法越过去，每次碰到无法前进的情况时，建机就会巧妙地驱动两边履带前前后后地倒来倒去，最终从岩石中间穿过去。

不久后，排头的建机遇上了一个尤其巨大的岩石，而且它左右两边都有岩石，无法迂回穿过。碰到死胡同了，建机车队暂时停了下来。

不一会儿，排头车和二号车开到旁边，先把砌块放在了一旁。之后，有趣的一幕发生了。

在面积只有大约三辆多功能建机大小的死胡同面前，两辆建机不停地倒车调整，横着排好。就在大家还在惊叹车辆排得多整齐的时候，两辆建机同时将货叉插进大岩石底部，慢慢地将岩石抬了起来。

一辆建机可能做不到，但如果是两辆的话就另当别论了。在它们的通力合作下，岩石开始倾斜并最终滚到边上，路打开了。

多功能建机传感天线杆上的摄像头不停摇着头。过了一会儿，估计是判定可以完全通过了，两台建机才重新装上混凝土砌块，恢复原来的队列，像什么事也没发生一般通过了岩石堆。

老人劈劈啪啪地鼓了一会儿掌。

"无线电控制做得挺好的啊。很难吧？"

"嘿嘿，不是无线电控制。没有人在操作哦。"

司机像是说出了一个埋藏了很久的秘密。

"它们都是自律行动的机器人，那根电缆只是在传输电力而已。"

"哦？机器人？"

"建设作业初期，都是没有现场施工人员的无人作业。即使想从地球用无线电进行操作，电波从地球到月球往返需要近3秒钟。如果一不小心遇到崩塌等紧急情况时，根本来不及进行紧急操作。所以才全部设置成计算机化。其实，相比车体开发，这才是最大的挑战。"

司机十分喜爱地看着六台建机。看来，他应该也参与到了开发过程中吧。

"多台车辆完美地联合作业，遇到紧急情况时能自动处理。这才是月面建机开发的最大关键，也是这个试验的目的。"

"原来如此……"

"还没结束哦，接下来是斜面处理。在月面上，建机非常容易翻倒。"

多功能建机爬上三十度左右的斜坡呈一定的高度朝水平方向前进。远远望过去，建机稳稳地水平举着货叉，以保证货物砌块不会掉落。果然非常灵活。

但是，没过多久，车队又停住了。斜坡上有一个宽约两米的槽口。

司机自言自语地说道："槽口这么宽，如果试图用建机的履带跨过去，接地力不足会导致建机整个滑落下去。好啦，看看它们怎么办。"

排头的建机摄像头转来转去，看起来一时无计可施，但不久之后，它们就找到了解决的对策。

和司机之前说明的一样，多功能建机还可以作为货车使用，所以背面有一个货斗。只见二号车抬起货车将砌块放在排头车的货斗上。只不过，并不是完全压在上面，而是利用货叉调节好重量。

两辆车保持着这样的姿势开始前进。排头车的履带探出来，越过两米的沟槽，触到了对岸，之后整个车身完全越过。接着，二号车来到沟槽面前后，三号车如法炮制地把货叉放在二号车背后的货斗上，把砌块的重量加到它的身上。就这样，车辆一个接一个地渡过沟槽。

司机不由得发出"哦——"的叹气声。

"原来是通过按住背部来制造接触压力啊……但如果按得太用力的话，也会滑落，所以它们有适度调整好。看来比之前的版本进化了不少。"

"如果没有想出这个好办法，它们会怎么办？"

"只要不是紧急情况，它们都会当场停下，等待人类的指示。前一次测试时就发生了这种情况。进步真不小。"

司机在说明时，车队就这样前进着，终于第六号车来到了沟槽面前。这次看起来有点困难，因为背后没有车可以按住它的背部让它保持触地。

不过，它们还是找到了解决办法。只见六号车把货叉降得很低，几乎快擦着地面了。之后，把超出砌块的货叉前端插到五号车底部。

然后再稍稍举起五号车。这样一来，五号车的重量就压在了六号车上。换句话说，就是向五号车借重量。

虽然这样一来，五号车可能会浮起来，但是五号车同样把货叉插到了四号车的底部借了重量。和车体仍悬在沟槽上方的五号车、六号车不同，四号车的履带已经完全接地，尚有余力不至于滑落下来。

就这样，在三台建机的共同合作下，车队的后半部分也顺利地跨过了沟槽。

老人不禁称赞道："哇，很厉害哦。比人类聪明。"

"不好说哦。还剩最后一项测试。"

车队通过斜面后，下到了平地。那里似乎没有任何障碍物。只有部分地面铺着边长四米左右的铁板。

殊不知那是可怕的圈套。

车队开始从铁板上方驶过。排头车和二号车顺利通过，就在三号车刚踏上铁板时，圈套出现了。

只见铁板从中间裂作两半，迅速朝下方打开。原来是一个陷阱。由于三号车后方的四分之三正好位于陷阱上方，导致车身向后仰起，倾斜着一点点往下陷落。

就在这时，此前一直笨重缓慢移动的多功能建机竟不可思议地快速行动起来。只见排头车和二号车迅速后退，四号车之后的车辆同时前进。五辆建机联合起来把三号车从前后两个方向紧紧夹住。三号车就这样近乎悬空地吊着，静止下来。

司机神色紧张地说道："这是崩塌处理试验。月壤和沙漠的沙子一样，是绝对干燥的粉沙质。即使是压实的状态下也可能会因为震动而崩塌。好了，它们会怎么办呢？"

眼下的状况和刚才跨越沟槽的试验很像，不同的是，这次陷阱的大小超过了履带能跨越的宽度。三号车看起来无论如何也无法靠自己摆脱陷阱。一定要想办法把它拉上来才行。

多功能建机开始采用传统方法进行处理。

首先二号车和四号车用钉耙一样锋利的松土器扎入地面，把连同三号车在内的车体完全固定住。

接着，一号车和六号车就地放下货物，分别绕到车队两侧，伸出货叉靠近悬空三号车。也许是为了防止二次崩塌，它们的动作很慢。

来到陷阱面前后，把货叉插进三号车车架底部。二号车和四号车拔出松土器一前一后撤离。三号车的重量完全转移到一号车和六号车的货叉上。这样一来，三号车就在可控状态下被抬起来了。

老人看着各辆建机复杂的动作，小声问道："那么复杂地动来动去，输送电力的电缆线不会缠绕住吗？"

"车体本身搭载了燃料电池。短时间的话，建机可以独立行动，返回供电杆。"

"原来有电池啊，完全就像玩具一般。"

"虽然叫做电池,但却是通过氢气和氧气反应来发电的。所以不用每次都充电,是个好东西。——咦?"

司机一下拉高了声音。老人凝视着。

彼时,多功能建机们正通过一号车和六号车细微的前后运动一点一点地将三号车抬到陷阱前方。三号车的履带咬住地面后,正准备靠自身的力量从陷阱逃脱。

就在这时,不知道是不是卡到了石头,三号车一侧的履带突然停止转动。引擎的轰鸣声变得高亢,一声闷响,履带的轮带扯断了。

驱动轮仍旧不停地高速旋转着。如果是平时,安全装置启动后,驱动轮早就停止了。也许是车体在被前后夹住时受到的冲击引发了故障。

就在大家关切地看着时,三号车的底部开始冒出白色烟雾。任何人看了都清楚,超速运转导致了过热。

面对这种情况,周围的多功能建机们采取了令人意外的行动。二号车、四号车、五号车迅速离去,一号车和六号车也似乎在感叹太迟了,开始往后退。

失去支撑的三号车一下就掉落下去。一声低沉的撞击声后,激烈的爆炸从陷阱里喷涌而出,非常骇人。

女孩一动不动地看着,用责备般的眼神回头看着司机。

"救助没成功啊。是不是还需要进一步改良?"

"啊,不,这个……"

司机一时目瞪口呆,不过一下子回过神来,用可穿戴电脑询问了一下。

收到回复后，司机点头说道："果然是这样……刚才那一幕并不是救助失败，而是故意舍弃的。"

"故意的？"

"是的。多功能建机的电池燃料是火箭的助推剂，有可能会发生爆炸。即使不爆炸，也难保因为一辆车造成其他车辆受牵连。在这种千钧一发的紧急情况下，为了将危害降到最小，必须舍弃故障车辆。……刚才不仅仅是一场崩塌试验，也是通过牺牲三号车来测试建机的取舍逻辑是否顺利运行。"

"取舍逻辑……"

女孩皱起眉头。不，那不是皱眉，而是一种复杂心理活动下浮现出的表情。

司机似乎察觉到女孩的脸色，说道："没有事先说明，抱歉。那个并不是系统缺陷，反而是系统正常运作的表现。希望二位能理解……"

"明白了。"

少女点了点头，将目光转回试验场。

白色的机器们丝毫没有失去同伴的悲伤，运着混凝土砌块朝试验场中央行进着。到达地面上画着标志的地方后，将砌块摆到一起建造墙壁。那摆法相当整齐，就像是用尺子量了一般。

看来试验快结束了。少女回过头来说："我们去指挥所吧？"

少女和老人坐进吉普车。抛开老人不说，这女孩究竟抱有怎样的感想呢？司机不安地发动了吉普车。

可以环视试验场的玻璃指挥所里面，工作人员正在欢呼庆祝。

"每一个科目都取得了优异的成绩。和组装试验的时候一样。无法想象这是障碍解决试验的分数。"

月面基地建设机械的开发过程非常漫长。能适应月球环境的车体、施工配件、供电机器和整备机器等支援设备、自律行动系统的软件等等，开发过程中伴随着无数试行错误。开发出来后，还需要开展平整土地试验、使用砌块的组装试验等等各式各样的测试。

最终阶段就是让真机处理意外情况的障碍解决试验。这种试验要求建机的计算机将自身的硬件和软件性能发挥到极致。

眼看着试验成功，建机开发主任满脸笑容。

"这样一来，终于可以挺起胸脯送到月球了。四年的辛苦没有白费。"

"可以说是过分圆满地完成了任务啊。"

实际指挥现场建设作业的机动建设部主任——青峰走也握着建机主任的手，掺杂着苦笑说道："多功能建机登场还需要一段时间。在那之前，首先要开发出混凝土砌块的制造系统。目前，虽然山口县那边正在推进，但核心的供水系统还没完成，眼下最多只完成了八成。"

"设计图不是已经做出来了吗？根据假定的水的存在形态分了三十多种版本。山口叫嚷着，只要能知道水的真面目，就能立刻开始制造，只用三个月的时间就能组装出成套机械设备。"

"听说是这样。真是服了，这里也好，山口县也好，正在制作第二阶段基地（P2B）的名古屋也好，大家都非常厉害。虽然是自己的会社，但还是要佩服御鸟羽的功力。"

"毕竟社长是那个男人啊。——大家听说了吗？铫子海气田的事。"

"没听说过，怎么了？"

建机主任轻轻说了一句，走也立马回问。

建机主任笑着说道："新日本石油在铫子海挖掘的甲烷水合物气田。毕竟要把海底的冰冻果子露①在不融化的情况下提取出来费劲得很，而社长居然把多动能建机卖给了新日本用于油田作业。"

"多功能建机放到海里？"

"也不是海底，应该叫地底，但不管怎么说，无论地底还是月球，都是人工作业非常困难的极限环境。防水的功夫和散热的长处差不多是一回事。只需要进行一点点改造就能投入使用，所以社长才想用这笔收入来回收开发费用吧。"

"一点点改造？哪里还有人手啊？"

"那个人的话，不论哪里都能找到人手吧。只有这样才能创造利润。毕竟是土木建设领域中神一样的人啊。"

"是啊，神一样的人……咦？"

看着指挥所入口的走也突然定住了。白发的老绅士和年轻的小姑娘，两个像是走错地方的人站在入口处。建机主任问道："是

---

①译注：在甲烷水合物中，作为天然气主要成分的甲烷在低温高压下会固化成冰冻果子露状。

谁?"

"另一位神。"

"啊?"

"这两位是赞助商——伊甸会社的会长和他的孙女。请让大家安静一下。"

建机主任赶紧四处通知工作人员。走也走到二人面前,摊开双手。

"好久不见。桃园寺先生,还有小妙……不对,是妙小姐。"

"身体还好吧?走也哥哥。"

已经十七岁的桃园寺妙像是大人一般微笑着伸出一只手。走也犹豫地握完手后,说道:"前一次见还是在巴黎,对吧?"

"是啊。趁着巴黎时装周的婚纱展,开展了第六大陆的宣传活动。但,电话里已经见过无数次了吧?"

妙打趣说道:"这样看来,也不算'好久不见'啦。"

"电话里只能看见脸啊。咦?长高了啊。"

"已经一百五十九公分了。长太高的话就没办法乘坐宇宙飞船啦。"

"苹果号在设计上可容纳五位ＮＢＡ选手哦。实际上,小约翰逊还来咨询过。只不过,他在乘坐之前已经结婚了……对不起,没有用礼貌语。"

"青峰君。"

桃园寺闪之助凑了过来。

"和平常一样说话就可以了。不要那么客气。"

"和平常一样？您已经知道了是吗？"

"我打算做一名祖孙关系融洽的爷爷。我已经听说过你和妙之间的亲密关系了，我不认为有什么不好。妙应该也和你说过，她自己才是这项计划真正的推进者。这个孩子可不会轻易相信一个靠不住的男人。"

"哦，那……"

"不用管我。对外我是这个计划的主人，实际上作为计划发起人之一我会大力关注项目进展，但是我同样要让妙过得幸福，这也是我最大的期望。"

闪之助戏谑地眨了眨眼。

"好啦，去向公主说明情况吧。骑士君。"

二十九岁的自己被当作少年冒险动画片中的男主角一样对待，心里难免不舒服。但是，心里确实轻松了不少。这几年，妙跟着伊甸会社的宣传部，把自己当招牌，在全世界开展第六大陆的宣传活动。虽然自己实际上没怎么见她，但是一个月至少会通几次电话。通话内容中当然有不少是私人谈话，一直瞒着可以说是她唯一家人的闪之助，走也心里挺内疚的。

现在既然已经得到闪之助的认可，那就没必要再客气了。走也肩膀一沉说道："二位来迟一步。如果早来一小时，就能向你们展示多功能建机的最终试验了。"

"我们已经在外面观看过啦，很棒哦。"

"你们看见那个爆炸了吗？"

走也赶忙解释："先说好了，那不是失败，而是操作车辆进行联合作业的处理系统在测试车辆是否能适当权衡个体和整体的损失。"

"不用担心，向导的司机已经给我们说明过了。"

"是嘛。"

走也向下抚摸着胸口。十三岁时就已经可以像说母语一般操着一口流利的英语，还能理解人工卫星原理的妙，在环游世界的四年里一直提升着自己的才智。既然听过了向导的说明，那她应该已经完全理解了吧。

与此同时，妙还没有忘记展示自己并未失去昔日的纯真。

"好没人情味的安排啊。"

"没人情味？"

"是啊。完全舍弃已经损失的部分，虽然高效，但却没有人情味。"

"那……也没有办法啊。"

走也想起妙在中国昆仑基地关于垃圾问题的话语，难以启齿地说道："在多余的东西一公斤也不能带的月球上，有用的机材一定要循环利用，直到破破烂烂才行。但是，和地球上一样，回收利用有时比丢弃更浪费资源。如果有人在月球上，还可以灵活地对很多垃圾进行回收利用，但是如果只有机器的话……有时候就只能丢弃了。"

"我明白。正因为这样才需要把人送上去。好吧，其实我还挺喜欢这种安排的。"

"……是吗？"

"是的。喜欢那种无情以及舍弃一切奔向目的地的冷漠。"

妙的表情非常冰冷，走也不禁想起她的另外一面。

她不曾拥有同龄女生拥有的快乐，而是投身到建造月球基地这种与众不同的尝试。她，是孤独的。

走也心里这样想着正注视着妙，下一秒钟，妙又浮现出了天真无邪的笑容，说道："不说这个了。要不要一起去筑波？走也哥哥。"

天马行空的思维倒是和以前一样一点没变。走也有点不知所措地回答："去筑波？你是说控制中心？"

"没错，今天是毒蛇号抵达月球的日子。"

"哦，是今天啊。"

走也挠了挠头。建机主任在旁边说道："你忘了吗？"

"今天不是要实况转播来当作下酒菜庆祝试验成功的吗？"

"不好意思，脑袋里光想着多功能建机的事儿了。"

"哎呀，你有别的安排是吗？"

妙歪着脖子问。建机主任笑着推了一下走也的后背。

"不不不，如果是那件事情的话，我们把青峰交给您。相比和一群人在居酒屋看电视喝酒，在最前线的控制中心和妙小姐待在一起可不知道要好多少倍。"

"不，不好……意思。"

走也红着脸低下头。妙似乎想到了什么，把挂在胸前的可穿戴电脑画面对着建机主任，问道："请问在哪里庆祝？是御殿场的那家吗？好的，是这家店对吧。人数是在场的各位对吗？

四十五人？好的好的，那么……"

"怎么了？"

"恕我多事，请问可以由我来买单吗？"

"啊？这不大好吧？"

"那些白色机器，非常安静和可爱，同时还很勇敢，我非常喜欢。请大家吃好喝好。"

"喂，大家听见了吗？她好会做人啊。"

指挥所里的男人们一片欢呼。虽然只有十七岁，但妙已经非常会做人了，这点让走也非常佩服。

妙拉着他的胳膊说："好了，那我们走吧。"

"好的，但是现在过去还来得及吗？磁悬浮新干线没有在筑波经停啊……"

"青峰君，是坐飞机过去哦。"

"……有时候觉得能和你们这样进行普通的对话，实在难以置信。"

虽然大家的目标相同，但是妙和闪之助的身上散发着其他世界人类的气息。

走也心里装着亲切和隔阂，跟着去了筑波。

2

分上下两栏总共七面的超大屏幕左上角，两列红色的数字一直在跳动着。

JST 2029 05 01 17:30:45

MET 59:30:45

伴随着数字的变动，下栏中央大屏幕的图也在跟着变化。白色球体的透视图上方，一条蓝色的亮线逐渐拉长。

日本时间二〇二九年五月一日下午五时三十分四十五秒。第六大陆计划的两吨级月面样品采集机"毒蛇号"大约飞行了六十小时后，进入极月轨道，一步步接近月球南极地区。

天龙银河运输会社的筑波追踪控制中心，其工作内容就是控制宇宙飞船的飞行，监测发送回来的数据。

中央控制室四列共计二十八个座位上坐着飞行力学，引导，制导、导航与控制分系统（GNC），推进，仪表通信，机内计算机，采集回收（C&R）等控制官。控制官们个个一脸僵硬地盯着显示器。坐在最后一排的飞行主任日比木秀人神色不悦地盯着控制官们的后脑勺。

控制室里洋溢着异常紧张的气氛。这也难怪，因为这次飞行任务包含了至少七个极其困难或者说是第一次碰到的要素。

七个要素分别是：发射新型火箭"夏娃一号"、往月球发送探测器、不在月球赤道面而是进入经过南北极上空的越极轨道飞行、在月球南极软着陆、水样采集、水样回收、民间企业一手操办。毫不夸张地说，随便抽出一个要素都可以独立进行一项测试任务。所以，负责推进该计划的天龙会社的员工们压力巨大也就不足为奇了。

可话说回来，此前从未经历的尝试当中，有近半数其实已经完成了。首次搭载可变式超音速燃烧冲压火箭发动机特洛菲，单价八亿日元的夏娃火箭已经顺利升入轨道，通过旧式LE-9S发动机的再次点火后，火箭第二段也已顺利投射到月迁移轨道。之后又成功投入到越极轨道。现在，毒蛇号已在高十万米的轨道上环绕，等待登陆时机。

走也一行人正是在这时进入了中央控制室的后屋。镶着玻璃的后屋可以俯视整个中央控制室，一大群工作人员挤在里头。其中有一个男子明显和其他人不同——穿着皱巴巴的白色衣服，个子高高的。

男子看到走也一行人，举起手说道："喂，青峰。听说多功能建机已经做出来了啊。恭喜。"

"消息真灵通啊。也就是五十分钟之前的事。你是听谁说的啊？"

"地球人都知道啦。四月不就开通了第六大陆的门户网站吗？"

泰摇了摇手腕上的卡西欧可穿戴电脑。

走也苦笑着说道："原来已经上传了啊。御殿场的那些家伙真够麻利的。"

"网站最重要的永远都是更新。我已经把上面的信息内部共享啦。"

泰朝走也身后的妙笑道。妙是网页的设计者，是她决定让现场的工作人员也作为第六大陆计划宣传部队一员，直接从现场更新网页动态。就像泰所说的，长达十年的计划，要想持续获得全世界的关注，频繁的更新必不可少。这种做法确实获得了好评，因为一来可以减轻宣传部的工作负担，避免事无大小都得经过宣传部；二来，现场的工作人员可以用自己的语言公布辛辛苦苦做出的成果。

而且，这个系统还让参与计划的各企业间形成了良好的沟通。除了御鸟羽、伊甸、天龙之外，宇宙、航空、土木、建设、电机、机械、化学、生物、观光、广告等民营企业，加上政府机构等等，总计多达两百几十个团体参与到其中。为了加强相互间的合作，共通的数据库——门户网站是不可或缺的。

走也拉过椅子让闪之助和妙坐下，自己则坐到了泰的旁边。

"既然你都已经知道了的话，后面就好沟通了。我们会社的工作已经告一段落，今天就奉陪到底咯。——话说，毒蛇号今天之内能登陆月球吗？"

"当然能。再过三十分钟左右。"

泰连表都没看。走也点了点头。

"也就是说，再过三十分钟，我们的指尖就能触碰到月球啦。"

"是啊。不过那只是我们过去四年里所取得进步中的一小部分。"

"四年长不长？"

"一点都不长啊，反倒是很快乐地一晃就过去了。你也是这种感觉吧？"

"是啊。"

两人眼神交会，不禁笑出声来。也因为年龄相仿的关系，走也和这位年近三十却依旧充满童真的技术人员成为知心朋友。

"再过三十分钟……"

走也抱着胳膊,隔着玻璃注视着大屏幕。表示毒蛇号的蓝色光电在月面图的上方一点一点地滑动着。画面角落显示着六位数的对月距离——三十八万九千一百二十一千米。

现在大家已经把一切都托付给了一台飞到地球直径三十倍之外、小得像一辆面包车的机器上。走也心里挺没底的。

就在这时,控制室其中一块地方突然变得嘈杂起来。

只见 GNC 和引导控制员高声喊道:"遥测系统不稳定。引出线中断。"

"HK PIN 无应答。机体姿态控制系统无法连接。"

"现在变更机上通信系统。由高增益天线调为全方位天线……无法接收电波。不能确保与机体的通信。"

紧接在二人之后,仪表通信负责人也发疯似的大喊。指挥官——飞行主任日比木随即下达命令:"切换地球转播卫星。系统变更为 CORE3。"

"明白。CORE1 转为 CORE3……接收到信号!"

"遥测系统恢复!""姿态控制系统,指令下达。正常。"

叫喊声平静了下来,但日比木的语气没有丝毫变化。

"遥测系统确认完毕后,将机上通信系统调回高增益天线。第二控制室对 CORE1 进行故障检测。"

嘈杂渐渐平息,控制室重新回到原来高度紧张的安静,走也一行人屏住呼吸看着底下控制官们简练却紧迫地对话,不知道发生了什么事,面面相觑。

"CORE1是什么东西啊?"

"看起来像是通信仪器故障,对不对?泰?"

"CORE是转播探测器与地面通信的静止卫星哦。三颗卫星为一组覆盖地球到月球的空间。似乎是卫星出现故障。对了,要不进控制室问一下吧?"

"啊?可以进去吗?这里还有好多其他人啊……"

"这次飞行任务可不是为了国家利益哦。二位觉着呢?"

泰转过头来。闪之助和妙愣愣地眨着眼睛,之后害羞般地看着对方。

"爷爷,我们借坐特等席吧。"

"嗯,可不能妨碍人家。"

在泰的带领下,四人从后屋走向通往控制室的大门。在告知门卫身份后,顺利进入了控制室。身后的记者们只能一脸艳羡地注视着他们进去。

泰走到坐在最后一列的飞行主任旁边。

"日比木先生,方便打扰一下吗?"

"稍等。第二控制室,你说什么?"

日比木伸出一只手示意泰等待,之后对着通话器喊道:

"CORE1无异常?只是频率被短时间占用?废话少说。到底是什么东西在哪里插到了月球探测器和地面之间的通信线路里面,重新检测一遍!"

怒吼完之后,日比木才绷着脸转过来回答泰:"要不是人手不够，就把你们交给宣传官（PAO）了。找我什么事？"

"刚才是 CORE 发生故障了，对吧？"

"是不是故障还不清楚。不过，不是探测器出问题，所以请放心。"

拥有自 H-2C 开始的历代火箭发射经验，人称日本吉恩·克兰兹（Gene Kranz），天龙会社最好的老牌控制官——日比木还是一副冷硬的语气。

"探测器发回的信号中断后，我们首先将机体的通信系统更换成了其他系统。但不管用，所以后面我们决定使用其他通信卫星，这才让信号恢复了。天上有两颗 CORE 卫星供使用，即使卫星都坏了，我们还有航空电台。放心吧。"

"明白了。谢谢！"

"啊……什么？GSFC[①]？是美国人搞的鬼？"

话还没说完，工作人员拍了一下日比木的肩膀指着中央控制台。日比木满脸疑惑地拿起另外一只通话器，接听了一个疑似外线打来的电话。通话非常简短，而且没有图像，只有声音。

接完电话后，日比木突然重重地把通话器摔在了中央控制台上。

"混蛋，居然敢小看我们！"

"发……发生什么事了？"

泰震惊地问道。其他控制官也注视着日比木，不知道发生了什么事。日比木没有理会他们，愤怒地对着通话器大喊："第二

[①]译注：Goddard Space Flight Center，美国戈达德航天中心。

控制室！停止CORE1的故障检测，回到正常工作状态。究竟发生了什么事？刚才蹦出一个飞碟冲到月球跟前了！"

喊完后，日比木重新回过头来，压低了声音对泰等人说："在尘埃落定之前，请不要告诉我这群伙计。刚才是NASA捣的鬼。"

"NASA？"

"没错。刚才那通电话是从戈达德航天中心打来的。"

日比木对着哑口无言的泰说道，那气势，似乎要把麦克风咬碎了。

"他们利用自己在CORE1附近的通信卫星施加了通信干扰。"

"这可能吗？"

"对他们来说并非难事。只要有功率输出，多多少少频率就会不一样。在高速公路听广播的时候，不是会不断接收到长途货车的违法无线信号吗？同理，只要把NASA的ATDRS通信卫星的高功率天线对转CORE后，就会产生干扰。如果只是改变卫星方向的话，可以在不损耗推进剂的前提下通过回转仪来实现。"

"虽然是可以，但绝对不能让他们那么做。"

一向温厚的泰，竟少见地变得严厉起来。

"我们再过几十分钟就要进行飞行任务最关键的部分了。偏偏在这个时候进行通信干扰，他们这样做无异于让计划毁于一旦！"

"那倒没有到那个程度，干扰只持续了几十秒。而且，他们刚才还来电透露了解决办法。当然，还好我们迅速解决了。如果没有及时修复的话，他们估计会装作毫不知情地过来指导我们吧。"

"他们那样做究竟是为了什么？"

"都说了是捣鬼咯。"日比木皱起眉头嘟囔道。

"大概是想试探一下我们处理紧急情况的能力吧。半个世纪以前就把宇宙飞船送到月球的前辈想小小地检验一下后辈的本事，这无可厚非，但混蛋居然出这么简单的试题，也太小看我们了。"

泰和走也看着对方。

妙好奇地追问："那个……干扰其他国家的飞船，这种事经常发生吗？从我这个门外汉的角度来说，一步弄错动辄就是几百亿日元的损失啊。我认为这种做法实在太过分了。"

"不，我之前从来没听过。"

"瞎说什么呢，你忘了吗？美国的火箭原来可是当导弹用的！"日比木惊讶地说道。

"发达国家的宇宙飞船都是为军事服务的。苏联甚至在载人飞船上装了机关炮。如果有必要的话，何止是干扰，直接击落对方的飞行器他们都能干得出来。"

"那是什么时候的事啊？不是冷战时代吗？"

"我们和其他国家现在就在冷战中。因为月球水。"

日比木的一句话让所有人不禁想起这次飞行任务的其他侧面。

并不是全世界的人都举双手赞成在月球上建基地。一部分既得利益势力不仅排斥，甚至还公开反对。天龙在公开特洛菲发动机技术之时,就已经有那样的动向。

各国眼红地纷纷想利用特洛菲发动机造出廉价的新型火箭。

"别忘了。我们的目标是一座宝库。哎呀,时间到了。你们先坐到那个角落吧。"

日比木冷淡地打断谈话,背过身去。走也叹了一口气:"宝库吗?"

"原来如此……认真想来,我们特意发送专门的探测器就是为了月球水啊。反过来说,其实NASA也向我们证明了月球水的重要性。"

"是啊,他们也还没做到取样返回。毒蛇号把样品带回地球后,即使要价一百万美金,他们也会买下来吧。"

"我才不卖呢。样本本来就只有十公斤。而且,我们可是自掏腰包在做。"

"掏的可是我的腰包哦。"

闪之助装做一本正经地说道。所有人不由得低声笑了出来。之后,重新把目光投回大屏幕上。

按照计划,毒蛇号最多只能带回十公斤的样品。这个数字直观地表现了往返于地球和月球的困难程度。

夏娃一号火箭长四十一米,全备重量一百四十八吨。近地轨道投入重量是同级旧式火箭的十倍,达到了五十吨。月迁移轨道的投入重量也达到了十吨。但是因为本次发射也是夏娃一号火箭的首次发射测试,所以慎重起见减轻了负载,只运载了最大载重量的五分之一——两吨发送到了赴月轨道。

毒蛇号的两吨重量就是从这里来的。

毒蛇号重量确定后，能回收的样品重量也就定下来了。

两吨的探测器，一吨是轨道舱的重量。轨道舱是探测器的基础，包含电源系统、通信系统、姿态控制系统等组成的卫星巴士、进入极月轨道所需的引擎及燃料、小型绕月卫星及月面遥测装置。

正是有了这个舱体，探测器才能在多次经过南极上空时，用激光或者分光器一步步缩小可用水存在地的范围。

剩下的一吨是软着陆舱。在绕轨飞行时决定降落地点后，软着陆舱就会脱离轨道舱，一边利用绕月卫星和地球保持相互通信，一边往月球降落。

一吨重量的一半五百公斤是软着陆舱的推进剂四氧化氮和联氨。着陆舱会利用推进剂保持滞空状态，进行更详细的探测，并寻找最合适的着陆地点。

顺利找到着陆地点后，着陆舱再启动逆向喷射逐渐落地，之后开始样品采集工作。

样品采集工作的目的在于探寻含水的地表物质究竟是何种性质。水存在本身几乎已经确定无疑，问题是它的存在形态。太古彗星留下的水分子是变成了雪原，还是变成了冻结的湖面？表面是否覆盖着月壤，还是已经嵌入地底而没有裸露在地表？是否在和月壤的微粒子混合后成为永久冻土，或是因为宏观的不均等让直径数十米的冻冰盆地遍布了方圆数千米？科学家们提出了各种各样的模型，但谁能说中目前还无法知晓。如果解不开这个谜底，那么利用月球水也就无从谈起。

不论月球水是何种形态,都要将样品带回地球,在大家的努力之下,着陆舱应运而生。首先,必然要降落在水的正上方,否则后面无从谈起。为了顺利降落到合适的位置,舱体配备了从微波到红外线等多种波长的主动型传感器。落地之后,无论水在地底还是在地表,配备的钻探装置都能接触到水。为了防止舱体本身在低重力的作用下发生转动,两根钻头要同时钻挖。有两根钻头的话,即便其中一根断了,也能完成任务,可以说让舱体拥有了冗余度。之后,即使钻探装置不能用,我们还有应急采样装置——将火药发射式的铲斗用缆绳拉回,至少能从地表刮一些样品回来。

这种装置的质量大概是一百公斤。着陆舱一吨的重量当中,五百公斤是着陆用的推进剂,一百公斤是采集器械。

剩下的四百公斤实际上一半以上也是推进剂,届时这部分推进剂将由着陆舱上半部的返回舱消耗掉。舍弃着陆用的发动机、着陆架和采集器械等等一切装备后,只剩返回舱离开月面升入绕月轨道。虽然月球轨道速度是每秒一点六八千米——高达五马赫的速度,但是在低重力的作用下,返回舱还是可以相对轻松地达到这个速度。

返回舱之后会在绕月轨道实施返回地球喷射,彻底将月球抛到身后。返回舱的推进剂是从月面到这一步行程必不可少的。

仅剩下一百几十公斤的返回舱,几天后穿入地球大气层,打开翼伞进行滑翔,最后返回位于种子岛中央地带的新种子岛机场。除去穿入大气层时用于发散热量的烧蚀材料以及切断的翼伞,最终剩下的重量只有四十几公斤。

四十几公斤的返回舱，保存在其内部的重量是十公斤。能回收的月球水样品重量就只有这么点。

这就是月球往返飞行的真实情况。一百吨的火箭发射上天，最终只剩四十公斤返回地球。要想逃出两个天体的重力圈，来一次往返百万千米的旅程，需要消耗如此多的推进剂才能进行一次又一次的喷射。

月球是如此遥远。

只不过，十公斤也不是极限数字。夏娃火箭只发挥了五分之一的能力，而且因为此次是第一次飞行任务，所以保守起见，使用了半个世纪前阿波罗宇宙飞船就已经开始使用的联氨火箭等种种可靠但略微低效的构造。配置实现最优化后，飞行应该还能更加高效。按照计划，同时发射两支夏娃火箭可以搭载六人进行月球往返飞行。

可即便这样，月球飞行的本质没变，还是一场孤独残酷的旅程，就像是出发时得带上所有食物才能横穿沙漠。

不过，月球水的出现可能彻底推翻这种现状。

月球上常年有太阳光照射。利用太阳光发电后，可以进行水电解。通过水电解产生的氧气和氢气才是最具效率的化学燃料。从月球回地球的火箭可以使用这种燃料。不仅如此，因为可以不用带返程用的推进剂，去程的推进剂也可以相应削减。就好比沙漠旅行，只要中途有一个小镇，后半程的粮食以及为了储备后半程的体力而背负的前半程的粮食都可以减少。一改旅客扮相轻装朝沙漠进发也不是不可能。

月球水不仅可以作为混凝土材料，还能戏剧性地改变月球飞行和月球驻留。从外部吸入氧气的特洛菲发动机必不可少，足以证明把沉重的氧气带到地球之外是多么困难。月壤里虽然还有氧气，但是要将之提取出来，需要经过非常复杂的处理工序。而水电解就容易多了。能低价且大量生成的氧气对于在月球上的人来说是最大的福音。

因此，检测月球水是否实用的本次飞行任务至关重要，以至于其他宇宙机构也纷纷关注。

下午六时三分，日比木终于开口说道："着陆舱，脱离……开始降落。"

"着陆舱脱离。开始降落。"

大屏幕的事件计时器出现了新的数字——依据下降速度反算出来的预计落地时间。只见数字细微地变动着，一点一点在减少。

"着陆舱运转正常。第一次逆向喷射结束。进入降落轨道。"

"中继卫星菲格运转正常。开始转播着陆舱发来的信号。"

"着陆舱即将进入月影区域。无线信号丢失（LOS）倒计时开始，五、四、三、二、一。LOS。误差负零点二秒。"

"通信系统已转移至菲格。"

"把机体控制转为自律系统！"

"机体控制现切换为自律系统。"

和月球的通信往返有近三秒的时间差。从现在开始，探测器的飞行已经不允许远程操作带来的延迟，不得有任何闪失，机体的优先控制权转交给了计算机。之后，就只能信任聪明的毒蛇号了，其核心和多功能建机一样是花费四年时间打造出来的人工智能。九十、八十……探测器慢慢地降落。监控视频因为会消耗无线信号传送容量，所以没有开启。但是，解析数值的专家们就像是亲眼看着探测器一般掌握着机体的飞行路径。

"高度一万两千米……一万一千米……一万米，已进入永久阴影区！"

"着陆舱，按程序转弯。投光灯打开，启动对地雷达和分光器。"

"反应良好！近红外线二点一五微米附近被明显吸收。"

"露天？"

日比木微微松开嘴角轻声说道。通过调查近红外吸收线的方法可以最清楚地证明冰的存在，但这样做需要光源。在太阳光完全照射不到的南极永久阴影区至今都无法使用这个方法。而这次降落的毒蛇号投射出的灯光，终于使之成功。冰好像没有埋在地底。

探测器飞跃过许多座黑暗的环形山。日比木不敢有丝毫大意，命令道："不要放松雷达监视。都到这一步了，绝对不能撞到山。"

"请放心。绕月飞行时已确认没有高山……高度八百米，下降速度每秒十米，水平速度每秒十五米。"

"正在寻找着陆地点。推进剂消耗略多，是否要加速降落？"

"不用，交给探测器自己决定。多喷射一点没有影响，不要发生撞击就好。"

"明白。"

"小妙，知道他在说什么吗？"

走也转过来看着旁边的妙。看到妙微微笑着，走也体察到她的想法。

"嗯，进展得挺顺利的，对吧？"

"应该是吧。"

走也点点头，就在他把目光转回控制室的时候，制导、导航与控制分系统负责人发出尖锐的叫喊声。

"金属反应！"

"什么？"

日比木探出身子，声音似乎要完全压倒对方："金属反应是怎么回事？哪来的数据？哪个系统看到的？"

"啊，不是看到的……雷达回声像捕捉到汽车一样，声音突然变尖锐了。"

"也有可能是探测到岩盘或者其他东西。不要多疑。又不是发射导弹。"

日比木说完后，以为完事了，没想到飞行力学负责人和仪表通信员同时大喊："着陆舱水平位移结束！已进入接地程序！"

"遥测瞬间中断！测距系统数值攀升！"

"降落中止！直下式摄像头开启。高度？"日比木像是脊髓反射般迅速喊道。

"怎么样？机体有没有报告确定着陆地点？"

"还没。跳过地点确认程序，直接降落了！高度八十！"

"啧，难道是系统错误？开启监控录像！"

"开启会消耗传送容量，确定要开启吗？"

"没关系，分光器就不管了。即使探测器坠落我也要亲眼看到最后！"

制导、导航与控制分系统负责人听从命令操作，对准着陆舱正下方的监控录像被调到大屏幕上。机体本身控制自动降落后，屏幕上的信息已显得不必要，但大家看见后，不由得倒吸一口凉气。

"沙金？"

画面上的东西看起来像是清澈的河底散落着的沙金，又像是微风吹起的浪头。

褐色的背景中，无数细细的金色沙粒均匀地闪耀着，非常漂亮。

"那究竟是什么？"日比木板起脸孔小声嘟囔。

"还在扩大……还在继续降落吗？"

"还……还在降落！终止命令无法传到！"

"要取消自律系统吗？"

"不，再等等！"

部下询问是否要完全停止计算机，日比木迅速否决了。

"降落速度不是很正常吗？"

"就这样让它降落！"

日比木斩钉截铁地下达了指令。他决定把降落完全交给可能已经发生故障的计算机。

"距离月面不足二十米。现在才调整为时已晚!就这样观察降落情况!"

控制官们几乎要晕倒一般,脸上血色全无,只是睁大眼睛盯着大屏幕看。没想到情况异常的探测器难以置信地顺利接近了闪闪发光的地表。

视频中心,投光器的反射光晕渐渐有了轮廓。但不知什么时候开始,光线逐渐变得模糊,迅速呈同心圆状铺开的白色云状物覆盖了整个画面。

几个控制官纷纷推测:"水蒸气?""不,应该是冰粒。那里真空度很高,所以不可能是液体。升华后立马再冻结了。""会不会是钻石尘?""不懂,还有可能是干冰。"

"马上要着陆了,可别整个陷进去……"

日比木咕嘟一声吞了一口口水,控制室再次陷入寂静。大家都很担心。就算地表强度不足,如果只是着落架沉下去的话倒还好,但如果连头部也被埋住的话,返回舱就飞不起来了。

监控摄像没有声音,但是所有人都极力想象着着陆舱三条着陆架稳稳当当落到月面的声音。

落地的冲击果然很大。画面一阵猛烈摇动后,火箭喷射产生的雾气停止了流动——探测器感应到落地后停止了喷射。

细微的白色粒子划出美妙的放射状抛物线,慢悠悠地落回到地面。一切尘埃落定后,视频画面恢复清晰,清清楚楚地呈现出地表的样子,摄像头本来是要在落地后才开启的。

大家正入迷地看着大屏幕,其中一名控制官突然想起来,看着手中的电脑屏幕,说了一句:"已经落地……高度零,倾斜零,沉降零,着陆成功!"

"成功?""成功了吗?"

喔——!控制室内响起一片欢呼声。

"冷静!"

日比木站起来敲了一下中央控制台。

"菲格只能在南极上空短暂停留。没时间起哄。机内计算机,暂停运行中的自律系统,先别使用副系统。GNC,检查遥测系统,查出刚才异常的原因! C&R,启动应急采样装置,之后开始钻探。快!"

控制官们迅速投入工作。直到刚才还一片寂静的控制室不可思议地又开始飞舞着漫天的报告声。

不一会,机内计算机控制员报告:"遥测系统调查完毕。异常的原因似乎是电路混入了杂音。"

"杂音?音源在哪儿?"

"主任,我这里发现疑似音源!"

制导、导航与控制分系统负责人大声说道,并将电波高度计的进化版——用于调查地形的对地雷达记录放到了大屏幕上。

"是之前的金属反应。由于反应异常明显,所以应该是反射太强烈导致自身的电波侵入了自律系统。"

"你说什么?"

"意外故障。我一直以为电路屏蔽已经非常完美了。"

"故障永远都是意料之外的。对了,能恢复吗?"

"根据探测器自身诊断,当前,机体自律系统的正、副、预备三系统运转正常,异常应该只是暂时性的。"

"为了以防万一,使用副系统!起飞时会不会发生同样的故障?"

"请放心。离开时不会使用雷达。"

"很好,OK!截至目前成功了……"

直到这一刻,日比木才敢坐下来,深深地呼了一口气。之后,转过脸笑着对参观者们说道:"要看看周边的风景吗?"

"嗯,那是必然的。"

"哟,您不就是桃园寺先生吗?"

日比木似乎直到现在才意识到赞助商来了。想必是之前太紧张了。不过,面对赞助商,日比木还是一副不卑不亢的样子,只是轻轻一笑。

"那刚好。就让大家瞧瞧我们刚刚占领的国土吧。"

说完,日比木启动了装在高一百二十厘米的探测器顶部的彩色CCD摄像头。一块正面屏幕被打开。但是,播放的视频下半部分一片朦胧的白色,近乎黑暗。

"是故障吗?"

"不是,一开始把曝光度调到最低了。之前阿波罗号的飞行员们曾经不小心把摄像头对着太阳,结果把镜头都烧坏了。之后会慢慢调高感光度。"

和日比木说的一样,画面上慢慢浮现出轮廓。

画面下半部分的白色原来是探测器下方的照明灯探照的地

表。着陆架的影子拉得修长的地表上，探测器正下方的微光粒子全部显现出来，像是半夜的滑雪场一样，洁白地漂浮着。光线中断的前方一片黑暗，地表、地平线、天空，一点都看不见。

妙小声地自言自语："环形山的永久阴影区……这里就是三十亿年的夜晚啊。"

"没错，现在开始打开投光器。"

二十万堪德拉的强力半导体灯被点亮后，人们才知道自己置身于何处。

那里就是一个巨大的圆形剧场内部。地表像是雪面一般发散着光线，鞋子般大小的石头散落在地上。对面，地平线附近的位置耸立着巍峨的岩壁。日比木摆动相机，三百六十度环顾四周，只见岩壁连绵不绝。那是环形山的外轮山。探测器刚好降落在环形山中央。

控制官们也放下手中的工作看着这番景象。

"山在地平线附近，所以环形山的直径大概是四千米。山的高度是多少？看起来还挺险峻的。"

"雷达记录显示……一百四十米。斜面的倾斜度在三十度左右。要越过山把电缆连到发电面板恐怕有点难度。"

如果要在探测器所在位置采集水样本，那就需要电。要给永久阴影区的环形山供应电力，就必须在阳光能照射到的环形山外设置发电面板，然后牵上电缆。寻找可以这样操作的环形山也是此次飞行任务的目的之一。

但是，其中一名控制官看着月面图兴奋地说道："喂，山多高都没关系。不对，应该是还好山很高。我们太幸运了！"

"此话怎讲？"

两旁的控制官看着他的手。只见他把月面图转来转去说道："这座环形山比其他环形山高一些而且是孤立的。所以，随着月球的自转，它的所有外侧区域都能照射到阳光。外轮山如果不高就无法形成永久阴影区。"

"但其他地方应该也有类似的环形山吧。"

"倒是有，只不过直径长达几十千米。如果在外轮山的旁边建造基地，当太阳绕到环形山的反侧一面时，要牵相当长的电缆才能连到那里的发电面板。但在这里，我们只需要在半径区区两千米的圆周上放置发电面板即可。不仅可以大大减少电缆长度，同时还能压缩行动范围！"

"照你这么说，这里是南极的一等地域？"

"不不，稍等！"

日比木大声插了一句。

"你们说的这些要等到确定有水后才有用。如果是甲烷或者二氧化碳的冰，那就白高兴一场了。"

日比木的一番话说得在理，周围兴奋的声音渐渐低了下来。

"还没钻探呢。把胜利的欢呼留在钻探完之后吧。"

"钻探完就水落石出了吗？"

妙问了一句，日比木回过头来说道："检测很简单。把钻取的一部分样品放入一个气压的气压室内加热。如果在摄氏零度变成液体，摄氏一百度变成气体的话，那就一定是水。只要能实现软着陆，通过这种程度的检测一测便知。"

"不好意思，日比木先生。"走也问了一句。"我能去一下钻探小组吗？我挺在意力学强度的。"

"哟，你要看标准贯入试验吗？果然是建设公司的人。"

所谓标准贯入试验就是，在地面上打桩并施加一定的冲击力测定地面下沉的程度，其目的是为了检测地基强度。在建造建筑物之前，必须要做这项实验。另外，如果地面是冰的话，知道了它的坚固程度后，就可以在将其作为资源利用时为挖掘作业提供相关信息。

得到日比木许可后，走也走到采样回收小组面前。将钻头钻进地表正在进行钻探作业的控制官们说道："钻探负荷三十二牛顿，看来硬度和软木差不多。舱体不会下沉。"

"钻杆的截面近十平方厘米……每平方米大概可以承载三吨左右的重量。差不多和东京下町的冲积层一样。能知道物理构造吗？"

"非常遗憾，不是很平整。从钻挖的触感来看，不能说一定是碎石，但确实含有很多大小不一的颗粒。怎么说呢，即便是冻土也够用了……不好！"

其中一块副屏幕开始闪烁红色的文字。

控制官咂了一下嘴："一号钻杆卡住了。赶快停止二号钻杆。"

"是不是碰到岩石了？"

日比木探出身子问道。控制官回答：

"似乎不是岩石，一号钻杆静止不动，不能继续回收样品了。"

"已经停止二号钻杆了对吧？很好，到这儿就可以了，把钻杆拔出来。"

"明白。"

于是一号钻杆就这样被放弃了。第二根钻杆倒转着被拔了起来。这时，不知是谁，看着一直在大屏幕播放的直下式摄像头画面，说了一句："喂，大家快看，那是什么？"

大家同时抬起头看着屏幕，没人说话。

只见机体下方拍摄到的图像两侧有两根钻杆，其中一根正在被拔起。伴随着倒转，一种像金丝一般的东西轻轻地铺开到地面。

"好像椰子果实的纤维啊。"

"原来类似沙金的光就是这种物质的反射啊。好像还塞得挺紧的。"

"到底是什么东西？"

谁也回答不了。大家都不可能知道。没人推测到月球上的冰和大家预想的冰的来源——彗星中会含有这种纤维物质。

二号钻杆被收上来，几克样品被放入分析室。剩下的则被收纳进返回舱中。分析室仅仅过了几分钟就给出了分析结果。

"熔点零下零点四一摄氏度，沸点九十九点二二摄氏度……确定无疑，样品中含有水冰。"

"挖掘深度是多少？"

"大约两千八百五十毫米。原计划是到四千毫米。"

"也就是说……"

没想到走也率先说出了结论："月球上存在水，而且其并非坚固得挖不动，也并非柔弱得毫无承载力。"

"恭喜。"日比木对妙说道。

"桃园寺先生，现在所有要素都确定下来了，已经没有任何东西可以阻碍你们的计划。"

妙转过头看着闪之助。闪之助和妙一同站起来，朝着玻璃窗望去。之后，借用通话器，对控制室和后屋说道："谢谢大家。之后还需要仰仗各位。一切才刚刚开始。"

安静的声音像波纹一般在控制室散开。是鼓掌的声音，而不是庆祝自己苦苦奋斗后的欢呼声。发现水的壮举成为支撑整个宏伟计划的基础。这些掌声可以说是在赞美计划本身。

走也朝着妙的侧脸竖起了大拇指。泰跟着一起噼噼啪啪地鼓着掌。所有人的脸上闪耀着记者们拍照的闪光灯。

虽然飞行任务还未结束，但至少此时，日比木的怒吼声没有预期而至。

3

四天后，回到地球的毒蛇号里面取出了三千克的样品，经过慎重的检查后，终于确认了样品性质。

样品所含的物质中，水占百分之五十五，月壤颗粒占百分之四十左右。水自身的溶解物质包含少量的铝、钙、铁、硅等来自月壤的物质以及非常微量的甘氨酸、丝氨酸等氨基酸。这些物质的构成和事先预计的高度一致。

很久以前，含有氨基酸的冰质彗星撞击到环形山的永久阴影区中。由于高热和冲击，冰瞬间化为水，之后融入月壤之中，随风漂流。但是，因为永久阴影区气温非常低，水又迅速冷却再次冻成冰，沉降在环形山中。彗星本来就是比普通陨石更脆弱的天体，常常在受到太阳热的炙烤之后整个崩塌，所以彗星本身不会形成环形山，即便是表面有坑，也会被沉降下来的冰填平。

所以，永久阴影区的环形山内才形成了混杂着月壤的冻土平地。

可是，样品里面剩下的百分之五是什么物质依旧是个谜。

那是以硅和铝作为主要成分的金属。虽然它的元素组成和月面上的物体一致，但是没人知道它为什么会成为纤维化的合金。用电子显微镜观察后发现它和植物的根类似，是拥有自相似性的筒状构造，但是由于钻头将其和其他部分切断时产生的强大张力，细微的部分已经被破坏了。反过来说，这是一种非常抗拉伸的强韧性物质。

这种物质至少给出了两个问题的答案——毒蛇号经历的强烈雷达反射和钻杆的卡顿。一是因为朝金属纤维密集的冰发射了电波。二是因为这种纤维缠住了钻杆。

不过，相比给出的答案，这种物质留下的谜团更多。"分给我一克也行"，全世界的科学家如潮水般涌来申请。御鸟羽综建留下三分之二的样品用于水泥制造试验，剩下的就交给御鸟羽社长的个人判断无偿捐赠给科学研究了，可是没想到社会上反倒掀起了一股批评的风暴，称御鸟羽综建将学术价值极高的样品用于制造水泥，而且多达两千克，简直不能理解。御鸟羽没怎么理会这些批评。

月球水可以作为水泥原料。只要明白这一点就够了。此前一直在等待的山口县小组和当地的大型水泥厂商开始努力组装水泥制造舱，舱内的震动式烧制炉即便在六分之一的重力下依旧能正常运转。届时含水百分之五十五的月壤冻土将被作为原料。

在地球上建造建筑物，首先要选定地点。地点敲定后，进行测量和地基调查，随后决定建筑物位置并进行设计。此次毒蛇号的任务除了检测水的特性外，还有测量和位置选定。计划建设地点就是那座环形山的月球近端外侧，其正式名称是一个容易咬到舌头的拉丁文单词，索性改称为"伊甸"。

地基调查被省略了。地基调查的目的用一句话来概括就是：检测在上面建造建筑物会不会倾斜。但是，因为月球上没有柔弱的冲积层和洪积层，也没有地幔和活断层，所以几乎不会发生地震。此前走也一直担心的中国昆仑基地的简单建造方法也足够坚固，所以才敢那么建。

但也不能一模一样地模仿昆仑基地。昆仑基地只是在地面上放置模块，而御鸟羽综建是要用混凝土砌块进行真正的建设作业，必须开展土工工程。

所谓土木工程就是填土、切土、压土，平整未加工的土地。虽然是月面，但少了这些工序，就无法开展建设作业。月球既没有水流也没有空气，过去三十亿年间落下的陨石留下的痕迹以及火山活动的痕迹都原封不动地保存着。月面上没有真正意义上的平地。而如果不是平地的话，不论是建设机械的能力还是基地的设计都将受到大幅限制。

说起宇宙开发，人们就会联想到上升的火箭以及展开太阳能电池板的人造卫星。但，宇宙开发不仅仅是那种航空宇宙领域的东西。月球上所需要的正是地球上土木建设领域的技术。火箭和航天器的公司即使想要挑战，也只能装装样子。月球的环境不允许任何偷工减料，决不能马虎，反而需要土木建设的公司去挑战宇宙领域。

从一开始便已看透这一切的桃园寺妙的确是天才。除了御鸟羽综建之外，没有其他公司可以承接这个项目。

御鸟羽综建拥有极限环境下的施工建设技术，对他们来说，月面基地的设计本身可以说很简单，难的是制造出可以按照设计进行施工的建设机械，这一点在初级阶段就十分明了。多功能建机才是开发的核心。随着多功能建机研发成功，最大的一项困难宣告解决。

二〇二九年九月，可以往月球轨道发送二十吨重量的大型火箭亚当一号发挥了一半能力将现场作业所需的初期机材运送上天。这些机材包括面积三百四十平方米、发电输出功率一百五十千瓦的太阳能电池板以及一台多功能建机。

四天后，机械器材顺利降落到"伊甸"环形山的外侧。此次使用的着陆舱和高性能的毒蛇号截然不同，由一个简单的桌子式框架和逆向喷射火箭、燃料箱、电波高度计、利用地球测位卫星的测位装置、通信天线等最低限度的零部件构造而成，名字也似乎没有用心取，叫做"海龟"。由于它只是用于卸载七吨的物资器材到月面的量产型"货车",所以才受到这种待遇。

着陆的海龟号在与几乎快碰到地平线的太阳呈九十度的方位,利用弹簧的力量用力投放出卷好的太阳能电池板。电池板宽四米,长达八十五米,是地毯状的软质面板。在真空的天空中划出一道抛物线后,电池板慢慢展开,在展开的过程中,板后面的支架也伸展出来。落到地表后,在支架的支撑下,电池片对准了太阳。整个过程只花了十秒钟的时间,非常麻利。投放方式虽然看上去很粗暴,但是在没有风的月面上可以正确地计算轨道,所以还是挺稳定的。预计在之后的各种场景中常常可以看见这种投放方式。

在地球上屏着呼吸等待的人们欢呼雀跃,因为保障电力供应是最优先的课题。多功能建机之所以是有线供电而不是自带发电板,是因为自带发电板没有意义。在极地,太阳光的入射角度很低,如果不是立着的电池板很难保证稳定的电力供应。

"电池板立起来了"——一声通知标志着此次任务的成功。今后,只要是太阳位于月球近端位置的白昼期间,就能使用丰富的电力。

只要有了电力,那接下来的任何事情都可以想办法。多功能建机是可以承受重型作业的强大机械。即使翻倒了,也可以利用货叉和松土器进行翻身。而且,多功能建机还很聪明,能自己解决一些故障。得到发电板电力后的一号多功能建机从斜面都没有的海龟号上轻松落到月面,开始了第一阶段的作业也就是土木工程作业。本阶段的作业是为了迎接后来的同伴。如果不进行土地平整，逆向喷射会让月壤漫天飞扬，弄脏太阳能电池板。当然，万一真把电池板弄脏了，多功能建机也可以摇动软质电池板进行清理。

根据一号建机发回来的影像，周边没有大型岩石和地面裂缝，作业看起来非常顺利。只不过，地球无法看到一号建机的英姿，因为它和埃德蒙·希拉里爵士一样自己拿着摄像机。不过即便如此，挪动岩石、捣固月壤、来回奔走的一号建机传回来的影像是真正的施工机械动作，毫不谦虚地说，画面非常具有动感。地球上的工作人员，尤其是御鸟羽综建的人们异常兴奋地聚在显示屏面前欢呼就不说了，那一刻，走也入社以来第一次看见了岩城部长的笑容。

"那个人是该高兴。"

听完走也说的话，泰信司看着窗外的风景和手中的电脑屏幕点了点头说道。

那是在富士山山脚处的多功能建机制作试验场，同时也是在月面工作的多功能建机的管制设施。泰此行来访是为了调整这里和筑波、种子岛的宇宙控制中心以及各地研究机关之间的连接接口。

"我虽然才跟他见过几次面，但看得出来，岩城部长是一个思维极度理性的人。往月球运送机器人，比运送人类更加合理，所以他才这么高兴吧。"

"这么一说，我记得你之前好像说过'机器之所以会发生故障是因为制造机器的人犯了错'。只要能发送足够可靠的机器，那么就没有必要再往月球运送人类了……"

结合月面的多功能建机传送回来的遥测数据和眼前试验场的机体得出的数据，正在进行校正工作的走也小声说道："如果是那样的话，为什么我们要大费周章地把人类送到月球上呢？"

"如果让我从一个技术人员的角度来说，非常简单。因为有可能做到。"

"因为可能做到？顺序是不是反了？目的应该在前，是否可能才是之后应该判断的事项啊。"

"普通人是这样没错。比如肯尼迪，他在月球旅行是否可能都不知道的情况下，就开启了阿波罗计划。"

泰微微一笑摇了摇头。

"可是我们这种人却不一样。只要有可能，不管有没有必要都想要尝试，而且最终都会去尝试。就像奥本海默发明原子弹，J-NEURO会社克隆出'Nelly'和'Merry'两个克隆人、最后超大型承包商建造对马海峡海底隧道等等，他们从来就不在乎伦理和性价比。"

"那么，泰，你认为第六大陆计划也是那种技术人员干的蠢事吗？"

"一百年后的历史书上也许会写着，为了建造毫无发展希望的殖民地，浪费有限的地球资源，是二十一世纪最大的蠢事。保护好地球环境也可以在地球上活得好好的。"

见走也皱起了眉头，泰若无其事地继续说道："不过，就算蠢事也没关系。蠢事有时候也能推动人类文明的发展。即便第六大陆在启动后一年就倒闭了，我还是认为它有完成的价值。单纯期待技术发展就够了。"

"你呀，比想象中更会挖苦人。"

"作为一个可能不知不觉就造出一个原子弹的人来说，这点事情还是得明白。青峰，你这么认同这个计划，有确切的理由吗？"

"和你一样，在某种程度上来讲，是因为我支持御鸟羽社长的主张。他认为人类的发展向来都是从无到有，在最荒凉的月球这片土地上建造人类居住的建筑，毫无疑问就是人类发展的证明。"

"这不和我差不多嘛。"

"那倒也是。你们都喜欢自卖自夸。"走也耸了耸肩笑着说道。

泰从电脑屏幕上抬起头来，用力地伸了一个懒腰。

"我啊，就这性格，只要走错一步，也许我就不会研制特洛菲发动机这种狂妄自大的东西，而是在某家金属加工会社做着朴素的研究了。之所以没落到那种地步，多亏了八重波社长。实在是佩服他的热情啊。"

"我很羡慕他。思维非常明快而且表达很直接。如果让他听到我们刚才的对话，我能轻松地想象出他说什么。"

"不，他和你想象中不一样哦。"

在走也开口之前，泰抢先说道："他会说：'年轻人就不要在意其他人的意见。胡思乱想之前赶紧向前走！'"

"说得也是。"

两个人不禁哧哧地笑起来。

"说起来,各自目的和意识都不同的一群人竟然能上下一心推动一个计划,真是不可思议啊。有些人只是想尝试新技术,有些人是想建造建筑,还有些人只是想去月球……"

"漏掉了一类人。"

"什么人?"

"只想着赚钱的那些人。"

"哦哦。"

走也有些猝不及防。

"你说的是保泉小姐吧。其实,盈利本就是最重要的目的。因为伊甸会社归根结底是一个以盈利为目的的企业。只不过,盈利的目的和项目本身如此不搭调实在罕见。"

"对于她来说,目的似乎已经不只是盈利了。"

"她还有什么目的?"

"某种意义上来说是最为普通的目的。毕竟,不管怎么说,只要能产生热情,就是好事。"

泰吹着口哨,开始调整和横滨电子计算机中心的线路。

"普通的目的啊……"

活计算器一般的女监察员除了利益还会对什么感兴趣呢?泰暗自思忖着,之后瞄了一眼走也,说道:"在我看来,其实你是最不需要去为那些事情烦恼的人。"

"我?"

"因为你完美地权衡了对计划的热情和疑问。我很羡慕八重波社长,同时也很羡慕你。"

"你在说什么,我完全不明白……"

"啊哈哈,自己没有察觉到是最好的。虽然我不是社长,不过还是想对你说:不要迷茫。"

"感觉我被你耍得团团转啊。"

走也悻悻地说道,不过并不是不愉快。虽然泰现在已经是一个被各国宇宙开发人员用"教授"敬称的人了,但是坦率的脾气一点没变,身边的人都很喜欢和他相处。

能和这样一个理想的同伴搭档,走也非常开心,甚至心想着这人也许会成为冯·布朗①或是科罗廖夫②这种级别的人而被广为传颂。

搭载特洛菲发动机的火箭发射成功后,电话和邮件像暴风雪一般朝天龙银河运输会社涌来。虽然之前那种不切实际的委托以及咨询还是很多,不过各国宇宙开发企业认真发来的订单还是达到了三百件以上。绝大部分是前来询问利用划时代的新型火箭亚当和夏娃进行航天发射、采购火箭或者采购特洛菲发动机等,八重波都忍痛一一拒绝了。六年内的航天发射都被第六大陆计划预定了,所以眼下无法接单。

---

①译者注:冯·布朗(1912年3月23日—1977年6月16日),德裔火箭专家,V1和V2火箭的总设计师,曾任美国国家航空航天局空间研究开发项目的主设计师,主持设计了阿波罗四号的运载火箭土星五号。
②科罗廖夫(1907年1月12日—1966年1月14日),前苏联火箭专家。第一枚射程超过八千千米的洲际火箭(弹道导弹)的设计者,第一颗人造地球卫星运载火箭的设计者,同时还是第一艘载人航天飞船的总设计师。

出售火箭或者引擎也非常困难。日本众议院在一九六九年通过了一项名叫"本国宇宙开发及利用的基本决议"的法规。其内容概括起来就是，太空火箭的利用仅限于和平目的。为什么这项决议很长一段时间都制约着日本火箭的出口呢？因为这项决议出台的时代，火箭就是导弹的代名词。决议本身就是冷战时代守旧的想法，之前意图销往全世界的第一批纯国产火箭引擎——H-2火箭的LE-5A引擎也受制于这项决议而卖不出去。那是一九八八年的事了。

日本政府近些年来已经变得相当开明，但还是未彻底撤销远在半个世纪之前定下的这项决议。和一九八八年一样，本次天龙GT会社想要搞出口也没见着好脸色。会社虽然是民营企业，但是设施、技术和人才等等都相当倚重宇航研，也就是日本政府。硬来是不可能的。既然无法出售实物，那就只能让海外的用户自己阅览公布的资料，然后自行开发了。

但即便这样，对于那些正为一千克就要三十万日元以上的高额发射费用发愁的人们来说，特洛菲发动机的出现无异于让他们得到了天使的翅膀。亚当火箭的单价仅仅是十六亿日元，凭这个低价就能将与旧苏联梦幻般的巨型月球火箭N1相当的一百吨重量发送到低轨道。变化如此之大，就像是十七世纪乘坐帆船横渡大西洋，几乎耗费了劳动者将近两年的收入，但到了现代喷气式客机出现后，只需要几万日元就可以了，于是各国各企业都争相开发搭载特洛菲发动机的火箭。

保泉玲花第一次飞到种子岛的时候，就察觉到有人正悄悄占据自己的心。

在那之前，她心里装的都是数字。作为一名监察员，她的生活就是调查伊甸会社各部门提交的经费，并计算是否会盈利。虽然伊甸会社是一家综合娱乐企业，但是其内部不仅仅交织着梦想和希望，也许可以反过来说，正因为它是这样的组织，所以她的工作才需要用数字精确地将利润表现出来。企业的一切行为都是为了盈利。如果无法盈利，即便打着奉献社会的名号，也只是个幌子。

但是那个男人的出现彻底粉碎了玲花的想法。

利润不重要。社会风险也是次要的东西。他的目的就是飞翔。自己飞翔——一种极端个人的甚至有点幼稚的爱好。

就是这样一个爱好者，直面日本政府和大企业活跃在业界。创立了私人财产一样的私营企业之后，又培育出令人眼前一亮的新发明，还创造了不菲的利润。这一切都让玲花惊讶不已。

因为工作的关系，二人经常相见，在这个过程中，玲花心里逐渐萌生出好感。除了优秀的能力，不顾他人目光敢于向前的勇气以及源自内心的热情——精神上的高温都让他闪闪发光，甚至有时候极具破坏力。玲花曾试图用图表、公式劝告他，不知被怒吼了多少次。"总之"是他的口头禅。"总之，就是要把夏娃、亚当和苹果都送上天！""投资回报率？性价比？那些东西都没关系，之后总会有办法！"事情也确实和他说的那样最终都找得到出路。这就是他——在努力解决问题的路上勇往直前的男人。这种形容可能有点奇怪，但玲花打从心底感觉他就是一个聪明的暴走族。

他就是这样一个男人，所以当他说"让我来"时，玲花一点也不惊讶，反倒非常担心。那是她第一次有这种感觉——非但没有鄙视一个鲁莽的人，反而担心他。

为什么会担心他呢？有一天当她在名古屋的伊甸总社听到天龙GT会社发来的快报时，清晰的意识终于超越了心中朦胧的感觉。

苹果号的地面试验模型在载人试验中发生电装系统故障，烧毁了。

"载人……烧毁？"

这两个词语就足够可怕了。玲花当场退出监察部的会议，叫了一辆出租车飞奔到同样在名古屋的天龙GT会社飞鸟工厂。

为了救助自告奋勇参加天龙正在制作中的日本第一艘载人宇宙飞船载人试验的八重波龙一。

她没有赶上——因为八重波已经被送往医院了。

但是这次行动却得到了回报——八重波用缠满绷带的手臂抱紧了她。

那是一年前的事儿了。

这一年间，玲花明白了，至今为止没有一个女人敢像她一样和他争吵，也没有一个女人不嘲笑他的梦想，也不冷眼旁观，而是敢于从正面和他辩驳是非。

"不管怎么说，我还是喜欢让人起劲的东西啊。"

地上试验模型的测试结束之后，飞行模型的制作逐渐接近尾声的工厂里，二人并排站在天桥过道上，俯视着机体。

"保泉小姐，你挺让人起劲的。我这可是在夸你哦。"

"……请换一种高明点的称赞方式。"

玲花假装生气地把脸侧过去。之后，又把肩膀靠过来轻声嘟囔道："请不要叫我保泉小姐了……叫我玲花就好。"

"嗯，玲花。我挺喜欢被你训斥的。"

"果然没有在夸我！"

两人边交谈，边俯视着无尘室。苹果号被一群用防尘衣把身体裹得严严实实的工作人员包围着，等待着发射时机成熟。

开始施工的视频不仅传到了参与项目的三家会社内部，还面向全世界公开。

第六大陆的网站单单一天就被浏览了一亿四千万次，成功超越火星探路者（Mars Pathfinder）的四千七百万次，设置昆仑基地玄武栋时的八千万次，火星探测船投入绕月轨道时的一亿一千五百万次（据说若不是这项任务中止了着陆，否则浏览次数会翻一倍），刷新了纪录。

一百五十多个国家的一千两百多种报纸纷纷登载一号多功能建机举起被命名为艾尔斯岩的月球最大岩石的照片，二十二家模型公司向御鸟羽综建申请制造塑料模型的许可，但是还没等第一轮的许可出来，盗版模型已经在亚洲和南美洲全线上市了。出售月球土地的公司上世纪就有，但现在已经有杂七杂八的公司开始出售月球上的房子了。这些公司结合CG效果，把梦想说得挺像那么一回事，结果短短一个月内就有十二个国家的五千二百一十人上钩支付了巨款。于是乎，被理所当然地认为是销售员合作企业的御鸟羽综建收到了大量投诉。纵然御鸟羽综建对外反复声明了两千遍："第六大陆计划是三家公司联合推出的婚礼会场建设项目，御鸟羽综建没有开展单体行动，更没计划出售房子。"但还是不管用，宣传部的工作人员全部累倒了。受害人当中，主要由美国人发起了集体诉讼。他们投诉御鸟羽综建作为建设公司却不明确表明不建造房子，非常不妥。眼看御鸟羽宣传部已经无法正常运作，妙挺身而出率领伊甸宣传部迎头抗击。她一边让御鸟羽综建扮作受害者开展巧妙的对抗活动，一边雇用律师进行反诉。普通日本人的话也许早就认输了，但妙财力雄厚，而且有过留美经验，还是一个天才。三个月不到的时间里，以一副情非得已的姿态，成功击退了受害者的攻击。其中一半受害者改为申请将来第六大陆的参观旅游团。之后，妙的粉丝网站又增加了五百个左右，可穿戴电脑也加强了防护。

"不好意思，请问您是桃园寺妙小姐吗？"

东京站磁悬浮新干线的月台上，一名三十多岁、穿着Polo衫的男子神色紧张地过来搭话。

站在妙斜后方的走也，迅速走到男子的面前说道："不是。"

"啊，您……您不是青峰走也先生吗？这么看来，那位果然是小妙小姐，没错吧？"

"你说谁？我想你认错人了吧。"

走也正要把男子支开,妙从后面拉住了走也的衬衫袖子,摇着头轻声说道:"没关系的,走也哥哥。"

"……那好,你等一下。"

走也小声回答妙后,询问男子:"抱歉,能否告诉我您的姓名以及可穿戴电脑的电话号码?"

"好的,我是京都D大学附属高中的老师,名字和电话号码是……"

走也用可穿戴电脑转送了男子的话和面部照片,大概过了三十秒后,收到了应答。

"似乎是本人。那所高中现在正在进行二年级学生的修学旅行。您是带队老师吧?"

走也往男子背后看去,不远处站着一群穿着学生服和水手服的孩子。一百多个学生正兴致盎然地看着这边。原来是被那群孩子闹着叫过来的啊,走也恍然大悟。这样看来,这个男子应该不是什么奇怪的人或者恐怖分子。

确认男子身份并告知走也的是伊甸会社的保安部。保安部在名古屋总社有部员,现在这个月台也有两个便衣在监视。考虑到妙的财力和知名度,这种程度的保护是理所当然的。因为飞机无法在市中心直接降落,所以妙要造访御鸟羽综建,只好乘坐磁悬浮新干线,这个时候保安部就该登场了。

但是,妙本人不喜欢被跟踪保护,所以访问御鸟羽的时候,跟在旁边保护妙就成了走也的任务。这种任务往往火药味很浓,但是事实上非常必要。走也也是自告奋勇地承担下来的。

确定这位教师不存在安全威胁后，走也朝他鞠了一躬。

"刚才失礼了。因为来搭话的并不全是好人，所以……"

"不，请别放在心上。妙小姐这种身份的人，保持警觉是应该的。"

走也身子往后退了一步。男子老师面对着妙，"咳咳"清了一下嗓子。

"百忙之中打扰了。学生们吵着让我来找您要签名，我不肯，于是他们就让我作为代表过来和您打一声招呼……真是失礼了。"

"别这么说，我很开心。"

妙把脸转过去对着学生，微微笑着招了招手。"哇！"的欢呼声一下爆发出来。

"谢谢大家的支持。将来一定要前来光顾我的第六大陆哦。"

男学生吹着口哨，女学生则娇滴滴地尖叫着，月台的其他乘客纷纷看过来。妙顺便朝周边招了一下手，之后重新看着那名老师问道："签名可以吗？"

"可以！然后，那个……可以握个手吗？"

走也试图制止，但是妙毫不介意地在老师递过来的修学旅行的书签上用漂亮的草书签了名，之后握了手。

"请继续努力！我们会一直支持您的！"

"嗯，好的，谢谢你们！"

眼看着男子过于用力地握着妙那纤细的手，走也终于忍不住开口："不好意思，差不多了……"

"青峰先生，我能拜托您一件事吗？"

"……哈？"

"能和您握手吗？"

走也犹豫着伸出一只手，只见那名老师像是孩子一般，眼里闪着光芒，双手紧握住走也的手。

"您就是去过月球的青峰走也本人对吧。真是太棒了，简直无法置信。现在又参与到建造月球基地的项目中……这是一个男人至高无上的人生了。"

"啊……"

"说实话，我比学生更想和您打招呼。我从小就喜欢宇宙，大学毕业后，还去报名了日本宇宙飞行员……"

一脸感慨地用力甩完走也的手臂，那名老师依依不舍地松开手。

"我们全班都支持您。请继续努力！"

"谢……谢你们。"

走也强行露出不习惯的笑容，挥了挥手。只见老师回到学生那边后，还一直朝这边看。

低头看着还残留着老师体温的手掌，走也说道："真不该怀疑他。没想到这世上还有这种人，对吧，小妙。"

"嗯，无论哪个国家都会有这种人的。"

"……小妙？"

妙的声音听起来有点冰冷，走也不禁重新注视着她的脸庞。之后，妙低着头说："大家都是这样子。虽然都想要我的签名，但却不愿意成为我的朋友。"

"那也没办法啊。你和普通人又不……"

"不一样，对吧？那我和你呢？"

"我例外。因为我又没什么胆怯的理由。"

"有吧？保安部也在监视你哦。"

"嗯，我知道。"

"真的？"

妙抬起头问。

走也露出牙齿笑着说："是啊，我可没自恋到认为大家已经承认了我俩的关系。没事，监视就像是你的饰品一样。我只在乎佩戴饰品的人。"

"……我，就是喜欢你的这些地方。"

"这个我也知道。不过我想，我只是一个替补的男朋友。还是说，我已经不是替补了？"

"呵呵，先跟你说吧，目前你是一号男友。"

妙终于重新露出了笑容。

"有一个一号男友固然不错，不过从二号开始就没了……要是朋友再多一点，也许我就不会建第六大陆了吧？"

"是吗？"

走也歪着脖子凝视着妙。

"建造第六大陆不是为了让更多的人住在月球，然后把它变成人类的世界吗？不过，你说过还有其他理由，对吧？究竟是什么理由？"

"是……"

忽然响起的警铃打断了妙的话。流线型的磁悬浮新干线缓缓驶入月台。

站在已经打开的车门前，妙回过头。

"下次再和你说吧。今天先走了。"

"……哦。再见。"

走也举起一只手，目送着妙走进绿色车厢。

坐下来的妙时不时地往这里瞄几眼。走也一边回望她，一边深思。

众多参与到第六大陆中的人都怀着不同的想法推进计划，把这些人的想法团结到一起的是处在核心位置的妙。

可是，她自己心中也同时存有好几种不同的理由。有时她不经意说出的话和她在向世界宣传第六大陆的话有些出入。

她暗藏在这背后的真正目的会是什么呢？

走也至今都不明白，也无法问。他知道，如果她不想主动说，问了也是白问。

发车的铃声响了起来，磁悬浮新干线静悄悄地开动。妙没有回望自己，这让走也有些心伤。

第二支、第三支亚当火箭满载发射上天，有惊无险地把器材送向月球。这次，海龟和多功能建机一起，把一台名叫大型投射器的重机也卸载到了月面上。这台重机是把沙土射到空中的线性马达驱动输送机，用于输送月壤和冻土。月面上没有道路，要一条一条铺设长路非常困难。用卡车来运的话，卡车本身的移动还会浪费能源。最节省能源的办法就是让货物自己移动。所以他们才想到了用投射的方法。

二号多功能建机和三号多功能建机联合把五吨规格的大型投射器运到了伊甸环形山中。虽然在跨越中途的外轮山时，二号建机的供电电缆一度断开，但是多功能建机在开始供电时，有将内部的水进行电解，存储了燃料电池用的氧气和氢气。二号建机借着燃料电池的电力走到海龟处，连接上供电电缆后，又重新返回。大型投射器顺利设置在伊甸环形山的中央，之后成功地把二号建机挖掘的冻土以秒速四十米的速度投射到了一千米外。

今后，环形山对岸处也会设置发电板，等到电力可以长期稳定供应，海龟周边的接收准备也做好后，就能越过外轮山，进行真正的两千米投射了。

富含金色纤维的土块像喷泉一样被发射到空中，如此劲爆的影像越来越刺激着地球上的人们。以月球为题材的作品，从克拉克的科幻小说到月球作品始祖的儒勒·凡尔纳小说井喷式地大卖，平装本和漫画像洪水般被出版或网上发布，甚至还有好莱坞机构前来访问伊甸会社。

整个地球完全进入了以宇宙为目标的节日狂欢。

这当中有许多原因，比如高度信息化的交流使得民族对立渐趋稳定，地域纷争逐渐平息，用于军事目的的资金和资材大量剩余。比如，各国频繁外交，不断增加对发展中国家的援助，成功解决了这些国家依然大量存在的环境资源保护恢复问题，并让他们实现了经济独立，最终使地球整体都变富裕。又比如，两年前中国冻结了昆仑基地,招致了许多失望。再比如,玩遍了令人眼花缭乱的娱乐项目,正在寻找下一个游乐项目的发达国家的人们迷恋上了月球这个梦幻的新大陆。

总之,第六大陆集齐了人们狂热的期待。

但是,并不是所有人都会献上祝福。

有这么一群人,将发明人类第一支实用火箭的男人奉为鼻祖,把人类发送到太空,在月球留下十二种足迹,拍摄过八大行星以及冥王星的素颜照,豪言直径百亿千米的太阳系是自己的后花园。他们是这个星球上最优秀也最具野心的集团。

美国航空航天局。

NASA 不曾输过。

4

"为什么那么向往宇宙呢?"

保泉玲花一边说一边踢着海边的细浪。水滴被脚丫踢飞,在平静的海面上划出一道道虚线。

之后,她打了一个喷嚏。即便是种子岛,到了十二月份,还是很冷。

"也许是因为太温柔了吧。"

八重波一说完后,脱下上衣披在玲花的肩膀上。玲花摸着他搭在自己肩膀上的手,问道:"什么太温柔?"

"地球母亲啊。即便我们变成身无分文的穷光蛋,也依旧仁慈地守护着我们。"

"只是偶尔让你感感冒而已,对吧?"

两人轻轻地相视一笑,并排着向前走,脱掉鞋子和袜子拿在手上,光着脚体验着沙子。

"虽然很感激地球,但我不喜欢被过度保护。"

"为什么?"

"我非常清楚,习惯了饭来张口衣来伸手的人会变成什么样。我哥哥就是那样的人。虽然我家之前很有钱,还雇了三个家庭教师让他考进了东京大学,但是他一直沉迷于赌马,还中途退学,最终耗光了整个家的财产。也正因为这样,我才切身地体会到钱是怎么来,又是怎么散的。"

"你得感谢你哥哥,多亏了他才有了今天的你。"

"感觉我不管是怎样的人生都会遇见你。"

"命中注定?"

"不,是自己争取的。"

八重波用力抱紧玲花。玲花努力控制自己不说出来那句话。

"……可以别去吗?"

但终究还是没忍住。

"你自己要去坐火箭……我无法忍受。"

"替我忍住好吗?即便那会很难受。"

八重波停住脚步仰望着天空。冬天的天空并不是很晴朗,远处可以看见大崎的海角。

"我非常想坐火箭。直到四年前,我还只是把它当作一个梦想,即便是一年前，我还觉得非常不可思议。现在，机会就在眼前。"

顺着他手指的方向望去，一支夏娃火箭正立起来挨着整备塔，火箭采用的是大头状空气动力飞行形态设计，被戏称为"加了盖子的蛋黄酱瓶"。全长四十一米，满载重量为一百四十八吨。虽然大小是H-2A火箭的八成，重量也只有它的一半，但却可以将多达十吨的物资送到月球，这一数字是H-2A火箭的整整五倍。

"盖子"里面是天龙GT会社、三菱重工、日本电气、日本航空等日本企业合力开发的载人宇宙飞船"苹果三号"。

这是一艘在H-2A时代就有人提出，用H-2A火箭也能发送，但是最后还是没搭载成功的胶囊型宇宙飞船。人称肉包型的外形，包含乘坐人员在内重量是二点五吨，里面可容纳一名飞行员和五名乘客。根据原本的设计，总共只能乘坐五人，但是后来改进了机体材料、突入大气圈时蒸发的底部烧蚀材料，最终成功实现了轻量化，并可多承载一名乘客。

飞向月球的时候，这个密封飞船会拉着四个榻榻米房间大小重两吨的居住舱、重五点一吨的起降舱、重八点三吨的返回舱以及数吨重的其他资材。全部重量是二十吨——这是两支夏娃火箭可以共同承载的重量，比亚当火箭更小型的夏娃火箭就是为此而生。有效载荷虽然更少，但载人的可靠性更高。

可是，玲花知道，可靠性只是对比的问题。

"苹果一号，曾经坠毁过吧？"

"是啊。"

"突入大气层后，滑翔用的翼伞没有打开。"

"当时很灰心啊。好不容易绕完轨道，都飞到中国东海了。"

"即使这样，你也还想坐是吗？"

"因为苹果二号顺利返回了啊。还载着铃木一郎呢。"

"你和日本猕猴可不一样！"

玲花似乎真的生气了，怒目圆睁抬头看着八重波。

"你不在的话，我……还有大家……"

"翼伞已经改良过啦。"

八重波还是紧紧地抱着她，只是淡淡地说道："夏娃火箭设计的安全率达到了百分之九十八点五，比亚当足足高出了百分之五。发射一百次也只会坠毁两次而已，况且即使要坠毁，还可以通过顶部的逃生火箭让密封舱幸免于难。总之，我不会有事的。"

"数字一般都靠不住。"

"还有，如果制造商都不能保证安全的话，谁来保证呢？"

八重波眼神变得非常温柔，他笑着说："日本的载人宇宙飞船现在的成绩是零。真正懂得宇宙开发而且已经签订乘坐合约的乘客一个都没有。不论是对是错，都必须放手一搏。如果我能活着回来就相当于中了头奖。"

"你不是不赌博吗？"

"要看清楚形势。没有胜算的赌博我是不会参与的。其实，九十八对二的比例严格意义上来说都不叫赌博了。稳赢的，你就别哭了，行吗？"

"我会哭的……"

玲花把脸庞埋在八重波结实的胸前。

"其实我知道我就是喜欢你那股劲头,但是你这么玩命真的非常恐怖。那次发生火灾的时候,我的心脏都快要停止跳动了。"

"那种事故我见多了,没问题的,放心。"

"为什么?"

玲花抬起头问道。此刻的她已经泪流满面。

"为什么要那么拼?你不像御鸟羽社长一样想建造基地,不像妙小姐厌倦了地球上的生活。你在地球上还有许多事可以做,为什么偏偏对宇宙飞行情有独钟呢?"

"我也不知道。"

八重波一脸干脆地说道。

"总之,就是想去。被真空和辐射攻击,被无重力玩弄,没有其他生物甚至连一个细菌都没有,残酷至极的宇宙。也许正是因为它的残酷,所以才有去的价值。"

"可是这样做看起来很愚蠢。你是更聪明的人才对啊。"

"愚蠢又有什么关系呢?其实,这并不愚蠢。除了人之外,还没有其他生物去过宇宙。而人之所以能成功就是因为人很聪明。不断扩大生活圈是生物聪明的表现。我是生物,是人,还是一个男人,所以我想扩大我的生活圈。扩大到月球,火星,甚至更远的星球!"

"我真的不懂这些道理,无论听多少遍……"

玲花不住地啜泣。八重波吻了一下她的嘴,之后像一个调皮的小孩一样呵呵地笑起来。

"这些话,公司里的那群人才会明白。对了,我有一件事想拜托你。"

"……什么事?"

"给我煎一个奶蛋饼,我去点燃发动机。"

"啊?"

玲花擦了一把眼泪,呆呆地问道:"什么意思?"

"这是阿波罗八号的船长弗兰克·博尔曼的台词。在月球的阴影区进行危险的减速喷射之前,他通过无线电对正在地球等待他回来的妻子说了这番话。哎呀,记忆模糊了,所以可能有点记差了。"

八重波紧紧抱住玲花,在她耳边低声私语。

"男人和女人的差别,我没指望你完全理解。那是不可能的。但是我想说,我并不是要抛弃你。在地球上好好等我。那样的话,我会多那么一点活着回来的欲望。"

"只有一点可不行。要一直想!"

"明白。从发射到着陆,行了吧?"

就这样,两个人静静地相拥着。突然,玲花的可穿戴电脑响了。她挣开身子,接通了电话。

"您好……我是保泉。"

"我是妙。现在可以去你那边吗?"

"啊,那我回去吧。"

"没关系,我就在附近。"

电话挂断了。"穿上鞋子吧。"八重波说。

于是俩人相互借着对方的肩膀将湿漉漉的脚丫用手帕擦干。八重波小声嘀咕了一句。

"那个孩子不简单。有时甚至有点可怕。"

"啊?"

"刚才那句客套话明显被识破了。"

玲花的脸刷的一下红起来。"不是我多疑。"八重波一边说一边替玲花穿上高跟鞋。

"泰在讲解火箭时,那个孩子的眼睛,不是普通的十七岁的女孩对宇宙的不屑一顾,但也不是对火箭和天体感兴趣的理科女孩的眼神。理科女孩经常来天龙,所以我能分辨得出来。"

"那她的眼睛到底看起来怎么样?"

"HST"

"……H、S、T?"

"Hubble Space Telescope,一款太空望远镜。现在已经第三代了。"

八重波这种离奇的思维总是非常吸引人。玲花专心听着。

"非常清澈的眼睛,看得出奇的远。宇航员都没办法到她那种程度。因为宇航员肯定会回望地球,而那个孩子却连看都不看一眼,只是看着远方的月球。老实说,她可能比我更适合去做我想做的事情。"

"……请不要说这么凄凉的话。妙小姐人很温柔的。"

"这个我承认。但是,她的温柔夹杂着看破一切的达观。让人感觉有距离感。"

八重波的视线抬起来，玲花跟着往那个方向看去，只见一个披着黑色外套的身影为了不让沙子粘到脚上优雅地朝这边走来。八重波自言自语："御鸟羽综建的现场主任青峰吗？他和那孩子关系挺亲密的啊……可不能输给他。"

"输给他？你们又不是敌人，干吗这样说？他也是挺好的一个人，和你有点像。"

"那两个人也是一男一女，不可能完全合得来的。你不这么认为吗？"

"谁知道呢。"

眼看着妙已经走过来了，玲花赶紧闭嘴。

妙和往常一样，白色贝雷帽，黑色外套，白色裙子配黑色紧身裤，一身单调的搭配。也许是她的个人爱好，也许是在世界闻名之后，意识到别人的看法才这样穿吧。一款明显以妙为原型的名叫"东方月亮公主"的手办出了好多种版本在英美等国家大卖。妙也没有起诉这些厂家。

妙走到两人面前，表情和声音都有些冰冷。

"散完步了吗？"

"……嗯。""是啊。"

"差不多回去吧。不小心感冒的话，明天就坐不了火箭了。另外，我还有一些重要的话要说。"

妙和玲花此次来到种子岛就是为了看火箭发射的。明天，夏娃火箭和苹果三号就要载着八重波被发送上天了。按照以往载人火箭的惯例，宇航员在发射的好几个星期前，就被隔离起来进行封闭训练了,但苹果号是面向一般乘客的宇宙飞船。在发射前夕,八重波还能在外面散步也体现了苹果号的灵活性。

妙转身离开沙滩,八重波朝着她的背后说道:"对不起,小妙。我和玲花之间的事,我之后一定好好做个了结。"

"请不要放在心上。这是个人自由。"

妙的回答果然暗示着她早就已经察觉到了。"好吧。"八重波的气势像是完全被妙压倒了一般。算不上愧疚,但两人确实是工作时间在幽会。

"对了,您说的'重要的话'指的是?"

玲花试图调节气氛,但反而让现场陷入了另一种沉默。

"就在刚刚,NASA在喷气推进实验室(JPL)冯卡尔曼礼堂公布了月面都市的建设计划。现在帕萨迪纳市是晚上九点,选择在这个时候公布显然是考虑到了先遣机登陆月球的时间。"

"月面……都市?"

八重波一时语塞,过了一会儿才一字一句地说:"没有听说啊。这个消息。从来没听说过。"

"是啊。我在加利福尼亚理工学院的朋友也说不知道。他们的目的肯定是想制造一个可以和第六大陆相抗衡的冲击波,所以之前一直藏着掖着。"

"这么大型的项目,即使想藏也藏不住吧!像这种要将人类送到其他天体的航天任务需要很多年的准备时间……"

"其实他们一直都在准备,为了把人类送到火星。"

二人顿时哑口无言。妙的语气异常冰冷。

"就是那个失败的计划。火星大气的变动非常大,节省燃料的大气制动突入法比想象中难得多。而使用大量推进剂的逆向喷射突入法,则需要在出发地点大幅增加必要的重量,可是如此一来,整个计划会变得非常庞大。目前来说,送人去火星还很难,可如果目的地是月球的话……"

"如果拥有将人类发送到火星的技术,那就非常容易了。"

"没错。成功的简单任务远比失败的困难任务要吸引大家的眼球。NASA很久以前就把政治上的必要性作为一个很大的推动力。这是总统的决定。为了不被东洋人赶超。"

妙自嘲似的笑着在背后说道。

"美国打算完全从火星载人探测计划转到月面都市计划中去,虽然是追赶者,不过他们的议会应该可以通过。届时,很多火星调查计划会被中止,但是他们会像以往那样以'合众国民意优先'的正当名目粉碎一切阻碍他们的因素……那个国家还在梦想继续当世界第一。"

"小姐,请不要灰心。"

玲花追了上去。

"月面都市和婚礼会场,二者性质完全不同。第六大陆应该不会受到影响。"

"JPL的先遣机是在伊甸环形山降落的。"

玲花搭在妙肩膀上的手像被雷击了一般不能动弹。八重波也呆住了。NASA的这招是一封不得不接的挑战书。

而玲花身体僵住了不仅因为这个,也因为妙的肩膀也在颤抖。

是笑着在颤抖。

"呵呵,太好了。那个国家认同了我的伊甸。"

妙回过头来,眯着大大的眼睛,涌现出灿烂的笑容。不是自嘲,而是真正快乐地在笑。

"欢迎他们吧。"

妙像挥舞着翅膀一般挥舞着手,命令二人:"请排好白色的多功能建机,在超导电缆挂上苹果旗,之后用大型投射器画一个拱门,做好准备迎接他们。只不过……"

她嫣然一笑。

"一定不能输给他们。"

五、施工资格以及用地获取资格

1

恶战了一个多小时的驾驶员放下操纵杆靠在坐椅上,擦了擦额头的汗水。飞散的汗滴没有落到地面,而是在宽二点五米的舱内轻轻漂浮着。

"不行。不能展开。"

"嗯?……"

八重波关闭浏览的清单,看了一眼舱外摄像头的画面。

画面上本应该是被云海覆盖的青色大海,但现在摄像头的前方挡着一块青银色的板,什么都看不见。

那块板是折叠着未展开的太阳能电池板。

八重波和驾驶员二人乘坐的苹果三号大约从一个小时前开始

沿着高度三十万米的圆形轨道飞行。这艘载人宇宙飞船，单凭圆锥形的核心舱就可以在轨道上停留二十四小时，但是发射的夏娃火箭的有效负载太浪费了，于是又加上了鼓型的居住舱以及由燃料箱和太阳能电池叶片组成的推进舱。

其中，推进舱是由将从月球返回时的返回舱按照最简单的要素装配而成的测试用舱体，此刻有些不正常，太阳能电池板打不开了。

不是故障也不是人工失误。刚进入轨道不久，苹果号就受到了一个小小的冲击，之后，才发觉电池叶片无法打开。利用摄像头和内置传感器检查完状态之后，他们发现长方形电池片的前端位置开了一个五毫米左右的小洞。这是微小的空间碎片撞击后留下的。似乎这次撞击导致了电池片根部的万向节不能正常转动，即便切断了用于固定的钢丝，电池叶片仍旧纹丝不动。

这不是苹果号安全性不足造成的故障，而是无法避免的事故。空间碎片没有击中核心舱已经是万幸，但是损失还是很大。

八重波冷静下来询问驾驶员，驾驶员逐一回答。

"生命维持系统？"

"正常。"

"通信系统？"

"正常。"

"返回地球系统？"

"正常。所有系统均未发现故障。"

"那，推进舱的启动试验呢？"

"只能中止。"

"一切只能到此为止了。第六大陆宇宙飞船初次飞行发生故障。舱内虽有机组人员，但一筹莫展。媒体肯定会咬住这点不放。"

驾驶员叹了一口气，把脸埋到手心里。八重波则看着头顶小小的瞭望窗。

伴随着苹果号的自转，蔚蓝而明亮的地球从眼前划过，之后便是漆黑的宇宙空间。原本那里应该只有星星，但是突然一个纯白的三角形映入了他的眼帘。

是前沿号航天飞机——NASA从二〇一八年就开始使用的新一代航天飞机。虽然它的有效载荷比旧式航天飞机更小，只有十吨，但那是因为它主要用于载人用途。乘坐人员也比旧式航天飞机要多两人，达到九人。

完全没有载人宇宙飞行经验的天龙GT会社慎重起见，将此次苹果三号的发射时间和轨道要素设置为与前沿号完全重叠，就是为了在紧急情况下可以向前沿号求助。由于可以近距离观察到日本人制造的未知宇宙飞船，NASA提出了几个交换条件后，答应进行会合飞行。

前沿号就在一千米外注视着苹果号。

"拼死拼活地来到这里，结果，还要求别人帮忙……"

八重波懊恼地嘟囔着，之后回想起一路走来的种种不易。

用"拼死拼活"来形容并不夸张。八重波作为社长本身就事务繁忙，为了接受菜鸟船员的必要训练，三个月的时间里，每天的睡眠时间都被压缩到平日的一半。刚刚火箭发射上天时，可以说经历了这辈子最紧张最恐怖的时刻。失败率并非为零的事实足够惊心动魄。

不过，这和所有参与人员的辛劳比起来还是不值一提。由于此次飞行任务绝不允许失败，而且又是初次发射，从公司内部和厂商动员而来、规模是普通发射三倍的两千名工作人员，从一个月前就开始夜以继日地进行点检整备作业。虽然没有对外公布，但是因为劳心劳力倒下的工作人员多达百人，其中三成是前天到今天倒下的人数。发射前夕的种子岛中心完全就像是一个战斗前夜的军事基地一样，充满了可怕的紧张感。

虽然大家迟早都会习惯，不过就现在而言，没有谁能做到游刃有余。为了将人类送到地球之外并且顺利地送回来，中间的过程倾注了不可估量的努力。

正是大家如此努力，八重波才能忍住恐惧笑着面对记录摄像机走到今天。他无比自信回到地球之前一切都会取得圆满成功，可是……"

"没办法，只能向他们求助了。"

八重波非常不情愿地说道："帮我接通前沿号。之后靠近他们的船体，好让他们能用肉眼观察到我们的电池叶片。又摇又拧都不管用，希望他们能帮忙想想其他办法。"

"明白。"

驾驶员打开和前沿号的通信线路，说明了情况。可说完后，八重波却死了一半心。

前沿号不可能使用货物室的机器臂等工具来帮忙。因为此前

NASA 加了一项条件——必须和前沿号保持五百米以上的距离。

宇宙飞船之间一旦发生接触事故，就会导致气密泄漏。另外，接近作业还会耗费机组人员的劳力、航天飞机的推进剂以及最重要的轨道停留时间。NASA 承诺只能提供不含上述风险的援助。

"社长，他们说可以提供援助。"

"什么？还有什么事是我们自己可以做的？"

"不是我们自己。他们说他们会直接过来。用 EVA。"

"什么？舱外活动？"

八重波震惊了。那是还在开发宇航服的八重波想做却无法做到的事情。他插入驾驶员的通话中。

"呼叫前沿号，我是苹果三号乘客八重波。约翰逊太空中心（JSC）授权了临时舱外活动吗？"

"回苹果三号，我是前沿号船长亨德森。我们稍后会进行正规作业，也就是 APMU 的实际运转试验。"

"APMU？"

"一种新型的个人机动单元。可以在没有安全绳的情况下在宇宙尽情游弋。"

"也……也就是说，他们被允许接近苹果三号了？"

"并没有禁止。机动测试范围可以延伸到五千米远，足够到你们那儿了。"

亨德森语气非常轻松，就像是从家里走到院子里一般。八重波呆若木鸡地盯着窗外。

不到三十分钟，看起来像是贴在窗户上的扇子一般靠过来的航天飞机就分离出一个小点。驾驶员中止了苹果号的自转，等待对方接近。

那个小点转瞬变大，原来是一个人骑着和女巫扫帚一模一样的机器。扫帚的前端连接着一个五喷口的三次元喷管，后端则是燃料箱和主喷管。那个应该就是APMU吧。

骑着APMU的宇航员在距离苹果号十几米的地方轻轻地拧了一下操纵手柄。前后的喷管瞬间朝好几个方向同时喷射，就像是摩托车加油门原地掉头一般，扫帚旋转着停了下来。看来，为了能得心应手地进行复杂的轨道变更程序，扫帚里面内置了高级的飞行姿态处理结构。从它的流畅程度可以感觉到APMU极高的完成度。

骑在APMU上面的宇航员，宇航服也非常讲究。和很久以前又厚又臃肿的宇航服截然不同，这套宇航服凸显了白人男子手长脚长的特点，非常苗条而且线条很流畅，是NASA引以为傲的无须提前减压的硬式宇航服。

漂浮到苹果三号跟前的宇航员举起一只手开朗地打了一声招呼："Hi，让你们久等了。我是前沿号的飞航工程师哈丁。我是过来摘苹果的。"

"你们太厉害了，我都看得入迷了。稍等一下，我把受损的地方转过来给你看。"

"不，没必要。我可不想被喷射火焰烤成肉饼，就保持这样别动。我绕一圈检查一下。"

说完后，哈丁一个轻巧的翻身从窗户中消失了。驾驶员赶紧调出舱外摄像头的画面。

只见哈丁像悬停的蜂鸟一般,轻盈地绕着苹果三号一周,之后下潜到居住舱台座附近的推进舱下方,不一会儿便吹着口哨说:"找到啦。问题出在电池叶片臂根部,铰链弯曲后卡住了。像这种'卡死'问题,设计者是最为敏感的,看来这次应该是受到了可承受范围之外的撞击。"

"看样子能修好吗?"

"这个不是一次性的吗?只要有供电线就好了吧。一、二、三!"

只听见脚下砰的一声,挡住其中一个舱外摄像头的障碍物被顺利清除了。驾驶员目瞪口呆地小声说道:"那……那么轻易地……"

"哈哈,都是这玩意的功劳。APMU即便不进行操作,也会通过喷射静止下来,还好有它,我才能使上力。"

返回的哈丁若无其事地报告道:"呼叫前沿号,我是哈丁。苹果采摘结束。苹果看起来非常甜哦。"

"还剩三十二秒钟。耗完时间后,转移到下一个位置。"

"收到。"

哈丁挥了挥手回复完毕。八重波过了半晌才缓过神来,询问对方:"刚才的行动没向JSC报告吗?"

"对于我们来说,EVA就是日常作业。许可权限不在地面控制中心,而是在船长也就是我的手上。我可以授权哈丁在那儿停留两分钟。仅此而已,八重波先生。"

"也就是说……刚才的救助作业并不是官方的？"

"'救助作业'这个词语是在和控制中心商量后全力解决事关人命的大问题时才使用的。还是说八重波先生您想向我们支付正规的救助费用？"

"不，哪里哪里。"

虽然没有连通视频通话，但八重波还是边摇头边说道："你们帮了我们大忙了，非常感谢……"

"不，还是把我们忘了吧。"

亨德森云淡风轻地说完后，挂断了电话。哈丁也挥挥手离开了。

苹果三号内的两个人瞬间一阵深深的无力感，任由身体漂浮在无重力的舱内。

"被好好地嘲笑了一番啊，关键我们还无言以对。"

"是啊，只能说他们太强大了。对于他们来说，这些事情就像家常便饭一般。我们拼死拼活地才来到太空世界，而他们竟然在这里哼着歌散着步。"

八重波凝视着逐渐远去的哈丁，他的身影分外耀眼。

"真是了不起的一群人……"

一百五十英寸的屏幕一片白色，曝光度调整好后，一支喷射着壮观白烟、徐徐升起的火箭映入眼帘。画面上显示着一行字幕——近地轨道（LEO）规格夏娃十一火箭·发射。

苹果号核心舱内。类似长躺椅的座位上，一个梳着狮子头发型的男子夹在儿童尺寸和女性尺寸的形体假人中间，面对摇摇晃晃的摄像机镜头笑着摆出一个 V 的手势。

之后是跟踪机发来的影像。"蛋黄酱瓶"形状的火箭以普通飞机一般的低角度徐徐上升，消失在天空尽头。紧接着视频叠化，出现火箭冲出大气圈的 CG 动画。火箭突破音速后，脱离固体火箭推进器，启动特洛菲发动机进行长时间且稳定的空气动力飞行，升至六万米的高度。沿着椭圆的地球慢慢升高的火箭从蓝色的大气圈进入黑暗的宇宙空间后，舍弃了包含特洛菲发动机在内的第一段火箭，第二段火箭继续加速获得轨道速度。

舱内，坐在前面的驾驶员下达指令，坐在后方的男子打开安全带，身体随即浮起来，因为惊愕而僵硬的脸庞立马浮现出实在的笑容。把形体假人从座位上解开，在狭窄的核心舱内团团转地跳起贴面舞。那股欢乐的劲头甚至让人怀疑他的年纪。

之后，镜头切换到罐头型的宽敞室内，宽度足足是男子臂展的两倍。字幕提示此处是居住舱。男子从抽屉中取出包装食品进餐。可能是半故意的，汤像球一样漂浮到了空中。男子把吸管插进汤里面吸了个精光。

卫生间，居住舱里面的一个单间，依照人类臀部的形状设计的贴合型马桶。男子严肃地指着大便用和小便用的两个洞，以及擦拭马桶座的湿巾。

更衣，在此之前男子穿的是训练服和牛仔裤。其实这也不算他平时的服装，只不过是显示舱内并不需要煞有介事地穿着宇航服。男子一副非常惬意的样子，开始换上睡衣。

就寝说明，一拉墙面的面板，一个类似铺过布的桁架的大架子弹了出来并延伸到对面的墙壁。迂回到侧面，可以发现蜂巢状般层叠在一起的单间兼床。由于所有人同时就寝，所以会占满整个室内。男子按从脚到头的顺序钻进房间，挥手之后拉上入口的窗帘。手持摄像机的驾驶员拿出五根软管，一根一根地插到床里面。因为舱内没有对流，所以需要换气。

不一会儿，男子从寝室爬出，像是睡得很好，滑稽地伸了一个懒腰。这次飞行只有三个小时，所以实际上并没有睡的工夫。

刷牙，剃须，整理一遍乱糟糟的头发，再次更衣。

之后，瞭望地球。把脸凑到居住舱里面两个圆形窗户面前，出神地望着地球。

舱外摄像头，盖住深蓝色海洋的低气压白色漩涡，沿着锋线排列的白云长城。慢摇镜头拍摄弓形的昼夜分界线。不经意间，画面染成了紫色，像是霓虹灯一样淡淡的光。

字幕提示那是夜光云，飞船穿过云层。放映时间略微长一点。画面重叠后，出现男子的侧脸。泪流满面。

CG动画，大气圈突入过程。抛弃居住舱后，在中国南部上空进行减速喷射，在墨卡托投影上划过一条正弦曲线后，从西南部飞往日本。

不断震动的舱内，男子紧咬着牙齿，但还能面对镜头挥手。

地面摄像头，晚霞天空的衣角出现一个红白的梯形物体。通过巧妙地调节翼伞伞绳，圆锥形的核心舱漂亮地回旋着。不久后，轻轻地降落在放置在跑道上长三百米的缓冲垫上。原本银色的舱体从底部开始像是被燃烧炉烤过一般焦得黑乎乎。支援人员赶到后用软管给舱体浇水，打开舱门。

大家屏住呼吸，几秒钟过后，男子出现，自己跳到跑道上，振臂大呼。在一连串的闪光灯中，手持麦克风的采访记者纷纷涌到男子跟前。

男子的兴奋劲头还未褪去，意犹未尽地述说感想。头上，各种相机晃来晃去。日暮迟迟的天空刚好挂着满月。

看到这里后，视频结束。站在屏幕旁边的玲花开始说明："以上就是苹果三号的宣传视频。届时我们将在所有拥有民营放送局的国家挑选黄金时间段投放三十秒的广告。五分钟的精华版和三小时的未删减版也会在网络上发布。当然，NASA援助我们的那一幕会剪掉。"

"NASA也一直没提那件事，这兴许就是先行者的气度吧。我们也确实没有必要公开，剪掉也没关系。"

在场的人纷纷点头同意御鸟羽社长说的话。平安返回的八重波龙一的庆功会在两周前就已经举办完了，现在是静下来回味成果的时候。

东京，御鸟羽综建总社。计划出炉的那间会议室今天仍旧聚集了会社的高层。

"广告投放当天，前来申请宇宙旅行的个人旅客达到三千五百人以上。各国政府、自治体、大学／研究机构、旅行代理店、观光会社、电视局、报社、通信社等等涌来了一千五百多件咨询。当然，他们都知道现在的发射费用每人要花费两亿日元。"

御鸟羽社长一脸满意地点头说道："贵社真是可惜了啊。如果这些订单全部接下来，那可是一笔大买卖。"

"如您所说，确实是这样，不过现阶段还不能搭载乘客。"

"是啊。当前，都是我们会社的人在乘坐。不过话说回来，天龙的社长确实很能干，换我肯定完全做不来。"

御鸟羽耸了耸肩。他和八重波乍看起来非常相似，但差别就在这里。

也许是六十一岁和四十一岁的年龄差导致的吧，御鸟羽可以把工作交给部下，然后将工作的成功转化为自己的成就感。

"NASA还没打出观光旅游的牌，所以你们成功捷足先登。接下来就轮到敝社上场啦……"

御鸟羽环视着会议室。

"现在还能再加把劲吗？计划能提前吗？"

"社长，急于求成可不大好。"机动建设部岩城部长回答道。

"至今为止，虽然工程进展非常顺利，但也积累了许多问题。太阳炉的启动和水泥的制造需要作业人员到现场之后才有可能进行，而这些都需要等到天龙成功实现苹果号的月球往返飞行之后。"

"哦……NASA是怎么计划的？参堂。"

"这个，他们还没公布细节。"

"没公布？"

"是啊。用于发电的一号月球发电机已经降落到伊甸环形山的附近，这个发电机就是在火星探测用的发电机装上了逆向喷射装置而已。其他器材绝大部分都还没公布，说起来，同样在六年前，他们宣称要建造百人规模的都市，所以现在会不会还在努力制造基建材料？"

"如果他们是临时抱佛脚的话，那就不足为惧了。"

御鸟羽笑了出来，但五十岁上下的参堂部长露出一副苦恼的哲学家的表情，摇了摇头。

"他们那不叫临时抱佛脚，只是历史不同而已。"

"真的吗？"

"第六大陆涉及的所有要素，美国人在三十年前就已经研究过了。"

现场陷入一阵骚动当中，参堂淡然地继续往下说：

"自从接手这项工作以后，我系统学习了一遍宇宙领域的知识。在这个过程中，我深深地被他们的先见之明震惊了。单拿月球混凝土来说，从上个世纪八十年代开始，亚利桑那大学、伊利诺伊大学等就已经着手研究；一九八八年，美国土木工程师协会（ASCE）就召开了大规模的宇宙建设会议。这一类的外部协助机构，他们非常多。除了历史悠久之外，他们的相关基础产业也非常发达。一旦有需要，他们可以动员所有力量，在短时间内造出重机和工厂……老实说，这是一个你绝对不想与之为敌的对手。"

"怎么能说这种泄气话呢？我们还有特洛菲发动机这张王牌不是？"

"那个啊。"

参堂埋下头。

"为了进行火星探测,他们向洛克希德·马丁公司订购了三十支巨人X大型火箭,足以向月球轨道运送二百五十吨物资。"

"呃……可是,我们还有先进的苹果号啊。他们的航天飞机有历史前科,曾经坠落过三次,"

"那是旧式航天飞机了。他们现在用的超级航天飞机完美无瑕。多达八艘的宇宙飞船群也有着阿波罗号的成绩,简直轻而易举。月面上的短期驻留也非常简单。现在从火星返回的火星大使一号在结束任务之后直接降落在月球上就可以。只要连接了逆向喷射单元就足够应付。"

不利因素一个接着一个,参堂摘下眼镜开始擦拭。

"这让我想起了从祖父那听说的大东亚战争。"

"还不止这些。"

岩城部长雪上加霜地补了一句。

"他们还有无限的资金来源……因为他们的赞助商是合众国政府。"

"够了,大家不要恐慌!"

御鸟羽大力敲了一下桌子,回过头看着玲花。

"我们也有一个强力的赞助商。对吗?"

"没错,资金计划没有问题。"

玲花迅速操作着可穿戴电脑说道:"截至目前的投资额,昆仑基地考察三十亿日元,五十二支夏娃火箭四百三十亿,二十支亚当火箭三百三十亿,两种火箭的开发费用一百八十亿,苹果号的开发费用一百五十亿,其他宇宙机材和月面机材的开发费用约两百亿，再加上宣传费和劳务费等等，合计花费一千三百亿左右。"

"预算是一千五百亿对吧？"

"是的。资本回收额方面，播放权、出版权、预约费等等加起来虽然现在只有三十亿日元，但是这个数字还会继续增长。而且，我们还在和银行商量贷款。"

"大家听到了吧，没有问题。"

御鸟羽转过头，鼓励大家。

"接下来，轮到我们登场了。就算美国人有三头六臂，他们也从来没有在喜马拉雅山或者深海建造过基地。让我们给他们好好上一课！"

岩城和参堂点了点头。没错，这位社长确实没有必要亲赴现场，因为这个男人仅凭一腔热血就足以鼓动员工奋斗。

半年的时间，第六大陆的建设进展非常顺利，但是NASA的实力也惊人地强大。短短的时间内，他们就连续发射了十五支火箭，之后除了发电设备，他们还往月球运送了十五台探测车和五台铲土机。探测车用作运输，铲土机则是用来刮削月壤和冻土。虽然二者的功能单一，不具备御鸟羽综建多功能建机的多项能力，但是它们采用了保守的设计，建造得非常牢靠。虽然有可能因为时间紧张，只能开发出这种程度的机器，但NASA似乎认为，要建造他们计划中的都市规模基地，最合适的方案就是集齐大量拥有基本能力的单一功能机械并长期使用。深不见底的工业实力让美国在过去击败了亚洲的日本和韩国、欧洲的德国和法国、宗主国英国以及竞争对手——超级大国苏联。这样下去的话，

NASA很快就能追上甚至赶超第六大陆计划。

对此，第六大陆方面由于此前忙于花哨的宣传，导致反应迟钝。作为对外窗口的伊甸会社没有发表任何评论，媒体的目光还聚焦在已经成为公开秘密的计划主导者——桃园寺妙的身上，但不知为什么她也宅在名古屋的家里不出来。于是一部分尖酸刻薄的媒体开始大肆宣称，不知天高地厚的女孩看到世界第一的NASA登场后怯场了，但也有其他意见坚持称她藏了一手，正在等待公布的时机。

这一切的推测包含着真相，但并不是所有真相。

二〇三〇年夏天掀起的骚动揭开了一部分面纱。

牧野池公园漆黑的树丛洒满了满月的黄色月光。

国道上过往车辆的发动机声音轻微地传到森林中。桃园寺的宅邸就在那里。三楼朝南的阳台上，一个穿着长袍的人影正弯着腰摆弄一个和身体同等大小的圆筒。

"爷爷。"

那个人影——桃园寺闪之助回过头。只见妙打开窗户，穿着睡衣走了过来。

"电话打完啦？"

"我倒还想再打一会儿，但是约书亚拒绝了，让我赶紧睡。"

"真是好朋友啊。"

"也许是讨厌被窃听吧。如果被大家知道是我朋友的话，媒体会找上门的。"

"……来,过来我这儿。"

"是。"

闪之助让开地方,妙靠近圆筒。

那是一架牛顿式反射望远镜。赤道仪和木制三脚架支撑着直径十二厘米左右的镜筒。

不论是外形还是构造都显得老旧而俗气。没有跟踪马达或是冷冻CCD等任何电子装置。除了架子是木制的之外,架子以上连镜筒都是铜制的。看来不只是一件道具而已,它应该还有某种历史。

妙坐在椅子上,往镜筒侧面突出来的接目镜里窥探。

银白色的晕影有些刺眼。过了一小会儿眼睛适应后,满月明亮的半圆带着微弱的斜镜影映入眼帘。地形也随之看得一清二楚。略黄的山地和黑乎乎的海盆错综复杂地交织着,第谷环形山的白色辐射纹呈星形散开。大小各异的环形山相互重叠着覆盖了所有部分,是月球的南半球。

"能不能看见多功能建机啊。"

"恐怕不行吧。"

"那下次装个闪光灯吧?"

"装闪光灯估计也没用,会和月面反照混淆在一起。如果是激光的话,倒可能可以看见。"

"那就装激光吧。"

"你知道是哪座环形山吗?"

月球一下子从望远镜的视野中消失了。妙刚大声喊了一句:

"啊!"月球忽然又回来了。

妙把视线从镜头中移开,看着手边。原来是闪之助在转着微调旋钮调整望远镜。他已经能在不看的情况下自由操控了。

"果然没有您还是不行啊。"

"因为我已经观测了六十年了啊。"

闪之助摸着望远镜感触颇深地说:"过去,这台望远镜就是我唯一的乐趣。伴侣号卫星也好、哈雷彗星也好,都是用它观测到的。唯一遗憾的是没能观测到月球勘探者号撞击月球的喷泉,其中的原因我最近才知道。"

"为什么呢?"

"那个啊,金色的纤维。据说,撞击地点如果有那种纤维的话,撞击会被缓冲,爆炸规模也会变小。伊甸环形山如果有线索的话,我还真想去一探究竟。"

"爷爷,您能活到那时候吗?"

"可不是因为这个才限定了十年的期限嘛。"

闪之助爽朗地笑着,摸了摸妙的头。

"还好当初狠下心接受了你的委托。照目前的情况看来,真的可以飞去那里。"

"如果是爷爷的话,我一定招待您去我的伊甸做客。"

"辉一郎不行吗?"

妙像是闹别扭了一般转过身去。

"那个人即使请他来,他也不会来吧。"

"你都没想请他啊。这个不好说,搞不好你爸爸很感兴趣哦。

"别开玩笑了。我是不会让那个人乘坐苹果号的。"

妙固执地摇了摇头。

"因为他是我最想离开的人……"

"这可真伤脑筋。"

闪之助不再说话。只有他懂。妙自小离开日本就是因为辉一郎。妙从他那儿得到了大量的金钱和教育。

但却没得到最想要的东西。由于隐藏不住妙的才智和财力,世界各地结识的朋友或谄媚或敬而远之,导致她身边没有一个亲近的人。虽然自己是她的爷爷,但是因为岁数差太多,只能隔着一段距离静静地守护她。

为了弥补这些缺失,妙才想出了那么多看起来不可思议的怪异点子。想去月球,在那里建造婚礼会场等等,她在说这些话的时候,闪之助也有点摸不着头脑。即便婚礼会场可以作为一个吸引人的手段,为什么非得要去月球呢?这个根本的疑问困扰着他。

但在想到妙的成长经历后,他似乎理解了。如果成为一项大计划的主导者,那点会被放大,妙的有产者身份也就成为其次了。通过这项计划,可以认识更多新的朋友。之后,如果人们能在自己建造的婚礼现场喜结良缘,她还可以将这一切作为孤独的补偿。最重要的是,如果成功的话,可以向爸爸炫耀。

但是,这样非常可悲,闪之助心想。好不容易推进一个如此新颖而庞大的计划,其动力竟然是这么凄凉的感情。因为她继承了自己一部分天文观测的兴趣,如果她能和自己一样对夜空的星星抱着一种纯粹的憧憬心理该有多好啊。就像同龄的女孩一样。

"妙，我想拜托你一件事……"

他已经下定决心，这也是为了这孩子好。

"如果有在苹果号上为我预留位置，能把我的位置让给你爸爸吗？我老了，承受不了发射的压力。邀请他看看吧？"

"……不行。就算爷爷不能乘坐，我也会在座位上放置其他东西。"

"其他东西？"

"用于解译密码的大型计算机和接收电波的天线。"

"为什么要带那些东西？"

"为了接听客人们打来的电话，也就是外星智慧生物发来的通信。"

闪之助目瞪口呆，接连问道："地球上接收不了吗？有那种机械吗？为什么想做这种事？"

"地球由于被电离层和大气圈挡住了，地面能接收的波长非常有限。另外，虽然至今还没有任何国家发送过卫星探测外星智慧生物，但是已经有人开发出了好几种可以解读未知智慧生物信号的程序，只要有计算机，就能使用那些软件。某种程度上，靠近太阳系的智慧生物会向可能存在生命的星球发送信号。我们不一定要在地球才能接收，月球能清晰地接收到所有信号。而且，爷爷，可能现在跟你说有些突然。"

妙一口气流利地解释完后，抬头看着闪之助。

"我从一开始就是这样打算的。"

"没听说哦。"

"因为我没对任何人说过。因为我不想让您担心，我在地球上居然一个朋友都没有。"

"……妙，你说的'一开始'不是指安装天线，而是指建造第六大陆，对吗？"

"没错。我想找朋友。无论是第六大陆还是婚礼会场都是为了这个目的想出来的主意。"

闪之助顿时无言。他自认为了解她，但没想到真的只是自认为。建造第六大陆不是为了让地球的人们变快乐，那只不过是一个手段，放弃地球才是她的目的。

虽然事到如今追问已经没有任何意义，但他还是忍不住问道："外星人真的存在吗？"

"存在。从概率上来说，不可能不存在。早在二十五年前，太阳系外行星的形成理论被修正后，人们推测银河系内类地行星大约有一亿个以上。有如此高的概率却唯独只有太阳系周边不存在智慧生物是不可能的。"

"哦？……那不能用人工卫星去探测吗？"

"用卫星去迎接他们吗？如果他们自己来了呢？假定您是江户时代来到长崎的荷兰人，看到千石船和盆船，您会认哪只船的人做幕府使者？"

"卫星就是盆船吗？"

"和ISS相比的话的确如此。所以要建造一个比千石船更壮观的出岛，也就是无论哪个国家的人看到了都知道的国际港。"

"你不用重新再找朋友了吧？身边不是已经有青峰君这么重

要的人了吗？"

闪之助打出了最后的王牌。但妙连眉毛都没皱一下，只是摇了摇头。

"二者并不矛盾。走也不知道为什么，从未对我特别对待。即便知道我的目的是寻找朋友后，他还是会义无反顾地协助我。我们会一起寻找。"

"你知不知道有一种感情叫作嫉妒？"

"当然知道，我自己都嫉妒到厌倦了，因为周边的人有许多我不曾拥有的东西。但是我想，走也会忍住的。"

"妙……"

闪之助叹了一口气。

"我一直以来都想错了。没想到你如此想不开，冷静下来再好好想想吧。不用这么兴师动众，也可以找到新朋友的。虽然这样说有些极端，要不中止所有计划，同时切断和伊甸会社的关联，做一个普通的女孩子，你看行吗？"

"这样做可能会有点极端。"

妙抱起望远镜走到阳台边上，把望远镜伸到扶手外面。

"爷爷，您舍得丢弃它吗？"

"……什么意思？"

"在香港一见钟情，花了三个月的薪水买下来，之后六十年间每年都对镜片进行电镀处理，对吗？"

"虽然会很难过，但也不是做不到。"

"我也一样。并不是做不到，只是会很痛苦。"

妙把望远镜收回到阳台上，为难地笑着。

"我不想失去现在的生活。如果没有钱的话，会很为难。没办法读书，没办法买新衣服，没办法坐飞机去世界各地。"

"事到如今，已经无法改变了是吗？"

"是啊。我一声令下，大家就开始工作。这种感觉，老实说，非常舒服。"

儿女果然像父母，闪之助心里这样想着，但没说出口。自己当初就是出于这样的动机才创立了伊甸会社，现在的社长辉一郎也是同样的性格。

"明白了。如果你想这么做的话，那就放手去做吧。不用勉强见你爸爸了。见了面估计也只会吵架。"

"谢谢爷爷。"

妙放开望远镜，走到闪之助跟前，紧紧地抱住了他。闪之助也抱紧了她的肩膀。

"……今晚和您聊了这么多真是太好了。最近可能会发生一些棘手的事，所以非常想振作精神。"

"什么棘手的事？"

"吵架之类的吧？"

"那可不稳重啊。要我帮忙吗？"

"没关系，我已经想好对策了。不过，可能确实需要借助您的力量。"

"交给我吧。"

闪之助反复抚摸着妙的头。

突然，妙的胸前响起了小小的闹钟声。妙从拥抱中脱出身来看着可穿戴电脑。

"是电话吗？"

"不是，是个人设置的临时新闻。如果在网络上发现可能和第六大陆相关的内容，铃声就会响。"

妙盯着挂在胸前的电脑屏幕上的滚动式新闻，冷不丁笑了出来。

"刚说就来了。"

"吵架？"

"不是，这是一个好消息。NASA的'自由女神岛'上发生了一起小事故。"

"别人落难时，不要幸灾乐祸。"

面对爷爷的责备，妙给闪之助看了一眼可穿戴电脑上的录像。

"但是，爷爷，如果他们不落后一点的话，要想赢他们可就很难了。因为他们是这么自信哦。"

视频中，一个五十岁上下的美国人正在激情洋溢地演讲。

"我们并不是在撤退。"

NASA长官理查德·林格斯顿在JPL的冯卡尔曼礼堂里发表着铿锵有力的演说。至今为止，这个礼堂里已经多次公开了众多行星探测器带回来的辉煌成果。

"我们修正了轨道。就像在金星进行绕行星变轨一样，我们认为要前往火星的话，也必须那样迂回绕过去。"

在场的记者中，有一人举起手站起来提问："我是 AOL 的穆雷。我听说火星探测用的器材中，很多都不能在月面上使用，可以允许这么多资源浪费吗？"

"那些器材不会浪费，它们会被用于将来的火星探测而被保存起来。即便算上因变更产生的停顿，在月球上建造桥头堡还是更有利的。日本某家热衷于宇宙开发的公司通过调查幸运地发现，月球上存在着形态极为容易利用的水。有了这些水后，我们的火星探测计划从长期的角度来说会变得更容易。"

林格斯顿指着放在讲堂某个角落的美国第一台火星探测器——海盗号的大型实物模型。

"不仅如此。我们的月面都市还可以为飞向其他天体的探测器提供燃料，还可以在那儿制造探测器甚至载人飞船。届时，月面都市可以是太空加油站，也可以是工厂或者母港。"

"我是新华社的张。听说先遣机一号月球发电机已经降落到'第六大陆'正在建设中的环形山当中，这样做是为了抢夺日本企业的成果吗？"

这是一个非常尖锐的问题，但林格斯顿从容地回答道："你的想法是错误的。月球不是他们的私有财产，而是属于全人类，谁都不能独占那里的资源。我们只是行使应有的权利。"

郑重庄严地声明完之后，林格斯顿又瞬间露出了笑容。

"当然，我非常感谢他们。如果他们遇到了什么困难，NASA 会很乐意提供帮助。如果他们迷路了，我们会很礼貌地告诉他们该怎么走。比如'在前方的麦当劳拐个弯就好'之类的。"

林格斯顿的话自信到快要爆棚，没办法，他就是这样一个认为自信是理所应当的男人。

秃顶的额头上不断反射着闪光灯亮光的他优雅地行了一个礼。

"都市的名字就叫作自由女神岛。好了，各位，给我准备一辆带篷马车吧。这次要去的大陆很宽广哦。"

……那是半年前NASA在全世界发布的挑战书。妙一有机会就回放录像告诫自己。

"不能疏忽大意。那群美国人非常优秀。"

妙抬头看着漂浮在天空上的属于她的乐园，嘟囔了一句："他们很擅长结交朋友……比我擅长得多。"

本项目的意义

我们为什么没有住在月球上呢？

依照三十年前人类的预想，我们早就应该在上面住了。在我还没出生的一九六九年，人类就已经登上了月球。到了二十一世纪，理所当然，无论是宇宙空间站还是月球都应该足以住人才对。

可是，现在马上就要到二〇〇三年（作者写作《第六大陆》的年份）了，常年驻留在地球之外的人类仅仅只有国际宇宙空间站的三个人。好奇怪，到底是哪里出了问题？

月球上微量堆积着一种从太阳飞来的名叫氦-3 的物质，利用这种物质和地球上的重氢可以形成核聚变，如果能实现核聚变发电，那么地球上的用电需求就能轻易解决了。所以，大规模进行月面开发还是具有一定意义的。只要飞到太空，就能发电。

问题在于，一把梯子缺少了中间部分。

过去的阿波罗计划让十二个人站在了月球上。将来，人类会在月球上挖掘数百平方千米采集氦。遗憾的是，二者中间没有一个过渡阶段，没有可以获得短期利益的月球活动。即便将几十个人送到月球上，最终也无法得到任何经济回报。如此一来，自然没有任何一个国家愿意往月球上送人。

可是，如果照这样下去，人类或许永远只能在梯子的下方干巴巴地向上望，一筹莫展。

于是，我创作了梯子的中段部分。

中段的名字叫作"第六大陆"——一个取代南极并被冠以新大陆之名的五十人规模的载人月球基地。这个基地由一位少女以及她率领的众多冒险家建造而成，为何这位少女要启动如此巨大的工程是阅读本书的乐趣之一。

她以及她身后的那群人应该会成为未来人类自由穿梭于四十万千米的月–地圈的奠基人吧。

文中对金钱和重量的数字位数稍稍做了一些加工，除此之外都尽量贴近现实。反过来说，文中写的都是现代人只要稍微踮起脚就能做到的事。

月球上是可以住人的。好啦，快来乘坐日本制造的载人飞船"苹果号"吧。

DAIROKU TAIRIKU Volume No.
© 2003 Issui Ogawa
This book is published by arrangement with Hayakawa Publishing Corporation
Simplified Chinese edition copyright © 2016 NEW STAR PRESS
All rights reserved.

图书在版编目（CIP）数据

第六大陆：全2册／（日）小川一水著；曹京柱译．—北京：新星出版社，2016.7
ISBN 978-7-5133-2147-1

Ⅰ.①第… Ⅱ.①小… ②曹… Ⅲ.①科学幻想小说－日本－现代 Ⅳ.①I313.45

中国版本图书馆 CIP 数据核字（2016）第 100329 号

第六大陆（上）

（日）小川一水 著；曹京柱 译

策划编辑：贾　骥
统筹编辑：丁诗颖
责任编辑：陶凌寅
责任印制：李珊珊
封面设计：园　里
封面插画：徐寅良

出版发行：新星出版社
出 版 人：谢　刚
社　　址：北京市西城区车公庄大街丙3号楼　100044
网　　址：www.newstarpress.com
电　　话：010-88310888
传　　真：010-65270449
法律顾问：北京市大成律师事务所

读者服务：010-88310811　service@newstarpress.com
邮购地址：北京市西城区车公庄大街丙3号楼　100044

印　　刷：三河市兴达印务有限公司
开　　本：910mm×1230mm　1/32
印　　张：17.625
字　　数：240千字
版　　次：2016年7月第一版　2016年7月第一次印刷
书　　号：ISBN 978-7-5133-2147-1
定　　价：65.00元（全2册）

版权专有，侵权必究；如有质量问题，请与印刷厂联系调换。

———————— 想象，比知识更重要

幻象文库

第六大陆(下)

(日)小川一水 著
曹京柱 译

新星出版社 NEW STAR PRESS

目录

II 物资、器材的搬入及场地平整（2029年—2033年）

- 3 | 五、施工资格及用地取得资格（接前文）
- 43 | 六、危机管理及事故处理策略
- 118 | 七、环境的二次评估及对工程的反思

III 建筑完工检查及运用说明（2036—2037年）

- 187 | 八、外观、运用状况、工程外带设施
- 237 | 九、工程外附带设施的评价及新议题

- 259 | "第六大陆"沿革

- 265 | "第六大陆"的意义及展望

第六大陆（下）
商业载人 月球基地 第六大陆 建设项目
项目主要参与人员

御鸟羽综合建设
- 青峰走也……机动建设部·建设主任
- 御鸟羽拓道……社长
- 岩城高纯……机动建设部·部长
- 参堂哲夫……技术开发部·部长

天龙银河运输会社
- 八重波龙一……社长
- 泰信司……先端技术研究室·研究员
- 日比木秀人……主任控制官
- 山际俊之……驾驶员

伊甸·休闲·娱乐会社
- 桃园寺闪之助……会长
- 桃园寺妙……闪之助的孙女
- 桃园寺辉一郎……社长
- 保泉铃花……特别监查部·监查员

II 资材、器材的搬入及场地平整
(2029—2033年)

商业载人 月球基地 第六大陆 建设项目

五、施工资格及用地取得资格（接前文）

2

初夏的帕萨迪纳市洒满了白色的阳光，一辆雪佛兰汽车穿过街市，风驰电掣地驶往丘陵山下的加利福尼亚理工学院。

车上下来一位金发碧眼的女子。只见她身着一套鲜艳夺目的绯红色西服，一面用左手操作墨镜上的可穿戴电脑，一面大步往前走。她叫卡罗琳·卡百丽，是"自由女神岛"建设主力——月球车等无人机械群的运行负责人。

只见她径直走进校园内的喷气推进实验室（JPL）控制中心，来到监督太空任务整体推进的中央控制室边上的无人机械支援室，刚打开门就大喊道："机械群全军覆没？"

在座的工作人员纷纷回过头。其中一位男子身材魁梧，酷似横穿美国大陆的卡车司机,他脸色苍白地站了起来。

"没错,卡罗①。二十五辆月球车和五辆铲土机全部抛锚了。"

"究竟发生了什么事?让它们打橄榄球了吗?"

"不,不是碰撞事故。我们的操作没有任何问题。"

男子不停摆手解释。他叫约瑟夫·兰巴赫,是"操作"月球车的负责人。虽然名义上叫操作,但是由于和月球存在时间差,无法实时调整速度和方向,所以月球车都是自主行动。兰巴赫的工作就是为月球车设定作业目标,比如移动一块岩石,对方圆三十米的土地进行平整等等,只要下达大概的命令即可。

"如果不是碰撞事故,那究竟发生了什么事?"

卡罗琳不耐烦地询问。这名三十多岁的女性魅力十足,有时还会被调侃来错了帕萨迪纳,本该去好莱坞,但是由于常常噘起嘴大声训斥部下,所以再美貌也枉然。

兰巴赫有些沉重地说道:"似乎是电源系统故障。月球车用的是燃料电池,为电池充电的充电站发生故障后,充电中断。月球车进入休眠模式,停止运转。"

"打开遥测系统,以及情况可疑的现场视频。克雷格,电话呼叫这儿的月球车开发主任还有亚利桑那大学月球·行星研究所的人!"

工作人员赶紧打电话。卡罗琳一屁股坐在角落的椅子上,开始细看月球车群传回来的数据——数据已被转送到墨镜上。

---

①卡罗是卡罗琳的昵称。

"……原来如此，充电站的电源都坏了。可是，充电站有五个，太阳能电池板也有五块啊。而且，它们都是用电桥连接，若要使其完全断电，就必须切断所有电桥或者破坏所有电池板。即便被微小陨石直接击中，应该也会剩个两三块才对……视频呢？"

墨镜上的画面开始切换。卡罗琳一边操作眼镜腿挂耳部分处的控制器，一边嘟囔："……所有月球车的视频都看不出损坏的情况啊。"

"虽然可能性很低，但有可能是自主系统的电路坏了。月球车的计算机适用于阳光较弱的火星，并没有经过特别改造以承受月球附近强烈的太阳风。可是，模拟的时候明明没问题啊……"

"就算自主系统损坏，也还有副系统啊。而且，月球车自我诊断时还报告说无异常……这是什么？"

卡罗琳在墨镜的视频图像上标注了一下。边上，和墨镜同步的显示器显示她画了一个圆。

是太阳能电池板的图像。铝制边框的长方形电池板几乎与地面垂直。由于没有时间对御鸟羽使用的投射铺展电池板进行实验，NASA没有效仿御鸟羽的做法，而是使用惯用的硬质折叠电池板并通过小型月球车拉伸展开。无论是电池板，还是月球车，都在国际宇宙空间站（ISS）或是火星探测器有着上佳表现。

那些银色的电池板似乎被蜡烛熏过一样黑乎乎的，很脏。

"这不是粉尘污染吗？怎么会这样？"

"卡罗，亚利桑那大学的人接电话了。"

"帮我连线！"

亚利桑那大学月球·行星研究所研究人员随即出现在卡罗琳的墨镜上。

还没等对方打招呼，卡罗琳率先开口："我们怀疑自由女神岛的太阳能电池板被月壤污染了。验证一下你们那儿的月球花园是否会发生同样的问题。"

"验证是否作业导致电池板被弄脏了，对吧？收到。"

对方毕竟也是长年从事行星探测的专家，当场就搞清了情况，点了点头。

月球·行星研究所内有一个名叫"月球花园"的立体模型，使用模拟月尘完全再现自由女神岛周边的地形。开展太空任务时，在地面设置同样的设备和地形进行模拟是NASA的惯用套路。在遥不可及的宇宙发生故障时，可以通过模型了解故障的详细情况，制定解决对策。在著名的阿波罗十三号事件中，NASA就通过调查和实机一模一样的地面样机，成功解救了三名机组人员并查清了事故原因。在制造火星探路者探测车时，他们根据二十一年前海盗号探测器收集的数据制作了火星花园，用于火星车的测试。

现在使用的月球花园中也设置了月球车和充电站等实体，真实地再现了作业进展状况。月球·行星研究所的研究者们仅仅用了五分钟便调查完毕，并向卡罗琳报告："所有月球车和铲土机在作业时都避开了电池板，着陆机也间隔了足够距离进行降落，不可能因为逆向喷射导致其他机体污染展开的电池板。"

"如果是那样的话，究竟是什么东西往电池板上撒了那么多月壤？月球上可没有沙尘暴！"

"不知道，会不会月球上也存在着猫之类的动物？"

"别说蠢话，给我看地图。"

月球花园的实拍图片被传送过来。上面记录了现在月球车所处的方位以及它们的移动路径。月球车的行驶路径和电池上板确实离得很远。慎重起见，兰巴赫还利用储存在电脑上的地形图和轨迹数据计算出月球车行驶时扬起的月壤飞行路径，但结果还是否定了月球车污染电池板的可能性。

"到底发生了什么？是谁弄脏了电池板……"

手指托着下巴陷入沉思的卡罗琳突然抬起头。

"约瑟夫，打开一张比例尺小点的地图。"

"普通的月面图可以吗？"

"不可以，打开标了日本人第六大陆计划的那张地图，他们的网站上应该就有。把那张地图拿过来和我们的地图重叠在一起看。"

兰巴赫打开第六大陆的网站，拿到网站上公布的地图，之后将它和自由女神岛周边的地图进行合成。

一伙人看着合成后的地图哑口无言。

"怎么会……什么时候开始的……"

第六大陆从伊甸环形山的月球正面开始建设。这样选址，是为了保证和地球之间的通信。月球对着地球的那一面常年都是一样的，所以在环形山的那一侧建造基地，可以时常眺望地球。

但NASA也深知这个道理。既然利用同一座伊甸环形山，就要在山的外侧建造基地。而且，如果不想频繁发射中继卫星来保持通信，还必须在月球正面设置基地。如此一来，两个基地必然相互接近。

这些情况 NASA 都清楚，只不过没料到二者竟然如此接近。

第六大陆和自由女神岛不知不觉在相距不足两百米的地方设置了模块。而且，自由女神岛的模块当中，离第六大陆最近的就是那五块发电板。

"原来是他们！日本人扬起的月壤飞到我们那儿了！就是他们弄脏了电池板。为什么此前没有发现呢？"

"设置电池板的时候，最近的地方也离了一千米啊。"

兰巴赫用手指在地图上比划着。卡罗琳点了点头。

"这个我知道，所以当初才觉得没有问题。那时，他们的网站上可没发布要接近我们基地的计划。"

"他们也没法发布。着陆点一定程度上会受地形影响，在作业推进之前，他们也无法确定。"

"那他们就是只想着不能污染自己的发电板，所以把着陆点往我们这边靠咯。"

"我认为是不可抗力。就像我们没注意到他们往我们靠近一样，他们应该也没注意。由于没有配备敌我识别应答器，对于各自的智能机械来说，对方的机械无异于一块岩石。"

"不管怎么说，这一切都是他们造成的。赶紧投诉他们——"

卡罗琳说到一半，深深地吸了一口气。数了五声之后，将气呼出。

"——在那之前，必须想出解决办法。"

"哎哟，更稳健了啊。"

"我一直在努力啊。这次的工作，心急是大忌。"

卡罗琳·卡百丽，这位无人机械运行负责人，称之为自由女神岛初期计划的指挥官也不为过。就算在女性担任管理职务稀松平常的NASA，也说得上是大幅提拔。由于火星探测计划突然被月面都市计划所取代，此前一直位居主流派的火星探测计划推动者在NASA失势，长期担任配角的月球探测计划推动者卡罗琳才一跃成为焦点。

她自知能获得晋升是因为偶然得到支持，所以不能张皇失措，让别人质疑自己的能力。

"设计电池板时只改变了发电输出功率，基本上保留着火星规格。火星上有沙尘暴，所以应该预想到电池板会被弄脏，怎样才能恢复呢？"

"自净式，也就是依靠沙尘暴本身吹落电池板上的尘土。火星上的运行规定专门指定了那种角度来放置电池板。"

"那月球上的电池板能做到自净吗？角度大于八十度，附着在上面的月壤有没有可能自然脱落？"

没有人能当场给出这个问题的答案。于是他们又咨询了月球·行星研究所等全美的研究机构。

最终，位于克利夫兰的NASA路易斯研究中心和纽约的格拉曼公司给出了各自的答案。

"从月面扬起并附着在电池板上的月壤因为粒子间的摩擦导致带电。由于真空环境下无法放电，月壤可能会带着静电一直附着在上面。"拥有高达三十七米的全世界最大真空实验室的研究中心人员如是说道，研究中心在航天器的真空暴露实验方面经验丰富。

"月壤是类似小麦粉的细微粒子，别期待它们在六分之一的重力下依靠自重下落。以前，阿波罗宇航员没有办法防止月壤吸附在宇航服的O型环上，驻留月球期间又不能脱下宇航服。乘坐着陆船飞离月球之后，还不能将灰尘带入司令船。总之，费了很大的劲。除非宇航员用手敲击电池板背面，否则无法除去月壤。"设计制造阿波罗计划登月船的格拉曼公司如此表示。

对于操控月球车在月壤表面行驶的卡罗琳等人来说，这些情况其实他们都懂。不过，他们还是怀着渺茫的希望前来咨询。目前看来，寄望于电池板自我清洁已被完全否定。

"看来，一般的方法行不通啊……"

卡罗琳紧咬双唇，内心虽然焦躁但却没有绝望。依照格拉曼公司所说，只要有人在现场，就能设法除去污染物。自由女神岛计划当然包含载人阶段，只要等到那时，便可不费吹灰之力把问题解决。计划虽然会延迟，但不会中止。

但是，现阶段的问题还是希望能在现阶段解决。只要是参与宇宙开发的人，都非常了解先人们如何绞尽脑汁反复钻研，以使远在天外并且濒临解体的人造卫星和探测器死而复生。A方法行不通，就用B；B方法不行就用C；即使C方法还不行，是否还有其他途径？不到最后不放弃，拼尽全力不断思考，才是"太空英雄①"。美国是这种英雄品质的创造者，而 NASA 则是它的正统继承者。卡罗琳一直祈望自己也能拥有这种思维方式，现在她认为自己做到了。

卡罗琳在电话上与无人机械支援室及 JPL 的人来了一次头脑风暴。各种点子层出不穷，但总是一提出来就被否决了。让铺展电池板的小型月球车摇动电池板——月球车没有旋转及小幅加减速功能，所以不可能；搬运月球车试试看——力量太强，反倒可能推倒电池板，况且它还未装配检测电池板的传感器，所以不可能；将着陆机整个搬运过去，用仅剩的一点推进剂启动逆向喷射引擎充当鼓风机——周边无大气卷入，无法产生预期的风压，而且，喷射距离太近还可能破坏电池板，所以不可能；往电池板输送周期电流，通过焦耳热产生的膨胀以及辐射冷却带来的收缩，使电池板表面伸缩——如果电池板遇上过电流，电线可能会烧断，而且现在根本没有电力，所以也不可能。

"这不可能，那不可能，你们还算是世界第一的 NASA 员工吗？"

卡罗琳终于忍不住发飙。电话会议顿时陷入沉默。

打破沉默的是兰巴赫。

"卡罗，办法倒是有一个，而且非常简单。想必大家都已经想到了。"

"简单的办法？如果真有这种办法的话，大家为什么掖着不

---

① 译注：The Right Stuff，导演菲利普·考夫曼执导的喜剧冒险电影，主要讲述了第一批航天员诞生的历史故事。

说？"

"因为我们是NASA人，想用NASA的力量解决问题，而那个办法需要借助外部的力量。"

"……那群人啊。"

卡罗琳嘀咕了一句："日本人对吧？你是说让第六大陆的机械帮忙？"

"没错。他们的多功能建机可以在不推倒电池板的情况下摇动电池板。"兰巴赫平静地说道。

"让系统完全不同的机械合作行动非常困难。之前和平号空间站和旧式航天飞机试图进行简单的对接，就因为欠缺引导系统，一度遭遇挫折。更何况这次没有人类直接参与，完全由机械进行作业，情况更为棘手。但如果双方能互相提供数据，倒也不是不可能。另外，我还从约翰逊航天中心了解到，我们的航天飞机曾经援助过一次日本的宇宙飞船。只要搬出这件事——"

"算了吧。感觉像昨天请别人吃饭，今天突然去找别人要钱。"

"那就不提航天飞机这件事，行吧？"

兰巴赫把手伸向控制台的电话。那是拨通华盛顿D.C.——NASA总部的热线。

"问问林格斯顿长官吧，先让他和对方领导人进行高层对话。对于对方来说，这次尝试有一定风险，需要他们将贵重的器械用于计划外的作业，但林格斯顿长官应该会尽力说服对方。"

"等等。"

兰巴赫的手被摁住。回头一看，发现卡罗琳摘下了墨镜，正用那双水蓝色的眼眸凝视着自己。

"等等，再让我考虑一会儿。"

"卡罗，这不是败退。如果成功的话，反而会被称作英明的决策。"

"知道，我知道。但是……"

卡罗琳不住摇头，之后抬起头意味深长地看着兰巴赫。

"不知道沃尔夫会怎么说。"

"卡罗……"

兰巴赫无言以对。沃尔夫是被中止的载人火星探测计划的项目主管。

沃尔夫冈·巴克霍恩博士指挥的火星探测计划，直到一年前还是NASA和美利坚合众国在本世纪前半段不惜赌上威信的大型旗舰项目，但现如今已被自由女神岛计划完全取代。归根到底，其原因只有一个，那就是耗费五十亿美元的第一代载人探测船着陆失败。而巴克霍恩突然离开舞台还包含推动派的总统连任失败等种种政治原因。

之后，卡罗琳等自由女神岛计划的成员终于得势抬头。或者称，他们是巴克霍恩退场后被拉出来作为下场演出的替补也许更为合适。不管怎么说，对于此前一直默默无闻的卡罗琳们来说，事态的发展有如天助。

站在舞台边上懊悔落泪和心怀怨恨的人非常多。不用多说，就是巴克霍恩。他一直在伺机等待哪天重登舞台，肆意踩踏卡罗琳们的裙角。

在这个时候公布故障还向他人求助，无论如何都是下下策。

不过虽然是下下策——"沃尔夫应该会理解我们吧？"

"……你说什么？"

卡罗琳一脸狐疑。兰巴赫静静地注视着她的双眸。

"我们是齿轮，这儿所有人都一样。NASA的所有项目规模都很大，想凭一己之力左右局面简直是痴人说梦。我们能做的就是作为零部件好好努力，这台大型机器才不至于分崩离析。掌控机器前进方向的是坐在里面的政治家和官员。"

"你说得没错。这么一来，最受打击的不是沃尔夫。他会理解我们……"

"错，正因为他深受打击，他才会理解我们。"

兰巴赫自言自语地点点头，继续说道："这次的故障可以现场处理。虽然所属组织不同，但如果能得到日本人的现场援助，我们就能顺利渡过难关。懂吗？我们自己就可以改变方向，不需要依靠上层的那些人……沃尔夫同样是科学家，他会理解我们的。如果他不理解，甚至横加干涉的话，由我来说服他。"

"你要让他相信日本人的伙伴意识吗？"

卡罗琳吃惊地说道："你怎么会这么想呢？比起那个，肯定是自己的项目更重要啊。最重要的是，把日本人当伙伴，不用说沃尔夫了，我都不愿意。"

"你这样说，有没有掺杂个人情感？"

兰巴赫话说到一半，忽然又闭口了。那是他和极具侵略性的上司一起组队时常常被教导却始终不能说出口的一句话。

卡罗琳目不转睛地注视着兰巴赫说道："他们没有载人机，就用钱夺走了航天飞机上的位子。现在还把我们的电池板弄脏了……我这算是不当的感情吗？"

"不是，抱歉，我刚才失言了。"

虽然兰巴赫不断摇着手，但一点没有屈服的意思，反而是努力地补充说道："被政治家勒令计划中止或者因事故导致计划中止，哪个更可耻？作为负责人，请你冷静考虑清楚。现在明明有办法，你却不想解决？"

"……你是想说，自己能否说服自己，而不是说服别人，对吧？"

卡罗琳一直在低头深思，不一会儿后重新戴上墨镜，说道："明白了。趁现在有事能做，别驻足观望了，勇敢向前吧。"

"这就对了。"

兰巴赫松了一口气，点了点头，拿起热线电话。

"青峰主任，外线电话。"

听到天花板上传声筒的通知，走也从多功能建机底下爬出来，擦了一把沾满金属粉的额头。

"不好意思，我去去就来。"

"交给我吧。我一定在您回来之前搞定。"

整备技师一边关上电路板所在的中枢部分的盖子，一边朝走也扬手。

走也打开两重铁门往外走去。房间全部由铁板包围，完全屏蔽了地磁和电波,是用于检测多功能建机抗电磁性能的防电磁室,所以无法用可穿戴电脑进行通话。

这里是富士山下的多功能建机试验场,除了制造新建机外,还负责控制已送上月球的建机。走也一边控制月面建机,一边帮忙改良组装中的建机。

从防电磁室出来后,走也步入旁边的记录室。找了一圈都没发现空着的显示器,只好去走廊的长椅上接听电话。

在画面中微笑的是妙。

"你好,走也。现在很忙吗?"

"还好,已经有头绪了。从八号车开始,屏蔽可以再薄一点,起重重量可以相应增加。"

"太好了。我没见着岩城先生,所以正在找现场的人呢。"

这么看来不是私事。走也刚想开玩笑说:"太失望了。"妙的一句话让他的玩笑心情顿时烟消云散。

"NASA的林格斯顿长官来电话了。"

"N……NASA?"

"是的。八重波社长和御鸟羽社长已经在连线通话了。接下来大家要一起开个会。"

"那个,小妙。"

可穿戴电脑的画面突然分割成几块,出现了五个人的脸。走也慌慌张张地收起笑容。

"您好,林格斯顿长官,我是桃园寺妙。"

妙操着一口没有半点西海岸口音的标准英语向林格斯顿打了

一声招呼。之后，会谈开始。

"各位日本的朋友，今日有一事相求。本次通话没有录音，所以恳请大家直抒胸臆，不要有所顾忌。首先，我向大家介绍一下JPL的卡罗琳·卡百丽。她是我们自由女神岛计划的无人机械运行负责人。"

"大家好，我是卡罗琳。"

此前在网上见过的秃头男人首先作了开场白，紧接着一位金发碧眼的女士也打了一声招呼，之后一本正经地开始说明电池板的污染问题。

粗略介绍完情况后，女士从手中的资料上抬起头说道："我想强调的是，本次故障是由于各位的着陆模块逆向喷射引起的。希望各位认真思考由此产生的责任，并给我们一个答复。"

"卡罗，这个之后再说吧。"

林格斯顿苦笑一声劝慰她后，随即恢复严肃的表情，说道："如果各位陷入麻烦，我们也会出手相助。这是标榜世界第一的我们应尽的义务。"

"您演说的措辞可是相当傲慢哦。"

"原来各位已经看过了啊。真是不好意思……"

面对八重波的讽刺，林格斯顿摸了摸秃头，之后不慌不忙地来了一个日本式鞠躬。

"拜托了。同样作为人类，也作为志在开拓新世界的同仁。"

"能给我们一点时间考虑吗？长官。"

"明白。但是，如果可以的话，请尽快。"

林格斯顿说完后，NASA二人的影像被保留通话的提示字幕覆盖住了。

"那么……首先是能否协助的问题。青峰，你怎么看？"

被御鸟羽点名之后，走也才回过神来。他满脑子想着卡罗琳僵硬的表情。

"啊，是……根据目前的情况来看，我认为可以。仅仅是两百米的话，多功能建机的电缆足够长，而且建机植入了摇动我们基地软质电池板的作业宏指令。只要稍微修改一下，应该没有问题。"

"二者材质不一样，光摇的话，月壤会脱落下来吗？"

"摇不行的话，还可以吹。"

"擦①？用抹布还是用什么？"

"不是擦，而是吹。如果擦拭的话，即便再坚硬的物体，都会被含钛的月壤刮损。我们有一种清洁摄像头的喷雾。它的原理和水壶差不多，是一个开了一个孔的罐子，并自带加热器。只要补充冻土，就可以无穷喷射。如何用多功能建机粗糙的货叉夹住喷雾罐朝宽阔的电池板来回喷射是关键，但并不是做不到。"

"原来如此。总之，就是要看我们舍不舍得花工夫啊。"

"没错。"

"这样一来，就得判断哪种方案对我们更有利。是费时费力地帮助他们呢，还是无情地弃之不顾。"

---

①译者注：日语中，动词"吹く"（意为吹）和动词"拭く"（意为擦拭）读音相似。

话声刚落，八重波说道："帮他们吧。"

御鸟羽好奇地问："理由呢？"

"第一可以作为宣传。我们要是能援助传说中的NASA，比打十个广告还更有效果。第二，是可以做一个顺水人情。我们无法预测今后自己会遇到怎样的事故。如果真有那个时候，NASA会是我们强有力的帮手。"

"救敌人于水火之后，我们自己还能从容不迫吗？要知道，他们得救之后，可不会放慢自由女神岛的建设脚步啊。"

"没关系，随便他们。即便是竞争对手也好，只要能取得景气的成果，最终结果还是对我们有利的。"

"你的意见非常乐观啊。"

"当然，否则我也不会公开特洛菲发动机。NASA紧接着就会引入特洛菲发动机技术，对此我也持欢迎态度。"

"呵呵，我越来越赞同你的想法了。"

"桃园寺小姐，您呢？"

"我赞成八重波社长的意见。作为宣传主管，我认为援助NASA的效果何止是十个广告的作用可比拟的，一百个广告还差不多。嗯，如果能向全世界播放多功能建机在自由女神岛开展作业的视频以及林格斯顿长官向我们道谢的视频，那就最好不过了。"

"请等一下。各位忘记航天飞机的那件事了吗？恩将仇报不大好……"

"青峰，没轮到你说话。"

御鸟羽一个凌厉的眼神让走也打了个冷颤。现在的自己只不过是被征询技术方面意见的部下而已，没有资格在最高会议上发言——这就是御鸟羽想要说的话。

但，走也还是情不自禁地继续往下说了："各位都看到那位运行负责人的表情了吧？上面写满了万不得已才求人的不甘心。考虑到他们的成就，这是很自然的事情。因为这相当于向初出茅庐的后生低头认输。我觉得援助一事不宜公开，能让他们欠一个人情就够了——"

"青峰。"

"走也。"

妙的声音盖过了御鸟羽。

只见她眯起双眼冷静地说道："你知道吗？如果他们赢了的话，第六大陆会走投无路的。"

"……"

走也在可穿戴电脑上打开个人通话的窗口，一对一和妙说："小妙，拜托。我和那位运行负责人的立场一样，我也明白她的心情。和高层不同，对于我们这种地位的人来说，自己现在参与的项目意味着一切。我们不想因为政治上的考量而使其毁于一旦。如果援助一事被公开的话，她可能还会被革职。"

"走也……"

妙目不转睛地注视着走也。屏幕很小，但可以看得出来妙的表情动摇了。

"……你真温柔啊。"

"你是想说太天真吧。但，真的，请理解我。"

"如果都是像你这种人的话。"

妙轻轻地嘟囔了一句,随即叹了一口气。

"……好吧。不过,下不为例。"

妙回到共同通话的画面中。

"各位,抱歉,我想还是暂不公开了。"

"哦?那就这样白白地援助他们?"

"是的,不过,我不认为此次援助会徒劳无功。第六大陆现在还存在一些问题,等到讨论这些问题时……"

"哦……""也是……"

御鸟羽和八重波对视了一眼,心领神会。只有走也想不明白那些问题具体是什么。

妙像会议主持一般说道:"各位没有异议了吧?"

"好的。""嗯。"

听到二人的回答后,妙重新打开和NASA之间的通话线路。

"长官,我们定好方针了。"

"此话怎讲?"

"第六大陆将支援自由女神岛,并且不会公开此事,请放心。"

"实在是……太感谢了。"

林格斯顿看起来非常震惊。卡罗琳也惊讶得睁大了眼睛。

"这样一来,我们也保住了面子。但是,这样做真的没关系吗?作业途中可能会牵连第六大陆的模块。"

"万一真被牵连到了,责任也由我们自己承担。"

"各位实在太爽快了。这就是所谓的武士道精神吗?"

"美国的朋友都喜欢这么说。但其实，武士已经从日本消失一百六十年了。"

妙微笑着，之后像回忆起什么一般说道："卡百丽小姐。"

"请说。"

"我们的现场负责人让我替他对您说一声加油。"

"……我会的。"

"那就这样定了。细节部分之后咱们通过别的线路联系。"

"好的。非常感谢。"

林格斯顿敬了一个二指礼，挂断了通话。

"那么，我们也下线了。""嗯，再见。"

御鸟羽和八重波也从画面上消失。走也向剩下的妙鞠了一躬。

"小妙，谢谢你。"

"你欠我一个人情哦。"

"好啊，下回请你吃饭。但是，我希望今后也继续帮助他们。"

"我说过下不为例。"

"小妙？"

妙沉默了一会儿，之后扭过脸去，咳嗽般地说了一句："一定要选我才行。"

"啊？"

通话线路切断了。

那句话不像是撒娇，因为时机不对。走也左思右想无果，索性盯着电脑屏幕，浏览新闻网站上一条条的滚动新闻。

一辆雪佛兰汽车在弥漫着沙子气息的夜风中疾驰。

车速表显示速度达到了八十英里，但卡罗琳继续加大油门。那速度已经快到即使后视镜出现警车也不奇怪，但她似乎没有减速的意思，反而还想喝酒。

"说什么加油……"

被谁说不好偏偏被日本人这么说，这让卡罗琳感觉恶心反胃。而她之所以如此反感日本人，也有她的原因。

在她还小的时候，她的生物学家父亲被选拔为旧航天飞机的机组人员。能入选为宇航员的人都是精英中的精英，所以本应是一件值得骄傲的事。但是，就在发射前夕，她父亲被人从机组人员名单中划除了，取而代之的是一个日本宇航员。

原来，为了给火星探测计划筹措巨额资金，美国政府和当时尚未拥有载人飞船的日本政府达成了一项协议。

但卡罗琳的父亲还是耐心地等待着下一次的机会。不巧，当时正好赶上旧式航天飞机过渡到超级航天飞机的转型期。为了测试新飞机，只有试飞员能优先乘坐。日子就这样一天一天过去，不知不觉中他失去了宇航员的资格——当初勉强通过适应性检查的心律不齐恶化了。

如今，他已经回到大学研究室，也取得了一定的研究成果。但是，卡罗琳忘不了那个晚上父亲给宇航员主任打完电话后像老人一般委顿的背影。

卡罗琳父女两代人都被左右宇宙开发并且遥不可及的力量捉弄了一回。

"没想到我居然要向将爸爸从航天飞机拉下来的那群人低头……"

就在她自言自言时,延伸至公路前方的前照灯灯光中突然出现一个又小又圆的东西。

"吱……"

卡罗琳吓得起了一身鸡皮疙瘩,但没忘记用力踩下刹车。由于汽车时速超过了一百五十千米,车体迅速打转。前照灯的灯光不断地转动照射着,车子冲出公路,撞上路堤高高跃起,最后奇迹般地平安着地,没有翻车。

加利福尼亚贯穿荒野的公路放眼望去,不用说对头车了,连个人影都见不着。所幸车没撞坏,也没撞坏别的什么东西。卡罗琳坐在已经停下的车辆驾驶席上,颤抖着擦去额头的冷汗。

冷静下来后,抬头一看,亮着的前照灯灯光中出现了几个影子。定睛一看原来是几只体型和小狗相近、身材臃肿的小动物——草原犬鼠。

不知是灯光晃眼,还是好奇,草原犬鼠们一动不动地盯着卡罗琳看。一双双沉稳的眼眸不禁让卡罗琳想起了兰巴赫。

沃尔夫也好,日本人也好,都是现场的伙伴哦。

"……瞎说什么蠢话!"

喇叭声驱散动物们后,伴随着后轮的咆哮,车辆回到公路。卡罗琳重新驾驶雪佛兰风驰电掣起来。

3

二〇三〇年八月一日，位于荷兰海牙的联合国国际法庭勒令日本政府暂时冻结日本宇宙航空开发研究机构（ＪＡＸＡ）管辖下的天龙银河运输会社进行的一切活动。

就在前一天，伊甸休闲娱乐会社的两位代表刚刚前往加拿大避暑，兼宣传旅行。天龙的八重波也前往台湾出差采购电子零部件。最早接到通知的是御鸟羽综建的御鸟羽社长，当时，他正在名古屋的天龙会社总部。

"也就是说，如果能把只在地月间运行的轨道拖船投入到计划中，我们就能使用月面上采集的推进剂，由此进一步减轻发射重量。"

"没错。现在发射一艘往返月球的苹果号还需要两支火箭，之后一支火箭就够了。"

泰和玲花在接待室你一言我一语地轮流说明。看起来没什么交集的二人之所以会碰到一块，是因为泰发现了一个可以节约成本的新方法，玲花随即加入了讨论。由于二人都从上司那儿得到了相当大的决定权，所以伊甸会社内部和天龙内部都没问题，接下来只需要得到御鸟羽综建的同意即可。刚好碰上御鸟羽前来视察天龙的名古屋工厂，于是泰赶紧抓住他，玲花也从附近的伊甸会社总社飞奔过来。

"原来如此，这个想法很好，但前提是要在已经非常紧张的日程安排中插入拖船制造环节。"

御鸟羽一方面非常慎重，另一方面也非常感兴趣。话声刚落，他的可穿戴电脑响了起来。说了一声抱歉后，他接起电话。

通话很短，他的表情也随之骤然变化。结束通话后，他陷入了沉思。泰和玲花正等着他回到会谈中来，没想到他一开口说的是另外一件事。

"听说国际法庭勒令第六大陆停工了。"

"……什么？"

"看来问题非常严重。我想和八重波还有桃园寺紧急商量此事，能联系上他们吗？"

泰和玲花赶紧给各自的上司拨打电话确认。过了一会儿，二人不约而同地摇摇头。

"抱歉，我们社长正在和对方社长商谈能否从英特尔拿下生产线的问题，谈判正处于关键时刻。您先对我说吧。"

"我社也一样。会长等人正在渥太华的市政厅发表演讲……"

"嗯，没办法。那就由二位暂时代表各自会社，当场统一三社的意见，免得之后再约时间商量。"

二人点过头后，御鸟羽随即把刚才接听电话时收到的文件转发到了他们的可穿戴电脑上。三人认真研读了好一会儿。

之后，御鸟羽说道："文件上说，原告是美利坚合众国政府，被告是日本政府。起诉的依据是《月球协定》中'禁止将月球用作商业用途'的条款。但是我有几个地方不明白，保泉小姐，你对法律挺熟悉的，对吧？"

"略知一二。"

语毕，她随即在可穿戴电脑上飞速地操作着，十秒钟不到的时间里，找出了国际法、国际法庭、月球协定等相关的数据。她的强项就是得心应手地处理各类外部数据，就像数据存储在她记忆中一般。"我能回答。"玲花自信地说道，"动作比我社法务人员更快。"御鸟羽微微一笑。

　　"首先，他们为什么不起诉我们三家会社，而是起诉日本政府呢？"

　　"因为国际法庭只能受理国与国之间的纷争。而且，一九六七年的太空条约确立了国家责任集中原则。根据该项原则，日本公司的宇宙开发活动须由日本政府承担责任。"

　　"真后悔插了日之丸旗①啊。要是当初听妙小姐的话只插社旗的话，即便再棘手，应该还能搪塞过去。"

　　"这是没办法的事。第六大陆的象征标志现在都还在公开募集中。"

　　三人会心一笑。日本政府当初要求在第六大陆插上日本国旗的时候，妙愤然前往伊甸会社试图撕毁国旗。当然，这件事只有内部的人才知道。

　　"哦？那也就是说，只是因为手续上的问题才起诉日本政府，实际目标其实是我们。月球协定是什么东西？"

　　"是一九七九年缔结的国际条约。条约规定，不论政府、法人还是个人，都禁止将月球或其他天体用作商业用途。我们因为

---

①译注：日本国旗。

在建设商业设施时提取了伊甸环形山的水，所以明显触犯了条约。"

"啊，请等一下。"

同样看着可穿戴电脑的泰打断了一下。

"印象中，签订月球协定的国家稀稀拉拉，还不满十个。美国和日本应该都没……啊，果然，两国都没有签署协定。"

"哦，我想起来了。因为建设事业一般都伴随着大量的审批手续，所以我社当初在制定计划时，也曾经研究过这点。但考虑到日本政府没有签署月球协定，才得出了不会有问题的结论。"

"那种认识有点肤浅啊。"

玲花的表情瞬间阴沉下来。

"太空法的依据或者说法律来源，是条约或者习惯法。习惯法非常不好对付。所谓国际习惯法，就是各国的惯例在持续或反复实施的过程中，虽然没有明文规定但却被视作法律确立下来的一个概念。以此类推，太空法也具有习惯法的特性，即便没有签署条约的国家，也有义务遵守。"

"呃，这就好比说，禁止用水桶把太平洋的水全部舀走？哪里会有这种法律啊？"

"就是这点让人头疼。"

"看来国际法庭已经认定我们触犯条约。如果无视它的命令会怎么样呢？"

"国际法庭没有设立类似警察一样的实体组织，所以我们不会被逮捕。但是……原告可以依据联合国宪章第九十四条，向联合国安理会提起诉讼。"

"安理会?"

御鸟羽和泰大吃一惊。

"会派维和部队过来吗?"

"怎么可能。他们只会警告我们不要走到那一步,实际上不会真派的。但即便这样,对我们还是一个很大的打击,因为我们的企业形象会受到重创。"

"哦……确实是一个大问题。"

御鸟羽抱着胳膊低沉地说了一句。玲花见状,马上鼓励他:"御鸟羽社长,还有希望。法庭传来的只是暂时命令,不是最终判决。我们还有机会扳回来。"

"真的吗?"

御鸟羽终于展开愁眉。

"好,我大体明白了。问题不容小觑,但也并非无计可施。让我们三社联合起来反击吧。具体的就交给专业人士,谁来做比较好呢?"

"伊甸会社的法务部会负责。如果人手不够,再请贵社法务人员协助。"

"嗯,我们真正的对手是国际法庭和美国政府,但这次日本政府似乎也对我们颇有微词。"

"日本政府这边就拜托您了,您看可以吗?"

"交给我吧。但我可以借助桃园寺会长的力量吗?"

"当然没问题。"

"很好，就这样定了。得让他们知道我们绝不会输给NASA！"

轨道拖船一事暂时推后。三人急匆匆地站起来。

泰依旧一副忧心忡忡的样子。

"美国究竟出于什么目的起诉我们呢？我们明明上个月才刚刚援助NASA啊。"

"因为他们就是一群不讲情面的人，喜欢讲究一码事归一码事。"

"总觉得不像NASA的作风……"

目送御鸟羽和玲花离开后，泰继续歪头沉思。

实质上的当事人——第六大陆的三家会社派出伊甸会社法务部长作为代理人，组成被告辩护律师团，代替日本政府应对诉讼。

第六大陆方面首先质问，依据原告和被告均未签署的月球协定发起诉讼是否合法。原告反驳称月球协定和比利时人道法违反处罚法一样适用于世界上的任何人，具有普遍管辖权，借此击退了第六大陆方面的质疑。

之后，第六大陆方面搬出时际法的规定进行反击——法律事实必须参照同时代的法律进行评判。月球协定缔结之时，没有预想到一个新时代的到来，即企业为了造福全世界人民在月球建造基地。换句话说，月球协定是一项旧规则。但原告抓住第六大陆筹划的月球旅行需要收取高额费用，"造福全世界人民"的前提存在欺骗性，反驳了第六大陆方面的辩词。

紧接着，第六大陆方面援引月球协定第十一条第三款质疑原告美国的起诉资格。该条款禁止任何国家、团体、个人占有月球的自然资源。NASA也采集月球水，唯独第六大陆不行？对此，法庭援引该协定第六条第二款予以驳回，即如果出于科学调查的目的，可以从月面采集样品并对样品进行任意处置。NASA设置自由女神岛是为了作为火星等行星探测的据点，并未违反协议。

形势非常不利。看来美国政府为了此次诉讼投入了惊人的人力、资料和资金。虽然他们应该没有过分到收买十五国共计十五位法官，但可以确定，为了早日审结胜诉，他们通过各种途径向法庭施加了压力。毕竟，审理至今还不到一个月的时间。

舆论显示，百分之六十的人支持第六大陆一方，但是百分之九十以上的人认为美国会胜诉。虽然御鸟羽和桃园寺闪之助大力奔走求得了日本政府的协助，但外交场合姑且不论，此次是正规的法庭战，不可能战胜得了逻辑之国——美国。

天龙GT会社社长八重波没有一头扎进非专业的战斗，浪费时间和精力。他继续做着他的工作——发射火箭。虽然国际法庭的暂时命令冻结了火箭发射，但为了完成此次发射任务，达成自己的使命，他打算在命令正式下达会社的前一天，反复发射还在准备中的亚当五号机。

五号机顺利将物资发送到了月面。但是，着陆一个月后才启动运转，并且当时也没有公布相关功能。关于此事，天龙GT会社未给出任何说明，于是，有人臆测，实际上五号机在到达月球之前就已经爆炸。媒体记者纷纷涌向八重波，但性格刚直的他该沉默就沉默，只说了一句"无可奉告"，未做任何解释。此事过后，虽然他的个人评价甚至还有所上升，但会社面临的压力却越来越大。

第六大陆的命运如同风中的烛火。

JPL自由女神岛无人机械支援室正笼罩在低气压当中。

台风眼是坐在屋子角落椅子上一动不动低着头的卡罗琳。八名工作人员没注意到卡罗琳墨镜下的表情，不小心打了一声招呼，立刻被冷冰冰地赶走了。第九名工作人员静悄悄地给她身后的墙壁贴纸，防止了受害人群的扩大。

"卡罗龙卷风达到最大风速！"

事实上，卡罗琳的头脑中正经历着猛烈的思考风暴。

第六大陆快要被打垮了。日本的泰信司怀疑得没错，那场官司是美国政府高层授意发动的，而不是NASA的人或者卡罗琳，但说到底能打败竞争对手日本人，她应该感到高兴才对。

但是，她身体中"太空英雄品质"否决了这场快到手的胜利。

要进军人类无法轻易接近的残酷宇宙，究竟需要何种品质？至少应该不是拉竞争对手的后腿。没错，合众国在进行初期宇宙开发时，确实是在这种意识的驱动下对抗苏联，但当中七位目标志在宇宙的男人——传说中水星计划的最初七位宇航员却专注自身，从未干涉他人的进退。

是击退竞争对手还是允许对方的存在？——这对矛盾掀起了卡罗琳心中的风暴。

"啊！该怎么办才好？"

一番迷茫让她不禁大喊发泄，就在这时，墨镜传入了外线电话的信号。正当她想无视时，拨打电话人的名字映入了她的眼帘——Soya·Aomine、Active Taskforce·Chief、GOTOBASOUKEN（青峰走也、机动建设部主任、御鸟羽综建）。

"Soya……"

意识到此人正是那位激励自己的男人时，她不由自主地接通了电话。

"……我是卡罗琳。"

"您好，我是青峰走也。"

屏幕上出现一个男人的脸——黑发、五官缺少起伏的娃娃脸、东洋男人。夺走爸爸梦想的日本人！

卡罗琳抑制住澎湃的心情，问道："请问找我有何贵干？"

"根据我们老板的指示，想和您进行一笔交易。"

"交易？"

"没错。让NASA援助第六大陆的一笔交易。"

"太让人吃惊了。我们可是竞争对手，你认为竞争对手会帮你们吗？"

"您听我说完后，一定会的。"

走也的语气非常平静。"真是一个棘手的民族啊。"卡罗琳心里默默念叨。他这种说话方式让自己无从生气。

"具体什么交易，你说说看。"

"就是……"

三分钟后，卡罗琳突然猛地站起来，嘭的一声连椅子都被碰倒了。支援室的每个人都大吃一惊，纷纷回头看着她。

　　本应会谈得差不多的她突然兴奋地大声喊道："你说什么？第六大陆有那种设备？但即便是这样，只凭它恐怕也比不过我们的先进……啊，无法置信！你是说把特洛菲发动机给——"

　　克雷格听到特洛菲三个字两眼放光。这个戴着类似厚瓶底眼镜的可穿戴电脑、看起来怯生生的年轻人是从波音公司调过来的火箭工程师。他对日本开发的特洛菲号发动机有着异乎寻常的兴趣。

　　"卡罗，特洛菲发动机怎么啦？"

　　"等一下，克雷格，再观察一下情况。"

　　克雷格刚探出身子，个头高大的兰巴赫制止住了他。卡罗琳还在和墨镜那头的人热情地通话。

　　"没错。如果是那样的话，我们也可以行动。上司？上司……没问题，我会说服他！长官原本是罗克韦尔的试飞员，曾经的愿望就是乘坐航天飞机。如果能载上他的话，对，就像你们的八重波一样！他肯定会同意的！嗯，嗯，交给我吧！"

　　挂断电话后，卡罗琳用手指摘下墨镜，闪烁着那双天蓝色的眼睛说道："拨通热线！联系林格斯顿长官！"

　　"卡罗，怎么了？"

　　"我们要援助第六大陆！"

　　卡罗琳从兰巴赫的手中一把夺过通话器，急不可耐地按下拨号键。克雷格一脸不可思议地问道："你不是很讨厌日本人吗？

另外,特洛菲发动机到底怎么了?"

"日本人说如果我们想要特洛菲发动机,就要改变宗旨。不对,即便得不到也——啊,是NASA总部吗?我是JPL的卡罗琳,请帮我转接长官!"

克雷格盯着眼前的女上司异常兴奋、说个不停的样子,歪着脑袋说了一句:"现在刮的是什么风啊?"

"谁知道呢。龙卷风可是很难捉摸的。"

兰巴赫耸耸肩。

海牙,国际法庭。

对第六大陆计划的审议在大法庭召开,并迎来了最后阶段。

从目前的情况来看,美国的优势很明显。坐在原告席的合众国政府代表、总统特别助理洛德的脸上浮现出游刃有余的笑容。

但是,他的游刃有余因为一位意想不到的人物登场而彻底粉碎了。

来自世界各地的十五位法官中,站在顶点的是澳大利亚的审判长梅尔维尔女士。只见她声音洪亮地宣布:"现在进入被告方的最终辩论。有请证人理查德·林格斯顿。"

原告方和旁听席一阵骚乱,洛德惊讶得张大嘴巴,完全没想到那种人物居然会出现在敌人的阵营中,而且偏偏还是NASA的长官!

秃头的长官宣誓完毕后,走上证人台。

审判长随即发问:"听说你此番前来是为了陈述一个新确证

的严肃事实。请问具体是什么事实？"

"事实就是，第六大陆是科学设施。"

"科……科学设施？"

"没错，洛德先生。第六大陆配备了SETI——地外文明探测仪器，目前该仪器已经投入运行。一个月前，天龙GT会社发射的最后一支火箭搭载了这台仪器。"

"太荒唐了。事到如今还胡说八道。"

"不是胡说八道。我从JPL的下属那儿听到这个消息后，调查了第六大陆的机器，发现他们的机器确实被用于探测深宇宙发来的有意信号。这足以证明第六大陆是科学设施。既然如此，第六大陆就和我国的自由女神岛一样适用于月球协定第六条第二款，可以灵活使用月球资源。"

"你……你究竟有何企图？作为一个合众国国民，更作为一个国民模范的NASA长官，你竟然说出如此有损国家利益的话！"

"肃静！本庭不是宣扬国家利益的地方。"

被梅尔维尔审判长警告过后，洛德极不情愿地闭上嘴。林格斯顿继续坚定地陈述："谈合众国的国家利益时，我们应该首先考虑清楚我国究竟在追求什么。没错，竞争者。我们美国人只有遇到强大的竞争对手，才会发挥真正的实力，而第六大陆不就是这样一个难得的对手吗？——不过，老实说，我们NASA连竞争对手都不需要。我们自己就是人类的眼睛，就是抓住星星的那只手，我们没有任何必要借助政治力量。"

总结完毕后，林格斯顿用他特有的方式有模有样地行了一个礼，走下证人台。

出乎意料地响起了一阵掌声。不是来自别处，正是来自旁听席的美国人。林格斯顿的证词，不，是演说，震撼了他们的心。

洛德白皙的脸变得通红，他站起身来。

"审判长，请允许我再发一次言。"

"请讲。"

"至今为止我都没有指出来，但事已至此没有办法。我想谈谈日本政府的怠慢态度。第六大陆归日本政府监督管辖，但日本政府一方面命令第六大陆在基地插上日本国旗，另一方面却对第六大陆放任不管，并纵容第六大陆利用巧妙的手段讨好我国官方机构。这实在令人遗憾。我希望本应作为当事人的日本政府明确自身的监督责任！"

法官们一脸茫然。这不是重新回到原点了么？在至今为止的审议中，一直认定"日本政府只是名义上的监督者，真正的当事人是第六大陆"的人，不是别人，正是以洛德为代表的原告。事到如今，他居然说出这么一番话，无异于推倒重来。

但是，洛德的此番挣扎最后被证明是自掘坟墓。

"审判长……我可以说一句吗？"

被告席上，一名可爱的少女举起手。是桃园寺妙。眼看今天已是审判的最后一天，所以特意赶来了荷兰。作为实质上的出资人，她被安排坐在了被告席上。

得到梅尔维尔女士的许可后，妙站起来，冷不丁地来了一句："审判长，可以在法庭的屏幕上打开第六大陆的网站吗？"

"嗯，我认为可以。书记员，照她说的打开吧。"

经过书记员的一番操作，主席台前方的显示器上显示出第六大陆的网站。随后，书记员又依照妙的指引，打开了相应的链接。

最后呈现在屏幕上的是在月面施工的多功能建机发回的实时视频。当视频中出现插在月壤中并用竖杆横梁固定的日本国旗时，妙示意暂停视频。

"请放大图像。"

只见妙盯着放大的国旗，不无遗憾地说道："考虑到洛德先生的立场会变得非常滑稽，所以我一直隐忍未说……事到如今，没有办法，嗯，嗯，这个大小够了。"

白底加红色圆形的日本国旗铺满了整个屏幕。不，定睛一看，和日本国旗有一些微妙的不同。

红色圆形的上方画了一根竖立的小棒子。

"那是伊甸会社的旗子——苹果旗。"

法庭瞬间鸦雀无声，只听见妙清澈的声音回荡其中。

"我们不论在事实上还是名义上都和日本政府没有任何关系。月面上的所有设施都是我和我祖父闪之助的私人财产。我不想在月面竖日之丸旗，所以在火箭发射前小小地改造了一下。"

"你这是狡……狡辩……"

"我和您，到底谁在狡辩呢？我们也别再争执不下了，现在让各位法官做出判决对双方来说是最妥当的谢幕方式，您觉得呢？"

妙浮现出那副迷倒全世界的笑容。洛德气得嘴一张一闭，愣是无言以对。

梅尔维尔女士宣布："最终辩论结束。休庭三十分钟后，本庭作出判决。"

法庭瞬间骚动起来。记者们纷纷冲出去。人群中，一对男女相互看着对方——是走也和卡罗琳。

"就要实现大逆转啦。话说，长官的演说真棒，还好您成功说服他了。"

"他虽然已经五十五岁了，但还是喜欢说：'有生之年一定要去太空看看。'拿到你们的特洛菲发动机加以研究后，我们也能研发出超音速冲压式发动机，然后打造出重力比较小的火箭，届时即便是患有静脉疾病的长官也能乘坐。这些就足够说服他了……当然，要等到社会上的热议平息之后，才能公开。"

此时，妙正在被告席上笑容满面地慰劳同伴。卡罗琳望着她。

"居然声称要在月球上进行 SETI，看来你们准备得相当充分。那孩子不简单啊。服了她了。"

"能得到你们的认可，我们非常荣幸。"

"但我可不会和你们串通一气哦。"

卡罗琳站起来，用充满挑战的眼神俯视着走也。

"你刚才也听到了。我们 NASA 没有对手。无论过去，现在，还是将来，我们都会是领军人物，这次情况特殊才和你们并驾齐驱。下次，你们还是加油追赶吧。"

"当然，你们就不用手下留情啦。"

走也起身抱着胳膊注视着她，愉快地回敬了一个微笑。卡罗琳也没准备和他握手，一个转身，英姿飒爽地走出了法庭。

社长室的陈年大屏幕电视播放出"全面胜诉"四个字后，八重波向后靠在沙发上，边鼓掌边说："信司，信司！我们赢啦！十五位法官一致判我们赢！"

"知道啦，知道啦。"

坐在对面沙发的泰一边吃着杯面，一边敲打着笔记本电脑，一副事情尽在掌握的样子。

"我早就听青峰说啦。那个SETI装置还是我订购的呢。妙小姐果然深谋远虑，连这个都预计到了。"

"难道是为了逃避法律追究才把那个仪器送上去的？"

"应该是二者兼有吧。我也猜不透那孩子的真实想法。连青峰都被耍得团团转。在月球搞SETI，这个点子确实巧妙啊。"

"是吗？"

"因为绝对不会失败。探测行为是不会被判定失败的。只要不超出期限就行。"

"有道理……"

八重波长长地舒了一口气。之后，见泰从早上开始便一直拨弄着电脑，不由得问道："你在看什么呢？"

泰把电脑屏幕转到八重波那一侧，同时把剩下的拉面一口气吸到了嘴里。

"吃完了再说。"

"咕……哈——，是泰坦X的改造方案啦。"

"泰坦？他们之前用于发射洲际导弹（ICBM）的火箭？"

"我们把特洛菲发动机给他们后,他们向马丁公司订购的泰坦火箭剩下几支有点多余。于是,我就试着向他们要了一下,没想到对方热心地答应了。"

"拿泰坦作什么用呢?"

"泰坦是传统火箭中最大的低轨道四十吨级火箭,只要对它的第三段稍加改造,就能作为轨道拖船。由于只需将发动机替换成耐久型发动机,所以非常简单。将其作为特洛菲发动机交易的一部分收为己用,会让今后更加轻松。"

"噢噢,那太合算啦。"

"确实非常合算。它不仅能用于地月往返,有了它,轨道上作业的可能性将大大增加。今后不管是什么货物,只要能送到大气圈外,就能运到月球。此外,它不仅能实现低轨道停靠,还能使发射窗口①变得更宽。总之,好处多多。"

"……还真是啊。"

泰抬起头,只见八重波张开双臂倚在沙发的靠背上,一动不动地看着天花板。

"最近,真的像在做梦一样。"

"啊?"

"一支接一支地往月球发射火箭,自己也飞了一回,甚至连NASA都前来道谢。当初和你在神田的居酒屋聊天时,完全没想到能有今天……"

---

①译注:运载火箭发射的合适时间范围。该范围的大小一般称作发射窗口的宽度。

"可不是嘛。"

"但是好事一桩接一桩反倒让我有点担心。"

"这可不像您啊。"

泰扑哧一笑。八重波直起身子盯着眼前这位一脸靠不住的天才,说道:"多亏了你啊。奖励你点东西吧。想要什么?"

"嗯,奖励啊,也把我送上天一次吧,低轨道都行。"

"就这样?再过十五年,你的月薪都足够让你这样飞一次了。"

"既然您觉得这是小事一桩,那我就笑纳这份奖励了。因为我想亲眼看到特洛菲从下往上飞的景象。十五年后,特洛菲怕是已经被新型发动机取代了吧。"

"原来如此啊。"

八重波点了点头。

"毕竟是亲手拉扯大的孩子,想完整地看到它飞行的样子,对吧?"

"在低轨道的话,可以看着它从发射一直到第二段分离。"

"好好好,这事我记下了。"

八重波点点头,重重地拍了一下泰的双肩。

"别说什么取代不取代的,我还指望你研发出下一代的新型发动机呢。"

"别,接下来我想造星际飞船了。"

"你!"

八重波这次拍得更用力了,直让泰笑着喊疼。

六、危机管理及事故处理策略

1

　　落日即将沉入养老山，照耀着枫叶盛开的植物外墙，染成一片橙色，美得让人停止呼吸。

　　二〇三〇年，秋，位于名古屋市的伊甸·休闲·娱乐会社总部大厦。一名男子一动不动地站在二十四楼镶满红叶的窗边。

　　三七分的发型，银框眼镜。反射着夕阳的镜片底下，一双眼睛温和地眯着。薄薄的脸颊上映照着年龄的痕迹，但面容端正。两脚稳重地站在绿色的绒毯上，如同向阳生长的树木一般身姿笔挺，背着双手。驼色西装的衣领处别着一枚挂着红果实的树枝胸针。

　　他就是伊甸会社社长桃园寺辉一郎，现年五十五岁。

此刻，他面朝窗外并不是在眺望夕阳感慨人生，而是为了背对前来社长室的访客。

站在办公桌前的客人语气焦躁地说道："适当地让让步如何？一家公司竖两面旗的话，客人也会混乱的。"

说话的是一位白发白须、身着纯白三件套的老人——桃园寺闪之助。

辉一郎头也没回地回答："一家公司同时拥有多个品牌是常有的事。没有必要把东海伊甸的设计理念加到第六大陆里面。"

"如果那样的话，请至少把第六大陆的标识放到伊甸会社官网顶部。你也知道，当今百分之九十五的游客都不会打电话询问开园时间，而是直接上网站查询。把第六大陆放到那么底下和附属公司并列在一起，等于在向全世界昭告你与小妙不和啊。"

"昭告的是第六大陆在伊甸会社的定位。它不是我们会社的主营业务。和东海伊甸、观光会社伊甸旅行、视频网站伊甸展望（VOE）、出版会社乐园书房一样，第六大陆只不过是旗下的附属事业。当初就是商量好这个定位之后，才把宣传部等事务部门交给您的。"

"辉一郎……无论如何，你都不会帮妙是吗？"

闪之助一声叹息。辉一郎像是要进一步隐藏起本就看不见的表情，往上推了推眼镜。

"会长，我这是在忠实地继承您的理想。"

"哪里？"

"战后，您在创办今日如此庞大的伊甸会社前身——乐园观光的时候,您的口号是这样的——为世界上的每个人,造一个地上的天国,造一个能暂时忘记现实的梦。就任社长十五年来,我从来没有忘记您的话。"

"你只记住了话本身,却没理解它真正的意思!"

"是吗?我一直都在提供梦想。忘记初衷的人是您。第六大陆不是普通大众触手可及的娱乐设施,只不过是少数有钱人才能造访的云上王宫。要去太空就必然要花高价的话,启动这项事业本身就是一个错误。"

"但是那个王宫无偿地为人们带去了梦想。每天发给妙的几千封信就是证据。即便无法亲自前往月球,但只要第六大陆存在,人们的梦想就不会破灭。"

"没错,人们把梦想寄托在那个孩子身上,一个女孩。您应该也知道那非常危险。过去有多少商品因为广告代言人的丑闻破坏了企业形象。抛开这个不谈,第六大陆的概念本身就很模糊。婚礼会场兼科学设施?如果妙哪天撒手不管了,那种设施就会失去向心力。连她本人都不清楚建造第六大陆的意义在哪里,那么多即兴说明到底有什么用?"

"不清楚的人是你。辉一郎。那孩子为什么会变成这样,你不知道吗?"

辉一郎轻轻地摇了摇头。

"如果连一个十八岁少女的心思都读不出来,我还能坐在这个位子上吗?其实,我一直都懂,但却无法满足她的要求。"

"所以你才默许了?"

闪之助疲惫地沉下肩膀问："所以你才想稍微随她的任性，从而认可了这项计划？"

"……老实说，我没有想到计划会膨胀到这个地步。"

辉一郎迟疑了一会儿，回答道："我承认决策失败了。但是，失败可以弥补。现在还有路可退，还可以留下平民百姓在月球上建成无人设施的功绩。人一旦在上面定居后，就无法挽回了。要么产生庞大的赤字导致会社成为笑柄，要么出现最坏的情况——出现人员伤亡，遭受大家的指责……我都能想到结局了。"

"我可不记得培养过这么一个悲观主义者，你这是从哪儿学来的？阿静出事那会儿吗？"

"和那个……"

一声清脆的回答传入闪之助的耳中。辉一郎终于回过头。

"和那个没有关系，那是意外。"

"就算是意外，也是一个让你自责的意外。你怪自己不该让她代替你出门，结果因为驾驶失误撞上了卡车……"

"死者既不会怨恨也不会谅解，再怎么回忆都是徒劳。会长，您就别说那些怀旧的话了。"

"别那么见外地称呼我！"

闪之助严厉地说道。

"你不是刚说失败可以弥补吗？只要你坚定地守护她，帮助她，第六大陆一定会承载着她还有全世界人们的梦想，繁荣兴盛起来。那样的未来不正是你应该追求的吗？"

辉一郎摇了摇头，感觉已经没有再谈下去的必要。

"现在负责运行伊甸会社的是我。我会参考您的意见的。您请回吧，会长。"

"辉一郎，那个孩子之所以想去月球——"

"爸爸。"

辉一郎站到闪之助的旁边低头看着他。老人目光愤怒地盯了回去，过了一会儿，简短地说道："收回刚才那句话，别那样叫我！"

"好的，会长。"

辉一郎指着大门，闪之助愤愤地走出了房间。

辉一郎面无表情地注视了一会儿关闭的大门。之后，轻轻摇了摇头，点开左手的可穿戴电脑，恢复了和秘书的通话。

"是我。今后会长过来的时候，带他进来之前提前通知我一声。"

"好的。要把 ID 卡交给您吗？"

"那倒没必要。只是，见他之前需要做好心理准备而已。"

"……这样啊。"

识趣的秘书没有多问，随即把话题转回到工作上。

"时间快到了。今天，您原本计划乘坐磁悬浮电车前往东京会餐，但我担心新木场会发生交通堵塞，您看要不要改坐直升机过去？"

"不用，照原计划乘坐电车就好。我刚好想在路上学习学习。"

"学习什么？"

"通知企划部提交一份第六大陆风险管理的报告。人员、资金、技术、政治等等，挑选出对计划不利的因素，整理成一个一览表。这个时间，企划部的人应该还在。"

"您稍等一下……是的，没问题。他们说会在三十五分钟之内整理成文档发给您。"

"对公司外部人员保密，不，绝密，只能你我二人知道。"

"是！"

"那我们走吧。"

辉一郎走出社长室之前，再度看了一眼窗外。落日上空悬着一轮细细的弦月，犹如一条线。辉一郎目光冰冷地凝望着月亮。

"那儿太远了。睡梦中的话，倒是可以前去……"

父亲错了。月球旅行并不是幸福的梦想，作为梦想来说，它太残酷了。

伊甸会社不该这样做。

辉一郎背朝窗户，走出了房间。

东京都千代田区，帝国酒店。

这座日本屈指可数的高级酒店第三十层的走廊里，几名男女在争论。

只见一名身穿草绿色军服的男子堵住了走廊。他胸前的徽章上写着第二炮兵。两名日本男子轮流同那名军人理论让他放行。他们身后站着一位五十岁模样、身着套装的女性，脸色非常不满。

其中一名日本男子挥着一份带水印的文件焦躁地说道：

"我说多少次了，这位是日本众议院的早坂巴议员，我们二人是她的秘书。我们绝不是什么来路不明的人。你看,你们政府也同意了,快点放我们过去。"

"我不认识什么早坂。总之,现在没办法见到我们的国家英雄。"

军人摇了摇头,不为所动。另外一名议员秘书高声问道:

"为什么?给我一个理由!"

"国家英雄累了。我接到命令不能放任何人过去。"

"什么?累了?我们可是专程赶过来的,至少通报一下我们的名字总可以吧?"

"抱歉,打扰一下。"

大家闻声一齐回头,发现后面站着一名年轻男子。只见他穿着一套与年龄不大相称的藏青色西服,看样子还不到三十岁。其中一名议员秘书狐疑地问道:"你是谁?这儿可是贵宾楼层。是不是按错电梯了?"

"没按错。宇航员江进庆和崔鹏辉是住这里吧。我是来见这两个人的。"

"来见他们?你还是先回去吧。这位早坂议员待会儿要会见他们俩。"

"是吗?"

年轻男子瞪大眼睛,从怀里掏出一本东西,递给警卫军人。

"能让里面的二位看一下这个吗?请转告他们之后有时间再联系我。"

看起来像是一个蓝色的小卡包。议员们冷笑着,不知道这个年轻人是怎么想的，但肯定会被死脑筋的军人无视。

然而，接过卡包的军人只是看了一眼便对年轻人说："你在这等一下。"随后消失在背后的VIP房间。

两分钟不到，房门打开了。一名年纪和男子相仿、身穿Polo衫的年轻人走了出来。见他和男子用英语攀谈着，议员们傻眼了。

"没想到你来看我了！五年没见，身体还好吧？"

"当然啦。江，你居然还记得我！"

"怎么可能忘记呢。我们不都是宇航员吗？来，这个还你。"

从亲切地走过来的江手中拿回蓝色的卡包后，两人紧紧地握了一个手。

议员秘书目瞪口呆地问道："你……你究竟是谁？刚才那个本子是什么东西？"

"哦，刚才那是宇航员的证件，中国航天局颁发的。"

男子若无其事地回答。

之后，他——青峰走也问江："现在有时间吗？这些人似乎已经先预约了。"

"没关系。在里面挺憋屈的，正好想去外面走走。带我在东京转转。"

"好啊，我知道一个好地方。"

正当走也二人准备离开时，两名男子拦住了他们。

"请等一下，江先生，这位早坂议员想和您谈谈。"

"等等，您一个人出去太危险了。"

被议员秘书和军人双双劝阻的江调皮地回答道："里面还有

一位宇航员——崔。和他谈就可以了。然后，这位青峰先生非常可靠。毕竟曾经和我一起解除过昆仑基地的危机。"

"和您一起？"

"是啊。所以不用担心安全问题。"

说完后，江和走也一起离开了。

留下身后四个人一脸疑惑地站在那儿。

走出上野站的检票口，终于从ＪＲ的人潮中解放出来的江深深地呼了一口气。

"哎呀，这就是拥挤的东京啊。真不该说要特地来体验一下。"

"果然国家英雄要用高级轿车接送才行？"

"不，那样会憋得慌。因为要和崔单独在一起。"

两个人笑着，一起走过前往上野公园的人行道。走也回过头朝着皇宫的方向望去。

"崔没来啊，叫上他就好了。"

"即使叫他，他也不会来的。五年前被你看到了那样的丑态。"

"他还在生气？"

"那倒没有。晚一年回来的他成为拥有驻留月球最长记录的宇航员，并因此受到表彰。他不来，单纯是怕尴尬。"

"是吗？如果是那样的话，那位议员特地来见他，他应该很高兴吧？"

"错了，他对那位议员很不满。"

江皱起眉头。

"我知道那个人是来干什么的。她是日本的全国人民代表大会——是不是叫众议院？是那里头的宇宙开发推进派的人。"

"推进派的话，应该和你们挺聊得来的啊？"

"动机不一样，她那是私欲。日本的平民百姓造出第六大陆之后，全世界掀起了一股热潮，他们意识到可以利用宇宙开发拉选票。但因为第六大陆不是政府工程，他们挤不进去，只好和中国航天英雄混熟，之后宣扬自己是个宇宙通。"

"原来是出于这种目的啊。看来我们塞了一个麻烦的包袱给崔。"

两人大笑了一番之后，走也一脸佩服地转过头对着江。

"你真清楚啊。"

"已经不是第一次了。来这儿参加六本木的亚洲宇宙机构会议之前，我们常常被拉去全世界参加报告会或者研讨会，每次都会有很多看起来级别很高的人过来搭话。想不警戒都难。"

"所以才配了军人警卫？"

"那只是原因之一。还有一个原因是，各国都存在着宇宙开发反对派，所以要保护我们。不过，最重要的目的是监视我们。看到那位军人第二炮兵的徽章了吗？那是我们国家的战略火箭军。上面担心我会泄露核导弹信息。"江一本正经地说道。

"实际上，因为那家伙的存在，好不容易来趟东京都玩不成了。还得谢谢你把我拉进拥挤的电车。"

走也扑哧一声笑出来。

走过国立西洋美术馆前面的林荫道后，出现了一栋酷似小型国会议事堂的石造建筑。建筑物本身倒没什么,只不过它的左右两侧各摆着一个奇怪的东西。定睛一看,原来是一个蓝鲸模型和一支被橙色发射器架住的火箭。

走也在火箭的面前停住,伸手遮住额头。

"是国立科学博物馆。如果带你去电影院,肯定很无聊吧?"

"原来是博物馆啊,看起来比故宫博物院要小。"

"你真啰嗦。没办法,谁让日本的人口才是中国的十分之一。为祖国感到骄傲没错,但至少先进去看过后再发表意见嘛。"

"还是不进去啦。我记忆中,故宫也没有鲸鱼。"

二人来到火箭前面的绿化带坐下,不约而同地伸了一个懒腰。

"好了,在这里就不需要担心被窃听啦。青峰,你找我什么事?"

"当然是重温故交——和一些其他事。不好意思。"

"第六大陆吧?"

江注视着走也的眼睛说道:"我在中国也听说过第六大陆,你还是这项计划的核心人物之一。这次来找我,肯定是需要我帮忙,没错吧?"

"猜对了。"

走也举起双手。之后,他一边看着远处一家人漫步在落叶飞舞的林荫道,一边小声地说道:"那我就开门见山了。我们想要西王母。"

"啊?想要我们国家享誉全球的宇宙驻留模块?"

"是的。你知道第六大陆计划的详细信息吗?"

"太细的地方不知道。"

"第六大陆是一项在月面建造混凝土基地的计划。在混凝土制的驻留设施完成之前,作业员不得不生活在临时宿舍里面。这是一个瓶颈。"

走也抬头看着背后的火箭——原宇宙航空研究所开发的兰达(Lambda)火箭。

"套用我一个朋友的话说,日本这个国家在第二次世界大战后,自从研发出像铅笔一样的小火箭,就一直在拼命打磨航天技术。这支兰达火箭让日本得以首次发射人造卫星,是一款很棒的日本产品。虽然日本一度引进美国技术,但是直到现在,还是几乎采用本国技术在发射火箭。"

"火箭的话确实如此。"

"没错,只有火箭。"

走也大方地承认。"日本的载人航天技术致命地落后。虽然我们全力开发出载人宇宙飞船苹果号,但是长期驻留设施——第二阶段基地(P2B)在建成之前无法送到月面。另外,虽然混凝土基地的设计,理论上非常完美,但没人知道一旦投入使用会发生什么问题。所以在此之前,我们想将历经考验的西王母作为学习教材。还请一定转让给我们。"

"为什么不去求美国帮忙?"

"实际上,我们已经欠了对方很多人情了。"

"什么人情?"

"将他们的泰坦火箭改造成轨道拖船。半年后的春天开始单独往返实验,预计后年投入使用。已经不能再欠对方人情了。"

"哼哼,那俄罗斯呢?俄罗斯宇宙厅虽然上个月又有一架科斯莫斯卫星在轨道上解体,但是论宇宙驻留舱体的成就,他们可是老字号。西王母只不过是加强版的和平号而已。"

"俄罗斯有参与的ISS现在还在运转不是?光那个已经够他们忙活的了,哪有工夫理我们?况且,听说他们也不想得罪美国。"

"原来如此啊。"

江抱着肩膀。走也凑过脸去说道:"此外,西王母是唯一一种我们直接了解的舱体。考虑到它的通用性能派上用场才来拜托你。"

"你这么说让我有点为难啊。"

江转过头,思索了一会儿,之后回过头对走也说:"问你一个问题,青峰。如果我不是国家英雄,你还会来见我吗?"

"那不是废话吗?"

走也展颜一笑。

"真那样的话,就当见见旅途中遇到的朋友呗。那时就不止带你来博物馆了,全日本都转个遍。"

"真的吗?"

江像猫一样眯起眼睛不住地点头。之后,用中文说了一声"好。"

"明白了。我向航天局局长问问看,行了吧?"

"啊,中国政府和国务院国家宇宙指导小组的话,我们社长已经在开展谈判了。我想要的是现场的掩护射击。"

"说实话，这是我第一次觉得能当上国家英雄，真好。"

江微笑着说道。走也拍了一下他的肩膀说了一声："谢谢。"

"不知道什么时候能成？新造一艘西王母，一年半载恐怕不够吧？有可能在我们造出轨道拖船的后年交付给我们吗？"

"如果顺利的话，下个月都行。"

"什么？下个月！"

走也双目圆睁。江不慌不忙地点点头。

"用于扩建昆仑基地的西王母应该还有两艘雪藏在四川长城工业公司。要启动飞行准备并由长征十二号火箭运载上天，大概需要一个月。"

"用于扩建？昆仑基地不是被冻结了吗？"

"你们日本人真是性急没耐性啊。"

江像是保护弟弟的兄长一般，笑着说道："所谓冻结，是指因为预算问题暂时封锁基地。时机成熟后，就会重启。为了等待那一天的到来，工厂里的西王母已经用树脂封印好，像樟脑丸一样保存起来了。"

"时机成熟？什么时候？"

"谁知道呢。应该不止十年吧，也许是二十年或者三十年后。总之，是在掌握核聚变技术之后。"

"核聚变？……你们该不会想在月球开采氦-3吧？"

"说对了。"江自信满满地点点头。

"在月球上开采可作为无公害核聚变发电燃料的那种元素是昆仑基地的最终目的。虽然我们的发电技术还远远落后于基地建设速度，但接下来只需要等待就好。等到发电技术完成之时，离燃料最近的就是我们中国人。能入手相当于整个地球一千年能源总量的燃料，就算等三十年也值。没有必要着急。"

自称深受西洋影响的江都如此耐心，让走也不由得佩服中国人确实厉害。

"真惭愧啊，我们都在整婚礼会场这种幼稚的东西。"

"婚礼会场也挺好啊。"

江大方地笑道："虽然是为三十年后准备的西王母，不过既然现在能派上用场的话，用用又何妨？况且，这也算一项投资。能为你们的SETI活动送一个人情，划得来。"

"其实……SETI并不是第六大陆的主要目的。"走也支支吾吾地说道。

江不可思议地睁大双眼。"真的吗？居然不是真正目的。我们还一直佩服，你们日本人能想出这么好的创意呢。"

"不知道算不算好创意。"

"当然算。核聚变三十年后才能实现的话，遇见外星人可能要等到一百年之后。能放眼一百年之后才采取的行动，难度非比寻常。"

"你们是觉得越长越好吗？"走也苦笑一番。

"好啦，SETI的设备和调查结果都优先提供给你们。只要桃园寺的一句话，都不是问题。"

"啊，你是说小妙吗？那孩子最近还好吧？"

江甚是怀念地眯起双眼。走也耸耸肩，回了一句："好得很呢。"

"虽然已经十八岁了，但任性妄为的毛病一点没改。一举手一投足都让御鸟羽和天龙忙得不可开交。"

"简直就是一个倾国倾城的美女啊，能让一群大男人东奔西跑。好想再见见她。"

"啊，不好意思，她现在不在日本。"

"是嘛。真遗憾。"

江仰天叹了一口气。走也起身站起来。

"好了，该说的都说完了，回去吧。那个警卫估计担心坏了。"

"别说这么扫兴的话啦。"江嘴上一边回答，一边站起来。

走也正想往车站走，突然江一把抓住他的肩膀。

"等等。转悠一圈再回去吧。这儿不是上野吗？我想看一个东西。"

"你也太悠闲了吧。"

"这儿不是有一尊武将西乡的铜像吗？我还挺想见识见识的。"

"别期待他像关公像一般器宇轩昂。其实，就是牵着一条狗的大叔。相比这个，我更想让你见一个人。天龙会社里一个叫泰的人，刚才说着说着，感觉你和他还挺像的。"

"是嘛，这个叫泰的人之后再说。先去看西乡吧，西乡。"

二人像是发小，一边攀谈，一边漫步在秋日的上野公园。

南非空军"猎鹰"联络机的座位上，妙叹了口气把文件扔了出去。文件轻轻地落在简历堆积如山的桌上。

坐在旁边的玲花捡起来，遗憾地凝视着那份文件。

"连这位大维富餐厅的主厨也不行?"

"是的。"

"这家餐厅可是米其林三星啊!"

"大维富也好,银塔也罢,都不行。"

"是吗?……那其他人呢?"

"看了一遍,都没什么感觉。"

妙摇了摇头。玲花恋恋不舍地重新整理浏览了一遍堆积成山的简历。简历上写满了让美食家们目瞪口呆的鼎鼎大名。巴黎、米兰、北京、东京等等,各个城市著名高级餐厅厨师长级别的厨师比比皆是。

公开招聘负责第六大陆婚礼会场餐饮部分的主厨,最终拿到眼前这堆简历。由于能在人类史上第一个"地球外餐厅"展露身手,近三百名厨师前来报名,甚至还有著名餐厅申请租一个店面将整家店搬上去,可谓声势浩大。

面对如此热烈的反馈,妙居然说没感觉。

玲花忍不住发了一句牢骚。"多可惜啊。这些人,换作我是老板的话,我肯定会低下头主动找他们合作的……"

"但是,我们只招一个人。"

妙透过联络机的窗户,俯视着窗外纯白的平原。

"驻留第六大陆的人数已经定好。结婚会场的工作人员本来就够多了,不可能设置两三名厨师。仅仅擅长做法式料理或是中华料理的话可不行。这个人必须要能一人分饰多角而且样样精通。"

"米其林三星的主厨什么料理做不出来啊。"

"那也不行。好餐厅的厨师都脆弱又高傲，很有可能会败给月球上的特殊环境，施展不了本事。那里不能外出，娱乐活动有限，离家远，连做饭本身都很困难……"

作为过来人的妙把月球搬出来后，玲花哑口无言了。

"身体结实，无论去哪儿都能适应的多面手，而且还能做出一手让客人百吃不厌的料理，这才是我想要的人选。"

"……所以才来这儿？"

玲花坐在妙的旁边和她一道看着窗外。眼皮底下，一片广阔的平原交织辉映着纯白和蔚蓝。

此刻，联络机正在南极大陆恩德比地的上空掠过。

不用说人影了，连石头都没有一个。望着下方纯洁无暇的雪原，玲花纳闷地问道："这种地方真的有厨师吗？"

"是的。我只担心这位厨师的身体是否还健康。"

向南非总统借用的联络机没过多久便开始降落，并最终在强风刮削出的冰浪——雪面波纹所覆盖的平原上着陆。

刚打开门，极度干燥的冷风便开始不住拍打脸颊。妙和玲花裹着自带防风帽的防寒服，示意飞行员原地等待后下了飞机。

眼前是七栋形似玩具的活动板房建筑、几台雪地车、数以千计的大量集装箱。设施面前立着一块三合板，上面写着"富士圆顶"四个字。

两人来到的是距离印度洋海岸一千千米、乘坐雪地车需要花费三周时间的陆地孤岛，日本的深层冰核钻探实验设施——富士圆顶基地。

从天顶到地平线，超现实的纯蓝天空，色调没有一丝差异。玲花瞭望着天空，又问了一句："真的在这个地方吗？"

"都说了在啦。喏，来了。"

玲花转过头，只见基地入口陆陆续续走出来几个人。他们个个穿着厚厚的防寒服，分辨不出身体轮廓，还戴着护目镜。微微露出的脸颊晒得黝黑，不知是不是被雪反射的阳光晒伤的。如果不讲这里是南极，恐怕说他们是北极的因纽特人也没人会怀疑。

只见其中一人拦住大约六位意欲靠近的越冬队员，独自走了过来。此人站在妙的面前，摘下护目镜——是一名胡子许久未刮、泥垢满面、不修边幅的男子。他转动着大大的眼睛毫不客气地蹦出一句："你就是那位说找我有事的爱折腾的有钱人？"

"请多关照，我叫桃园寺妙。您就是富士圆顶基地的厨师长柏原吉久先生吧？"

妙说完后脱下防风帽。一阵风吹过，一头黑发随风飘扬起来。

之后，一阵骚动。在后方等待的队员们"哇"的一声欢呼雀跃地跑过来，围住妙和玲花七嘴八舌地评论起来："真……真的是小妙！""十八岁了吧，读高中了吗？""哇，这个也是女人，还是一个美女！"

"不……不好意思……"

玲花被眼前这群犹如野狗扑食的男人吓得连连后退，就连妙也惊讶得瞪大双眼。

"欢迎来到基地。""进基地再说吧。"队员们步步紧逼。就在这时，突然有人拔出了一把闪闪发光的刀。

"吵死了，你们给我住嘴！这两个人只不过是普通人！"

柏原从怀中抽出厚刃尖菜刀，队员们这才回过神来闭上嘴。柏原继续怒斥道："像十五岁的小孩一般吵吵闹闹，你们还是科学家吗？队长，你也加入他们，是怎么回事？"

"这个……不好意思，不好意思。"

一位皮肤特别黑的队员脱下防风帽，绑好的头发落到肩上。原来不是男人，是一位四十岁左右的女人。

她毫不避讳地道歉："我也好长时间没见过年轻人了，都被这群欲求不满的人传染了。而且，这女孩实在是可爱。"

"一边呆着去。她是我的客人。"柏原痞气十足地说完后，收起菜刀，对二人鞠了一躬。

"抱歉。这里平时都没有客人，大家一年到头在地窖里看着同一张脸，都变得不正常了。"

说完后，又补充了一句："不过，请放心，我是正常的。我给他们做饭的期间，没发生过一次食物中毒。当然，这里的食物不会腐烂就是了。"

妙听完柏原的话，凑到玲花耳朵旁窃窃私语："喏，就是这个人啦。"

"看起来这么野蛮的人？"玲花歪着头，甚是不解。

妙没有理她，开口说道："柏原先生，我要对您提一个建议……但是，在那之前，我想求您一件事。"

"什么事？"

"请让我们尝一下您的手艺。"

妙笑容可掬地眯起眼睛。

柏原把脸凑到她面前纳闷地说:"我们这儿只有罐头和冷冻食品啊。"

"我知道这里的情况,同时也久闻您的手艺——下关'一之濑'的前厨师长。"

"哦?你连那个都知道……"

柏原用鼻子哼地呼了一声,转过身去。

"既然这样那就跟我来吧。二位是远道而来的客人,我一定使出全部本事。"

"谢谢您。走吧,玲花。"

玲花依旧一脸不解。妙径直拉着她的手走了。

起飞的联络机开始水平飞行后,玲花依旧摸着脸颊。

"哇,真好吃……好难以置信。居然只用冷冻品就能捏出江户式的寿司来。"

"'一之濑'是河豚料理店。用菜刀处理时,只要一不小心就有可能出人命,他那么厉害是必然的。有他那种技术,不论是法国料理还是印度料理都不在话下。"

"那种人为什么会来南极基地呢?"

"正因为——他是那种人啊。"

妙得意地操作着挂在胸前的可穿戴电脑。

"在那种封闭环境下长期和同样的人一起生活,会产生非常强烈的压力。昆仑基地也好,远洋航海的船也好,甚至二十世纪的密闭环境试验设施——生物圈二号也好,无一例外。最好的解决办法就是可口的饭菜。正因为如此,手艺高超的他才被选中成为南极基地的和事专员。"

"原来是这样……但,其他的名厨不也可以吗?"

"没看见他制止别人时有多冷静吗?"

妙扫了一眼两百多份的简历。

"能有如此魄力的厨师少之又少。用劣质的干货食材做饭却一句怨言都没有的忍耐力,以及在食材有限的情况下,不断增加菜式的创造力,都非常出类拔萃。这些不就是月面基地亟须的能力吗?"

"啊……"

妙的一番话让玲花恍然大悟。原来那才是她的目的。都市一流餐厅的主厨身上根本不可能有那些天资。

"是啊……那个人似乎已经开始训练了。"

"嗯,这下明白了吧。"

妙点了点头,目光重新回到电脑上。屏幕上有一个清单,但清单上面一片空白。

那是第六大陆开业后的工作人员名单。

婚礼部门的具体人员构成是主厨一名、助手一名、婚宴配膳员三名、神职人员一名、服装美容负责人一名、演出摄影一名。共计八人承担婚礼和婚宴。

光把八个人送到月球上,就需要花费十亿日元以上,这还是最低限度的人数。以地球上的婚礼会场为例子，服务八十人的婚礼，光婚宴就需要厨师二十名、司仪一名、父母陪同人员两名、拉纱者一名、酒水服务员一名、配膳员四名、经理和副经理各一名，加上接待人员等还需要六人，总共需要多达四十名工作人员。

第六大陆可容纳宾客人数为二十人，烹调相当机械化，但即便是这样，八名工作人员还是偏少，而且这些人还要兼做酒店部门的业务，所以届时会非常忙碌。

另外，第六大陆所需要的不仅仅是婚礼工作人员。

只有专家才能保证第六大陆月面基地的运行与维护。指挥、建设、机械、居住、医疗、运输、通信、电·热，各方面的负责人都不可或缺。而这些部门和婚礼部门不同，二十四小时全天候运转的他们还需要轮替人员，总计需要十七人。

这样一算，总共有二十五人常驻基地。加上二十名宾客、宇宙飞船驾驶员和一些意外增员就是第六大陆的计划收容人数——五十人。

作为一个前无古人的特殊设施，很有可能发生意外情况。所有工作人员必须全是能干的行家里手——不仅作为宇宙基地人员，同时也作为服务人员。客人花费重金前来基地不可能只是体验基地的硬件，肯定也会要求享受高级的招待。

如此一来就有必要网罗高素质的工作人员，在开业前好好加以训练——这也是妙现在做的事。

现在找到第一人后，接下来还需要寻找二十四人。

"会不断壮大的……"妙轻声自言自语，声音小到玲花都没有听清。

刚开始只是爷爷和自己两个人，没想到后面逐渐膨胀开来。首先是走也，之后是御鸟羽，再之后是八重波，三家会社的人，甚至全世界的人向自己伸出了援手。现如今，人数已经无法估量。

这些人虽然不会在自己失眠的夜里给自己电话——走也也不例外——但是却能满足自己低层次的愿望。动用他们建造壮观的金字塔是一件非常快乐的事。

可以忘记孤单。

"大家一定要加油哦！"

妙微笑着往电脑屏幕上的名单上输入了"柏原吉久"四个字。

"泰先生，醒一醒，泰先生。"

在休息室裹着一条毛毯打盹的泰被人摇了摇肩膀醒过来。在枕边摸索着找到眼镜戴上，一起床不由得打了一个哆嗦。

"哦呜，真冷啊。"

"不知不觉一条毛毯已经不够用了啊。喏，您瞧！"

控制官说着打开了窗帘。沐浴着洒进来的阳光，泰眯起眼睛看着窗外的景色自言自语："怪不得这么冷。"

"听说是今年的初雪。"

耸立在清晨淡蓝色天空中的富士山，今天戴上了一顶洁白无瑕的帽子。

御殿场近郊第六大陆地上支援中心（GGSC）。这处设施在发展成为多功能建机指令中心后，终于在夏天快结束的时候开始运转。在第六大陆计划初期，火箭及宇宙飞船的控制一直都委托筑波的追踪控制中心。随着计划推进，同时对十艘单位计的载人飞船和月面基地进行地面支持逐渐让筑波追踪控制中心捉襟见肘，于是便设立了御殿场的这处设施，统一负责地面支援工作。

泰几乎不着家，每天往返于这里和位于名古屋的天龙总社。

下床后，套上破旧白衣的袖子，又看了一眼初冠雪的富士山。

"你叫我起来就是让我看富士山吗？"

"不不不，有一个好消息和一个坏消息。您要先听哪个？"

"先听坏消息吧。我喜欢先吃难吃的菜。"

"六号多功能建机停止运转了，无线信号无应答。"

"这个问题……我们去控制室说吧。"

"请等一下，我叫上其他人。"

"让他们多睡一会儿吧。多功能建机又不会跑掉。"

休息室还有五六个人和衣而睡。泰制止住打算叫醒他们的年轻控制官，走到走廊。

清晨的控制中心一片寂静。哪天有人入驻第六大陆后，这里也要二十四小时运转，但目前中心的人还很少。走廊里回荡着脚步声，泰边走边说："六号建机就是把电缆牵到月球背面的那台建机吗？"

"没错，为了把电力从降落在月球背面的发电模块输送到月球正面。"

"然后呢，好消息是什么消息？"

"发电模块的电缆连接完毕后信号才中断，也就是说，建机停在了回程的环形山里面。"

"原来是这样……"

泰终于了解了情况。

由于第六大陆建在伊甸环形山的月球正面,当太阳转到月球背面时,照射不到阳光。这样一来,无法获得电力,于是便在环形山的反向一侧投放了发电模块,而穿越环形山铺设超传导电缆的多功能建机现如今中断了音信。

泰刚进入控制室,值班的三名控制官齐刷刷抬起头。由于不是重大飞行任务的控制工作,没有必要让老手和专家上阵,所以就交给天龙和御鸟羽的年轻技术人员来做了。三人都缺乏经验,见到泰后,终于松了一口气。

"抱歉,泰先生。我们想过联系筑波方面,但不知道事态是否严重到需要通知日比木控制官。"

"若问题真的很严重,最好还是呼叫高层人士。但现在还是让我先看看吧。哪里?"

泰虽然是一名材料方面的技术人员,但开发出特洛菲引擎让他名声大噪。

控制官们一五一十地说明起情况:"建机没有发出车体事故的紧急信号,即便供电电缆中断,也能利用燃料电池的电力做出反应。但是,突然之间中断了所有信号!"

"考虑过无线电频率的位移吗?"

"频率的……位移?"

控制官们被问了一个措手不及,面面相觑。

"多功能建机的无线通信器用树脂密封起来了,即便被翻斗车碾过也不会坏的。"

"虽然它可抗外力性强,但不知道能否适应温度变化?水晶振荡器如果暴露在极端的温度变化环境中,频率容易失常。毕竟环形山的永久阴影区是零下二百二十度的极低温。"

泰环视了一遍控制官点点头。

"你们都没想到这一点吧?"

"是啊……"

"那就按照刚才那个思路修复看看。通信信号会经过月球正面外轮山的中继器。对中继器的无线频率进行细微调整,再寻找多功能建机。"

控制官们半信半疑地着手操作,十分钟不到的工夫,有人大喊一声:"发现六号多功能建机的状态信号!"

"很好,状态如何?"

"一切正常。目前正依照人工智能的判断朝月球正面进发。"

"搞了半天,原来放任不管,它自己也会回到基地啊。"

控制官们一个个抚摸着胸口,满脸歉意地对泰说:"抱歉,这点小事都要麻烦您。不过,话说回来,泰先生您对专业外的东西也很熟悉啊。"

"和火星探路者的探测车一样的问题,并不是意外故障……等等,这次似乎也不能这么说。"

"此话怎讲?"

泰扭着脖子,遗憾地说道:"多功能建机本身足以抵抗永久阴影区的低温，但是无线通信器却失常了，这意味着绝热材料的某个地方破损了。"

"对呀。那该怎么办？"

"没办法，绝热材料没有植入破损感知元件，无法得知具体哪里破损。眼下，只能避免让六号建机再次进入永久阴影区。环形山外部的话，温度最低也只有零下五十度而已。"

面对惊慌失措的控制官，泰镇定自若地说道："不用担心啦。我们早就料到第一阶段可能会报销一两辆建机。所以会在建机全部坏掉前启动第二阶段，让工作人员进入现场。"

"您这么一说……确实没错。"

"话说，大家吃不吃早饭？我请客。"

泰拿起可穿戴电脑就要给食堂打电话。"真的可以吗？"控制官们问道。

泰笑嘻嘻地说："月球背面的发电模块不是连上了吗？这样一来就能全年运转了，就算是作为一个小小的庆祝吧——喂，您好，这里是控制室，请给我送五份早餐外卖。费用记到泰信司名下。"

没过一会儿，热腾腾的咖啡和吐司就送来了。泰一边招呼通宵达旦的控制官们，一边说道："这之后还有五年以上的路要走，希望我们能像今天这样，一步一步欢庆下去！"

"没错，不然喘不过气来。"

控制官们和睦地用起早餐。泰注视着他们，轻轻地感叹了一句："不过，真的很漫长啊……"

光第一阶段就还有一大堆事没做完。

今后要增设发电板；为了获得月面上的精确位置，要发射月球轨道定位卫星；苹果号载人飞船还处在阶段性开发中；绕月飞行、月面着陆、再起飞以及返回地球；利用大型投射器收集的冻土开始水电解；制造并存储氢气和氧气，并将其部分压缩液化，部分用作宇宙飞船的推进剂；制成宇航服，设置短期驻留设施（这块由青峰负责）。只有完成上述工作后，才算做好了接收作业员的准备并正式进入第二阶段。

要做的事还有很多。比如试验性地利用生产出的氢气和氧气，支持海龟运输机再起飞，并在月球轨道待命，为泰坦 X 改造而成的轨道拖船补充推进剂；利用配备了太阳能聚光炉的水泥烧制炉和热压机，真正尝试制造混凝土预制块。

实际上，由于要做的事情太多，已经有一部分日程滞后。原本计划在明年也就是二〇三一年的年末完成第一阶段，但因为苹果号的升级开发陷入瓶颈，拖延了半年，预计最快也要等到后年春天才能完成目标。

寥寥数人的声音飘荡在安静的控制室。泰环顾室内，将咖啡送到嘴边，自顾自地说了一句："接下来更关键。"今后必须更加努力才行，不容再有延误。这样下去，估计夜宿控制中心的次数会越来越多。

但他一点儿都不觉得苦。

等到进入第二阶段，轨道拖船起航，载人飞船飞向月球之时，八重波就会兑现诺言。

届时，自己便能迈向太空。

还有一年半。泰满怀期待地品尝着眼前片刻的宁静。

银白的富士山恢复岩石地表后，前来观看日出的登山客点亮的灯火犹如一条龙绵延到了山腰——富士山再度戴上了雪冠。与此同时，山脚下一处像是大操场一般的设施内，一群白色的小型机械来回穿行，改良后被运至别处；倾转旋翼飞机来了又走；登门拜访的人络绎不绝，还有一部分人直接住了下来。被雪封印的富士山再次迎来春天后，至今未曾有过的大量访客乘坐抛物面天线不断旋转的大型汽车蜂拥而来，让那一带看起来犹如一场不合时节的庙会，热闹非凡。

二〇三二年五月，苹果七号载人飞船作为日本宇宙飞船第一次将人送往月球——这一天终于来临。

前来造访御殿场地面支援中心的各个报道机构目标锁定在一名年轻人和一名女孩的二人组合。没错，这是货真价实的史上头一遭事件。同样的人发起二度访问——一场"回归月球之旅"。

此时，几乎没人将焦点放在乘坐同一艘飞船的一名工程师身上。

2

"故……障？"

妙茫然地眨着眼睛，迅速游到驾驶员的面前。

此时驾驶员山际俊之正在操作墙面上的环境控制面板，他遗憾地点了点头。

"居住舱的二氧化碳吸收装置不正常，未发挥预想性能。似乎吸收装置的过滤器有一段堵住了。"

"那这样一来岂不是去不成月球了？"

语毕，妙稍加思考又追加了一句："会危及生命吗？"

"一两天的话没有大碍，但因为全力运转下的吸收量都比不上呼出量，所以迟早会导致呼吸困难。"

"预计什么时候？能计算出来吗？"

"已经算过了，相比时间，人数才是问题所在。六个人持续呼吸会导致二氧化碳剧增。五人以下的话，应该可以保持安全值。"

"真头疼啊。"

山际和妙周围的三个人——走也和御鸟羽综建的两名男工作人员一脸严肃。五个人一起陷入了沉默。

就在这时，稍远位置的窗边传来第六个人轻快的声音："不是什么大问题，每呼吸五次停一次就好了。"

"泰。"

走也游过去，戳了一下第六人——泰的头。

"别插科打诨。太胡闹啦！"

"啊哈哈，不好意思不好意思，毕竟是第一次太空旅行，太兴奋了。"

泰眯起眼睛笑嘻嘻地说完后，敲打了一番可穿戴电脑。

"好啦，慢慢想吧。距离月球转移轨道射入(Translunar Injection, TLI)还有三小时左右。不论是修理二氧化碳吸收装置，还是直接返回地球,都没必要惊慌。御殿场的大伙儿会替我们想好对策的。"

一番平易近人的话让紧张的空气瞬间缓和下来。走也心想,这家伙能一起来真是太好了。

正在环绕地球低轨道飞行的苹果七号船,位于此前八重波乘坐的苹果三号抵达的同样位置。

只不过,这次苹果七号要去更远的地方——月面。

为此,苹果七号全副装备发射上天。

和苹果三号一样的是可容纳六人、直径四米多的居住舱以及圆锥形的核心舱。核心舱下方连接着一个形似三足昆虫的着陆舱。着陆舱的功能有二:一是承载核心舱降落到月面,二是利用小型发动机帮助核心舱从月面起飞。

着陆舱下方连接的是如同支柱一般支撑苹果系统的夏娃十八号运载火箭第二段。该段在低轨道射入时曾点过一次火,虽然现在熄火沉默,但最合适的时机一旦来临,便可再次点火将六人送抵月面。

不仅如此,几小时后,还会有另外一支夏娃火箭——十九号火箭发射上天。这支火箭会运载返回舱。返回舱是一个仅有推进结构的舱体,它和苹果系统分开抵达月面,返回地球时再对接点火。

另外,此次还有另外一艘巨大的航天器同行——西王母六号。在走也和江一干人等的努力下,西王母六号终于出售给天龙GT社。一周前,它由大型火箭亚当发射上天,和火箭第二段一起环绕地球飞行，等待前往月球的号令。

西王母六号可容纳三人。随着月面设置的启动，作业员开始在上面驻留。返回要等到三个月后，届时由其他苹果系统来完成。作为此次前往月球的六人当中的三人，对于走也和另外两名作业员而言，这只是长达三个月的长途旅行的开端。

换句话说，此次飞行任务要一次性完成月面着陆、基地设置以及月面驻留，重要性不言而喻。

举世瞩目的飞行任务刚开始就遭遇环境控制系统故障，实在是不走运。苹果号和御殿场地面支援中心迅速取得了联络，商量解决对策。

中心的中央控制室，主任控制官日比木被一群控制官围着。只见他叨咕了一句："二氧化碳增加啊。没想到居然和阿波罗十三号一样的故障……"

阿波罗十三号在飞向月球的途中发生爆炸事故，着陆未遂，只得返回地球。机组人员在飞船内部遭遇了各种各样的故障，其中一项就是二氧化碳吸收装置过滤器的劣化。

登月舱和指令舱的双系统吸收装置中，司令船的装置电力不足无法使用，着陆船的装置则出现过滤器劣化的问题。而且，司令船的过滤器规格不一样，无法套用在着陆船的装置上。

NASA的工作人员绞尽脑汁，设计出一种利用飞船内的材料连接四方过滤器和圆孔的应急装置，之后指挥机组人员成功制造出该装置，解决了燃眉之急。

日比木旁边的控制官一脸苦恼地说道："咱们肯定会被批评

不懂得学习过去的经验!"

"我们当然吸取了阿波罗的教训,只不过,这次和阿波罗的情况有些不一样。过滤器并没有坏,只是无法完全发挥性能。"

"嗯,问题可能出在这里。大家听我说,刚才调查询问时,船内一名叫御鸟羽的作业员声称,自己在发射后不久擦过脸的手帕不见了。很有可能是手帕堵住了连通过滤器的管道,导致流道变窄。"

"手帕?怎么会放任那种东西在舱内漂浮!在微重力下放任不管的话,它铁定会随着空气流动飞到吸气口啊!"

"没错。空气循环路径在设计之初,就考虑到要自动收集船内漂浮物体。二氧化碳吸收装置也发挥着吸尘器的作用。不然,尘埃、头发、汗滴等漂浮在舱内的话,连呼吸都无法保障。"

"……"

"我们当然有设想到将来的一般游客会放飞一些小物品玩耍,大件漂浮物体理论上会卡在管道入口的吸气口。但目前看来,将吸气口设计成狭缝状似乎是个败笔。如果不加以改良,使之能拦截像手帕这种薄状变形物体,后果不堪设想。"

"……如果是手帕堵住管道的话,把它取出来不就好了吗?"

"你看一下设计图。管道为了避开墙面上的加强肋设计成了弯曲状,而且为了减轻重量,没有设置任何接口。即使想用棍子掏出来,也会卡在半路,另外,它还不能拆解。"

"那卸下吸收过滤器,像阿波罗一样制作应急装置行得通吗?"

"不行。刚才不是说过我们已经吸取教训了吗？居住舱的过滤器利用氢氧化锂进行电力加热，就能恢复性能，不需要替换，反过来说就是无法替换。看来，这个设计适得其反了。"

"不，还能利用阿波罗的方法。即便居住舱的吸收装置不行了，我们还有核心舱的吸收装置。"

"你忘了吗？核心舱单体只能维持二十四小时的生命供给。吸收装置的容量自然也才二十四小时的量，而往返月球需要一周。"

"好，我明白了。"

日比木拍手打断了喧闹的讨论。

"时间宝贵，我现在就下结论。要恢复吸收装置，一来困难，二来费时间。估计无法在TLI的时间点之前修理好。之后就看使不使用应急用的吸收坎道尔了。"

苹果号的生命维持装置都是复式的。即便装置全都瘫痪了，也能通过名叫坎道尔的化学燃烧式工具吸收二氧化碳。由于是燃烧式的，自然用完就丢。

控制官忧心忡忡地说道："但是，使用坎道尔就意味着发生了紧急情况。"

"是啊，现在就是紧急情况。要么使用坎道尔，要么返回地球，二者择一，不论选哪个都是正常情况。"

日比木回过头对地面通信员说道："通知阿波罗七号二选一。"

"明白。"

接到通知后，苹果号飞船内的所有人沮丧地面面相觑。

"紧急情况……"

"没想到船刚开还能望见陆地的影子呢,船底就破了一个洞。"

"哎,其实要选哪个已经很明白了。"

走也把目光投向妙。她手握着决定权。

"应该是启用坎道尔继续去月球吧?毕竟中止飞行会拉低形象。"

"……是啊,要保全形象。"

深思熟虑后,妙的口中蹦出一句话:"无论是中止飞行还是宣告情况紧急都一样会产生负面形象。我想选择第三种方法。"

"第三种方法?"

"转乘到西王母六号。"

一时间现场陷入了沉默。之后,驾驶员山际如同听了一个晦涩难懂的笑话,不解地说道:"转乘不在计划之内,而且这样做相当于高声宣告故障。"

"不,正好相反。我们只不过是在提前进行玛纳式的实地试验。原本计划是降落到月面之后才能穿,但何不现在就去证明在无重力状态下也能使用呢?"

玛纳式指的是第六大陆专用的宇航服。其亮点在于,全身上下凝结着便于月面步行的精心设计以及妙委托意大利著名设计师打造出的漂亮外观。

知道妙并不是在开玩笑后,山际继续反驳:"这个舱体没有气闸。要从这里出去的话,大家必须相互帮忙穿上玛纳式宇航服,而且眼下已经没有那么多时间!"

"有一个人转乘过去不就好了吗？因为现在只是多了一个人呼出的二氧化碳而已。如果是一个人的话，有足够的时间穿上宇航服，气闸的话，使用核心舱就可以了。五个人留在居住舱，一个人从顶部舱门进入核心舱，之后关上顶部舱门，从侧边舱门出去太空。"

"但、但是西王母六号离我们有几千千米的距离啊！"

"TLI时刻不是同步的吗？为了从同样的发射窗口出发，西王母已经待命一周了。在月球转移轨道射入时转乘过去，之后安心当乘客就好了。西王母六号一直到登月都是全自动化运行的，身为驾驶员的您就不必过去了。必要的话，我过去也可以。虽然那个舱体有许多令人讨厌的地方，但一个人的话，应该既宽敞又舒服。"

妙莞尔一笑，指着通信仪说道："好了，请联系日比木主任吧。"

山际犹豫不决地开始呼叫GGSC。妙回过头，困惑地注视着走也。

"从您的表情来看，是想让我住手是吗？"

"是的，因为我不想无端增加风险。使用吸收坎道尔，不会产生任何变更，我们就能顺利前往月球。冒险不值得赞赏。"

"这不是冒险啊。我们六个人都在低重力模拟池好好训练了一番不是吗？何况我们还有安全绳，太空游泳也很简单。"

"我们的训练量只不过是NASA飞行员的二十分之一。"

"但玛纳式宇航服的性能是NASA的二十倍。那个叫什么来着？通电变形元件？平常很坚硬但电流通过后立刻变得软绵绵的像海星皮一样的材料？总之，和昆仑基地硬邦邦的金色猎鹰M式宇航服完全不是一个东西，柔软得让我感动不已。"

"我最近总算明白了，小妙。"

走也抓着墙面的扶手，把脸凑到妙的面前。

"当你用任性的语气说话时其实是在隐藏内心真正的想法。你知道那很危险吧？明知如此，但考虑到宣传效果，你还是坚持硬上。我有没有说错？"

妙眨了几次眼。脸上的笑容纹丝不动。看着她那不带任何感情的表情，走也更加坚定了。

"我的意见是，反对。"

"……其他人呢？有谁想成为第六大陆计划第一个漫游太空的人吗？"

妙环视着剩下的四个人。他们互相看着对方，其中，两名作业员保守地举起手。

"我赞成，这和月面步行的风险没有差别。""我也赞成，我作为替补吧。"

还在等待GGSC回复的山际无言地摇了摇头。

让走也震惊的是，泰居然也举起了手。

"可以让我去吗？"

"泰！为什么？"

"为了达成目的啊。你也知道我为什么会在这里。"泰爽朗地笑着说道。

"能够利用西王母六号驻留在月球上只有三个人,青峰三人就是为此来的。妙呢,当然是为了宣传。山际则是核心舱必不可少的驾驶员。那么我呢?我什么作用都没有,很震惊吧?"

"不,没有那回事……"

"没有那回事……没错,名义上,我是负责读取特洛菲发动机运转数据的工作人员,但这种小事计算机来做就足够了。实际上,我并没有做任何事情,只是填补飞船的空位而已。没关系,没事的。"

泰朝走也挥了挥手,点头致意。

"我没有任何不满。反而高兴得不得了。因为这是八重波社长的好意。作为研发出特洛菲发动机的奖励,我被允许搭乘火箭来到天空。托他的福,待会儿我就能亲眼看到飞天的夏娃十九号火箭了。"

泰回过头,对着其他机组人员使了个眼色。

"应该可以在舱外活动的时候目击到夏娃十九号火箭吧?这张特等席的票我要定啦!"

作业员和山际不由得苦笑出来。泰的话一如既往地柔软,总让人忍不住帮他。

妙歪着脖子想了一会儿,之后点了一下头,碰了碰走也的手臂。

"我认为很合适。您呢?"

"……御殿场怎么说?"

"还在讨论中。等等。"

山际专心听着通信仪,之后摇头说道:"建议似乎已经提交给了高层。御鸟羽社长保留意见，八重波社长很感兴趣，日比木主任则认为也不是不可能。"

"这么一来，无论是这里还是地面，赞成的人都占多数。"

妙满意地点点头。这时，山际补充了一句："只不过。"

"主任认为，如果飞船继续沿着现在的轨道飞行，那么刚和西王母六号会合，就马上到TLI时间。为了提前和西王母会合，必须重新计算轨道。只要轨道计算来得及，就没关系。"

"那赶紧从力所能及的事着手吧。泰，请更换宇航服。"

泰重重地点了一下头，跳到更衣室。经过走也旁边的瞬间，重重地拍了拍他的肩膀。

"别担心。妙的想法有道理。"

"泰……你……"

那一刹那，两人四目相对。走也明白泰的想法。如果妙的意见顺利通过，恐怕就由她自己转乘到西王母六号了。从宣传效果上来看，她也是最佳人选。

有鉴于此，泰才用一种圆滑的方式，申请成为她的替身。

但走也随后又意识到还不止如此。如果妙是转乘的第一人选，那么第二人选就是自己，因为自己和妙是第六大陆的招牌。没想到泰还记挂着自己的安危。

"……你真是一个好人。"

"是吗？被马踢到了可就成不了好人咯。"[1]

---

[1] 日本有一句俗语"他人の恋路を邪魔する者は馬に蹴られる"，意为"妨碍他人恋爱的人会被马踢"。

泰一边取出玛纳式宇航服包装,一边匆忙地指了指妙和走也。"喂!"走也嗔怪一声。泰朝他挥了挥手,钻过只有肩膀宽的舱门,进入了核心舱。

世界上从来不缺狂热的爱好者。

居住在南美大陆秘鲁山中的一名中年男子就是一名重度狂热爱好者。他全年生活在一个破旧的羊圈小屋,通过无线网络进行网站设计谋生。他的房间里设置了一个一抱粗的圆筒,每逢晴朗的夜晚便滑开屋顶,用圆筒观察夜空。

男子为人造卫星的目视观测倾注了足以舍弃都市的热情。

这一带已然是夜晚。他一面用电脑工作,一面收看日本御殿场地面支援中心的电视转播。该转播不像二十年前只有图像和声音,而是会在子频道上发布各类数据,是一档信息节目。

他的目标是对苹果七号进行目视观测。一周的时间内,他四次成功观测到西王母六号。西王母六号是一个巨大的人造物体,观测起来并不费力。但是,火箭第二段分离后的苹果七号相当小,而且它的飞行轨道还是朝向月球的,所以非常特别。他一直想对其进行目视观测。

男子突然定住了移动鼠标的手。子频道播放的苹果七号轨道数据在闪烁变化,这是全世界的收看人数加起来还不到一百个人的小众频道。宇宙飞船改变了飞行路线。

他匆忙中断工作,开始收集相关信息。如果轨道信息有误,有可能导致观测失败。

不一会儿他就明白了轨道变更的原因——试图将苹果七号和西王母六号的会合时间提前。

但是单凭这些信息还不够。他必须查清另外一件事——苹果七号和其他飞行体的轨道对比。普遍认为地球周围有近四万个飞行体，如果有飞行体靠近苹果七号，很有可能误观测那个飞行体。

男子打开日语翻译软件，细读御殿场发布的数据。果不其然，日本人也在进行轨道对比。只不过他们的目的不是为了防止误观测，而是为了防止苹果七号和飞行体发生撞击。

男子一面感谢电视局发布控制室的原始数据，一面确认对比过的飞行体轨道。有几个飞行体横穿了苹果七号的轨道，撞击的概率也计算出来了。与其中一个天体撞击的概率是百分之零点零零二。

男子隐约有些不安。苹果七号已经进入到撞击概率为百分之零点零零二的轨道中。想必日本人认为这个数字足够低。也是，概率只有十万分之二的事故哪会那么容易发生？

但是，他担心的不是撞击，而是接近。照这个概率，飞行体会接近苹果七号到只有几千米的距离。好比汽车大小的两个物体隔着几千米擦肩而过。即便不易发生撞击，但是对于从三百千米外观测的男子来说，这个距离有可能造成误认。

飞行体的形状最好也详细调查清楚。只要能得知形状，就能推算出亮度。识别人造卫星的诀窍就是亮度。可是即便拥有高性能望远镜，距离太远的话，也分辨不出它的外形。

他参照了一下位于科罗拉多州的美利坚合众国宇宙军司令部

的官网。网站上公布了目前在地球周边的宇宙空间飞行的所有人造物体轨道数据。不论是现在还在运转的人造卫星，还是已经停止运转或者丧失功能的物体，甚至运载完人造卫星的各段火箭残骸，与卫星脱落的或是被丢弃的零部件等等，只要是直径超过十厘米的物体，都被一一网罗。御殿场的工作人员参照的也是这里的数据。

他调出刚才那个飞行体的数据。原来是俄罗斯发射的一颗科斯莫斯卫星，该卫星在一年半前解体。所谓解体，是指飞行体因为某种原因爆炸。用剩的推进剂熔化间隔墙引起化学反应、电池劣化导致容器破裂等等，解体的原因多种多样。换句话说，这颗卫星已经成为一具残骸。

男子想起来，他曾经见过它。凭借出类拔萃的亮度，这个飞行体在当时卫星观测的圈子中享有盛名。他当时用爱不释手的三十五厘米牛顿望远镜观测到其中心部位的亮点周边有一层犹如满月的朦胧气状物体扩开。也许是细小的碎片群吧，否则一般的气体云早就扩散了，但它过了好几个月还没消失，非常奇妙。

没错，当时彗星观测和行星观测的朋友还一起想象了气体云的真面目。最有力的推测是类似碳纤维复合材料（CFRP）的复合材料破裂了。就像植入了钢丝的玻璃被打碎一般，靠纤维连接在一起的碎片又广又薄地散落开来。它应该是一颗军事卫星，但当时的俄罗斯宇宙军没有发表任何声明，最后也就不了了之了。

"这家伙要是经过苹果七号的旁边，观测会变得相当困难啊。"男子不禁咂了一下嘴。

之后，他"啊"地一声瞪大眼睛喊道："一英寸的恶魔！"

合众国宇宙军探查飞行体的方法是雷达。但雷达的分辨能力有限，无法捕捉到十厘米以下的物体。引人注目的飞行体本体虽然用雷达捕捉到了，但如果它周边碎片小于十厘米……

男子噌的一下站起来，朝着安装在小屋墙壁上的卫星信道拨号电话机跑去。

"主任，外线电话。"

负责控制室对外传达信息的宣传官（PAO）说道。日比木头也不回地回复："正在执行太空任务。"

"电话里的人说要和您讲一件重要的事情。非常重要，非常危险，事关人命。"

"什么？谁打来的？"

"不清楚，听口音好像是西班牙语或是葡萄牙语，口音很重，是外面电视局的转播组转接过来的。"

"你先去问一下具体什么事。"

"是。"

宣传官用头戴式通话器接了数分钟的电话。只见他一面费劲地调整翻译软件，一面以耐心接待的姿态同对方交谈。说着说着，突然他脸色大变，丢开通话器，直接朝日比木大喊："主任，是关于目录编号 35665 号轨道飞行体的通报！据说有可能发生撞击！"

"已经计算过撞击概率了。机组人员也知道。"

"不，电话里的人声称美国宇宙局的数据不完整！35665号飞行体还拖带着许多雷达侦测不到的碎片！"

"什么？"

日比木终于转过脸来。宣传官一边朝飞行力学官的座位跑去，一边呼喊："是一名南美的观测家发来的通报。35665号飞行体解体时释放出大量碎片，但碎片在很长时间内都没有扩散，而是继续沿着轨道飞行。这名观测家推测，由纤维连接的十厘米以下的小碎片依旧缠挂在飞行体本体上。快，火速计算出规避轨道！"

"呼叫莫斯科！查清35665号的详细信息！地面通信员，立刻通知机组人员穿好宇航服！快！离轨道交叉还有十八分钟！"

随着日比木一声令下，控制室一阵骚动。紧急联络俄罗斯宇宙厅的工作人员报告："查到了！35665是俄罗斯宇宙军用于轨道电梯实验而发射的绳系卫星！"

"什么？绳系卫星！"

"该卫星由本体和子卫星构成，二者由长达四十千米的碳纤维相连。一年半前，电池燃料泄漏导致解体后，碎片和纤维杂乱地缠绕在一起一直漂流。碎片大小预计五厘米左右，数量一千个。基本和那位观测家的通报一致。"

"总体大小呢？这是最重要的。包含扩散的碳纤维，直径大概是多少？"

工作人员咕嘟一声吞了一口口水。

"据称是一个直径……八千米的球状体。球体内部有一千块位置不明的碎片……"

控制室瞬间一片死寂。有人用嘶哑的声音轻声说了一句:
"一千个一英寸的恶魔?"

那是太空垃圾中最为大家忌惮的种类。

十厘米以上的大件垃圾可以通过雷达监测出来提前避开,一厘米以下的垃圾在碰到宇宙飞船的防护墙后会蒸发消失。但是,大小在二者之间的几厘米大小的碎片,也就是俗称的"一英寸的恶魔"基本无法防御。目前,所有的航天器都只能祈求老天别撞上这种飞行体。

现在,一千个"一英寸恶魔"正编织成一张浓密的网,朝苹果七号靠近。

如同室温急剧下降的控制室内响起日比木冷静的声音。

"向俄罗斯宇宙厅请求35665号进行轨道变更!在近地轨道停留了长达一年半说明还在靠发动机维持轨道飞行。"

"俄罗斯方面声称如果可能的话,早就命令其进入大气层了。解体时,通信系统故障,只有发动机和姿态控制系统还在运转。只能命令其自主飞行,等待燃料耗尽。"

"呼叫苹果七号,除了核心舱外,其他全部舍弃。准备喷射进入大气层。"

"不可能。泰已经转移至核心舱并打开了侧边舱门。关闭舱门、再增压、接收居住舱的机组人员需要花三十分钟。"

"那就立马手动喷射夏娃第二段的主发动机!轨道计算之后再说。不管飞去哪里,总比撞击强。"

"防误操作锁锁死了!侧边舱门打开时或者关闭后的十分钟

内,为了防止机组人员跌倒,不能启动喷射。"

"那就中断安全机制!关闭防误操作锁!"

"只能在核心舱进行操作,但身在核心舱的泰并未接受过相关训练!"

"计算机控制官,立马向泰口头教授中断步骤!"

计算机控制官翻过控制桌,跑向地面通信员身边,强压住近乎疯狂的声音开始说明。

这时,网络控制官惊慌地说道:"主任,种子岛宇宙中心(TSC)来电称,夏娃十九号火箭发射后就拜托我们了。"

控制官们面面相觑。大家都忘了夏娃十九号火箭马上要发射的这一回事。御殿场地面支援中心的工作是负责火箭升空到宇宙飞船着陆期间的控制业务。直至发射之前,相关工作主要由TSC负责。

网络控制官追问道:"要通知他们停止发射夏娃十九号吗?现在不是发射返回舱的时候……"

"不,继续执行原计划。相关人员做好支援准备。"

日比木斩钉截铁地说道。

"可能派得上用场。毕竟有引擎。"

控制官们倒吸了一口冷气。日比木的话预示着苹果七号可能会失去飞行能力。

之后,日比木又毫不迟疑地说了另一番非常不吉利的话。

"然后,手头上没事的人替我拨打外线电话。"

"打给谁?"

"机组人员的家属。"

语毕，日比木回头看了一眼中央控制室后屋。

桃园寺闪之助正双手撑在玻璃隔板上，目不转睛地注视着自己。

苹果七号居住舱内，身着玛纳式宇航服的山际和走也正在操作机器，二人的额头不停冒汗。

"接下来关闭姿态保持回转仪。能关闭吗？"

"关闭回转仪……不行，关不掉。因为控制权移交给核心舱了。"

走也负责翻看纸质手册，山际则负责操作控制面板。泰在准备主发动机喷射，他俩也没闲着，眼下正在试图启动用于控制飞行姿态的小型推进器尽量改变飞行轨道。

可是，泰的操作优先，居住舱的人无法进行操作。二人愤恨地嘀咕："自动化也有好有坏。如果是阿波罗号的话，早就没事了。"

"阿波罗号飞船内遍布着密集的拨动式开关。要不是苹果号把这些开关都整合成一个控制面板，我估计也当不成驾驶员。"

"明明有一根操纵杆就能避开了，可是！……"

走也对着山际咆哮。两名作业员从身后拉住他。

"冷静，青峰，你说的这些山际都懂。"

"……啊，对不起。"

"没事，你还是管管那边吧？"

山际指着伫立在窗边的妙。妙还没穿上宇航服，此刻正一动不动地望着窗外。

走也操起漂浮在旁边的 M 号玛纳式宇航服,走到妙的跟前。

"好了,快穿起来吧。"

"……不。"

"你觉得自己要负责,是吗?"

妙的脸部线条非常冷硬。走也抓住她的肩膀转了过来。

"快穿!"

"但是……"

"你以为把自己置身于危险之中,他就会高兴吗?别用那种方式承担责任!"

妙满眼愤怒地瞪着自己。走也没有理会,径直替她套上宇航服的各个部件——从前后两个方向包住躯干,套好四肢,关节处安装好通电变形元件接合器。要灵活转动关节,必须连上电池调校,但是不调校也能保证密封效果,况且现在也没时间调校了。

脖子以下都穿好后,妙从走也手上夺过头盔,再次眺望起窗外,像是在寻找不可能看见的撞击对象。

"头盔也要戴好——"

话说到一半,走也放弃了。他回过头来问山际:"还剩多少时间?"

"六分多钟。泰,你那边情况如何?"

五人的脚底——舱门对面的核心舱内,泰平静地回答道:"我已经放弃主发动机喷射了。让我来操作的话,感觉连带第二段都要冲向地球。"

"泰，别放弃！不行的话，回来居住舱！"

"没穿宇航服倒是可以回去。不脱掉的话，根本无法通过顶部舱门。而且，我可没说要放弃希望哦。地面支援中心的大伙儿已经想出了另一个解决办法。这个办法简单多了，试试吧。"

"什么办法？"

"旋转船体，将火箭第二段作为盾牌。姿态控制推进器没有安全锁，现在就可以启动。我要开始了啊，大家抓紧。"

大家刚抓好扶手，船体就开始往边上滑动。

全长十八米的柱状宇宙飞船两头朝侧边喷射出白色的燃烧气体，开始旋转。在柱子底部的火箭喷管面朝北极星相近的方向后，反复进行微调的短暂喷射。

"接下来，为了防止爆炸，必须舍弃第二段的推进剂。虽然这样一来，去不了月球，但也只能这样了。即便采用刚才提到的主发动机喷射方式，推进剂也会耗光。"

"咻——"伴随着巨大的声响，液氧和液氢被排到宇宙空间中。走也大喊："泰，这样做真的没问题吗？"

仅凭自己所掌握的知识，走也无法判断这种方法是否妥当。

泰一如往常，语气沉稳地解释道："放心吧！你们上面有我，我上面有登月舱，再上面是长八米的第二段燃料箱，顶部是主发动机。那可是我研发的特殊金属陶瓷发动机，用机关枪射都射不坏。"

"卫星的速度可比机关枪子弹的速度快多了。"

"飞行体处在越极轨道，而我们在赤道上空飞行，届时飞行体会从北极星方向飞过来。你们处在南极侧,是最安全的。"

泰没有回应走也的话,继续说道。由始至终,他都在强调居住舱的安全。

"稍微发挥一下想象力,往山手线内侧抛撒一千个乒乓球,你觉得它们会撞上吗?现在惊慌失措乱作一团的话,事后会被笑话的。"

"可是,泰……那些乒乓球几乎全部用钢丝连着……"

"青峰,别那么悲观。这可不像你呀。"

泰露出苦笑。

"我之前说过,即便是蠢事,也有值得去做的价值,这次也一样。无论顺不顺利,都对后人有用,所以不必大呼小叫。"

一时间,通信器里只有泰略微急促的呼吸声。之后,泰接着说道:"我再旋转一点船体,好让窗户对准地球。"

船体微微地翻转了一下。只听泰"啊"的一声像小孩子一般大喊:"看见啦,看见啦!快看,北部地平线的那个东西!"

"是夏娃十九号……对吧?"

大家纷纷聚集到窗边位置的妙的身边。犹如云霞的蓝色大气底部,日本列岛的下方冒出一座白色的塔。没多久,塔身便横倒下来,猛地掠过太平洋上空渐飞渐远。与其说那是一座塔,更像是……

"是一条龙!"

泰满意地自言自语:"飞吧!又快又高地飞吧!"

只见夏娃火箭拖拽着又白又长的推进烟,气势恢宏地沿着大气层向上飞升。也许是气象条件配合得好，固体火箭推进器分离后，白色的尾巴也没有消失。如同飞机云一般，液氢燃料和氧气生成的水蒸气经由尾巴特洛菲发动机强力喷出，就像回到亲生父母身边的孩子一样，朝赤道上空的这边飞来。

"别停！继续飞！一直飞下去！"

紧接着，嘭的一声，猛烈的撞击拍打居住舱。窗外火花四溅。船体慢慢转动起来。

"泰！泰！"

没有警示灯，也没有警报声。居住舱出奇地平稳，走也大声呼喊着泰的名字。

可是，泰没有回复。

"夏娃第二段遥测丧失、登月舱正常、核心舱遥测丧失！居住舱气压正常、电流正常、无火灾、生命维持系统无障碍！"

"语音通信还在连接中。居住舱机组人员安全！"

"宇航服没有脱掉吧？告知他们原地待命！"

命令完地面通信员后，日比木转过头询问仪表通信控制官："登月舱正常，但后方的核心舱却没有应答是怎么回事？主发动机和核心舱不是笔直连通的吗？"

"最初撞击的确实是主发动机所在的夏娃第二段，零点零零三秒后核心舱中断通信。可能被几片碎片击中了。"

"主发动机几乎精确地面朝着飞行体飞来的方向，所以侧面不可能被击中。核心舱的计量仪器应该是受到冲击后损坏了。如果是这样的话就还有希望。继续呼叫泰！"

控制官们根据各自手头系统获得的信息，拼命地调查苹果号的情况。很少有太空事故在发生后还能看到航天器的全貌，因为无论是现场的机组人员，还是地面的工作人员都无法看见宇宙飞船的外观。

网络控制官站起来大叫一声："主任，班加罗尔声称可以提供事故视频！"

"班加罗尔？"

"印度宇宙开发公社（ISD）。轨道上的伐弹那（Vardhana）基地鉴于苹果号在可视范围内，所以一直在录像。"

"太好了！快传过来，放到主屏幕上！"

网络控制官一番操作过后，控制室正面的屏幕开始播放视频。视频是几分钟前宇宙空间的伐弹那轨道实验基地经由中继卫星、印度遥测追踪指令网（ISTR）以及班加罗尔总部传回来的。

虽然基地距离苹果七号数百千米，但基地似乎配备了天体望远镜作为录像机，所以分辨率很高。视频中，十八米长的宇宙飞船看起来如同大拇指般大小。

靠近飞船下端的核心舱一瞬间迸发出光点，之后整条飞船开始慢慢旋转。"慢放！"日比木命令道。

逐帧播放，结果还是一样。一秒钟三十帧的视频，只有两帧出现光点。恐怕其中一帧还是余像。撞击前的碎片显示不出来。无论分辨率有多高，都不可能捕捉到以每秒近八千米的轨道速度飞行的碎片。

但即便是这样,收获也算很大了。

"原来是侧面啊。"

飞行力学控制官自言自语:"碎片从侧面撞击核心舱。也就是说,碎片绕过来了。就像利用绳索从屋顶缓降的消防员一样,绳状纤维挂住顶端的主发动机,于是碎片变成钟摆,呈一定的弧度从侧面发起了撞击。这样一来,位于二者中部的登月舱毫发无损也就说得通了。"

"照你这么说,核心舱中的泰……"

"说不定还活着。"

日比木还是换了一种说法——虽然泰可能死了。

"之后,居住舱应该不会再有损伤了吧。告知机组人员,穿好宇航服,解除增压,打开舱门!"

紧接着,日比木又发布了一道命令:"联络TSC,马上准备发射夏娃二十号和苹果八号!苹果七号的人已经无法返回地球。"

"主任,媒体……"

听到PAO的话后,日比木朝后屋看了一眼。一大群媒体人员正架着长枪短炮像秃鹰一样盯着自己。

"已确认五人安全。"

日比木的声音很压抑。

"剩下一人正在调查中。就和他们说这些。"

"那月球任务呢?"

"调查中!"日比木咆哮道。

气压差消失后，安全装置解除，顶部舱门打开。走也穿着僵硬的玛纳式宇航服，拼了命似的想钻过舱门，但无奈只能探出脑袋。

"泰！"

前排两个座位，后排四个座位，如同面包车大小的核心舱内没有灯光，一片黑暗。不对，是微微的蓝色。

当走也意识到隐约洒进来的蓝光是地球光时，他愕然失色。侧面的墙壁上破了一个和舱门同样大小的洞。

"泰，你在哪儿？……"

肩膀卡在舱口进不去。之前没人料想到机组人员需要身着宇航服往返于居住舱和核心舱之间。走也拧着脖子环顾舱内。

泰在破洞对面的窗边。透明的头盔里面，泰眯着眼，似乎在眺望远方。也许是一直都在注视着夏娃火箭升空的缘故吧，他的脸上充满了希望。

但是，半身宇航服像喷过砂一般被切削得有些坑洼，上面开了无数个针尖大小的孔——撞击核心舱的碎片瞬间蒸发成为喷气刮到了泰的身上。

泰信司死了。

"泰……"

走也伸长了手，但还是够不着。他整个身子瘫在舱口，筋疲力尽。

"见鬼……见鬼……"

"走也，泰呢？"

"为什么会这样……太过分了。他今后还要……"

"失败了吗？"

妙的声音异常平静。走也慢慢地从舱口退出身子，忍住鼻腔深处的焦臭，对着通信仪说道："GGSC，泰信司牺牲了。请转告他的家属，我们几个的命是他捡回来的。"

"好吧……"

身旁的妙低下头摸着走也的手臂。由于宇航服太硬，走也没有感受到任何触觉。

他无法理解妙之后说的话。

"GGSC，泰的事先别对外公布。"

"……你说什么？"

"核心舱毁了。请发射下一艘飞船苹果八号并立刻告诉我抵达时间。"

"小妙？"

走也起身朝妙的头盔里窥探。妙似乎在沉思一般闭着眼。

"呼叫苹果七号，发射苹果八号最快也要六天后。在那之前，请留在轨道待命。您说不能对外公布泰的事……"

"六天对吧？我知道了。"

妙睁开眼睛，干脆地说道："不用过多久，夏娃十九号就会飞到这儿。届时，我们舍弃十九号的返回舱以及已经损坏的十八号第二段，将十九号的第二段连接到居住舱反向一侧。返回舱的对接口应该能直接使用。"

"你到底想做什么？"

"等待苹果八号期间,我们继续往月球飞行。泰的事,确定新轨道之后再公布吧。"

大家都怀疑自己听错了。

一段冗长的沉默后,地面控制中心传来了另一个人的声音。

"我是日比木。桃园寺小姐,刚才的方案有一个大问题。如果没有返回舱,不可能登月。"

"您说得没错。的确,即使能利用登月舱进行起飞或着陆,也无法进行喷射返回地球。但在没有登月舱的情况下,只是绕着月球背侧飞行的话,那就不是毫无可能了。理应存在一个可以自然返回的轨道。"

"……你是说自由返回轨道?"

日比木承认自由返回轨道确实存在。只要喷射足以让航天器离开地球,就能飞往月球并顺利返回。目前,要进入该轨道只需居住舱和夏娃第二段就够了。

但日比木又强硬地说道:"那样做有什么意义?只是绕月飞行的话,之前的苹果六号就做到了。"

"为了把泰葬在月球。"

"小妙!"

"走也。"

妙的视线中充满了惋惜。

"我们无法将泰带回去。"

"……你说什么?"

"泰回不到地球了。"

走也无言。妙淡漠地继续说道:"核心舱已经无法密闭。但穿着宇航服根本无法进入到里面。我们没办法将他从核心舱拖出来。就算苹果八号来了,也无法运载。只能将整个核心舱舍弃,埋葬到一个地方。"

"再怎么说也不能葬在月球啊……"

"是他自己说的'别停,继续飞,一直飞下去'。"

妙咬紧嘴唇,用力地攥着小小的拳头。

"所以,那就别停,继续前进吧。无论是他,还是我们。"

"妙。"

地面控制中心又传来另一个人的声音——有些颤抖,但粗犷而富有野性。

是八重波。

"你的想法非常好。就按你说的做吧。他肯定也会很高兴的。只不过,可以的话,有生之年……"

麦克风似乎被手盖住,后半部分的声音越来越小直至消失。

妙接着说道:"西王母六号的TLI按计划实施。已经没有必要转乘。我们进入下一个发射窗口。麻烦启动与夏娃十九号会合后的TLI轨道计算。"

"等一下,小妙。"

走也抓住她的肩膀,但她把脸背了过去。

"请放开我。"

"这也是为了宣传吗?"

"青峰,现在不是说这种话的时候……"

"抱歉，山际。我也不想以小人之心度君子之腹，但是总得有人说。小妙，你回答我。你真的是在为泰着想吗？难道不是想挽回损失？"

"如果是，又如何呢？"妙表情生硬地反问。"我只是想至少能取得一点成果，错了吗？是不是要我哭泣、后悔、放弃计划才算对得起他？"

"是你的责任，你要负责……刚才一直不肯穿宇航服，只是装装样子，对吗？"

"我懂，我懂！"

如果在地面的话，妙可能已经倒下了。她不再试图捂住耳朵，而是用一只手抓住另一只手的手腕，微微颤抖着说道："一切都是我的责任。提出转乘方案的是我，明知一个轨道可能发生碰撞依旧赞成进入该轨道的也是我。正因为如此，我才想弥补我的过失。"

"青峰，别说了。"山际语气强硬地边说边把走也从妙的身边拉开。

"桃园寺小姐说得有道理。我们花费的每一秒钟都投入了几百万的钱。即便发生事故，不，正因为发生了事故，才不得不采取行动挽回损失。别感情用事一直责怪她了。"

"没想到连你也一样！"

"好好想想她回到地面后要面对多少责难！我们的立场就是保护好她。"

走也沉默了。媒体势必喜闻乐见地抓住死亡事故这一轰动社会的话题不放，他们的嘴脸很容易就想象得到。

山际从他身边走开,来到舱门面前。

"我要关上了。马上准备第二次出发。"

"等一下,让我来关。"

走也一把推开山际,手搭在核心舱的舱门上,往里面看了最后一眼。

"泰……冲在最前面的人是你。"

说完后,关上了舱门。

回头一看,妙并没有看着自己而是又在眺望着窗外——此刻窗户正对着地球的反向一侧。

虽然妙的身上从一开始就有他不能理解的地方,但他觉得那些沟壑可以填平。

但是,现在,走也已经全然不懂妙的动力何在。

苹果七号进入自由返回轨道朝月球进发,在月球重力圈面前分离了泰所在的核心舱以及登月舱。居住舱绕月球半圈后进入返程,登月舱则利用月球的公转能量进行减速变轨,降落到月面上。和同时降落的西王母六号一样,登月舱也能单体自动运行。承载着已经损毁的核心舱,登月舱顺利着陆。

着陆地点是环形山的某部分外轮山。没想到,泰成为今后数十亿年间永久接收阳光照射的史上第一人。

回到地球重力圈的居住舱获得第二宇宙速度,在与轨道上持续待命的苹果八号核心舱对接后开始减速。五人转乘到核心舱中,安全回到地面。

果不其然，迎接他们的并不是欢呼声。

3

降落到种子岛机场，下榻宇宙中心招待所的走也一觉醒来，发现激烈的战斗已经打响。

首先，唤醒他的是岩城部长的紧急归社命令。事故原因调查、泰的葬礼安排、白白牺牲两艘苹果号和三支夏娃号的挽救方案、今后日程的重新安排、媒体的应对方案等等，问题堆积如山。

走也拍醒两名同事，让其做好回东京的准备，之后到处寻找妙，但她已经先行乘坐直升机回本州了。走也有一种被抛弃的感觉。正当他匆匆忙忙吃着早餐时，妙出现在食堂的电视上，这让他大吃一惊。

看起来似乎是在直升机内拍摄的VTR。妙首先表达了对泰的悼念以及对其家属的歉意，并坚定地宣称将继承他的遗志继续执行计划。之后，强调此次事故是由多种不幸的偶然因素造成，绝不会发生第二次，将来自己还会继续乘坐苹果号。再之后，提及直接造成本次事故的绳系卫星的所有者系俄罗斯政府，谈论其管理责任问题。最后，补充说道太空垃圾对策将被纳入计划。讲话结束。

"筹划得真周到……"

走也呆若木鸡地嘀咕了一句。恰好岩城部长又打来一个电话。

走也没有多想就对部长说道："部长，您看电视了吗？小妙已经采取对策了。"

"还敢说'已经'？'事到如今'还差不多。你们还在天上绕月的时候，各部门就开始处理泰的事情了。"

"我知道，但当时好像没有受到太多指责啊。"

"估计是因为想指责也找不到当事人吧。而且，第六大陆没有使用纳税人的钱，所以媒体也无从攻击。可是，她回来之后就不一样了。战斗才刚刚开始。"

"哦……对了，您找我什么事？"

"那个，事情麻烦了。你回来的时候坐船和火车，别坐飞机。也不要回会社和公寓。我们在箱根包了一家疗养所，你先去那儿。我之后会紧跟着过去。"

"为什么突然这样安排？"

"警察来本社了，要求你协助调查。"

"什么？警察？"

"他们认为你有工作过失导致泰死亡的嫌疑。据说他们已经开始录口供了。我们问心无愧，在舆论平息之前，都不要露脸。"

"我们问心无愧，不更应该去主动找警察吗？"

"笨蛋，你认为他们懂轨道力学和苹果号的构造吗？认真对付他们，不知道要耗到什么时候。"

"青峰，照岩城部长说的做，先乖乖地藏起来。"

正在旁边吃早餐的山际说道："你不是还有其他事要做吗？牵扯到警察的话，媒体的反应可就大了。趁现在能走，赶紧走。"

说完后，山际看了一眼窗外。远处传来了警车的警笛声。

"刚说完就来了。快，用这个。控制中心的公用车应该不会被盘查。"

走也接过山际递过来的车钥匙，迟疑了一会儿。

"那您呢？"

"不管怎么样，我都会被禁足。不论是被警察带走，还是随着苹果九号被发射上天，毕竟我是驾驶员嘛。"

"对不起！"

走也鞠了一躬，随即和两名同事一块儿飞奔出食堂。

抄近道赶往内之浦港的路上，走也改变主意，决定回到游客稀少的岛间港，乘坐渔民的渔船前往日本本土。在鹿儿岛港拦了一辆出租车后，他们没有向北走，而是溜到了宫崎县。在乘坐JR日丰本线时，他们甚至觉得自己有些过于警觉了。

但是，当他们看到列车内的电视时，脑海里的那种想法顿时烟消云散。

早间新闻过后还不到半天，下午的综艺电视节目就出乎意料地制作出了特辑，名字叫作"任性公主失败的鲁莽计划"。很明显，谴责开始了。走也看了一眼，随即移开了视线，但听到自己被媒体称为对公主言听计从的心腹，感觉还是很刺耳。

三人在途中的日向站下车，乘坐渡船前往四国。只要乘坐JR，就有可能被别人利用车站的自动收费系统获取自己的位置信息。

可穿戴电脑也不能用。据说，只要警察想，他们就能利用可穿戴电脑的定位功能找到自己。一行人横穿四国，在青年旅社住宿一晚后，沿着当地的路线一直往东走。一路上不时通过报纸和公共终端关注事态的发展。

如同储满水的大坝开始放水一般，媒体的指责铺天盖地地袭来，公然讨论妙和日比木等人的判断失误导致泰的死并指责舱门设计得太窄导致宇航员穿着宇航服完全无法通过等等。不过，这些指责还算比较轻的。

有的电视局甚至专门请出泰的父母并一味播放二者悲伤的表情，以此指摘载人宇宙飞行的鲁莽无谋。虽然第二天该电视局出来道歉称只节取了对泰父母的部分采访进行编辑播放，但并没有明说剪掉了哪些内容。而走也因为曾亲眼目睹泰接听来自父母的鼓励电话，所以他能大体猜到泰的父母都说了些什么。

还有一家报社报道称天龙GT会社有非法使用公款的嫌疑。他们声称天龙GT会社将国家公共财产——发射中心和控制设施用于谋取私利，却没有对国民投以回报。而对于二十多年前宇宙开发事业民营化的潮流及天龙GT会社的艰苦奋斗——未曾使用一分一毫税金的辛酸，这家报社只字未提。

作为公共木铎的电视和大报社尚且如此，八卦杂志、周刊杂志、网络杂志等等各类报道更是泛滥，有些光看标题就很荒唐。比如泰、走也和妙的三角关系；比如和NASA之间的军事秘密条约；再比如和中国政府之间的巨额幕后交易等等。

从静冈市翻过箱根山，徒步走完最后一段路后，三人终于抵达疗养所。他们见到岩城时已筋疲力尽。

"真是的。媒体到底吹的什么风？一直以来都对我们极尽褒奖，因为一次事故就这样诋毁我们。"

"谁让我们身在一个枪打出头鸟的国家呢。或者也可以称之为天生小气吧。只要见着别人的计划进展得非常顺利，就开始质疑成功的可能性。"

端坐在坐垫上，穿着宽袖棉袍的岩城语毕又追加了一句："不说了，顺利抵达这里就好。"边说边将啤酒递了过来。走也一饮而尽，大口喘气。

"一定要重新振作起来。这两三天感觉自己就像是一个通缉犯。"

"放心吧。一个月后，大家都忘得一干二净了。媒体的指责大多无关痛痒。"

"也不能被人们彻底遗忘……因为那样的话，首先泰就无法瞑目。"

"没错。那样确实对不起他。"

岩城说完后，眼睛深处凝视着走也。见走也什么话都没说，于是他开始了另外一个话题。

"小妙怎么样了？你知道吗？"

"我怎么可能知道？"

"从你的回答来看，想必你也不想知道吧？我明白你的心情，但是别感情用事。她也撑得不容易。"

"此话怎讲？"

"首先是她最擅长的对抗活动和广告。她回来后第二天就制作好第六大陆依旧健在的广告投放到电视上。而同一个频道，别的时间段居然在播放指责第六大陆的综艺节目。电视这种东西真是可笑。"

"仅仅如此吗？"

"不能这么说，毕竟她可是在全世界范围内这么操作的。而且外国人似乎挺认同。美国和德国的专家纷纷冷静地指出我们没有过错，这种观点不久之后应该会反过来影响国内吧。另外，她还对俄罗斯政府提起了诉讼，要求对方为撞击事故赔偿损失。亏得她没控告杀人罪。"

"又要打官司了。"

走也一脸厌倦地沉下肩膀。岩城摇了摇头，说道："这次情况不一样。"

"她认为没有胜算。毕竟对手可是那种起争执时绝不主动道歉的主，就像一块内嵌钢筋的石头。还记得新地岛核废弃物保管所吗？御鸟羽在建造那个保管所时，因为俄罗斯国内对辐射能的繁杂法规，没少吃苦头。"

"那为什么要和对方打官司？"

"毕竟有法律根据。联合国宇宙空间和平利用委员会规定造成宇宙垃圾的国家有义务进行清理。不过，虽然有法可依，但却没有控制手段。俄罗斯政府想必会以无法清理为由，含糊其辞推脱责任。我想这就是她的目的。"

"目的在于让对手推脱责任？"

"将指责的矛头转向俄罗斯政府。到底谁没有诚意，一目了然。"

走也再次将手中的啤酒一饮而尽。已经第三杯了。

"她乐此不疲地做这些到底是为了什么？"

"我还以为你最清楚呢。"

"我已经看不懂她了。"

"有点伤脑筋啊。前些天的会议上，我们会社已经确认继续实施第六大陆计划。连通赞助商的粗管堵住的话就麻烦了。"

"把别人当管道用啊？太不厚道了……话说，天龙GT会社最近有什么动向？"

"他们的思路很清晰，那就是继续。毕竟，我们还有月球之外的项目，而他们除了往天上走，别无出路。有没有听八重波社长的演讲？"

"哎呀，你是指他那句'雨后的土地更坚固'吗？"

走也一边倒着第四杯酒，一边嘟囔："可是这场雨没有停的迹象啊。我在路上的公共终端上获悉，已经有一个团体专门受理太空垃圾问题。这个团体对宇宙开发本身持疑问的态度。他们认为，随着火箭发射越来越频繁，太空垃圾肯定越来越多，进军宇宙也将越来越困难。从本质上来说，宇宙开发根本就看不见未来……"

岩城的脸色阴沉下来，但走也没有察觉。他强颜轻松地继续说道："算了，这种事情也不是第一天了。现在才讨论真不知道是过时呢，还是消沉。"

"但是，对我们冲击很大。"

走也抬起头，只见岩城眉头紧锁地揉着毛豆壳。

"出现死亡事故后的指责对于专家们来说也许已经过时了，但却足以震惊普通民众，而第六大陆的顾客恰恰就是普通民众……"

"怎么突然变得那么严肃？这和其他无聊的指责不是一路货色吗？"走也抬起头好奇地问道。

"真不知道该说你的理解能力是好还是差。"

岩城重新端坐好，抬头看着墙上的时钟。

"他差不多快洗完澡了。"

"您说谁？一起来的两位同事已经睡着了啊。"

"桃园寺闪之助。"

"……啊？"

走也放下杯子追问了一句："您是说桃园寺会长？"

"他已经不是会长了。其实，我是为了接待他才来这里的。你们三人我才懒得管呢。"

"此话怎讲？"

走廊传来一阵脚步声。拉门打开后，一位体态文雅、身裹宽袖棉袍、白发白须的老人探出头来，在门槛跟前深深地鞠了一躬。

"哎呀，青峰君。顺利抵达这里啦。一介平民桃园寺闪之助近期要承蒙贵社的厚爱了。还请多多关照。"

"桃……桃园寺先生，您说的话我有点听不懂……"

"桃园寺先生今天早上被免去伊甸会社会长职务了。"

走也呆若木鸡地凝视着二人。

"听说是伊甸会社社长桃园寺辉一郎的安排。桃园寺先生现在是无业人员。"

"那第六大陆计划呢？"走也一声惊叫。

闪之助手撑桌子表情僵硬地回答道："计划不会立即终止。我打算投入我的个人财产用于资助第六大陆计划，虽然钱不是很多。"

"个人财产……可是项目需要花费一千五百亿日元啊。您要全部承担吗？"

"把伊甸会社至今为止的支出也一块算到我头上，大概是一千三百亿左右，我大体还能周转得过来。"

桃园寺的个人财产居然高达一千三百亿，实在令人难以置信。不过现在不是佩服他财产的时候。

走也喉咙沙哑地问道："那剩下两百亿怎么办……"

"从银行贷款。这样一来，总额就和至今为止计划的一致了。"岩城如此回答道，但他的脸色并不是很好。

"当然，贷款总有一天需要还清。今后不能指望伊甸会社的支持了。总之，我们现在已经没有退路。不允许犯任何错误。"

不允许犯任何错误。走也感到一股寒气袭来，如同脚下打开了一扇通往地狱的大门。

根本不可能做到。第六大陆本身就是一项伴随着故障运行的项目。事实上，至今为止已经发生了多起事故。走也虽然没有详细了解项目在财政方面的情况，但是他知道每次发生故障时，支出和收益的预测线就像海啸中的小船一样上下颠簸，现在小船仅仅位于海面上而已。

接下来，万一再发生点什么意外，预测线必将直落海底。

不对，比起钱的问题——

"那……小妙她现在是以什么身份在行动？"

"和我一样，一介平民，桃园寺妙。"闪之助缓缓地回答道。

"广告策略也好，和俄罗斯政府的官司也好，都是她利用自己的人脉在运作。我们打算过一阵子等时机成熟后再对外公布。"

"那么多事情……就凭她一个人……"

走也的反应如同瞬间酒醒。闪之助将身子探了过来。

"我想拜托你一件事。"

"……什么事？"

"请更好地替我守护她。"

"刚才说到的那个宣传太空垃圾危险性的团体。名字叫做'快乐的故乡'（Joyful Homeland）。"

岩城说道："乍一看不算什么大势力，但是其主张合理，人才也多。之后，估计会对第六大陆产生负面影响。而且，这个团体背后有靠山。"

"……靠山？"

"就是辉一郎。为了避免损害会社形象，他抛弃了第六大陆。"

"青峰君，你知道伊甸会社的社训吗？"

"不懂……"

面对闪之助的问题，走也摇了摇头。闪之助如同在讲述别人的故事一般说道："社训是'在地上造天国'。这是我提出来的口号。伊甸会社在战后八十年一直致力于为人们提供梦想。不知道你怎么看，我个人认为创造梦想的人自己不能做梦。相反，应该非常现实。我们承受了现实的艰辛才能为客人提供梦想……我把这些理念灌输给了我儿子。"

"……然后呢？"

"然后，他开始忠实地奉行这个原则——绝对不能做梦。他坚决认定梦和现实水火不相容，尽心尽意为客人服务。托他的福，伊甸会社才成长为今天这么大的规模。但是，没错……会社过度成长了。当人造的梦想取得了客人的欢心后，就开始变得骄傲自大。"

闪之助完全没有伸手拿酒杯的意思，而是始终将拳头压在膝盖上讷讷地叙说。

"第六大陆就是提供梦想的人自己做的一个梦，也就是真正的梦。这个梦无法保证能够取悦他人。于是……我儿子断定它会对伊甸会社造成伤害。"

"所以趁还能推脱给您和小妙之前，赶紧撇清关系，对吧？"

岩城说完后，闪之助神情懊悔地点了一下头。

一直在旁边倾听的走也猛然意识到一件事情。

辉一郎作为一个企业家所采取的行动中蕴含着一种更为直接的意图。这种意图让走也大为震惊。

"父亲攻击女儿？"

"没错。"

闪之助双手撑在桌子上，对走也鞠了一躬。

"妙现在的处境非常艰难。如果没人支持她，她肯定会倒下。拜托你了，青峰君。"

走也无言以对。

自己与妙之间的隔阂太深了。

但同时,他也感觉到自己开始理解小妙那种匪夷所思的态度从何而来。

夹在两种感情之间的走也选择了沉默。

一辆出租车停在了铺着粗沙粒的门口。

等车的贝雷帽少女提着和纤弱的身体极不相称的行李箱正要坐进车内,身后传来一个声音。

"你要去哪儿?"

桃园寺妙回过头。辉一郎正站在牧野池府邸的玄关处。

房子和父亲都不再亲切。妙站在出租车面前。

"您要阻止我吗?"

"如果你想让我阻止的话。"

"为什么一直都是那种语气呢?"

"出于尊重你的个人意愿。"

"呵呵,真是可笑。现在才谈尊重?"

妙的眼神宛如刀剑般凌厉。她盯着辉一郎。

"剥夺了我的一切后,就用一颗糖来敷衍我?我可不是你的玩具。妈妈也不是。"

"你妈妈那个是事故。你究竟要让我解释多少遍?"

"我已经听过很多遍了,所以不用再解释了。到此为止。"

妙扬起一只手告别。辉一郎向前走去,说道:"你的计划会失败的。"

"是您打算让它失败吧。我真是佩服您。不仅用钱买通董事会成员,还在外部制造干扰。真真切切的阴谋范本。我算长见识了。"

"我没有收买他们。大家都赞同我的观点!公司上下全体人员——"

"玲花呢?她就不赞同吧?您知道她去哪儿了吗?种子岛。如果大家都有她那种行动力,伊甸会社早就成空巢了。"

"太空垃圾的威胁是真正存在的。正是它们杀死了泰。"

"泰肯定会这么说:'人们努力并不是为了逃跑,而是为了直面困难与挑战。'而天龙恰恰不缺这种努力的精神。"

"你们想要清除太空垃圾?你们还有充足的资金去做预算外的事情吗?"

"这就不劳您费心了。"

"妙——"

"别说了。"

妙眼神冰冷地丢下最后一句话。

"明明不认识泰,还能心安理得地利用死者的名字,我永远都看不起你。什么都不用说了。"

"妙!"

"再见!"

女孩坐进车内。出租车慢慢驶远。

父亲狠狠地拍打着门廊的柱子。女儿则把脸埋进双膝中间,脱下了贝雷帽。

4

月球南极，伊甸环形山外，第六大陆。

一声不吭却极为聪明的机器来回奔走在建设现场。不远处是一座小型环形山。人类发出的电波无法抵达山内，除了一个线性马达之外，没有任何热源。一片酷寒的洼地。

外形和其他同伴略微不同的海龟号停下慢慢转动的抛物面天线。该天线直径十五米，其转动的速度用肉眼几乎分辨不出来。

天线正对宇宙中的一颗恒星。那颗恒星上发来的电波和2.7k的宇宙背景辐射以及恒星吸积盘的辐射都不一样。

波长六十吉赫。强度约五十毫央斯基。这种波长和强度的电波在地球上肯定会被大气圈吸收而导致无法接收。海龟号内置的计算机对其进行数学分解，并将其和已知的所有自然发生电波进行比对，但没有结果。

难道是地外智能生命体发来的信号？

不会先入为主且不带任何感情的机械非常自然地开始验证。

如果是智能生命体发来的信号，他们应该会期待回信，并在相当长的一段时间持续发送信号。

可是，那个电波只持续了五分钟便消失了。

不符合条件。接收到的信号中也没发现有效的信号分布。

海龟号把这个电波抛到脑后，继续慢悠悠地旋转天线，开始全天扫描。

四十分钟后,伊甸环形山内部发出了同等波长的电波,但面朝天空的天线没能捕捉到。

七、环境的二次评估及对工程的反思

1

登月舱的发动机是一款液氧发动机,在未整备的情况下预计可进行十五次二次点火,体型迷你,设计也很大胆。

二〇三二年十一月二十四日傍晚,为了进行轨道脱离和软着陆,发动机进行了两次喷射,顺利辅助登月舱降落在伊甸环形山的外部。

长着三只脚和圆锥头的登月舱静止了四十分钟。之后,四方的侧边舱门打开,一个人背着薄形背包,身着帅气的绿色宇航服,走出了舱门。他抓住竖梯,谨慎地往下爬。

左脚和右脚先后踩在坚实的地面上后,他放开扶手,回头望去。

六辆多功能建机、两辆月球车、两台卡朋特机器人，总计十条长长的影子整整齐齐地分成左右两列，摆出一条欢迎的道路。右手边是闪闪发光的发电板，左手边是沉稳的西王母六号。

眼前的这些便是三十一岁的青峰走也第二次登月最先看到的景象。

他迈出一步，随后低头看着脚底。那是利用黑色的月壤砂石平整出的着陆垫。上面不会留下月面靴绝热防滑钉的痕迹，犹如彻底打扫干净的迎宾馆门廊。

"……欢迎的阵仗真气派。"

这便是他登月后的第一句话。

另外三人——两名作业员和驾驶员山际，紧随走也之后降落到了地面。距离前次失败的登月任务已有半年，当初的计划大约迟到一年后，他们终于如愿以偿来到了这块土地上。

"这里就是月球啊……""对比度好高。""因为月壤会顺着光的入射方向发出反射光。这样一来，太阳侧的地面就变得非常暗，其反侧的地面则亮得刺眼。"

三人的对话零零散散，平淡无奇。倒不是感触不深，只不过很大一部分原因在于此次任务没有被外界所关注。不过，与其说不被关注，倒不如说不想被关注。目前，第六大陆计划正在积极宣传同时推进的另外一项作业。

桃园寺妙就在那项作业的现场，而不在这里。

"桃园寺小姐没有一起来，遗憾吗？青峰。"

站在走也身旁的山际拍了一下他的肩膀。走也戴着头盔轻轻地摇了摇头。

"这是她的判断，没有办法。她选择了更受瞩目的作业，没有吸引足够的眼球才麻烦呢。"

"话是这么说……不过，我们这儿的活动可是排得满满当当啊。"

"是啊，都是技术性的东西。"

走也回头看着登月舱。

"的确，单单着陆就是划时代的进步——取代简单的联氨发动机，搭载难操作却高性能的液氧液氢燃料发动机，利用在月面开采的燃料尝试再次起飞。如果成功，穿梭于月面和绕月轨道之间将不费吹灰之力……但这些东西没有必要向第六大陆的顾客展示。游客可不管通往婚礼会场的巴士如何开动。"

"别老是神经质地念叨'游客''游客'的。"

"大家都会变神经质的。事到如今，如果吸引不到游客，那么御鸟羽和天龙将双双倒下。毕竟，我们再也不能像之前那样依靠赞助商了。"

"另外，拜那项事业所赐，我们的支出还在一直增加。"

作业员检查完登月舱的外观后走回来，指着地平线上的地球说道。不对，确切地说，应该是地球的绕转轨道。

山际摇了摇头。

"从某种意义上说，这是一项造福全人类的公益事业。如果交涉顺利，各国估计会支付我们报酬。"

"我觉着希望渺茫啊。"

"废话少说,赶紧干活吧。"

山际一拍手,之后发现根本没有声音,于是,他轻轻地咂了一下嘴。

"首先,启动西王母六号的环境控制系统,搭建生活起居的地方。之后,修理损坏的多功能建机,对月壤弄脏的机材进行除污作业,还有制造燃料,我们要做的事一堆呢。"

"在那之前,我去兜一下风。"

"你说什么?现场主任,您还真有闲情逸致啊。"

山际讥讽了一番,但当他看到走也目光投去的方向时,他没有再说话。

"我去扫墓。"

走也正眺望着伊甸环形山的外轮山。外轮山如同一座微微隆起的山丘,山顶上有个光点孤零零地闪烁着。那是半年前孤独地降落到月面的苹果七号。

"你们先开始作业。我去献一下花和他父母的照片。"

走也回到登月舱,拿着行李刚走出来,发现山际正在点检月球车。

他坐进驾驶位,拍打着副驾位,说道:"快坐上来。"

"你要和我一起去吗?"

"驾驶是我的本职工作,试驾也一样。"

说完后,山际冷静地目视着前方。作为天龙的驾驶员,他和走也一起驻留月面也是因为经费紧张——为了尽量减少夏娃火箭的发射次数。如果他能成为作业员的话,下一次发射时就能空出一个座位。当然，月面上，必须要有一个人生活在狭窄的苹果号飞船内。

诚然，山际是作为"猫手①"驻留在月面上的，但是他一直试图用自己的方式做出贡献。

"那么就拜托你安全驾驶了。"

"交给我吧。"

山际打开电源键，月球车像弹开似的飞奔起来。

与此同时，距离地面三百五十千米的地球低轨道上。

"捕捉到38124号，形状确认……球形，一端有阀门，金属光泽。似乎是推进剂燃料箱。可以粉碎。"

"轨道要素精测完毕，在扫除机覆盖范围内。"

"开始。"

随着妙一声令下，驾驶员按下执行按钮。望远影像中，被地球光染成灰蓝色的球体改变了前进方向。动作敏捷，与其巨大的身躯极不相称。

几分钟后，球体的部分外侧开始放出闪光。透过球体表面可以观察到，其内部就像在放烟花，瞬间绽放之后又消失在黑暗中。

领航员轻声说道："38124号碎粉完毕。"

"漏出率……大约百分之二。漏出碎片的最大直径八毫米。成功了。"

---

① 日语中有一句谚语叫"猫の手も借りたい"，直译为"连猫手都想借"，意为"人手不足"或"忙得不可开交"。

"第十二个太空垃圾清除完毕。剩余多少推进剂？"

"百分之四十二。大概还可以清除十个垃圾。"

"好的，开始转入下一个预报地点的轨道。"

"收到。地点在三周半的前方，预计五小时十五分之后抵达。"

三人松了一口气，任由身体漂浮在空中。

第六大陆计划E阶段（Phase·Extra）。正在执行绕地轨道清扫任务的苹果十号飞船内是妙和另外两名机组人员。

任务所需的机材是高倍率望远镜、内置图像处理装置的苹果号宇宙飞船以及"扫除机"。所谓"扫除机"就是粉碎太空垃圾的工具。

简单来说，它就是一个直径两百米的金属滤网球。

整体上看是一个球，细节部分则由纤细的钢线编织的绞线构成，就像手工编织的丝绳一般。绞线的网眼是一厘米，目标自然是直径大于一厘米的太空垃圾。

绞线由球体表面缠至球体中心，缠绕得整齐均匀，使得球的内部充满了一厘米的网眼。位于球体中央的是配备了立体推进器的机动核。扫除机表面没有搭载推进装置，通过机动核即可实现轨道变更。喷射产生的气体透过网眼排到宇宙空间中。

扫除机最独特的地方就是绞线的缠绕方式。经过几何学计算，绞线被设计成特殊的缠绕方式，压缩后，其整体会收缩成为一个直径仅五米的球体。重量刚好是亚当火箭所能搭载的最大重量——一百吨，设计时考虑到了这一点。在宇宙空间中掀去机罩后，依靠钢线的弹性展开为直径两百米的球体。

妙要做的就是利用这个巨大的球体将太空垃圾纳入球中，进行粉碎。

之所以选择这么奇妙的方式是有原因的。

说到清除太空垃圾，谁都能轻松想到的一种方法就是用宇宙飞船捡起带走。可是，这种方法成本太高。"捡垃圾"需要匹配好相对速度，换句话说，就是要执行与太空垃圾同等数量的会合作业。这无疑需要精密的轨道计算和大量的推进剂。

于是他们决定抛开相对速度，只匹配位置和时间，按部就班。这种情况下，太空垃圾会以每秒数千米的相对速度飞进球体内部。光靠橡胶和弹簧根本承受不住。因为超过了它们的收缩速度。这也就决定了不可能保全垃圾的形态。只有以破坏为前提才可能实现清除。

可即便是破坏，普通的铝板、瓷板或者是用于防弹背心的凯夫拉纤维布也吃不消。太空垃圾携带的强大动能在撞击瞬间会转化为热量，上述几种材质根本无法抵挡。那部分会蒸发、爆炸。

即便可以制造出厚到足以抵挡热量的材料，也会因为过重而无法由火箭发射上天。而可以发射上天的小面积材料又无法被太空垃圾命中，发射毫无意义。另外，如果使用不够结实的材料，爆炸破坏后，其本身还会成为新的太空垃圾。

为了解决上述难题，立体网眼构造的扫除机应运而生。

扫除机的钢线绞线和其弹簧状的外形相反，完全不是柔软地接住太空垃圾。碰撞的垃圾会以快于绞线收缩的速度飞进来。

垃圾在飞进来的过程中，在蒸发钢线的同时，自身也会蒸发。

其自带的动能会迅速转化为热量。当热量超过沸点，物质会气化继而引发爆炸，但爆炸气浪会从绞线的网眼中逸出。虽然绞线可能会因此穿孔，但是还不至于损坏。

在扫除机内部飞行几十米后，太空垃圾要么完全气化，要么至少成为丧失动能的碎片。待气化的气体扩散开后，就可以捕捉收集垃圾碎片了。

最终排出扫除机的是一厘米以下的细小碎片、一厘米以下的被切断的钢线、气体及热量——无一会对太空飞船造成损伤。

这就是扫除机粉碎太空垃圾的原理。它最大可粉碎直径一米的太空垃圾，寿命可持续到支撑百吨自重的推进剂消耗完为止。在推进剂消耗完之前，扫除机会被投入大气圈，燃烧殆尽。

另外，还有一个问题——如何发现太空垃圾。说起来，"一英寸的恶魔"级别的太空垃圾，正是因为无法发现才麻烦。如果可以发现的话，直接避开就好了。

据传，在这方面经验丰富的美国宇宙军在技术层面上可以发现一英寸级别的太空垃圾，但他们称之为国防机密，所以一直未公开相关技术。另外，无论使用何种方法，在地面上进行观测总是有局限性。南美洲那位业余观测者能发现35665号实属例外。

所以，苹果十号才决定搭载光学望远镜，追随扫除机。望远镜虽然听起来比较原始，但是在大气圈外，可视光不会减弱，波长短，分解能高，是非常有效的手段。而且，并不是由人直接用望远镜进行观察——而是由接眼部安装了高像素CCD装置，计算机负责图像处理。利用苹果号自转进行凌日观测，以两分钟一次的频率全方位扫描地平线上方。高度三百五十千米上可视的地平线半径约为二千二百千米。只要在此范围之内，便可精确地捕捉到太空垃圾并进行轨道计算。更高的轨道或者椭圆轨道上的太空垃圾虽然无法捕捉到，但是此类太空垃圾发生撞击的可能性较低，故不在此次任务对象之内。

另外，并不是发现太空垃圾后就奋起直追。前面说过，追逐垃圾会造成推进剂的巨大浪费。必须在推进剂允许的范围内计算最合适的接触轨道。尽可能在少耗费推进剂的情况下找到可以接触的轨道，绕地球旋转几周后，才可拦住垃圾。但如果找不到合适的接触轨道就只能放弃。这也算是一种局限。

第六大陆计划 E 阶段即轨道清扫任务，每隔几小时就要清理一个太空垃圾。这项作业需要工作人员足够踏实和耐心。

处理完 38124 号太空垃圾后，三人返回苹果十号的居住舱。虽然与下一个垃圾接触要等到五个小时后，但是期间他们并没有闲着。由于清除太空垃圾并不盈利，每一次发射火箭的钱都等于打水漂，所以居住舱塞满了各类利用微重力运转的机器——他们必须利用这些机器赚钱。

只见领航员一面操作机床厂委托的铁－铝硅合金铸造机，一根一根地铸造超硬钻头，一面发牢骚：

"钻头的批发价一根十五万日元，计划铸造一千根，就是一亿五千万。我们可到手五千万。但是此次任务的经费是三十亿……简直就是杯水车薪啊。"

妙一边往冻干食品的包装盒里倒热水准备饭菜，一边说道：

"忍一忍吧。这份工作还是玲花好不容易介绍过来的。"

虽然对微重力环境的利用已经由研究领域拓展到实用领域，但宇宙开发企业还是更倾向于协助从税金中拨取预算的公共机构进行研究，因为赚得更多。妙也希望能承包那种项目。

但是将微重力环境用于研究领域，毕竟其目的是为了调查未知现象，光准备就需要花费数年的时间。而这次任务压根没有那么多时间等待。保泉玲花入职天龙GT会社后，几经周折才找到这项确立了加工方法并且可以制作成品的实用领域工作，但因为是生产商品，顾客自然对预算控制得比较严格。

另外，在微重力提供领域中，ISS和伐弹那基地已经占据大部分市场份额，要从他们手中抢顾客，除了提供低价之外，别无他法。如此一来，利润自然变低。最后，居住舱还有一个非常大的缺点。

驾驶员为了操作别的机器，于是推了一把扶手，飞了起来。

正在这时，领航员尖叫一声："啊！合金！不行啊，坩埚无法进行可湿性控制，这下全部粘到内侧了。"

"十五万日元打水漂了。不好意思，我下次注意……但话说回来，只要一动，飞船就会摇晃啊。"

"请至少提前说一声。"

体型小巧的苹果号在微重力环境中的表现不尽如人意。与几十米大的ISS及伐弹那基地相比，格外容易摇晃。摇晃会产生重力加速度，如此一来，就丧失了机器的运转条件。

驾驶员满口愁闷地说道："桃园寺小姐，我们是否需要重新审视一下 E 阶段？清除太空垃圾不是一家企业应该做的事。与其将资金用在这种事情上，不如全力完成第六大陆……"

"不行。这直接关系到能否招揽到第六大陆的游客。"

妙固执地摇了摇头。

"二位应该听说过'快乐的故乡'提出的主张吧？他们在宇宙开发事业中特别点名第六大陆进行攻击。他们声称发射了近一百支火箭的这项事业正是在污染太空，太空垃圾将会化身天谴掉落下来。不过，他们说的几乎都是事实，所以我们也无法敷衍了事。事实上，第六大陆的顾客预约数在这半年间已经减少了百分之二十。"

妙手指着窗外。透过窗户可以看见在同一轨道飞行的扫除机那巨大的身躯。

"通过清除太空垃圾，可以将实际存在的危险和客人心中的不安一扫而空。"

"但是，我们清除不了所有的太空垃圾啊。"

"做与不做，差别很大。您在买车的时候，也会选择致力于环保的厂商吧？虽然只有那一家厂商注重环保，自然界的污染并不会因此少多少。"

"话虽如此……"

驾驶员一脸担心。

"E 阶段并不在当初的计划之内，这样继续下去，预算没问题吗？"

"放心吧，没问题。"

妙微笑着回答道。驾驶员背过身去，没有说话。他不理解。

其实，妙的内心也非常焦急。E阶段的费用确实给预算造成了不小的压力。如此放任下去，必然出现亏空。而计划滞后必然又会给可信度蒙上一层阴影。

可是，自己决不能输。如果承认失败的话，那天就不会离家出走了。

只要能让那个人意识到错误，自己做什么都无怨无悔。

妙已然下定决心。只见她对二人说道："下次进行清扫作业时，我要EVA。"

"您说什么！"

二人回过头来。妙语气坚定地说道："请同时拍下我在太空游泳以及扫除机正在作业的照片。如果仅仅只有太空垃圾撞击的画面，反而会激起顾客心中的不安。可是如果把我也一起照进去的话，就足以展示其安全性了。"

"太危险了！不管离扫除机有多远，随时都有可能飞过来一枚几毫米的碎片！"

"我已经决定了。"

妙说完后，游到玛纳式宇航服的衣柜前。之后，她回过头补充了一句："请把我更换宇航服及钻过核心舱门的场景也拍下来。向大家证实舱门已经改良过，今后再也不会发生泰那样的事故了。"

说完后，妙毫不迟疑地脱掉夹克和裤子。已经二十岁的妙已然是成年人的酮体。领航员赶紧抓起照相机。

妙一边往内衣外面套上冷却用的打底衣，一边小声地自言自语:"赴汤蹈火都得去做……现在只能靠自己了。"

东京赤坂,某栋格调雅致的写字楼爬满了爬山虎。走进楼内一间办公室的八重波感叹道:"这里俨然是一座小教堂啊。"

"妙小姐下了严令,说这里是第六大陆在地球上的玄关,所以必须调动来访情侣的情绪。"

背靠入口大门的玲花挪开身子,示意八重波看门上的牌子。

派对会场使用的迎宾镜上雕刻着第六大陆的装饰文字以及"Be fruitful, and multiply, and replenish the Moon"①的字样。

放眼室内。墙壁是色调明亮的橙色砖。柱子是文艺复兴风格的豪华雪花大理石。接待桌和椅子是白色铸铁,对面窗户是圣母玛利亚的彩色玻璃。绒毯自然是模仿婚礼红地毯的绯红色。虽然面积只有十五坪左右,但装潢非常典雅。

"这里已经成为妙小姐的据点。房间小,只好用氛围补回来。另外,由于没办法多加人手,目前就由我和她两个人打理。"

屋子里头的赏叶植物底下,一名肩上披着围巾的白人老奶奶一面操作着电脑,一面瞅着玲花。玲花朝八重波鞠了一躬。

"对不起,我现在明明是天龙的人,却还经常往这里跑。"

"太见外啦。不用在意。你已经不是单纯的会社职员,而是我的合伙人。只要你认为是对第六大陆有利的事,尽管去做就好。"

---

①译注:生养众多,遍满月面。

"龙一。"玲花犹如心里的石头落地一般抬头看着八重波。他故作严肃地嘟囔了一句,"连我都想把我们的婚礼委托给伊甸了。"

"啊?我……我们的婚礼要办成那么贵的吗?"

"逗你呢。虽然一直有顾客取消订单,但预约数量肯定不会少于一百五十宗。"

说完后,他微微压低了声音说道:"而且,我想在问候过信司之后,再筹办我们的婚礼。"

"……说的也是。"

玲花点了点头。这六年里,玲花亲眼见证了八重波和泰的深厚友谊——深厚到连玲花也无法插足。

但她终究还是没忍住说出口:"那个……如果可以的话,我们俩去拍婚纱照吧?"今年已经三十六岁的玲花开始慢慢着急,想趁着现在还能化妆赶紧穿上婚纱。

全权审核第六大陆多达几百万个项目的经费列表,一心削减预算,天龙、御鸟羽两家会社联合送上绰号"成本削减机器"的她满脸通红,高跟鞋的脚尖不断戳着绒毯。八重波见状,苦笑着说道:"无缘无故地去照相有点奇怪啊。"

"……嗯。"

"待会儿去市政府吧。"

"啊?"

玲花抬起头还没来得及追问。八重波已经把目光投向里面的老奶奶。

"她是谁？你还没介绍呢。"

"啊，是。她是在这儿办公的哈里法克斯女士。多萝茜！"

老人听到玲花的呼喊，摘下眼镜站起来，走到二人面前。老人满头银发整齐地扎着，个子不高。她抬头看着八重波笑嘻嘻地伸出右手。

"您好，龙一先生。我是多萝茜·哈里法克斯。"

八重波握住她的手，脸上浮现出温暖的笑容。

"我是天龙GT会社社长八重波龙一。初次见面。我能像玲花那样也称呼您多萝茜吗？"

"哎哟，您的姓氏经常听玲花说起。"

"多萝茜！"

"哈哈，真可爱。已经过了害羞的年纪啦。"

多萝茜俏皮地朝面红耳赤的玲花使了个眼色。"嗯哼，"八重波清了一下嗓子，问道："您是玲花介绍来的吗？"

"不是，是妙叫我过来的。受闪之助的委托，那孩子在加州留学的时候就寄宿在我家。我和闪之助是在香港认识的，算起来，已经半个世纪的交情了。"

"真是一位靠得住的朋友。"

双手摸着脸颊的玲花调整好气息说道："她家里曾经住过十六个国家的学生，全因她为人友善，擅长为年轻情侣答疑解惑。先生持有天主教牧师资格，对宗教的情况非常了解。毕竟，第六大陆要迎接全世界的情侣。"

"喔喔，这样一来，我心里就有底啦。"

八重波重重地点了一下头。

"你们找了一位非常可靠的婚姻顾问。"

"嘿嘿,不止如此哦。"

"请移步过来。"多萝茜朝两人招手。三人来到她的电脑面前。

重新戴上眼镜的多萝茜敲打着笔记本电脑的键盘。虽然道具和操作方式都已经年代久远,但二者的能力却并非如此。

图标化的大量数据出现在屏幕上,自由自在地飞舞了一阵后,宛如抽屉里的小物件一般排列得整整齐齐。图标被分为红蓝两色,由许多线相连。线如脉搏般跳动着,忽而变粗,忽而变细消失,忽而数据整个消失后又重新复生。两种数据似乎在打架。

不知不觉,蓝色图标慢慢减少,红色图标逐渐占据优势。八重波不禁问道:"这是什么?"

"蓝色的是发展要素,红色的是衰退要素。这是在模拟第六大陆的风险管控。把各种要素数值化,从而预测第六大陆计划的未来。由于不是百分百准确,所以权当占卜吧。"

"她退休前是加州理工学院的教授。"

"喔喔……"

八重波暗自佩服,不愧是小妙的朋友。他手指着屏幕继续问道:"您说红色占据了优势,是不是意味着计划濒临危机?"

"没错。这样下去的话,迟早会破产。"

多萝茜的话干脆得让八重波无以言对。多萝茜点开其中一个红色衰退要素。详细信息呈现在眼前。

"首先是宇宙旅行的实际危险性。此前出现的死亡事故让这个要素的影响力变得相当强大。要将其打压下去，需要一个强力的发展要素。"

"可否通过宣传活动使其弱化？那次事故之后，我们反思了安全性，也改进了苹果号。强调这点会有用吗？"

"那种情况的话，会这样。"

多萝茜操作了一番。只见其中一个蓝色图标往红色图标连了一条粗线。那条线起初跳动了一会儿，似乎在从红色图标吸走生气，但从某个节点开始，突然形势逆转，蓝色图标反而干瘪萎缩进而消失了。

多萝茜平静地说道："某种程度上有效果，因为日本媒体容易见异思迁，很快就会忘记事故的事情。但是，从长期来看又不可行。因为危险会被重新放大。安全性这种东西，如果强调不当，反而会招致猜忌。"

"那您看该怎么办？"

"试试这个。"

多萝茜匪夷所思地把其他红色图标连到最初的红色图标上。二者如同共振般抖动了一番，随即萎缩下去。

"要反过来利用衰退要素。不要试图掩盖危险性，而应该将之公诸于世。比如，明确标注夏娃火箭发射的成功率，指出这种火箭每发射一百次，必然坠落两次。"

"您说什么！"

梆！八重波重重地拍了一下桌子。玲花不由得往后缩了一下。

只听他怒气冲冲地说道："那可是信司呕心沥血打造的成

果！非但不为它辩护，反而揪住不可避免的失败不放，简直是对它的亵渎！"

八重波的神色非常可怕，脸几乎要凑到多萝茜的鼻尖。

多萝茜用湖水般清澈的眼眸凝视着八重波，说道："确实会有人害怕危险。就像二十世纪初，大家都怕乘坐飞机。可是，现在依旧有几千万人在乘坐飞机。即使大家都知道飞机可能会坠落。"

"第六大陆比较特殊。乘客可是前去参加一生只有一次的婚礼！即便解释称我们配备了逃生火箭，人们还是会将它的存在视作不吉利的象征。"

"乘飞机去度一生只有一次的蜜月不是人之常情吗？人们看见救生衣后会皱眉头？"

多萝茜戳了一下八重波的额头。

"公布出去吧，把它作为一种常识。"

"嗯……"

八重波嘀咕着往后缩了一下身子。多萝茜转过来重新看着屏幕。

"刚才只是举个例子。问题还有很多，比如这个。"

多萝茜点开另一个红色图标。只见一名男子在阳台上朝人群举手。男子身穿金线刺绣法衣，头戴宝冠。

"罗马教皇庇护十三世正在演讲，反对月球殖民化。月球不是《圣经》上记载的神赐予的土地。天主教曾作为西欧殖民主义的大义名分而被滥用，他这样做是为了防止重蹈覆辙。要在第六大陆举行天主教婚礼恐怕有难度。被教皇谴责的婚礼,天主教徒是不会参加的。"

"原来还存在这个问题……"

"你们日本人真有意思。并不信奉上帝却偏偏要在上帝面前立誓。你们真的懂得结婚的意义吗?"

多萝茜略带揶揄地说道。八重波夸张地朝她鞠了一躬。

"嗯……非常抱歉。您说得很对!"

"真实诚啊,挺男人的。玲花,你没选错人。"

"那是当然!"

玲花回了一句,依偎在八重波的胸前。

多萝茜爽朗地笑了笑,回归正题:"我稍微改写了天龙GT会社社长的要素。但是……单凭这个还不够。如果没有足够多的发展要素,成功的可能性非常渺茫。其中,空间碎片问题引起的预算超支尤其明显。妙孤军奋战,实在太辛苦了。"

"宗教问题也得想办法解决才行。没想到教皇居然掺和进来……事关十亿天主教徒,问题不容小觑啊。"

"如果顾客只是日本人的话,我丈夫倒是可以帮忙解决。"

"您丈夫?"

八重波一下皱起了眉头。

"好像刚才有听说您先生是天主教牧师。身为天主教的神职人员,可以结婚?"

"哎呀,被发现了。嗯,这事啊……"

多萝茜扭过头为难地笑道:"您今后应该有机会见到他。到时候您直接问他吧。让我讲，有点不好意思。"

"啊……？"

八重波低头看着玲花，玲花也惊奇地摇了摇头。多萝茜似乎想掩盖尴尬，拍手说道："对了对了。"

"还有一件非常重要的事。龙一先生，我们必须向外务省申请设立驻外使馆。"

"驻外使馆？"

"肯定有人希望在第六大陆举办婚礼的同时进行结婚登记。如果没有相应的政府部门受理，您打算怎么办？"

"哦……您这么一说，确实有道理。驻外使馆是指大使馆吗？"

"是大使还是公使我也不清楚。不过，由于没办法送多余的人上去，所以可能得让某位工作人员取得资格。在海外做事情就是麻烦。"

多萝茜扫视着二人，调皮地眨了下眼睛。

"你们俩就简单多了。"

八重波抬起头，目不转睛地注视着多萝茜，抿嘴一笑：

"刚才您都听到啦？"

"听得清清楚楚哦。你啊，帅气也得分时机和场合的，那种事情要娇羞一点才好。"

"已经过了娇羞的年纪啦。"

说完后，八重波把玲花的手臂夹在腋下，转过身子。玲花神色紧张地大喊道："龙……龙一，难道？"

"多萝茜，下次再听您慢慢介绍您的丈夫。今天就先告辞了。"

"I wish you every happiness！"①

多萝茜挥手送别二人。八重波背过身去，半拉着小鹿乱撞的玲花走出了事务所。

"喂！那可不是玩具。"

身着神官服的老人大喝一声，秃顶的周边还剩一圈金发，五个小孩"哇"地从岩石台座上跳下来。其中一个孩子的脚尖不小心勾到台座上的石头，石头掉落到了地上。

孩子们也没想把石头摆回去，边起哄边跑。

"说教泽维尔！""不要被泽维尔抓住啦！""秃头泽维尔！"

"哎呀……"

老人的真名并非叫泽维尔，而是叫亚伦·哈里法克斯，身份是一名宫司。他微笑着目送孩子们穿过牌坊沿着石阶跑了。站在他身旁的桃园寺闪之助不禁皱紧眉头。

"这可不行啊。得好好教训一顿才是为他们好。"

"是吗？我其实挺高兴的。因为那些孩子知道这块石头不可侵犯。"

亚伦弯下腰，抱起掉在地上的石头。只见石头如同婴儿头大小，表面已经风化，上面爬满了青苔，定睛一看非常像勾玉，应该是上古时代的工匠加工制成的。亚伦将其放回台座。

"一二三……正因为他们知道很神圣，所以才怀着好奇的心

---

①译注：祝你们幸福。

情过来捣蛋。在现在这个时代,还能有如此单纯的心。您不觉得很棒吗?"

"但那块石头不是这间神社的主佛吗?不会遭报应?"

"'主佛'是佛教的说法,这个叫'祭神'。更加确切地说,是从伊势皇大神宫移居到此的月读尊——飞明神。"

亚伦伸展了一下腰,注视着杉树林对面的南部天空。

"当初伊势神宫还没有设分社。'飞明神'是这间筑山神社的初代住持给取的名字。"

"原来如此。不好意思,学得不够扎实。"

"日本的神道虽然有些杂乱无章,但是非常有包容性,是一个很有意思的宗教。你们自己祖先的教诲还是偶尔回顾一下比较好。"

"哎哟,说教泽维尔这就开始发挥本领了。"

两位老人相视一笑。

初冬和煦的阳光照射在山顶上。二人在山顶的空地悠闲地散着步。这里是三重县北部山区的筑山神社。亚伦是神社的宫司。

虽说是神社,可这里没有大殿,只有一尊祭神——御座石。附近的人都把这里当公园,所以难免有人乱扔垃圾。

闪之助一边捡垃圾,一边问道:"您从神父变为宫司,就是因为日本神道的包容性?"

"我还持有基督教教师的资格哦。当然,也有可能是逐我出教会的信没追送到山里来。"亚伦毫无顾虑地回答道。

"我在家乡加利福尼亚州的教区接受按手礼成为一名神父。

年轻的时候对天主教的教义没有任何疑问,直到发生了一件事,让我感觉非常苦恼。"

"第一次听您说。因为什么而苦恼呢?"

"恋爱啊。"亚伦眯起眼睛说道。

"我遇见了多萝茜。但是,您知道,神父是不能结婚的。我非常迷茫。主说'生养众多,遍满地面',但神父却不能结婚生子。这实在没有道理。当然,教义里面有相应的说明,但是一旦疑问萌芽后,任凭怎么解释都觉得只是牵强附会。为了寻求更加宽容的教法,几经辗转,终于遇见了神道。"

"您不是说神道很杂乱吗?"

"确实很杂乱,但也可以反过来说它非常有包容性。在神道中,从太阳和月亮开始,山、河、火、水,甚至未归顺的蛮夷,任何东西都能当作神。也正因为如此,人们才常说'神明千千万'。您见过这么野蛮的宗教吗?当我了解到一个连路边的树、石头都能当作神来供奉的原始宗教居然还存活于一个科学进步的国家时,我感受到了非常大的冲击。"

"中间夹杂着一代又一代的为政者制造的政治混淆哦。比如圣武天皇之后的神佛调和,战时对待天皇的方式等等……"

"没错,但那也是神道的包容性所致。基督教有了《圣经》之后,谁都不会想着改写它,添加新的神。但是,日本神道却擅长灵活变化。道教和它非常相似,但又有所不同。神道的确喜欢尊崇某些东西。但是,其尊崇对象里居然有炉灶的火甚至厕所。有哪个奇怪的民族会供奉这些东西?只有日本人。"

闪之助津津有味地捋了捋胡须。

"然后,您就喜欢上这种奇怪的教义,横渡太平洋来了日本?"

"是啊,在皇学馆待了两年。之后,通过神社本厅的考试,成为一名神职人员。当时,可穿戴电脑还不能翻译古文,所以没少折腾。"

"效果如何?"

"非常失败,还和多萝茜大吵了一架。丈夫为了结婚跑去国外之后居然定居在那里,想想确实是本末倒置。但是,如果不在日本,我的内心无法妥协,最后以一年回家四趟为条件勉强说服了她。"

说到这儿,亚伦冷不丁笑出了声,自言自语:"我第一次见穿白无垢①那么不合身的新娘。"

"之后,经过几次机缘巧合,来到了这间筑山神社。来了之后,我真切地感受到这里是多么适合自己。毕竟,祭神只是一块石头。没有任何虚饰,充满了朴素的自然崇拜气息。"

亚伦朝广场中央的御座石望去。只见他绕着御座石走了一圈,最后驻足在石头的西侧。

"举行定期祭祀活动时,大家就聚集在这里等待月出。起初,我非常不安,不确定自己作为外国人是否有资格参加,最后才发现纯粹是杞人忧天。"

亚伦摇了摇头,朝着晴朗的天空望去。白色的半月低低地悬

---

①译注:"白无垢"是日本的新娘在传统婚礼上穿的礼服。

挂在空中。

"那天晚上，当我看到月亮时，心里涌起一阵对自然的畏惧。月亮令五谷结实、发动潮汐、掌管女性月经、从又高又近的宇宙中守护人类，无论是美国人还是日本人都能平等地感受到它的力量。只要是地球上的人类都可以祭祀它。我终于明白了大和民族将月球奉为神明的内心感受。"

闪之助和亚伦并肩站着，一动不动地盯着半月看。和许多日本人一样，他并没有一颗非常虔诚的宗教心，所以亚伦的感动对他来说很新鲜。日本人自己在日常生活中早已习惯尊崇月亮，还称之为"月亮大人"。这些东西如同表面灰尘被吹走的浮雕一般呈现在闪之助的脑海。

亚伦说了一句："也许日本人去太空是最轻松的吧。"

"最轻松？"

"无论去哪里，都可以当场认神明。不像穆斯林，需要不辞辛苦地寻找麦加的方向。目的地就有守护神，比如月亮神、火星神、母星神、半人马座阿尔法星神，再或者发动机神、通信仪神、宇宙飞船神。"

"简直太随意了。"

"我觉得挺好的。所谓的神，从现实的角度来说，就是溺水者自己创造的稻草。基督教的神根本不会顾及火箭发动机，但日本人却会从物体本身悟出神性，不时唤醒敬虔的心。"

"哎呀，您实在太高估我们了。"

闪之助摇了摇头，装模作样似的长叹一口气。

"现在一大半日本人已经忘记了那种想法。看来需要您给说教说教，唤回他们的自觉。"

"这个……"

"其实，我就是为了这个过来的。说正事吧，您——"

"第六大陆没错吧？"

亚伦回过头。灰色的眼眸静静地凝视着闪之助。

"您想让我在那儿主持婚礼，对不对？"

"没错。"

"其实我早就料到了。连警察都快应付不过来了，还特地跑来找我。然后，我本来是打算拒绝的，因为我认为比起我这种半路出家的神职人员，肯定还会有更合适的人选。"

"……非常遗憾。"

"本来是这样打算的。"

说到这儿，亚伦像少年一般咻咻地笑了起来。

"没想到连您都被解职了。以您现在的状况，恐怕连送神官、神父二人上月球的费用都很紧张吧？"

"是啊，真是羞愧难当……"

"这样一来，日西合璧的我就成了最合适的人选。我非常乐意接受。"

"啊？真的吗！"

闪之助顿时容光焕发，一把抓过亚伦的手。亚伦客气地试图把手抽回来。

"请别忘了。梵蒂冈可还没有允许我入神道呢，他们肯定会提出抗议的。"

"这个您就不用管了,我们会想办法解决。"

"那就这样定了……"

亚伦微笑着握着闪之助的手。一位头顶锃亮的白人穿着神官服与和服裤裙同一位神似西洋人的白发白须的日本人握手,这光景实在难得一见。

"什么时候开始准备?"

"哎,要等到三年后,不用着急。"

"原来如此。"

亚伦点了点头,之后忽然低头说了一句:"我一直有一个问题想请教日本人,但朋友们硬是不告诉我答案。"

"什么问题?"

"当地人为什么称我为泽维尔呢?"

亚伦刚说完,闪之助慢悠悠地扬起嘴角,笑容满面地说道:"那个是亲密的称呼。"

"……啊?"

"其实,那是古代一位著名传教士的名字。这位传教士曾经前来日本传教。"

亚伦歪着脑袋,还不是很明白。于是,闪之助笑着为他讲解了那位西班牙传教士的故事①。

---

①译注:泽维尔(1506—1552),西班牙天主教教士,原七耶稣会会士之一,曾遍游东方传教。

东京市内某家大型城市银行，一名信贷员为了征求上司的审批意见，走进专务董事室。他刚进门便停住了脚步。

只见专务董事正眉头紧锁地戳点数据资料。这是不祥的征兆。只要有不满意的数字，他就会戳点出来。

信贷员慎重地开口问道："专务董事，那位客人追加贷款的事，您看……"

"听说他们想要贷款六十亿。我现在正在看他们的资料，不容乐观啊。"

专务董事果然不大感兴趣，但信贷员试图努力继续说下去。

"虽然其业务主体——第六大陆已经终止了同伊甸会社的合作，但是御鸟羽综建和天龙GT会社都表示会继续执行计划，两家会社和第六大陆法人的关系也非常密切。截至目前，他们已经投入了一千亿以上的资金，很难想象他们会中途撤资。为了保险起见，我还请了三家调查公司查验了一下他们提交过来的事业收益预测。其中，两家公司认为没问题，一家公司认为变数太多，无法预测。考虑到媒体的攻势已经告一段落，而且六十亿的追加贷款额也并不是很大，您看……"

"媒体的骚动是暂时性的，但这个不一样。你看！"

信贷员看着专务董事递过来的数据资料，不由得皱紧眉头。

"'快乐的故乡'？这是新兴的宗教吗？"

"是一个有组织的意见团体。成员里有国立大学教授级别的科学家、民间智库的研究员、经济学家、文明学家、作家、评论家、国会议员……还有知名的议会记者。"

"这个团体怎么了？"

"他们认为，第六大陆要么因为太空垃圾的泛滥导致火箭发射受阻，要么苦于筹措不到清除太空垃圾的费用而失败。虽然现在还没决算，但你看过第六大陆本年度的支出要目吗？太空垃圾清除作业确实没少花钱。"

"非常抱歉，我马上把这点加进去。"

"不用了，我已经弄完了。"

专务董事拿回资料，气急推了他一把。

"他们正处于损益分歧点的紧要关头。一不小心跌一跤很有可能就会摔到谷底。真到了那时候，就算有两家前途无量的公司提供帮助，也难免全军覆没的结局。你想重做三十年前的噩梦吗？"

信贷员身躯一震。那是日本经济史上的巨大伤疤。由于处理不完收不回账的不良债权，这家银行还一度依靠国家财政扶持。

此前，从没有任何一个事件招致如此大规模的舆论反对。自那之后，但凡冒险的贷款，都会被严加训诫。

"收手吧。如果可能的话，对已经贷出去的部分收取追加担保。"

"他们可以作为担保的东西，只剩下月面的资材……无法回收。"

信贷员为难地说道。其实，他内心一直支持着第六大陆计划。飞向月球对于被现实束缚住的自己来说是一个遥不可及的梦想。

但是，专务董事的回答很现实。

"美国的宇宙机构也在做相似的事情。我不清楚第六大陆有多少东西能为他们所用，但我觉得不可能一件都没有。说不定回头真的可以卖给他们。"

"……我们要上天征收吗？"

"自古以来，放贷就不受人喜爱。我们的工作不是销售梦想。我劝你还是早点放弃吧。"

"知道了。"

走出房间后，信贷员才猛然想起来，专务董事刚才劝自己放弃，难不成他以前也……

2

二〇三三年的春天，是一个个小小的成功不断涌现的季节。

设置在伊甸环形山外轮山顶的四十面集光镜通过联动旋转器朝山麓的一个点反射太阳光。设置在那儿的是酷似水泥搅拌车的水泥烧制炉。在炉内旋转搅拌的月壤不一会儿就能达到超过一千二百摄氏度的高温，从内部挥发成分，变成高铝水泥。

烧制成的水泥经过一段时间冷却后，经由多功能建机移送到接下来的模块。名为"混凝土砌块成型机"的模块早就备好了大型投射器投送过来的环形山内的冻土。冻土含有冰和沙土，可以直接作为骨料使用。冰、骨料和水泥在干燥状态下进行搅拌。之后，投入到碳纤维芯材立体牵拉的模具中。

模具外侧装配了张力器，朝外拉伸芯材可以压缩模具。芯材的作用相当于钢筋。经过这个名为"预应力"阶段的产品不容易裂化。要想维持设施的气密性，这一步必不可少。

接下来，集光镜将焦点转移至压缩状态的模具。将来，随着集光镜数量的增加，烧制炉和混凝土砌块成型机会分配各自专用的镜子，但目前只能轮流使用。

经过加热后，砌块成型机中的冰逐渐融化并与水泥成分发生融合，也就是水合作用。随着水合作用的推移，混凝土慢慢硬化。如果再施加温度更高的热量，月壤就会玻璃化，之后熔融。不过，他们无法供给那种热量，也没有必要供给。

冰全部融化后，迅速移开加热焦点，将之放置三天。这一步叫做"养护"，目的在于维持温度和湿度，促进水合作用。如果没有好好"养护"，混凝土的耐久性能将大打折扣。

三天后，在作业员的监视下，模具被拆掉。多功能建机慢慢靠近模具并从中叉起乳白色的混凝土砌块。只见砌块长三米，高、宽各一米，月面重量两吨半，呈长方体。

多功能建机静静地将其放置在地上后，走也一行人怯生生地用手去摸。表面上没有气泡或者气孔造成的凹凸，就像打磨过一般非常平滑。

其中一人不禁自言自语地说道："表面都可以映照星星了……"

除了感动还是感动。这东西在地球上司空见惯，甚至是枯燥无味的代名词，但在月球这个不毛之地，简直如同宝石般美丽，而且价值不菲。

混凝土。

虽然需要经过搅拌、加热、取出等多道工序，但是不管怎么说，最重要的建材终于还是制造出来了。毫不夸张地说，第六大陆百分之八十的工程都是为了制造它。四个男人默默无言地来回抚摸着这个重量感和金属建材完全不同的长方体。

之后，多功能建机将混凝土砌块运送到卫星精确定位的地点，并用螺旋桩将其固定在地面上。它将成为今后所有设施的原点。走也用锚栓将地球上带来的白色花岗岩石板钉在了砌块上。

三月十五日，第六大陆，奠基。

当天，西王母六号和御殿场地面支援中心举行了奠基仪式酒宴。走也朝屏幕中的岩城部长举起不知道被谁换过标签的月景包装食品盒。

"干杯。又前进了一步，从明天开始，建设基地框架。"

"干杯。基地框架方面，喷水往后推一推，目前先堆砌混凝土砌块。"

岩城面无表情地说道。所谓喷水，是指利用喷水设备往砌好的混凝土砌块上喷洒液体水，使其冻结，以提高气密性能和防辐射性能。

走也回问道："您说只要堆砌混凝土砌块，可是如果不阶段性进行冻结，工程会发生混乱的……发生什么事了吗？"

"砌块一旦固定，之后要想移动……算了，这个下次再说。"

岩城把话打住，只是对走也说："多喝点。"

由于喷水延后空出了时间，第二天开始，工作内容改为进行海龟号的再起飞实验并往泰坦X改造而成的轨道拖船注入推进剂的实验。泰坦轨道拖船其实就是NASA的卫星发射火箭第二段。轨道拖船改造作业——其实就是降低主发动机的输出功率，延长其寿命并安装二次注入推进剂的接头而已——在美国本土进行。另外，轨道拖船抵达月球轨道也是通过NASA的控制才得以实现。日本方面还是第一次接触到轨道拖船。

为了顺利交接，他们决定向自由女神岛方面求助。

NASA自由女神岛在前年走也一行人降落月球之后，设置了火星大使一号作为暂时驻留设施，现在正在急速建造充气构造的永久驻留基地。由于它被计划用作将来的行星探测基地，所以没有必要像第六大陆一般设置面向普通客人的诸多设备，而是将喷气推进实验室的功能完全照搬过来，逐步建成一个无人机械·探测器控制设施。

一位名叫亨德森的男子带着移动控制台从自由女神岛来到西王母号。他负责操纵上空的轨道拖船，站他旁边的山际则使用西王母的设备命令海龟号接近拖船。对于往返通信存在三秒延迟的地面控制中心来说，让两艘系统完全不同的宇宙飞船进行对接，这种精密作业他们根本无法控制。亨德森和山际二人就是御殿场地面控制中心和约翰逊航天中心的代表。

经过一番谨慎的操作，海龟号和轨道拖船顺利对接，并开始注入液氧和液氢。二人擦去额头上的汗珠，紧握着对方的手。

"干得漂亮，山际先生。"

"您才是，亨德森船长。为了配合工程安排，我们将实验提前了，没想到您在这么短的时间内就记住了操作要领。"

"哈哈，我也是熬了个通宵才记住的。接下来，轮到你们吃苦头了，因为你们要靠自己引导它们对接。有好好观察我刚才的操作吗？"

在旁边拍摄记录视频的走也放下摄像机竖起大拇指以示回答。之后，他来回扫视着二人，问道："你们之前就认识吗？刚才的合作简直天衣无缝啊。"

"以前，确实有点认识。"

山际和亨德森交换了一个眼神，笑了起来。走也并不知道眼前的两个人就是当初前沿号救助苹果三号的当事人。

亨德森把目光投回到控制台上。

"总之，从今天开始，你们可以在地月之间尽情使用推进剂了。我的那些上司要是能放下面子，我们也可以加以利用……"

"我们非常乐意分享，但是第六大陆挖掘的冻土没有剩太多。刚好又碰上液态水喷水延期，那部分水只好被用于制造氢气和氧气。呼吸用的氧气已经足够，又没有设备储存易挥发的液态氢。如果停止电解装置，则白白浪费工作时间。哎，真不知道该怎么办。"

听罢走也的话，亨德森非常干脆地回答道："将其装入适当的容器后再放置到环形山里不就行了吗？那里的温度比较接近液态氢的沸点。"

"原来如此……我怎么没想到这个方法呢。谢谢！我让御殿场想想具体的方法。"

"咦？这不是小事一桩吗？"

亨德森摆摆手，之后一脸惊奇地重新盯着走也。

"你刚才说液态水喷水延期了。发生什么意外了吗？"

"不知道是不是意外，只是听御殿场说混凝土砌块一旦固定之后会很麻烦。可是，之后并没有计划移动砌块啊。"

"难道是因为那件事？"

大吃一惊的亨德森说明道："之所以那样安排是为了在发生万一时方便我们取走砌块。自由女神岛也有许多地方需要用到混凝土砌块。"

"'万一'具体是指什么时候？"

"你们无力偿还银行贷款的时候。我们的上司透露，第六大陆的部分资材已经作为贷款担保，NASA可能会有偿取走……"

"你说什么！"

走也一行人面面相觑。

"从来没听说啊。""哎，这么说来，估计是小妙他们的个人决策啊。"

"估计他们是怕影响现场的士气吧。不好意思，我多嘴了。"

亨德森察觉到走也等人的困惑，试图安慰他们。

"别担心。本来月球资源就有《月球协定》加以限制，要作为担保肯定干扰重重，最终不了了之。"

山际叹了一口气，说道："希望如此。说起来，阿波罗十三号飞行员斯威格特也曾经在飞船里面担心税金的问题。别看这里是另外一个世界，但终究只是人世的一隅。"

"算了，计算收支这类事情就交给地面吧。我们再担心也没用……"

走也正试图改变气氛，突然其中一名作业员不合时宜地唱起了日语歌。

"雪啊，岩石啊，都是我们的归宿，因为我们无法住在城市。"

"嗯，多亏了克莱门汀号啊。"

亨德森点了点头。

走也不禁回问道："你说什么？关那个探测器什么事？"

"那首歌是《亲爱的克莱门汀》① 吧？他不是在纪念在月球上发现水的克莱门汀号探测器吗？"

那个作业员嘀咕了一句："啊？"

走也笑着解释道："他刚才唱的那首歌是日本的《雪山赞歌》。作词的还是第一代南极越冬队长呢。这么看来，还挺适合作为我们的主题曲。"

"喔，原来日本还有这么一首歌啊，真巧。"

亨德森愉快地笑了笑，环视着西王母内部。

"缘分真是太不可思议了。俄罗斯制造的舱体，中国人加以改进，你们这些日本人拿来使用，我这个美国人过来拜访……我们大家能聚在这里说不定是一个奇迹。"

"不，是努力的结果。世界上根本没有奇迹。"

亨德森本想再说点什么，但眼见走也内心压抑的样子，他选

---

① 作业员唱的日语歌，结尾部分的发音听起来像英文单词 Clementine，而美国曾在一九九四年发射了同名的月球探测器，译成中文也就是克莱门汀号。

择了沉默。也许他也猛然想起曾经有一个奇迹没能发生在走也朋友身上吧。

亨德森深深地点了一个头，朝着气阀舱走去。

"朝计划完成努力加油吧！不管地面上发生什么乱七八糟的事，我们都会支持你们。"

"你们也是哦。"

亨德森举起一只手，消失在舱口。

两个多月的时间里，混凝土砌块的制造进展顺利，海龟号的无故障重复使用次数也达到了六次。通过海龟号从地球低轨道转运过来的数十吨机材接连卸到月面。但是，在第七次起飞时，海龟号的发动机终于还是发生爆炸。由于着陆需要点火两次，起飞需要点火一次，六个来回下来，总计点火十八次，比当初预计的十五次还多了三次，还算是令人满意的结果。另外，由于预想到可能发生爆炸，所以他们事先通过多功能建机将面向着陆垫的西王母六号侧面用月壤覆盖住，只有一部分发电板受到波及。

总有一天，轨道拖船同样会发生爆炸。毕竟还没开发出可以无限使用的发动机，明知道会发生爆炸，但下一步硬是无法判定使用到何时才能在爆炸之前安全报废。不解决这个问题，就无法将轨道拖船用于载人。

每一次的进步必然都会带来下一个课题。御鸟羽综建的参堂部长早就预料到了这一点。问题发生后第一时间报告御殿场，地面工作人员立刻商讨解决方案。

五月末，第一批作业队结束为期半年的建设作业，离开月面。

根据原计划,本要等到二队抵达之后才可返回地球,但运载二队的夏娃火箭因为天气恶劣推迟发射,于是上级命令他们提前返回。这半年间的作业非常顺利,一行人安安心心地踏上了返回地球的旅程。

可当四人降落到种子岛之后,呈现在他们眼前的是空空如也的发射台。

"小妙,你在里面吗?"

位于新名古屋机场附近的半田市某栋海边公寓。走也敲着门,不一会儿,一位头发绯红的女士从门缝中探出头啦。是保泉玲花。

"青峰,你怎么会来这儿?这是我家哦。"

"我从八重波社长那儿问来的!御殿场、种子岛、赤坂都没见小妙的身影,可穿戴电脑又关机,找得我好辛苦。她在这儿吗?"

"在是在,只不过现在……"

"八重波社长见是我才告诉我的。请放我进去。"

走也推开玲花径直闯了进去。走到客厅后,发现妙像往常一样穿着单色衣装,背靠在沙发上一动不动地闭着眼。

走也站在她面前,语气强烈地说道:"小妙,你在这么关键的时候消声匿迹,究竟是怎么想的?"

"别这样,青峰。小姐现在非常疲惫。"

玲花从后面拉住青峰的手臂。

"她今早刚从圭亚那回来。之前去了利雅得,再之前去了巴黎……"

"我还刚从月球回来呢,都半年没见了。"

"你根本不懂小姐有多辛苦!"

"玲花。"

妙抬起一只手直起身子。只见她用手整理了一下蓬乱的黑发,深深地呼了一口气,说道:"我没事。"

"但是!"

"别说了,我确实要向走也解释清楚。"

"请坐。"妙看着地板说道。走也勉勉强强地坐到她的身边。

"我去巴黎是为了找欧洲宇宙开发机构(ESA)帮忙。"

"……找他们帮忙?"

"巴黎方面让我去找赞助单位,于是我又去了利雅得。那儿的阿拉伯通信卫星机构(Arabsat)本部一直在使用ESA的火箭。"

"帮什么忙呢?"

"但是Arabsat说他们只发射静止卫星,跟他们没关系。于是,我又飞去圭亚那——ESA的菲德拉火箭发射场所在地。既然找赞助单位没用,那就直接找现场的人。"

"小妙,你究竟在说什么?"

"我想请他们协助清除太空垃圾。"

妙抬起头注视着走也,眼睛似乎已经湿润。

"现在环绕着轨道的太空垃圾基本上是全世界的宇宙机构丢弃的,并不是我们造成的。"

"为什么要找阿拉伯?美国和俄罗斯呢?大部分的太空垃圾都是他们制造的吧?"

妙摇了摇头。走也蓦然想起此前她控告俄罗斯政府一事。想必是败诉了才千里迢迢地赶往沙特阿拉伯和中南美吧。

　　"我找过他们，但失败了。全世界走了一圈，但没有一家宇宙机构愿意帮忙……"

　　"有必要那么拼命吗？第六大陆作为民营企业已经为清除太空垃圾做出了贡献。即使不能彻底清除，也达到了宣传效果啊。"

　　"我当然在宣传！可还是赢不了他们！"

　　妙大声喊道。面对妙异常尖锐的声音，走也不由得往后一退。

　　"他们，还有'快乐的故乡'摆出的真实的数字。我们的形象策略根本不起作用，只好同样用数字进行反击，但却苦于没有对应的事实……"

　　"保泉，至今为止，扫除机清扫轨道的真实效果如何？"

　　走也无法直视没好气的妙，只好转而问玲花。

　　倚靠在沙发后面的玲花回答道："E阶段使用五台扫除机，共计清理了一百二十个太空垃圾。成绩不错，足以展示扫除机的能力。"

　　"但和四万个以上的太空垃圾数量相比，简直微不足道。"妙自言自语，声音有些颤抖。

　　"我们并没有那么多扫除机。"

　　"所以你就气馁躲到这儿来了？"

　　走也的语气平缓了一些。玲花摇了摇头。

　　"我们一开始就知道不可能清除所有垃圾。问题在于我们甚至无法完全处理掉第六大陆计划自身生产的垃圾。至少数字账面要对得上，否则E阶段本身将会失去说服力。"

"……那可能吗？"

"还差两台扫除机。只要再增加两台，就能彻底清除近轨道的种子岛所发射的航天器产生的空间碎片。考虑到解体对策和自动突入化改装也在同步推进，将来应该不会再产生更多垃圾了。"

"这样算下来。"

"E阶段的任务，执行一次需要耗费三十亿日元，两次就是六十亿。"

妙接下来说的一句话让走也彻底沉默。

"我们没钱了。银行也不肯贷款，因为E阶段并不盈利。"

走也恍然大悟。此前从未听过的担保一事突然在月面被提起，是因为E阶段和其他作业不一样，它完全无法盈利。"

妙实在无计可施，才隐匿在玲花家中。

不，那不是问题的本质。走也朝玲花使了一个眼色。

"不好意思，能给我们二人一点独处的时间吗？"

"……那我出去一下。正好咖啡也没了。"

玲花瞄了妙一眼，出门了。走也把膝盖朝着妙。

"我们俩上一次这样对话已经是一年前的事了。泰去世之后一直没有机会。"

妙背过脸，没有说话。

"我有一件事想问你，你能如实回答我吗？"

"……什么事？"

"你到底在追求什么？"

妙终于转过头，眼神充满了不解。走也回看着她。

"你一直在兜圈子。我不知道你真正想要什么。八年前我曾经问过你同样的问题，现在我再问你一次。你做这一切究竟目的何在？"

妙动了两三次干燥的嘴唇。走也静静地等待着。过了一会儿，她说道："……我想要朋友。"

"朋友？"

"是的。我在等待从其他星球来的客人。第六大陆正是为此而——"

"不对。"

走也斩钉截铁地打断了她的话。

"这我还是第一次听说。SETI的道具是为此准备的。的确，你也确实有那种打算……但是，不对。你自己都没有察觉到，那只不过是一种手段而已。"

"我……自己？"

"我也是看你过于执着'快乐的故乡'才明白的。那群人同我们至今为止碰到的困难并无二致，而你之所以如此在意他们，是因为站在他们背后的是你的父亲。"

妙双唇紧闭，脸上写满了否认。走也反倒缓和了表情。

"我说的没错吧？"

"错了。"

"不，我没说错。我不知道你和你父亲之间究竟发生了什么，但是我明白，所有的事情都可以用那个原因解释。你从全世界得到了如此巨大的支持却依然高兴不起来，是因为你最想得到表扬的人没有表扬你。"

"我已经二十一岁了！怎么可能乞求别人表扬！"

"和年龄没关系。老实承认吧，你是不是想让父亲表扬第六大陆？"

"我妈妈去世都是他害的！"

"……真的吗？"

无比震惊的走也无言以对。

妙低下头，肩膀颤抖着，说道："……当时东海伊甸有人受伤了。"

"有人受伤？"

"对，过山车发生故障导致十二名游客受伤。伊甸会社必须紧急派人探望伤者，但当时包括父亲在内的董事会成员全部身在国外，只好让身为共同管理者的母亲作为会社代表前往。妈妈在路上发生交通事故去世了。"

"交通事故……那就说明不是故意的啊。"

"就算不是故意的，也是他净让妈妈做那些事才导致的事故。"

妙摇了摇头。

"他一直那样对待我妈妈……最讨厌那种人，都没和我妈妈办婚礼……"

"……小妙，醒醒吧。"

走也伸出双手，轻轻地抱住妙的肩膀。

"你其实是想让父亲和母亲结婚。"

妙睁大眼睛，眼眶里噙满了泪水。走也摸着她温热的脸颊，说道："试着回忆一下。你应该还记得他们俩的笑容。你想要的就是那个。"

妙眨巴着眼睛，视线一片模糊。这个女孩一直想向外面走，向远方走，朝着与过去相反的方向走，今天她第一次回望自己走过的路。

"不……不可能，不对，你骗人……"

"别着急，慢慢想。E阶段的事之后再说，我们会想办法。对了，还有一件事。"

"呜呜……"

妙眼神呆滞，身体微微颤抖着。走也悄悄地放开她。她的内心深处已被打开。不过，只有她自己才能看清。在此之前，走也只能等待她回过神来。

就在这时，玄关的门突然被打开。走也还以为是玲花回来了，回头一看，不由得站起来大喝一声："你是谁？"

"你就是青峰走也君吧。我认得你。我叫桃园寺辉一郎。"

"你就是……妙的父亲！为什么你会来这里？"

"你不是和伊甸会社的保安部部员一起行动过吗？你未免太大意了。我只不过调取了你可穿戴电脑的位置信息而已。你还没退出登录吧？"

"社长，请等一下，社长！"

被保安部部员架住胳膊的玲花挣扎着从辉一郎身后追来。怪不得他能找到具体房间。

只见玲花大声喊道:"请不要现在见小姐!现在对她来说非常重要!"

"正因为如此我才来的。妙!你在吧?妙!"

辉一郎没有理会玲花。径直走到并坐在沙发上的二人面前,冷眼俯视着他们。

"果不其然,走投无路到只能求青峰君了吗?来,妙,抬起头。你应该知道无法继续撑下去了。回来吧,放弃第六大陆!"

"桃园寺先生,我该怎么说你呢?"

"我怎么了?"

走也如同在保护妙一般,探出身子怒视着辉一郎。

"作为父亲,只会凭武力强迫女儿吗?你有没有想过妙为什么要如此拼命地逃离?"

"我不想说你多事,请让开!我现在没空理你!"

"小姐!"

是玲花的叫喊声。只见她挣脱保安部部员,飞奔到妙的身边,扶着妙的肩膀。

"小姐,您没事吧?"

走也猛然意识到妙疲惫不堪地闭上眼睛,急促地呼吐着热气。看起来不像是情绪混乱导致的。

一摸她额头,竟然如火烧般滚烫。自己太大意了。妙从一开始就是这种状态,而自己竟没有察觉。

"保泉,快叫救护车!她烧得很厉害!"

"是,是!"

"不用了,我会带她去医院。喂,把直升机降落在附近的空地!"

辉一郎命令完门口的部下后,扫视了走也和玲花一眼。

"妙住哪儿?你们替她换好衣服。"

"她根本没有住处!"

"什么?"

玲花提起角落的行李箱说道:"这就是她的全部家当。小姐现在一无所有,根本没有住处。只能在这里、御殿场或者交通工具里睡觉!"

"我送她去医院。保泉你带上行李箱,你有车吧?"

走也抱起妙,对辉一郎说道:"现在,你已经没有资格带她走了!"

"我没有资格?"

"我没说不让你见她。等她病好后你再来吧,好好想想怎么道歉!"

"什么?道什么歉?"

"道什么歉?她母亲的事!"

辉一郎缩回伸到一半的手。走也能得知那事,肯定是妙亲口说的。没想到这位年轻人居然打开了妙的心扉,这是自己从来没有做到过的事……

辉一郎挥了挥手,示意堵住门口的保安部部员让开。眼看着走也如同抱易碎品一般抱着妙冲出门,他没有追上去,只是目送着他们离去。

3

妙从不做梦。一直以来，只要能睡，她都尽可能平心静气地熟睡，所以她没有经历过迷迷糊糊的状态。

眼睛微微睁开，色彩的洪水映入眼帘。她以为自己一定是在做一个平时没做过的梦。

彻底清醒后，她才发觉并不是梦，而是花。五颜六色的花束从地板堆到床上包围着自己。

她大吃一惊，自言自语地说道："这是……？"

"哎呀，早上好！"

正在板夹上写东西的女护士对妙微微笑道："本来医院规定送花要适可而止，但是把您送到这儿来的男士说全部搬进来，所以就堆成这样了。您感觉怎么样？"

"就像在做梦。"

"您是不是一直向往花田？"

妙本想辩解不是那个意思，但欲言又止。自己并不讨厌花。

护士一边确认点滴袋，一边说明："今天已经是您卧床之后第三天了。病状是过劳和时差引起的感冒。由于感冒可能发展成肺炎，并且听说您又刚从防疫体制不完备的中南美回来，作为治疗兼检查，您需要再住院一段时间。"

"还有多少天？我要早点出院，否则大家……"

"大家都知道啦。压在最下面的花束就是各家公司送来的。

您真是名人啊，桃园寺小姐，今天先好好休息吧。"

护士老练地按住意欲起身的妙，往她耳朵伸入体温计。"八度三分，还不行啊。"随即嘱咐妙躺下。

"今天打点滴。明天要是有食欲，可以吃一点软烂的东西。在那之前，请您先忍一忍。"

护士帮她重新盖好毯子，出去了。

妙环顾左右。花束多得让她目瞪口呆。御鸟羽和天龙应该是最早送过来的，肯定在最底下被压烂了。关联企业送来的花束则在上面……

不，不止企业。上层的花束上还有许多小小的留言卡片。妙随手挑了一张。

"Take care of yourself, Moon Princess.——A.B.Navamukundan KL"①

从来没有听过的名字，似乎是从马来西亚寄过来的。下张，下下张，下下下张的卡片都是如此，既有个人名义送的，也有第六大陆相关企业送的，甚至还有某些国家的公职人员送的。

妙明白，自己病倒的事情已经公诸于众了。怎么办？第六大陆的主导者居然病倒了，项目的形象岂不……

形象？

几百束花束，温馨的海洋，陌生人的问候。

妙呆住了。她没预料到居然能收到这么多支持。以往，发给

---

①译注：照顾好自己，月亮公主。

自己的邮件当中，她只挑有用的邮件读取。她坚信各种各样的宣传活动会全部转化为数字。

妙真切地感受到多得无法统计的纯粹关心，同时，内心袭来一阵莫名的恐惧。

她重重地倒在床上。闭上眼，黑暗之中响起了走也的话——"那只不过是一种手段而已"。手段。自己竟然把他们当作手段……

这样的自己和那个人有什么差别……

体温似乎又升高了一些。妙再度昏睡过去。

正准备下车的闪之助一个趔趄差点跌倒，两条强有力的手臂扶住了他。

"您没事吧？"

"哎呀，不好意思。初春的时候把腰弄坏了。果然活到九十三岁，全身上下都是毛病。"

"真让人头痛。距离项目完成还有三年呢。其中的一年还是因为我社延迟导致的……"

"别以为事不关己哦，御鸟羽社长。"

八重波从外面抱住闪之助，对着在车内扶住闪之助的御鸟羽说道："我今年四十五，你也六十五了。一不留神，说不定咱俩都坐不上火箭。赶紧建完吧。"

"我只和第六大陆比，看谁更早退休。"

三个男人你一言我一语，交织着笑声。每个人都不甘比另外二人更早退休。

三人留下司机，往前方走去。那是六车道高速公路大小的水泥路。道路沿边是几乎看不见墙壁尽头的像仓库一般的壮观建筑物。这里是天龙 GT 会社飞鸟工厂一隅。

几乎需要仰视的高墙下方有一扇孤零零的便门，三人站在门前。

御鸟羽询问道："你想让我看的东西就在这里面？"

"二位只见过夏娃和亚当的影像吧？那样可没办法讨论火箭。我想让二位体验一下实物本身拥有的说服力。"

"这不就是您当初说服我社青峰的手法吗？"御鸟羽笑嘻嘻地说道。当初亲眼见过特洛菲试验机的青峰走也回到本社后，如同变为天龙的间谍一般，处处为天龙争辩。

"请！"八重波假装面无表情地打开便门。

工厂内部洒满了耀眼的半导体灯光，横放着面包车大小的圆筒。令人惊讶的是圆筒的数量。正面就有四根，再加上左右两边，总共估计有二十根以上。

"混合动力辅助推进器，Hybrid Assist Booster，简称 HAB。"

"是新产品吗？"

"不是新产品，但那恰恰就是卖点。"

八重波走近其中一支 HAB，轻轻触摸着。

"想必二位都知道安装在亚当和夏娃边上的小型火箭吧。那种火箭一直以来都是燃烧橡胶等固态燃料，而 HAB 将固体、液体并用。如此一来，灭火和再点火将成为可能。算了，不讲技术方面的东西了,我也不是非常了解。"

"谢谢,我也完全摸不着头脑。推进燃料是石蜡系倾斜粘结材料,断面是曼……曼德布洛特集合(Mandelbrot set)形状……这都在说些什么啊?"

闪之助一边阅读立在身前的说明板,一边歪着脑袋。

八重波平静地说道:"如果泰还在人世的话,一定能为二位好好讲解。这是他最后的作品。"

"哦?"

"他一直说这就是他的本事。算了,不说了。重点是HAB可以出售。日前,阻挠火箭出口的众议院决议终于废止了。HAB也将成为该决议废止后的头号出口火箭。"

"您刚才说HAB不是新型产品反而是卖点所在,此话怎讲?"

"其实HAB历史悠久,它和特洛菲一样,从上世纪就开始研发了。现在,终于达成安全性的目标。将其安装在夏娃火箭上也毫无问题,也就是说,它已经完全具备载人所需的强度。当然,第六大陆使用的推进器已经制造完毕,所以不会将它用在夏娃火箭上……"

之后,八重波问御鸟羽:"多功能建机的转用进行得如何了?听说您在推销它用于海底和极地用途。"

"目前正在逐步推进。如果能被采购用于两年前曾经大肆泛滥的幼发拉底河的疏浚工程,基本上可以回笼开发经费。"

"我们基本上都还能勉强糊口。既然这样,御鸟羽社长,我们要不要联合起来搞一项慈善事业?"

"终于进入正题了吗？"

御鸟羽处变不惊地回答道。脸上一副早已料到的表情。

八重波继续说道："根据玲花，不，根据保泉等人的估算，算上Ｅ阶段的支出以及夏娃火箭的发射支数增加等因素，如果能筹措到八十亿日元资金，基本上可完成第六大陆的建设。我打算由我们两家公司掏腰包分担这八十亿。"

"等一下，八重波社长，等等。我会过意不去的，请不要那样做……"闪之助举起手说道。

八重波没有理会，继续说道："我明白御鸟羽社长的想法。没有建设公司会自掏腰包搞工程。贵社完全可以撤出去承包其他工程。我不会强迫您。这只是我个人的请求。"

"……要说服董事会有点难度啊。"

御鸟羽的回答让八重波非常意外。他本以为御鸟羽至少会犹豫一下，不，是非常犹豫。御鸟羽的这句回答基本等同于答应了。

"我担任社长也够久了。我撤回刚才说的那句话。虽然有可能在项目完成之前就提前下岗，但第六大陆看起来的确有赌上社长职位的价值。"

"御鸟羽社长……真的没关系吗？"

"八十亿的话肯定不行。那相当于我社从本工程得到的近一半纯利润。最多十亿左右……但是，我会想想其他办法。"

"谢谢！"

"不必道谢。对于我们来说，放弃工地比任何事情都可耻。为了顺利完工，硬撑一下不算什么。"

御鸟羽大方地摆了摆手。

八重波不停挠着依旧乱糟糟的头发,自言自语:"好了,剩下七十亿,天龙能拿出多少呢……"

"二位如此出手相助……实在非常抱歉!"

闪之助深深地鞠了一躬。这次轮到八重波摆手。

"错不在您,宇宙开发的道路从过去开始就布满了荆棘。曾经有一个人利用信息产业和娱乐产业收获巨额财富后,决心将宇宙开发作为毕生事业,向宇宙发起挑战,但是资金无限膨胀,他落得一穷二白,最终遗憾退出。这样的例子不胜枚举。从加入第六大陆计划开始,我就做好了思想准备。"

"如果我没有被解职……虽然到了这个岁数,也无法再掌舵伊甸会社了,但至少可以继续帮帮妙。"

"至今为止一直让这个孩子承担伊甸会社的责任,确实难为她了。"

三人不约而同地有些沮丧。御鸟羽和八重波都是才能出色的管理者,不会盲目地信任妙。在天平上反复权衡她的实务能力以及象征效果,认定她是合适的人选之后,二人才将其奉为核心。纵然她和伊甸会社断绝了关系,考虑到她仍然可作为代言人,他们都没有要求妙退出,但不得不说,奋战到病倒,无论作为一个管理者,还是作为一个大人,都是错误的。

"必须尽快找到一个人接替那个孩子,不,接替那个人的工作才行啊。承包方麻烦委托方可是本末倒置。"

"但是,上哪儿去找能力与妙不相上下又能被妙认可的人呢?"

二人额头对额头,喃喃自语。就在这时,八重波的可穿戴电脑响了起来。他背过身去。

"抱歉。——啊,是我。有客人?帮我推后吧……从美国特意过来的?"

八重波的神情突然变得紧张起来。他等不及挂断电话,抬起头回望着二人。

"请二位移步到我社本部。还有时间。"

"什么事?"

"应该是好消息。蓝色起源(Blue Origin)公司的代表来了。"

"然后呢?"

"蓝色起源可是西雅图一家民营火箭企业啊!"

"民营?美国有那种……哎,哎?"

八重波突然一把背起闪之助,跑了出去。

桃园寺辉一郎快步走进N大学附属医院的大厅。一位发型怪异、身着白色和淡蓝色和服的人正在咨询台聊天。

正当辉一郎从那个人身后经过,准备前往住院病房时,那个人叫住了他。

"您就是桃园寺先生吧?"

辉一郎回头一看,一位老人正看着自己。老人不仅发型怪异,外貌也一样——异常高挺的鼻梁,蓝色的眼眸。原来是一个外国人。

"……您是?"

"我叫亚伦·哈里法克斯。您果然是桃园寺先生。此前多承蒙您父亲照顾。"

"我父亲?"

"没错。您是前来看望令千金的吧。我也一样。可以和您一起去吗?"

"……当然。"

辉一郎虽然有几分不情愿,但也没理由拒绝。

二人并排走在护士和机器椅来来往往、贴满彩带的走廊里。大步向前走的辉一郎领先三步左右后,亚伦开口说道:"您是不是带来了什么好消息?"

"为什么您会这么认为?"

"通常,揣着坏消息的人不会走得那么快。妙听到您的消息后,应该会很高兴吧?"

"您认为我是在取悦妙吗?"

"您是她父亲啊。为什么表情那么意外?"

"这是我的家庭问题,希望您不要插手。"

"失礼了。我还以为您需要建议。"

"您究竟是谁?"辉一郎停下脚步,语气强硬地问道。

亚伦沉稳地回答道:"我就是从事那种工作的人。您要告解吗?如果要忏悔的话,我洗耳恭听。"

亚伦亮了一下神官服中的基督教十字架。辉一郎诧异地眯起眼睛。

"您是神职人员?"

"如果我确实有神职人员的资格,您能信任我吗?我不会多嘴的。"

走在前面的亚伦突然溜进一间开着门的房间。辉一郎紧跟进去。只见房间的架子上堆放着毯子——是布草房。

辉一郎还没来得及自问为什么会乖乖地跟进来,亚伦便说道:"您爱着令千金吧?"

"……当然。"

"令千金开心吗?"

"非常遗憾。"

"那是因为您的爱没有传达给她。您需要反思一下表达爱的方式。您有在努力表达吗?"

"这个……当然。"

"真的?"亚伦平静地问道。

辉一郎感觉有些苦闷。为什么老被问这些问题?这个老人也好,那个年轻人也好。

"那个孩子……总是想逃避,即便我一直挽留她。"

"您真想挽留她吗?"

"没错。"

"您希望被爱吗?"

辉一郎的脸顿时红了起来。亚伦把手轻轻地搭在他的手臂上。

"不要害羞。作为一个人,这些想法都是很自然的。父亲希望被女儿爱,女儿希望被父亲爱。但是,您应该知道,爱不是强制得来的。您是不是强行命令妙去爱您?"

"……是。"

辉一郎点了点头,亚伦笑嘻嘻地说道:"谢谢您向我坦白。"

"啊?"

"您备受折磨的原因找到了。别强求她爱您。今天不行就明天,明天还不行就下周。"

"什么意思?"

"别着急,慢慢来。"

亚伦轻轻拍了一把辉一郎的胳膊,走出布草房,拐去前台了。

辉一郎忍不住说道:"您不看望妙了吗?"

"请替我向她问声好,告诉她我很期待飞往月球。"

亚伦就那样走了。

辉一郎呆站了一会儿,随即轻轻地摇了摇头,迈开步子。他总觉得有些脱离现实,亚伦那句欢快的道谢残留在耳际。

那就是……坦白?

一不小心从妙的病房走过头了,还好被护士叫住。他回到妙的病房门前,敲门说道:"妙,是我。"

"请进。"

妙的回答出乎意料地干脆。辉一郎心里反而像扑了个空似的有些意外。他打开门。

看见围在床边的花束后,他不禁大声问道:"这……这些是什么?"

"是大家的支持。花很漂亮,我也很开心,不过,花粉太刺鼻,堆在下面的花朵也开始腐烂了,必须想办法清理掉才行。对了,听说是走也让人把花堆这里的。"

面对妙爽朗的笑脸,辉一郎愈加困惑。他略带迟疑地走近一看,发现无数的花束中竟夹着无数张留言卡片。他大吃一惊。

"这些……全部是个人送过来的?"

"也不是。是全世界形形色色的人和团体送来的。厉害吧。我没有拜托他们,他们也不是我的朋友,但却为我送来了这么多花。我已经反省过了。"

"反省?"

"遭遇了太空垃圾的困难也好,我病倒住院也罢,还有这么多人一个劲儿地支持第六大陆。以前,我总认为宣传左右一切,现在回头看真的很惭愧。下次召开记者招待会时,我第一个就要感谢大家。"

妙的语气已经没有了敌意。不,也许她只是在压制敌意,但是相比怀着对决心态的自己不知宽心了多少。辉一郎顿时觉得失去了与妙争论的契机。

妙手上拿着可穿戴电脑,神情认真地说道:"甚至还有人捐款。"

"捐款……"

"像这种探险性质的事业,自古就不缺捐款。据说,白濑中尉[①]也好,昭和南极越冬队也好,都是通过民间和报社的捐款筹措到好几成的资金。目前,我们已经收到三十万五千五百六十一

[①]译注:白濑矗(1861—1946),日本陆军军人,南极探险家。

笔捐款,金额共计五亿日元左右。我决定把这些钱都用于 E 阶段。也有人专门指定了这么用呢,真是太好了。"

"财政情况公布了吗?"

"公布了。穆迪公司和 S&P 的评级降了一级,但是我不会在意这些了。"

妙微笑着,像花儿一样。

辉一郎感觉她似乎蜕变了。他不清楚她什么地方变了,又是怎么变的,他只知道妙以前那种爱钻牛角尖的劲头消失了,言行举止非常放松。放在以前,妙绝不可能如此坦率地接受大家的支持。

她肯定是因为大家的支持才蜕变的。支持者多到几乎令人无法置信。而东海伊甸从未收到过如此巨大的支持。

"您找我什么事?"

妙问了一句,辉一郎这才从沉思中挣脱出来。今天来找妙是……

"我带了几个好消息给你。"

他本以为会十分苦涩地说出这句话,没想到竟然心平气和地说出来了。

"总共有三个。首先是天龙的保泉托我带过来的消息。美国的蓝色起源公司等八家民营企业前来向天龙申请'扫除机'的特许生产。据说他们的目标是在发射卫星之余,兼做轨道清扫业务,方便将来从 NASA 接订单。"

"真……真的吗?"妙猛地直起身子。

"那家公司是从天龙那儿拿到资料后,靠组装特洛菲发动机发家的。这次肯定是为了报恩吧。"

"第二个好消息。NASA已经正式开始考虑是否将轨道清扫业务委托给他们。不仅如此，据说印度和欧洲的ISD和ESA也相继宣布将在年内开始轨道清扫。受其影响，印度的竞争对手——中国将联手俄罗斯进军该领域。"

"他们为什么突然变得这么热心？之前明明那么冷漠……"

妙瞪大了眼睛。辉一郎摇了摇头。

"你啊还是太天真。清除太空垃圾虽然短期内不会产生利润，但对于全世界的宇宙机构来说却是无可争辩的共同课题。从长远角度来看，选择清扫肯定对自己有利。但是，最先开头的人一定会遭受损失。那是必然的。等到后期轨道被清扫干净之后，宇宙飞行将变得更加安全，发射费用以及保险费用也将变得更低。至今为止，他们只是在坐观谁会火中取栗。再过几年，或许NASA也会迫于产业界的要求开始清扫轨道，但他们绝不会仅仅为了宣传效果而贸然动手……"

"那为什么我去求他们帮忙的时候，他们要拒绝我呢？"

"那样明摆着是为你做宣传啊。本身第六大陆就已经抢走太空领域的焦点话题了，让你再继续出风头，他们的国家机构还有立足之地吗？"

辉一郎说着说着，不由得感觉到内心一阵控制不住的喜悦——自己已经可以非常自然地同女儿进行交谈了。换作普通的父女，这再正常不过，但就是这种顺理成章的事情至今为止却从未在他们二人之间发生过。

妙两眼放光地问道:"那第三个好消息呢?"

"受这些局势的影响,'快乐的故乡'宣告解散,说是等到三年后第六大陆完工,载人商业飞行产生的垃圾将大大减少,没有必要再将人类束缚在地球上。"

"这……意味着……您……"

"这个团体是我建立的,但我没有操纵他们的意见。立足事实进行批判是他们最大的强项。但事到如今,那个事实已经——"

"爸爸!"

辉一郎吓得差点身子整个往后一退。妙紧紧握住他的双手。

她抬起头,像是在斟酌措词一般,这点完全不像以前的她。

只听她支支吾吾地说道:"那个,我……想过了,想拜托您一件事。可能您会觉得……很奇怪,或者很过时……也不对,很为难……嗯……"

妙将头埋得越来越低,声音也越发小声。辉一郎回握住她的手。

"冷静下来,说说看。"

"请在月球上举办和妈妈的婚礼!"

妙的手力气陡然加大,大到足以拉倒辉一郎。

辉一郎正在思量她的话,脑海里突然浮现出亚伦的脸庞。

辉一郎在心里默念着:"原来如此。"女儿和自己过去一直弄错了表达爱的方式,只是一味地依照自己的做法强求对方,而那样恰恰离题万里。

他决定配合孩子。

"这个，不行。"

"啊？"

妙满眼惊恐。辉一郎微微一笑。

"因为月球对于我们来说太浪费了。你看,这么多人想去月球，还是把机会让给更合适的人吧。我和你妈妈的婚礼放在地球上举行就好。"

"那么……"

"放心吧，我会举办的，也没有需要顾忌的人。不过，我也希望你再稍微思考一下为什么我一直保持单身。"

说完后，辉一郎拉过妙的手臂。目瞪口呆的妙生硬地倚靠在他身上。

几乎是一瞬间，她松开劲儿，闭上眼睛。

"谢谢……"

过了一会儿，妙突然不可思议地抬起头。

"爸爸，第六大陆……您不会再反对了吧？"

"只好帮助你们了，因为相比身旁的地面乐园，人们更加憧憬通往天界的道路。请允许伊甸会社再次参与进来。这次由我来主导计划吧。"

"那……可不行。"

妙直起身子，从辉一郎的臂膀中挣脱出来。

"大家一直以来都很信任我。今后不管有多少困难，我都会坚持到最后，不辜负大家的信任。"

"这已经不是你能左右的事业了。再次生病之前——"

辉一郎话说到一半停住了。他又在发号施令。

"要彻底改掉这个毛病还需要时间啊。"辉一郎一边在心里默默念叨,一边呼气减弱自己的语气。

"……好吧。至今为止都是你担任主导者。需要帮助的话,尽管说。"

妙意外地皱起眉头。她本以为二人又要陷入无尽的争执当中。

但听到辉一郎让步后,她不由得怯生生地点点头。

"谢谢您!我会努力的!"

"嗯,好好干!"

二人的对话依旧生硬。即便和解了,还是很难做到亲密无间。

向妙转达了亚伦的问候之后,辉一郎离开了医院。

妙整个瘫软在床上,回想着方才的情景。一周前,完全没预料到事情会如此发展。

此前,她深感痛苦,因为别人说她所作的一切都是为了取悦自己憎恨的人。而她也不想承认自己会做那么不合情理的事。

忍受住痛苦也敢于承认之后,同父亲和解便水到渠成。她深深地认识到过去的自己是多么地肤浅,多么地自以为是。

那个人敏锐地洞穿了自己的心底,甚至比自己还更了解自己。

而自己对那个人了解多少呢?那个人一直守护着自己,八年间,一有机会就和自己说话或者来探望自己,但自己却不曾想要了解他。

只记得自己要么敷衍,要么拒绝,从未和他正面对话。八年来,一直这样对待他,但他却没有选择离开。

妙第一次打心眼儿里想见他——见到他之后,重新开始交往。

她尝试用可穿戴电脑呼叫,但是没有应答。查找了一番之后,她放弃了。太空垃圾问题出现转机之后,计划重新启动。为了完成回来之前未交接完毕的作业,他再次飞往月球。预计最早也要等三个月之后才能见到他。

妙长叹一口气。

"走也……"

眼泪顺着脸颊滴落在了枕头上。

4

玲花正想推开位于赤坂的第六大陆事务所大门,门从里面打开了。一对四十岁左右的男女互视着对方迎面走了出来。玲花退到一边,目送着他们离去。

走进事务所,只见多萝茜正在整理文件。有提交文件说明新签了合同。即便在当今这个时代,日本人还是保留了正式签订合同时务必盖章的习惯。

玲花对着回到办公区域的多萝茜问了一句:"刚才那是第几对?"

"第一百八十九对。说是年轻的时候没办成婚礼,现在想补办一个。这种客人和'婚礼之后再说'的新婚夫妇大约一样多。从经济条件上来说,大概是这种比例。"

"别忘了把文件装进C2的硬纸箱中哦。可别在搬家的时候，粗心大意把合同给弄丢了。"

"话说我还挺喜欢这里的。"

多萝茜环顾着办公室叹了一口气，之后将文件袋装入纸箱中。伊甸会社回归第六大陆项目，事务所也得以搬到伊甸会社的东京分社。

伊甸会社的方针转变远不止如此，而是比想象中积极得多——将第六大陆定位为首要事业，大幅增加资金、人力投入。随着计划逐步恢复机动力量，外界的看法也发生了巨大的变化。事业评级公司给出的评价比妙病倒之前还提升了一级，合作银行也见机转变态度——在第一期还贷开始后，双方达成新协议，银行解除对第六大陆月面资材的抵押权。

第六大陆起死回生，多萝茜的语气也轻快不少。

"话说，你今天过来是什么事？"

"帮忙搬家，还有一件电话里不方便说的事。"

"什么事？"

"亚当二十号遭到雷击偏离了发射轨道，被下令自爆了。"

"哟，坠机啦？"

"不是故障，也没有载人！"

"龙一也这么说。哪个图标来着？我看看影响力如何……"

多萝茜坐到电脑面前，操作起那个"拼图"界面。玲花在旁边观察。

表示火箭坠落的红色衰退要素直接连结着其他所有要素，波及范围之广可见一斑。

但在多萝茜改写了该要素之后，其他要素也没怎么变动。

多萝茜满意地说道："这就是信息彻底公开的效果。明确指出'加上夏娃火箭，目前总计发射了四十支火箭，近期可能会发生坠落'果然没错。坠机预测准确的评价使得计划反而收获了正面效应。太好了！"

"不太好。这次坠机，火箭加货物，共计二十多亿的资金又打了水漂……"

多萝茜安慰沮丧的玲花："不是买了保险吗？现在又有伊甸会社出资了，怕什么？而且，每次坠落都会进行相应改进，成功率不就提高了吗？趁现在多掉几支下来才行。"

"经常掉下来那就麻烦啦！"

"干脆夏娃也掉一支下来得了，可以宣传逃生火箭……咦？"

大小不一的图标漂浮着的电脑屏幕上出现了一个新图标。奇怪的是，它是黄色的。玲花问道："那是什么？"

"不确定要素。既不是发展要素也不是衰退要素。'拼图'从御殿场获取信息之后有时会任意变化。"

"拼图的说明跳过，那个图标的内容是什么？"

"好，好，别着急。"

多萝茜点开图标，是一段视频。视频看上去是手持摄像机拍摄的，晃得厉害。天空一片漆黑，地面被灯光照亮，没有声音。

多萝茜看着字幕，自言自语地说道："是月球上发回来的。青峰拍摄的录像视频。"

话音刚落，一位身着玛纳式宇航服的人出现在视频中。原来还有另外一个人。只见那名男子将一台长着天线的仪器忽近忽远地对着地面。天线看起来像是自制的，模样不是很好看。

摄像机镜头慢慢拉近到男子的手边，用宇航服修补带粘在仪器上的液晶屏幕呈现在眼前。数码数值随着男子手臂的上下挥动不断变化。似乎数字大小和仪器与地面的距离有关。多萝茜和玲花一头雾水地盯着视频。

视频结束，屏幕上的画面切换为文字信息。看着眼前数字和计算公式混杂的数据，多萝茜的身子不觉往后一仰。

"这些数据都超出物理和高等数学范畴了，究竟是什么呢？"

"嗯……似乎是从伊甸环形山内的冻土中探测到了电波辐射。"

"冻土中？什么意思？难道冻土中埋藏着铀？"

"铀的话，应该是辐射线……鉴于探测到的是电波，会不会是地底埋藏着天线？"

"谁会把天线埋在那儿啊？"

"这个不清楚，所以也算是一个不确定要素？"

二人重新将目光投回电脑屏幕，按下重播键，又看了一遍视频。

数码数值跳动变化着。

Ⅲ 建筑完工检查及运用说明
(2036—2037年)

商业载人 月球基地 第六大陆 建设项目

八、外观、运用状况、工程外带设施

1

地平线那边的山峰迎来金色的曙光，十四天的白昼开始了。

太阳并不是朝上，而是朝水平方向移动。城郭从西侧开始慢慢被照亮。最先闪耀的是银灰色的城墙。呈三长排、宽达数百米的太阳能电池板如同守护贵族公馆的墙体一般，闪闪发光。

紧接着是主楼西翼。伫立在电池板背后的圆拱屋顶平房在阳光的照射下泛起白色。由南到北共有三栋东西走向的长条建筑物，外形酷似耳堂。是逗留的游客以及工作人员的居住栋。墙面稍小的窗户以及使用弯曲混凝土砌块建造的拱形屋顶虽然主要用于承受外扩建筑物的内压，但其功能性的外形也为外观装饰加分不少。

屋顶和墙面砌块的连接部是韵律感十足的半圆装饰及伦巴第

带。二者均由冰制成——通过精密的程序，控制形似消防车的密封用喷水设备。这是御鸟羽综建的建筑设计师们呕心沥血设计出的作品。

西翼之后是厚重的主楼，主楼地板面积约为三栋居住栋大小，是第六大陆最大的建筑物。可容纳三十人会餐的宴会厅等等，娱乐生活设施基本一应俱全。

再接下来是主楼东翼——大教堂。名副其实的二十米尖塔高高耸立。站在圣坛中望去，祭坛上方的半拱窗户洒下铅制彩色玻璃柔和的光线。室内装潢风格较为庄严，而非华美。

各栋建筑恬静的氛围、拱形设计、别出心裁的石造少窗结构，设计师投映出地球上流传久远的传统建筑风格。罗马风格的特征尤其明显。第六大陆主楼一方面作为凝结了先进科技的月面基地，同时也拥有着媲美中世纪城郭的美丽外观。

出于装饰和功能两方面需要，尖塔总体上被设计为华丽的哥特风格。尖塔上隐藏了一个重力下落式的水箱，其高度充分保证了设施内的水压，重量则将高高的教堂压得严严实实，保证了密封性。

太阳随着时间的推移慢慢绕转，一周之后接近地球，照亮了位于地球近端的全体城郭。主楼东侧是密闭环境维持栋（CELSS）的平房。空气、水、电、热、排气、废弃物等等全部在这栋房子里生产、处理。吸取昆仑基地的教训，循环流体流通的管道收纳在巧妙组合起来的外墙砌块缝隙中，既不会断裂，也不会在居住空间中显得碍眼。日常维护由管道内的机器人操作实施。当然，所有的流路是环状式的，即便某个部位堵塞了，也可以从反方向维持供给。

废弃物只要在能源方面有价值就会被回收利用。即便不可回收的废弃物也不会被丢弃到户外，而是在压缩成块状之后整齐地摆放到开采月壤留下的洼地中。虽说是废弃物，但肯定含有月面上无法采集到的元素。只要好好地保存管理，总有一天会派上用场。

密闭环境维持栋的东边是西王母六号，水泥制造模块、冻土分解模块等建设设备群以及大型投射器投射冻土形成的冻土集聚处。不可否认，它们没有为景观做出贡献，但是它们并不是永久性设施。等到哪天条件成熟后，它们就会被搬至别处或者解体。眼下，只好在它们前面堆积混凝土砌块，好让它们不被路过的人看到。这些混凝土砌块正好也可以为边上的设施挡住飞来的月壤。

设施群的最东边是起降坪。建设初期，只考虑到防止月壤附着在发电板上，海龟号四处降落。随着起降坪建成后，海龟号随即转移到坪内，整整齐齐地排列好。直径三百米的土地上，闪耀着兼用于降落引导的彩灯灯火，俨然成为主楼外围设置的庭园。从上空俯视下去，无疑为设施外观增添了一道靓丽的风景。

以上的配置都是基于分区的理念决定的，也就是考虑各部分设施之间的相互影响程度进行区域划分。首先，避开月壤污染是首要命题，身为污染根源的起降坪和冻土投射集聚处被划到一起，远离主楼。之后是相对不受污染影响的密闭环境维持栋。再接下来分别是教堂、主楼、居住栋。离重型作业区域间隔如此之远，万一发生事故，也不会受到影响。离污染区域最远的自然是发电板。从居住栋的窗户望出去，只能看见这些面板。面板的对面，白天是白沙遍地的月面，夜晚则是浮在星空中蓝白交织的地球。

而这样的配置同时也是迎接访客的最佳配置。

"真漂亮啊……"妙透过苹果号登月舱的潜望镜俯视着灯光闪耀的起降坪，自言自语地说道。

燃烧着逆向喷射火焰的苹果号着陆之后，没过多久，侧边舱门打开了。没有必要穿宇航服，如果提出要穿当然也可以——乘客走出舱门，朝方形的屋子移动即可。

那是连接起降坪和主楼的航天飞机探测车的密封集装箱。六个人转乘完毕后，集装箱自动下落到探测车的背部。自动驾驶的探测车开始行驶。

景色从窗外掠过——混凝土砌块防护墙、墙体缝隙中间隐约可见的建设设施群、密闭环境维持栋、主楼，由煞风景到韵味十足的顺序渐变排列着。不久之后呈现在眼前的景象更是让乘客及妙惊叹不已。

那是庄严的主立面，上面画着《圣经》描绘的乐园。大教堂正立面是挑战喷水设备精度极限的冰雕。其对面是由圆柱体混凝土砌块制成，模仿回廊造型的主楼入口。太阳光从背后射过来，它们就这样浮现在逆光中……

在一步步接近的过程中带给客人惊喜——连研究出这种心理效果的妙本人都实实在在地被感动了。

但同时，她也非常害怕。

"桃园寺小姐，您此刻是什么心情？"

一位佩戴记者臂章的男子将录音笔对着妙。墨镜式摄像机屏幕上显示着一位女子透过航天飞机探测车的窗口向外眺望的美丽侧脸。

妙把黑发撩到耳后，注视着外面，回答道："感恩。多亏了大家，才可以来到这里……过程太漫长了。"

"是啊，本来四年前您就应该来这儿了，您高兴吗？"

"当然。"

妙静静地点点头。电视局工作人员似乎对妙的回答有些不满意，猛地探出身子，将录音笔凑到她面前。

"您看起来有些紧张，是不是害怕？"

"洲本先生，很危险哦。"

"啊？"

隔壁座位的老人说了一句，男子回过头去。突然，探测车咔嚓一声猛然停了下来。男子试图抓住椅背站定，但还是手滑了，身子整个向前倾倒。

对面的妙看着脸撞到自己膝盖上的男子，笑着说道："膝盖被男人当枕头，还是第一次。"

"不……不好意思。都不知道是亏了还是赚了……"

"您忘记啦？微重力条件下，根本无法岔开双脚站住。"老人拉过男子的衣袖，缓缓地说道。

男子尴尬地挠了挠头，一拍脑袋："对了，我要第一个下车。"随即朝舱门口走去。

老人——亚伦——询问留下的妙："你很害怕吧？当然，不是害怕宇宙的环境。"

"……是啊，那天之后，只通过电话。"

"别担心，好好沟通，没事的。"

窗外，教堂主立面巍巍耸立着。对面的窗户整个挨着墙壁，一阵登机通道密封连接的响声之后，舱门打开了。

传入舱内的除了风声，还有基地工作人员的声音。

"各位已安全抵达基地，下车时请您携带好随身物品。"

驾驶员、记者洲本以及此次增派的两名女性工作人员相继下车。

妙站起来眯着眼睛，鼻子轻轻嗅着空气，开心地自言自语："是教堂的香味，石头和蜡烛……"

"向导手册里说是混凝土和燃烧除臭机的气味。"

"不是拉面店的气味就好。走也，真的替我实现了……"

妙扶着亚伦走出舱门。穿过通道后，走进一个宛如高级酒店的入口大厅。

"墙壁施以结构色加工，质感柔和得完全不像混凝土。辅以多个拱形壁龛和巧妙的间接照明，极好地营造出大于实际的建筑进深。一侧墙壁满是常春藤及轮廓安详的浮雕。浮雕看起来既像圣母，也像观音，是卡朋特机器人用 NC 激光在混凝土砌块上雕刻出来的。地板是由中径月壤烧结而成的瓷砖，存在着一些空隙，整体犹如软木般温软柔和。"

妙还在寻思着常春藤也许用不着雕刻，记者洲本和亚伦早已瞪大眼睛，呆在原地。

"欢迎光临，主人。"

基地工作人员身着白色功能性连身衣，与之形成鲜明对比的是身着藏青色礼服的婚礼工作人员，都排成一排恭迎妙一行人。

"请各位多多关照。"

二〇三六年二月十日，妙踏进了半年后正式竣工的第六大陆主楼。

"啊，真烫……"

电热器上的水壶突然冒起滚烫的浓汤气泡，走也匆忙往后退。一名穿着厨师服的胡须男飞奔过来调低火力。

"你在干什么呢？烫伤了这里可没有医生！"

"哎，没想到它会突然冒泡啊……"

"由于重力小，锅底产生的气泡不会上升而是慢慢变大。你连这个都不知道？第几次来月球了？"

"那时候，用锅煮汤简直是痴人说梦。奇怪的反倒是你，第一次来月球就如此驾轻就熟。"

"这里和富士基地差不多。那儿也是海拔三千八百米的低气压，一不留神，锅盖都会飞起来。"

妙从南极基地挖来的柏原主厨一副了如指掌的表情点了点头。走也算上这次已经第四次登月，而柏原比他早三个月来到基地着手月面料理的开发。不愧是在南极的极端环境中锻炼过的人，面对连水的对流方式都不一样的月球，他居然一下子就适应了，早早地像一个老手一样进驻厨房。

柏原边朝汤里大把撒盐，边骂："连火候都掌握不好，怎么放心把锅交给你?"

"那个……会不会太咸了?"

"游客得太空病后味觉会变迟钝,这点盐算什么!滚去外面,礼宾部估计都忙不过来啦!"

"我就是不想去礼宾部才来厨房的……"

走也发着牢骚走出厨房,来到宴会厅。

摆设圆桌的婚礼会场,一位穿着制服系着蝴蝶领结的男子一不小心把香槟洒在地板上了。他慌慌张张把酒瓶往地上一放,瓶内的酒像喷泉一般喷到近两米高。

"啊啊,怎么会这样!"

"究竟发生什么事了?"

走也走上前去,将黏糊糊的瓶子放在桌上。男子一脸沮丧地捏着制服的下摆。

"我只是正常打开它,里面的酒突然就喷到杯子外面去了。"

"不是说了这里是低重力嘛……"

"知道是知道,但是太难啦。哎,浪费了一瓶库克年份香槟。"

"纪和,振作起来,不然可对不起你东京大伊风餐厅领班的大名。"

"没错,我是领班,不是侍酒师。"

放在地球上的餐厅,大可掌管大厅一切事务的纪和,叹了一口气继续擦桌子。没一会儿,突然隔壁的新娘化妆室传来一声惨叫:"主任,我动、动不了了。"

"是御木本小姐吗?"

走也飞奔到新娘化妆室,只见同样作为礼宾人员的一位女子不知出于什么目的竟然穿上了新娘的婚纱抬着小碎步原地踏步。

走也吃惊地问道:"你在干什么?"

"没干什么。就是想穿上婚纱正常地走两步,没想到动不了。"

御木本的动作就像是在室内跑步机上跑步。走也绕到她背后,捏起婚纱长长的裙角,御木本跟跟跄跄地踏出两三步。

"啊,能动了!"

"裙角的接地摩擦力比鞋子摩擦力要大。体重轻的新娘还真是走不动……"

"那怎么办?果真还是需要人帮忙拉裙角啊。"

"哪有那么多人手。有了……要不在裙角缝上多功能建机的备用钼轴承?不过可能会伴随着一点滚动的声音。"

说完后,走也盯着自称在宇佐神宫担任过祢宜的御木本问道:"话说,都忙不过来了,你还有心思扮成新娘,想干嘛?"

"啊哈哈,我穿过白无垢,但还没穿过婚纱。"

"……"

"看在我提前发现了婚纱缺点的份上,能不能一笔勾销?"

"那就替我改进婚纱吧,千万不要弄破了。"

"好——!"

御木本离开后,走也长出了一口气。无法容纳任何闲人的第六大陆不得不征集可身兼双职甚至三职的人才。御木本可在神道婚礼时辅助亚伦,纪和则不知道在哪儿考取了一级电工的资格证,还可以兼任基地工作人员。山际除了基地队长之外,还是外务大臣指定的驻外使馆长。

妙下令必须保证工作人员自身的舒适生活，但实行起来没那么容易。现阶段，员工无不日以继夜地努力工作着，所以不能管理得太严。

第六大陆计划进入第三阶段，建筑设施已基本完工，该阶段的主要任务为训练工作人员，整备软件设施。这两年，走也忙着基地的建筑建设和内部装修，待在月球的时间比待在地球的时间还长。

要做的事堆积如山。工程指挥自不必说，返回地球期间，走也仍旧不分昼夜地奔走于御鸟羽各个部门。虽然有人可以靠数字和模型了解月球，但是没有人能像他那样亲身体验现场情况。从螺丝钉的强度到免洗马桶的水压等等，无一不需要征求走也的意见。

他一个人独占数次登月的宝贵机会，会社内外难免有一些不满的声音。但发生某件事之后，那些声音逐渐消失了。那是走也返回地球期间，有一位现场作业员被困在建设中的居住栋一角，三天左右无法脱困。经过调查，原来是喷水装置程序出错，错将他所在的那块区域冻结起来了。

那块区域，若使用多功能建机救助，就必须破坏整栋建筑，否则无法进入该区域内部；但若使用适合精细作业的卡朋特机器人，则需要花费三天时间。被困的作业员手上只有玛纳式宇航服、手摇钻以及医药箱。氧气倒是有，但二氧化碳吸收装置的电池电力不足。御殿场地面支援中心的医生指示作业员：将手摇钻的电池用于二氧化碳吸收装置，之后注射医药箱中的胰岛素，进入假死状态减少呼吸量，原地等待救援。

走也对此提出异议。他认为现场没有医生，从假死状态恢复过来存在一定风险。而且，手摇钻的电池是用于宇航服保温的，清醒地等待救援才是理智的做法。面对医生反问如何解决二氧化碳问题，走也据理力争，坚持按照自己的思路进行营救。

七十小时后，作业员顺利获救，身体几乎没有大碍。生还的关键在于那块区域的墙壁。那里的墙壁是经过构造色加工的混凝土墙，表面有细小凹凸，表面积增加了数倍，而混凝土本身又含有吸收二氧化碳的特性。现场作业经验丰富的走也老早以前就注意到构造色区域的二氧化碳含量较少，才敢大胆推断没有必要使用二氧化碳吸收装置。

人们终于明白，让他一个人积累经验不无道理，正是因为有他这样经验丰富的人，作业才能顺利推进。需要改进的是可一次性送上月球的人数，那也是将来的一大课题。

如此一来，走也在建设和运营两方面都成为不可或缺的人，完全无法好好休息，忙得团团转。

监督完婚礼工作人员而筋疲力尽的走也离开宴会厅来到大教堂——剧场还没建好。他正休息着，新上任的基地队长山际走了进来。

"青峰，原来你在这儿啊。晚餐准备好了吗？"

"能推迟一个小时吗？工作人员才到一半，厨房和宴会厅的同事都忙疯了。"

"我这边也是,整备密闭环境维持系统费了好大劲。空调传感器还将新增人员的体温误认为是火灾,停止了氧气输出。我待会儿过去密闭环境维持栋重启一下。"

"哎呀,再也不能嘲笑昆仑基地了……对了,游客怎么样?都知道了吗?"

"已经把NBS的记者关到居住栋了,但还有一个人。"

"……不会吧?"

走也猛地从长椅上站起来。

依旧穿着单色衣装的妙出现在山际的身后,脱下贝雷帽。

"走也……别来无恙。"

弯腰的姿态、上翘的睫毛,如水仙一般端庄贤淑,妙并着脚尖,两手相握,慢慢走到走也跟前。裙角在身后轻轻飘扬,空气中弥漫着淡淡的花香。二十四岁,妙已经成熟了。

走也微微点了点头,一脸诧异地凝视着她,之后结结巴巴地蹦出一句:"啊……好久不见。"

时隔两年零八个月的重逢居然发生在大教堂,走也不由得紧张了起来。

2

二〇三三年七月,伊甸环形山中发现非为人类所用的人工电波辐射,至少在全世界的一部分人群中掀起了空前的骚动。

最激动,自然也最引人注目的当数传承乔治·亚当斯基观点的外星人接触者——也就是所谓的飞碟追随者。另外，由于发现的地点正好位于他们自古以来认定的飞碟秘密基地——月面南极，一下涌现出五十多个团体。他们大肆宣扬月球是一个空洞，飞碟的基地藏匿其中。宣称ET很早以前开始就以月球为据点前来地球，变成人的样子，策划一项世界规模的阴谋。CIA和KGB（他们还相信这两个已经消失很久的组织仍然存在）刻意隐瞒封锁信息，现在在日本工作人员的接触之下终于有了反应。第六大陆和自由女神岛决不能刻意隐瞒信息，而应该对世人公开。

对此，世人置若罔闻，因为就算公开了所有信息，那群人也不会善罢甘休，他们就是想怀疑点什么。

对于飞碟之类的超自然现象，一直以来都半开玩笑调侃的媒体在首度播报之后，沉寂了一段时间。外星人对于他们来说，与幽灵和尼斯湖水怪无异。外星人是否存在的问题应该出现在综艺节目而不是新闻节目中。况且，第六大陆发现的只是无法解读的短电波，似是而非的信息更加让媒体踌躇不前。一名老主播和一名电波天文学家嘉宾在一档深夜报道专集节目中的对话很好地表现出了媒体的困惑。

"这次的电波是外星人发出的吗？"

"不清楚。"

"就算是人类的东西，也不是纯天然的，对吧？这样不就意味着外星人在呼叫地球吗？"

"电波的方向并没有对准地球，而是从第六大陆边上的环形山朝南面天空的一点——银经负二十二度、银纬负五十度的方向发射的。"

"那个方向有什么呢?"

"什么都没发现。"

"那么,发出电波的金色的……电荷吸收性栅极(ENG)[①],究竟是出于什么目的呢?"

"嗯,这个也不清楚。"

"目前看来毫无头绪啊。我稍微说一下个人想法,如果有不对的地方,还请多多指正。请大家注意,电波从月球南极发出,地球上没有任何一个宇宙机构在那儿安装了那种装置,也就是说,不是人类制造的东西。但巧的是,那里建了第六大陆和自由女神岛,也正是他们发现的电波。问题来了,假如,您要在地球的某个地方建一个电视局,您会选择建在沙漠或者海洋的正中央吗?"

"视周波数和输出功率而定。如果配备了频宽达到兆赫以上的振荡设备以及转接局的话……"

"不,我不是那个意思。一般来说,大家都会选择将电视局建在观众比较集中的城市,对吧?"

"没错。"

"那么,好了,电波从广袤的宇宙中,像是精心挑选过一般,从第六大陆边上发射了出来。这是不是意味着电波发射者注意到了人类这群观众呢?"

"您这么说,我也无法予以置评,毕竟不是我发射的。"

[①] 译注:栅极意为由金属细丝组成的筛网状或螺旋状电极。本书中,作者将出现在月面的神秘栅极设定为可通过吸收电荷实现生长增殖的物体。

"您作为学者，不发表任何意见吗？"

"现在一切都还不好说。我个人不能说意见，只能算是个人的期望……抱歉，还不方便说。"

主播试图追问他欲言又止的内容，但终究以徒劳告终，只好以一副消化不良的神情结束了节目。大部分像他这样的媒体认为，即便不懂电波的内容，也可以迅速推测出发射电波的目的。这也难怪，毕竟，人类总是抱有一定目的才发射电波。媒体通常的作法是在第一拨播报之后，紧接着发出第二拨、第三拨的后续报道。但这次，没人知道目的。高调的第一拨播报之后只剩下揣测，和重大交通事故的报道如出一辙，后续报道逐渐低调。在这个过程中，一般大众无法从学术圈而只能从媒体获得信息，所以他们也慢慢失去了关注的兴趣。

当然科学家和一般大众不同，各个领域的科学家随即开展调查。电波天文学家也参与了进来，但不是主力。因为他们的研究对象是自然天体释放的电波，而这次的电波明显是人工电波，最起劲的当数通信工程学家、语言学家以及在进行SETI活动的科学家。当然，也有人比他们先行一步，那就是天体地质学家和电子工学家。这群人一直在研究七年前第六大陆的毒蛇探测器带回的冻土样本，不过，没有取得实质性的成果。

ENG是一种金属机械，金属本身可从月球提取。这点坊间早有传言，但之所以没有形成公认意见，是因为它的运转条件太过微妙。直截了当地说，它只在实验室运活动一次，还是在加利福尼亚周边发生七级地震时，接近震中的加州理工学院记录下来的，数据不是很精确。地震前和地震后，冻土中的ENG重量增长了好几个百分点。它似乎还能增殖。

借助电子显微镜和原子力显微镜开展的研究陷入了停滞。初期研究表明，ENG有与植物细胞相似的粗糙构造，但在进一步放大到原子大小的纳米级之前，电子流和探针的状态被打乱了。加拿大某个团体声称，是因为用于扩大探测的能量被ENG吸走了。ENG内部似乎可以积蓄电荷及力学能量，这些能量就是电波的来源。但是，没人能解开其积蓄能量的方法，试图人为地命令其发出电波也以失败告终。

宏观一些的层面上而言，ENG纤维的编织方式有助于电波振荡及调制——自由女神岛的人通过调查发现。虽然他们开始着手调查时，青峰走也等人发现的电波振荡已经结束，但还是根据环形山内的ENG浓度分布发现了一些情况。从地表进行精密的雷达测定之后，他们发现冻土内近地表处，存在无数个由ENG密集形成的棒状构造物体。该物体长二点五米，从中部断开。

自由女神岛的调查小组立马察觉，该物体和最基本的天线——偶极天线构造一模一样，长度也同样对应六十兆赫的周波数。ENG正是在这种构造上接通电流后才发出电波。

青峰等人记录的电波发射时间只有四十秒多一点。他们在作业用的兆赫带收发器蹿入高次谐波之后才发现情况异常，之后利用十五分钟左右紧急制作了一个临时接收装置进行记录。电波内容就是强弱两类脉冲信号的简单罗列，没有复杂的周波数调制和偏振，但毕竟时间太过短促，而且又是从中途开始记录的，内容无法解读。

发射天线还能作为接收天线使用。发出电波的ENG能接收电波,一点也不值得惊讶。但是,几乎没有报告显示六十兆赫的电波来源于外宇宙。其周波数遭遇氧分子吸收带后,无法进入大气圈内。利用相近的周波数进行通信的轨道卫星也不是没有,但没有装备相应的接收器检测出星际通信的微弱电波——约为电视电波的一千亿分之一。而本可实现检测的电波望远镜却没有监视无线通信使用的频宽。

可以接收电波的天线只有一架——妙设置在第六大陆的SETI模块。查阅该模块记录后,他们发现之前曾接收过五分钟左右同样周波数的电波。之所以没有报告给地球,是因为接收时间太短,无法判定是否是智能生命体的信号。幸好该模块使用的是收录了全部记录的非挥发性记忆体,可以倒回去查询,否则连信号的方向都无从得知。

不过,SETI模块也无法解读信号的内容。有一说认为,也许本就不该对解读信号抱有希望。虽然存在异议,但众多SETI学者选择支持该观点。毕竟,如果是寻求接触的信号,肯定有附带解开的钥匙。

换句话说,这些信号只是往返于ENG和太空中的某些东西之间。

究竟是何方神圣呢?

ENG的偶极天线构造简单,效率不高。如果ENG想进行星际级长距离通信——也许事实就是如此——锥形天线或者抛物面天线是最佳选择，但它却没有使用，这是为什么呢？偶极天线的优点只有一个，那就是可以在没有可动部分的前提下改变定向性。这意味着ENG其实是一架相控阵列天线——将几种存在电子位相差的电波合成一种定向性的电波。

为什么要改变定向性呢？在地球上，相控阵列天线一般用于雷达。因为它只需要一块固定的板，就可以实现大范围扫描，所以非常适合雷达。这就意味着，ENG在形成天线时，并不知道对准哪边好。不，更加合理的解释应该是，ENG为了实现不论目标在哪儿都能顺利收发信号的目的，刻意制造出相控阵列天线——一种灵活、耐久并且制造所需资源少的构造体。

还有人探讨过一种可能性，即ENG是一种自然产生的生物，在冻土中发育成长后，和其他星球未知生命体通信。不过，这种猜想似乎也不对。的确，ENG会成长，既具备特定的结构，还可以在某种程度上灵活适应周边环境，但世界上没有任何一个科学家可以构建出这种起源于彗星的冻土中、并由金属元素汇聚发育而成的物体模型。应该有一个种子。

而播散种子的人正是太空中收发信号的人。

在深夜报道节目中，电波天文学家欲言又止的正是这种想法——ENG也许是地外生命播撒的种子。他之所以闭口不谈也是为了保护这种想法。为什么环形山中会出现那种物体？为什么月球上有地球上却没有？为什么在第六大陆旁边发射电波？又为什么在发射电波之后陷入沉寂？如果不能解释这些疑问，即使作为新见解提出来，也只会遭遇更猛烈的质问。正因为希望如此之大，所以他才更不想希望被摧毁。

忙于建设作业的第六大陆对这些疑问视若无睹，隔壁的自由女神岛也没有新发现。大部分的地球人就像当初在地球南极发现微生物化石一样，认知停留在"原来还存在这种物体啊"的层面上，除此以外，大家的生活和以往相比并没有什么变化。政界、经济界、宗教界等领域的反应也基本大同小异，因为ENG没有宣称要侵略地球，也不是纯金打造的，更没有预告世界末日的来临。

但是，对于一部分好奇心强烈的人来说，现在是等待来信时怦然心动的时刻。和以往不同的是，这次他们知道写信的人真实存在，即便信不是写给自己的。

正是为了探索这类现象而存在的设施——自由女神岛——展开了积极的调查，而率先发现ENG的第六大陆却没有任何相应的行动，非常讽刺。

方针上的差异使得双方在伊甸环形山内发生了微妙的争执。

二月二十日，早晨。

在密闭环境维持栋深处，机器排列错综复杂，如同化学工厂一般。走也和热能·电力部门的基地工作人员正在观察水电解装置的反应槽。

"喂，电极断啦。"

"还真是。一、二、三……差不多断了一半啊。不可能是发射的时候震断的，这么看来是个次品。有备用零部件吗？"

"没有，因为不是计划消耗物品，只能等待下一次补给了。"

"在此之前,输出功率只能达到原计划的一半,储备氧气的消耗量是……"

走也正操作着可穿戴电脑,突然眉头紧锁。屏幕上的内容正在消失。

"电池没电了。想想也用了好多年了。充电器还在地球……"

"我房间有一个充电器。如果需要的话,用我的充电吧。"

"那就拜托了。"

走也将可穿戴电脑收进口袋后,基地工作人员开始用自己的电脑计算。

"常用氧预计在两周后用完。"

"即使启动备用的固态燃料氧气发生装置(SFOG),也需要不断从地球补充燃料……屋顶的温室呢?可不可以利用温室想想办法?"

"您说的温室是指螺旋藻吗?它产生的氧气量实在不多啊。"

他们利用多余的资材在密闭环境维持栋的屋顶搭了一个简易的温室,目前温室正在试运行中。以现阶段的规模还无法种植食用植物,只能先培养光合作用能力强的藻类——螺旋藻。利用植物的碳酸同化作用净化空气,从长期来看,比起物理化学的手段更加节约能源成本,第六大陆也正在努力实现实用化。

"利用集光镜提高日照量。代谢更加活泼之后,氧气发生量也会相应增加吧?既不费时也不费力。"

"这主意不错。我计算一下环境变动。"

"对了,集光镜能用吗?混凝土制造已经告一段落了……"

走也拿起墙壁上的内线电话，呼叫监控第六大陆所有系统的控制室。操作电脑计算环境变动的基地工作人员竖起大拇指说道："没问题！"

然而，控制室的回复却让他高兴不起来。

"已经有安排了？什么安排？科学实验？而且还是自由女神岛的实验？"

"啊，忘了这茬了。"

基地工作人员咂了一下嘴，解释道："上个月谈判的时候，不是达成协议将集光镜以小时为单位租借给他们吗？"

"原来如此。不过，我们现在面对的可是生死存亡的问题。控制室，帮我接通自由女神岛，我直接和他们交涉。"

内线电话的画面一分为二，控制室通信员的旁边出现了一名满头金发的白人女性。

走也不禁大叫一声："你是……卡百丽小姐！"

"又不是第一次见面，叫我卡罗就好啦。"

喷气推进实验室无人机械运用负责人卡罗琳·卡百丽，将其独特的墨镜架在额头上，眨了一下眼睛。

"好久不见，最近还好吗？"

"为什么你会在这里？"

"肯定是为了工作啊。自由女神岛也建好了充气式载人驻留设施，直接操控机械群。比在地球上摸索尝试效果不知道好了多少。"

"既然是你的话，那我就开门见山了。请把集光镜还给我。"

"那事我有所耳闻。听说要一直等到下一艘补给船到来?真够漫长啊。"

卡罗琳瞄了一眼,嘴角浮现出一丝笑容,摇了摇头。

"又不是什么重大故障。你们至少有三种解决方法。好好想想吧。"

"集光镜可是我们的东西!"

"目前是我们的。契约是神圣的。如果不服的话,去和华盛顿说吧。"

"卡罗!"

通话结束了。

走也继续和控制室交涉,但没过多久,还是挂断了电话。"见鬼!"走也踢着地板骂了一句。

"怎么啦?"

"连控制室的那帮人都替卡罗说话。肯定是因为没能进行学术探测而心怀不满。说什么也有氧气低温保存在环形山内的气罐里,用那些氧气就好。还说多功能建机无法进入斜坑,让我们自己去搬。"

说完后,走也回过头。只见妙正站在机械室门口。刚才那句话是她问的。

"原来是你啊。起得这么早,还不到四点呢。"

"时差还没倒过来。发射上天前去了一趟温哥华。百忙之中打扰了,但是……"

"不,没关系,刚才只是在谈事情。"

"这样啊。"

妙微笑着走到他的跟前。

"刚才那通电话和自由女神岛有关吧？发生什么事了？"

"嗯……算了，也不是什么大事。"

走也概括说明了装置的故障以及之后同卡罗琳的对话。

"NASA一直想开展ENG的科学调查，而第六大陆的冻土开采作业对他们而言无疑是一种阻碍，因为他们认为环形山中的ENG要直径达到两千米才有意义，还说地球上的样品之所以没有任何活动就是因为量太少，就像人类不可能只靠一个细胞活动一样，ENG也要有一定数量之后才能运转。"

"可是，为什么要借走集光镜呢？"

"具体借去干什么我就不清楚了。非要说的话，我想应该是作为一种牵制吧。我们一旦不能使用集光镜，相关活动就会受限制。第六大陆因为轨道清扫还是其他什么事欠了NASA一个人情，正好预算也比较紧张，于是就把集光镜租借给他们，收取一些使用费……"

说到这儿，走也停住了，凝视着妙。

"你不是参与了那次交涉吗？"

"啊，是的，没错。"

妙点了点头，稍稍移开视线。

"我只不过想听你说话……"

旁边的基地工作人员拿起工具箱，刻意地扬起手。

"啊，主任，这里好像没什么事儿了，我去回收系统那里看看……"

"哎,反应槽的盖子还没盖好呢。"

走也叫住他,再次拿起内线电话。

"控制室,我是青峰。我要开月球车去取储备的氧气。和我一起去的还有桃园寺妙。"

"带我一起去?"

"你不是还没见过ENG的实物吗?"

"嗯,是啊。"

"行,那就这样定了。去上一下洗手间吧。"

"好!"

妙急忙冲了出去。基地工作人员吹起口哨。

"很有一套嘛。"

"哪里?都交往十一年了才到这种程度。"

走也苦笑一声,朝作业舱口走去。

吱的一声月球车打滑了,走也急忙反打方向盘摆正车身。坐在旁边的妙尖叫一声,紧紧抓住他的手臂。

"快……快翻车啦,走也!"

"让我想起了那时乘坐过山车的时光。"

走也笑着加大油门。通过超导光纤从大教堂的尖塔接电的月球车最高时速为十八千米。由于是作业用车,所以没有客舱。另外,为了防止翻车,车体被设计成紧贴地面的扁平状,动不动就弹起来或是打滑,颇有些跑车的速度感。闲暇的时候坐着月球车兜风也是基地工作人员最喜欢的活动。

车子离开设施,爬上闪着白光的外轮山。前方的山脊上,如同帆船的风帆一般的长方形物体呈一定间隔排列着。

妙问道:"那是什么?"

"一种名叫定日镜的集光镜。四十片,总面积一千六百平方米的平面镜通过远程操作实现联动,将日光集中在第六大陆的一点上。最高输出功率约两千千瓦⋯⋯"

说到这儿,走也自言自语地说了一句:"⋯⋯现在还在动。"

正面朝向自己这一侧也就是太阳一侧的集光镜群正以肉眼无法分辨的速度转动着。应该是现在手握控制权的自由女神岛在操作集光镜吧。

快到山顶时,妙说道:"能停一下车吗?我想看看山下的景色。"

"我正有此意。越过山顶时要重新接驳供电电缆。而且⋯⋯"

顺着走也手指的方向望去,妙不禁有些震惊。那是侧面破了一个黑洞的苹果号核心舱。

"我习惯在它面前祈祷平安。"

"⋯⋯哦。"

月球车停了下来。走也着手连接供电电缆,妙一道下了车。

高达十米的集光镜林立于山顶。山峰一侧漆黑一片,另一侧则是白昼,泾渭分明。妙漫步在二者的分界线上。苹果号也在线上。着陆舱的前面供奉着罐头、酒以及书等等。没有墓碑。

"泰还在里面吗?"

"如果埋掉的话,不就看不见宇宙了吗?况且,尸体也不会腐烂。"

将电缆连接到附近的继电器上后,走也走到妙的身旁,双手合十。

妙问道:"这样不就看不见地球了吗?"

"你不是说过他一直想去宇宙嘛。"

"……"

砰的一声,妙的肩膀碰到了走也的宇宙服手臂。他注视着倚靠在自己身上的妙。

透过遮光面甲,隐约可见泪水滑过她的脸颊。走也平静地说道:"他去世的时候,你好像没哭,对吗?"

"是啊,事到如今是不是太晚了?"

"为什么现在会哭呢?"

"因为在你们到来之前长达半年的时间里,抛下他一人留在这里,而没有考虑这样做是否真的对他好……"

"他再也不会一个人了,永远都不会。"

妙转过头,发现走也已经往回走了。她迟疑了一会儿。她还以为走也会更加责怪自己,但他没有。

坐进月球车的走也召唤她过去。

"走吧。我想在五点半之前抵达那儿。"

妙再次看着背后,看着泰眺望的光景。

缓坡的下面是妙近在咫尺的城堡。纯白的沙漠无比广阔,对面是相隔不远的另一座环形山。山顶上空的漆黑宇宙,一个闪烁着白色火焰的球和一个镶着红边近乎黑色的球几乎重合在一起。

"没错——从这里望去,一切都尽收眼底,大家也都会来这里。"

妙往回朝月球车走去。

车子刚开动,二人的无线电响了起来。

"青峰,我是山际。有一件事虽然不是很紧急,但还是通知你一下。ISES来电称——"

"我是青峰。不好意思,我要暂时关闭无线电。抵达斜坑后,再用有线电和你联系。预计抵达时间为五点三十分。"

"什么?青峰,你再说一遍。"

走也关闭了无线电,拉出有线通话用的电线连接到妙的背包中。

妙惊讶地问道:"真的没事吗?"

"有事,但我和你正是为此而来的。"

二人一动不动地互视着,不知不觉间又消失在对方的视线——月球车进入了永久阴影区。

走也打开月球车的投光器。轮廓鲜明的扇形光芒一下照亮了前方。那是一个在地球上绝对有可能翻车的陡坡。走也神情一肃,开始谨慎驾驶月球车前行。

妙咕哝了一句:"那件事我一直耿耿于怀。"

"哪件事?"

"泰的事。我以为你一直在生我的气。"

"那不是你造成的。如果你错了的话,我也和你同罪。实际上,我确实很生气,但冷静下来想想,其实是在生自己的气。"

"这么说，你确实有在生气哦？"

"是啊，情不自禁地想发泄一下怒火。"

"对不起。"

妙小声地说道。走也转过头盔中的脑袋看着妙。妙又说了一句："对不起。那个时候我并没有真心哀悼。"

"是啊。"

"我不会求你原谅我。但是现在，我确实在真心悼念他。我只希望你明白这一点。"

"刚才我都看见啦。"

语毕，走也只手将妙拉到身边。妙的身子有些僵硬，但终究还是松开劲依偎在走也身边。

"谢谢你……"

"不用了。"

妙的头盔紧紧地压在走也的肩膀。来月球两天了，两个人还没有机会独处。自己病倒之后如此，不对，十一年间都是如此。

时光回到游乐场的那个傍晚，妙和走也再次走到一起，只有他们两个人。

走也说道："你真的变了。"

"能看出来吗？"

"行动上能看出来，再也不会像以前那样耍小聪明了。E阶段募捐一事，换作以前的你，在尝到一点甜头之后肯定会想着收集更多捐款；将集光镜租借给自由女神岛的时候肯定也会争着让对方提供抵押吧？"

"过去的我有那么爱耍小聪明吗？"

从她的语气就能猜到她脸红了。妙正在逐渐褪去老成的光环。内心不加掩饰的纯朴让走也喜出望外。

"我是在夸你不再矫揉造作啦。是什么改变了你？果然还是你的父亲？"

"我还不是很擅长处理同父亲的关系。"

"哎哟。"走也歪着脖子有些不解。

妙立刻补充说道："但是，我和他都在努力走近对方。光这样就已经是很大的进步了。"

"那个时候让我说中了吧？"

"似乎是的。我太固执了，满脑子净想着干成一件大事，让我父亲大吃一惊……"

"虽然敢于承认过去非常难得，但这次你似乎失去了热情？失去了完成第六大陆的热情。"

"老实说，我有些迷茫。"

妙怯生生地说道："第六大陆已经不再是我一个人的东西，而是大家共同努力的成果。一直在接受大家帮助的我是否还有资格留在高层？"

"是不是你父亲说的？"

"……是。"

妙抬起头。

"走也你呢？你现在还有气力完成这项事业吗？"

"当然。我想挺起胸膛向世界证明，第六大陆不会像阿波罗计划一样只是一个石冢，而是一间支撑大家继续前进的山间小屋。"

"真羡慕你。"

"你不也说过吗？月球上的人会越来越多，和依旧荒凉的南极不同，月球会成为下一个大陆。"

"但是，现在……我已经不知道该期望什么了。"

"只要找到下一个目标就行了。比如，这个——"

嘎噔一声，月球车猛然摇晃了一下，随即恢复平衡。妙这才意识到地面的颜色变了。投光器的灯光延伸至远方，照耀着被山地包围的冬夜雪原。右手那边，一个光点正在远去，兴许是一台多功能建机。

走也指着不断从月球车下方划过的冻土。

"将隐藏在这里的秘密作为下一个目标吧？"

"调查 ENG？那不是自由女神岛的目标吗？"

"光凭他们绝对应付不过来。人越多越好。第六大陆有足够的能力，远大于调查 ENG 的能力。将来，五年、十年、二十年后，第六大陆终将发展为调查的基地以及中国开采氦-3 的基地。路还有很多条。"

"将来？……那时你会怎样？"

走也沉默了。妙也说不出话来。走也是第六大陆的建设主任。项目结束后……

只要一句话就可以打破沉寂。两个人都心知肚明。

但是，两个人都错失了说出那句话的机会，错失了太久。双方的交往充斥着太多无言，以致无法想象那句话说出口后，究竟会有什么变数。他们心里是如此害怕。

月球车载着沉默的二人疾驰，不久之后停了下来。那是一个采集完冻土的洼地。旋回的投光器呈现出周边的景色。旁边伫立着大型投射器宛如长颈鹿一般的身影，洼地底部有一台多功能建机在默默地工作。

月球车开入斜坡，驶向远离大型投射器的洼地边缘。多功能建机如同打卡交班似地驶离了洼地，建机没有装载冻土，似乎是专门为了照顾二人而故意离开的。

在洼地角落有一处仿佛早期挖掘的三米左右的断崖，在其下方有一扇看起来挺结实的活板门。

"是斜坑。利用海龟号使用完的罐子储存的液氢和固体氧就藏在这里——啊，别用手打开。"

走也拉出宇航服的安全绳系在活板门的下方，将门抬起来。高约一点五米的黑乎乎的洞穴一直朝里延伸。

用立在旁边断崖的一根棒状物体支起活板门后，二人进入了斜坑。

仅仅过了数秒，斜坑的周边开始微微亮了起来。

从刚才走来的方向，几十束光芒接连在地球一侧的山脊上闪耀，仿佛一组白夜的连拍照。可是，二人都没有看到。

3

斜坑的倾角不大，长度还不到二十米。尽头是一个边长五米的小屋，摆着二十几个直径八十厘米左右的金属球。

妙的问题比走也预想得更有深度一些。

"建造这些设施，会不会很浪费建设机械？"

"我还以为你会先问建造的目的呢，我一个一个说明吧。这里是利用冻土的低温保存氢气和氧气的地方。将气罐放在地面，容易受宇宙尘侵蚀，很可能会破损，所以得存放在地底。建设机械用的是卡朋特机器人。那种机器人只要没有堆砌混凝土砌块的任务，都是空闲的，于是就让它过来加班了。"

"哈哈，原来是加班啊。"

妙轻轻一笑，目光停留在近旁的墙壁上。她肩上的投光器照射过去，裸露的冻土闪闪发光，就像往浓稠的咖啡果冻填埋了无数根钢丝。她伸出手去。

"这就是ENG吧？"

她试图体验一下触感。走也抓住她的手臂，缓缓地拉了回来。

"零下二百二十度。ENG都是这个温度。一不小心摸到，手指隔着宇航服也会被冻坏。暖气开足了吗？"

"应该开足了，马达的声音很大。"

"记得不要蹲下来。冷媒会堵在关节处，把腿脚冻伤。好了，我们赶紧搬运出去吧。"

走也正要往墙边的月球车底盘挂上操作钩，妙说道："在那之前，真的不用联系一下山际吗？"

"对哦，都忘记这事儿了。"

妙像往常一样习惯性地准备拿起挂在胸前的可穿戴电脑，突然想起来现在用的是宇航服的通信器，于是转而看着左臂上的宇航服附属面板，自言自语地说道："似乎接收不了电波……"

"没错，四周的 ENG 导致了电场屏蔽。考虑到这种情况，我们特意安装了这个东西。"

走也捏了捏从天花板吊下来的端子箱。箱子连着从外部牵拉进来的电缆。二人把宇航服的有线通话电线连接到端子箱。

"控制室，我是青峰。现在已抵达斜坑。二人状态正常，抱歉，刚才关闭了无线电。"

"青峰，没事吧？"

山际的声音非常急切。走也不觉大吃一惊。

"嗯，没事。发生什么事了吗？"

"我还以为你们出事了。现在在斜坑中对吧？去斜坑的路上没发现什么异常情况吗？"

"没发现……"

"情况有一点危险。自由女神岛正在操纵集光镜将焦点对准环形山里面。"

"里面？"

走也不禁反问："怎么会对准环形山里面呢？自由女神岛的位置在第六大陆旁边，也就是环形山外面啊。"

"不，就是里面。你回想一下送风机的狭缝。集光镜就是像那样调低对阳光的角度并将阳光反射到环形山内的。虽然和几乎垂直反射的平时相比，整体的集光量有所减少，但是人一旦进入焦点区域，分秒毙命。"

"我不是问这个。我是说为什么他们要那样做？"

"我觉得是为了做实验，但具体细节我也不清楚。想联系他们也没联系上……"

"等等，我去外面看一下。"

走也拔掉电线，指示妙在原地等待，跑到斜坑出口。此时的他心里还在抱怨控制室浪费自己的时间。

抵达斜坑出口后，走也发现出口被硬铝活板门堵住了。不对劲。

自己打开活板门后明明用了一根棍子支住门。

活板门的作用不在于防止侵入者和外部空气——二者都不存在——而是为了防止断崖崩塌堵住斜坑。而横开门极有可能因为外框的压力而打不开，所以才设计成活板门。门打开后还可以作为房檐使用。

活板门关上的话，岂不意味着断崖崩塌了？

走也顿时不寒而栗，但又很快冷静下来。自由女神岛和第六大陆都有很多人。求救的话三十分钟内就能赶到。即便不求救，时间也差不多。

要不，还是先开开看吧……

不可以直接接触。零下二百二十度的超低温，玛纳式宇航服虽然有金属外层，但是几秒内就会丧失弹性。不会被冻坏的只有厚厚的鞋底。于是，走也踢了一脚活板门。

就在那一瞬间，令人难以置信的事情发生了。

走也犹如被笼中放出来的猛兽袭击一般，身体被整个震飞，倒在地板之后又滑行了一段距离。当他意识到是因为受到冲击而跌倒后，敏捷地站了起来，不过那只是条件反射式的动作，头脑并没有真正反应过来。

门还是关着。走也站起来后呆呆地盯着门，回想刚才那个瞬间的感觉。

强烈到穿透遮光面甲的光线扎进来，一瞬间，活板门近乎被掀到水平方向。宛如花边窗帘一般的东西随风飘舞，不断膨胀，直至蜂拥而来，将自己震飞——

"刚才到底发生了什么？"

走也再也不想去开门，而是像从封印着妖魔鬼怪的石洞中逃脱出来一般，慌慌忙忙地往后退，翻身往斜坑深处的小屋跑去。

斜坑深处，妙正背着身，像什么都没发生似的盯着墙上的ENG看。也难怪，通话电线插在端子箱了，也没有大气传播声音。只要没有直接目击，就不会察觉。

直到走也跑回妙身边，将电线连接到端子箱，她才反应过来。通话线路恢复后，妙问道："发生什么事了？"走也没有理会她，而是直接呼叫山际："控制室！紧急情况。斜坑外面发生了爆炸或接近爆炸的现象，现在我们两个人出不去！"

"刚才问过约翰逊航天中心后终于明白了，原来自由女神岛那帮人在做 ENG 的大规模加热试验。"

山际的声音急促地传来，几乎和走也的声音重合。

"你说什么？爆炸？"山际震惊了。

走也语速飞快地说明："斜坑的活板门外面有气体存在，一打开门立马灌入斜坑，都把我震飞了。"

"还有这种事？你没事吧？"

"嗯，没事。有活板门挡着，斜坑里面暂时没有异常。只不过，那到底是什么东西？"

说到这儿，走也突然想起了什么，将妙的电线从端子箱扯了下来。

但下一个瞬间，妙又把电线重新插了回去。

走也不想让妙听见，但还没来得及和山际商量，山际便接着说道："太不走运了。据说那帮人为了从正侧面观察冻土地层，把加热实验的焦点聚焦在了挖掘后的断崖，也就是斜坑的附近。搞不好就在你们边上。在放射热的作用下，冻土蒸发，转化为狂暴的气流。青峰，千万别走出斜坑！"

"别走出去？……还是先替我通知自由女神岛吧！让他们把焦点移开！"

"来不及了，他们现在不在自由女神岛的控制室。焦点附近的观测队估计也已经在回去的路上了。"

"那辆月球车。"妙自言自语。他们在进入环形山时，曾有一个光点与自己擦身而过。

走也穷追不舍："不在？为什么……不对，如果不在的话，第六大陆把控制权收回来操作集光镜就好了啊。再要不然就乘坐月球车出去，手动转动集光镜。"

走也拼了命地吸收接二连三传来的信息并试图找到解决方案，但当他听到接下来的一句话后，脑袋也终于转不动了。

"我们无法外出，因为接到了太阳耀斑警报。"

"太阳……"

"国际太阳能学会（ISES）传来的消息。X级的X射线倾泻下来，暴露在日照地带极度危险。你在去斜坑的路上，我联系你就是想要告诉你这个情况！"

走也愕然失色。进入环形山之前，自己确实中途挂断了山际的来电，但没想到会是这种情况。

妙细声问道："辐射线……会致癌吗？"

"不会立刻致癌，但只要晒上一个小时就可以达到一个人一年能承受的最大辐射量，所以肯定有害。但是，桃园寺小姐，这点你无须担心，你们那儿没有日照。正因为如此，刚才我才说'不是很紧急'。"

接二连三的坏消息之后终于等来了一个好消息，二人好不容易松了一口气，但接下来的一番话又让他们再度紧张起来。

"环形山内以及由厚重的混凝土建成的第六大陆没有辐射线的危险。但是，自由女神岛是纤薄的充气式构造，控制室等主要单元无法抵御辐射线。那帮人现在估计正躲在专用避难所等待警报解除，从避难所操作用于学术任务的机器几乎毫无可能……只要他们不主动交回集光镜的控制权，就无法从外部进行操作。之所以这样设置是为了防止来自地球等的外部力量对其程序进行篡改或破坏。"

"不会吧……"

走也绞尽脑汁试图理解那番话的意思。

"也就是说……在警报解除之前，或者在月球公转转移集光镜焦点之前，我们都不得不困在这里？"

"听好了，冷静下来，别慌！……坏消息还不止这些。"

山际的声音冰冷得令人不寒而栗。

"焦点的冻土会从表面开始汽化。根据你刚才的描述，目前似乎正处于这个阶段。但是，集光镜的光线会持续射入冻土内部。不仅是表面，几十厘米深的地方一样会被加热。内部的热量可以从表面散出倒还好说，随着时间的推移，当散热跟不上加热的速度时，只要是光线所能照射到的地方，一旦超过熔点——"

"液化？会变成洪水？"

"不是。你回想一下毒蛇探测器着陆时的情形。那儿没有大气压可以将水液化。冰会直接变成气体。"

山际沉默了约三秒钟说道："会发生升华爆炸。"

一时间，三人都没有说话。山际那头混入了疑似基地工作人员的报告声，之后山际说道："刚才……我们得到了精确的计算结果。果然不出所料，爆炸是铁定会发生的，其强度视焦点的聚焦情况而定，但就算是最乐观的情况，斜坑都会被整个炸飞。"

说完后，山际立刻追加了一句："一定要保持冷静，青峰，你在听吗？"

走也惊恐地注视着妙的头盔。出乎意料的是，妙正紧咬双唇，眼眸散发着理性的光芒。

即便如此，还是无法掩饰颤抖的睫毛。走也轻轻地抱紧妙的双肩。

"妙，你没事吧？"

"……嗯。"

山际慎重的声音传来。

"事情已经发展到这个地步，听我说，你们还有方法可以得救。现在正好在发生月食。"

二人迟疑了一会儿，完全不知山际所言何物。

"月食？月食……月缺吗？"

"没错。月球进入地球的阴影部分就是月食。进入地球的阴影部分，也就意味着地球挡住了太阳光。集光镜自然就会停止运转。明白吗？"

"哦哦……"

走也若有所悟地点了点头，但随即又闪出一个疑问："你不是说正在发生月食现象吗？怎么现在还有太阳光照到月球啊？"

"认真听我说，月食是从刚才，也就是二月十二日五点三十一分开始的，那会儿月球才刚刚碰到地球的影子。现在也才到月球赤道附近，位于月球南极的伊甸环形山要进入地球阴影部分还要再等一会儿。"

"……我明白了，也就是说……"

"这次月食理论上会是一个超级月全食。现在从地球上观测的月球视直径是三十三秒二，本影大小为九十一秒八，月球通过阴影南端时，就是月全食时刻。极短的时间内，月球上的日照完全消失。你们就在那个瞬间。"

"跑到外面赶紧逃走就好了，对吧？"

走也对着头盔内的麦克风大声喊道:"时间呢?什么时候?"

走也和妙等着山际的回复。十秒、二十秒过去了。二人生怕自己的声音掩盖住对方的声音,等待了好长一段时间。

走也突然感觉左眼一阵疼痛。原来额头的急汗流到了眼睛里。眼睛的痛感驱使着走也轻声问了一句:"……山际?"

没有回音。

"山际,喂,山际!控制室,回答我啊!"

还是没有回音。妙轻轻地摇了摇走也的手肘。

只见妙手指着端子箱的电缆,之后沿着电缆指向天花板、斜坑、斜坑外。

走也如同泄了气的皮球,喃喃自语:"难道电缆……断了?"

"斜坑外的电缆延伸至大型投射器并在那儿连接无线通信器。估计是外面强烈的日照或者崩塌的冻土切断了电缆。"

"见鬼!"

走也用力敲打着端子箱。二人的电线几乎要被扯断般从端子箱脱落下来。但似乎这样还不解气,走也又对着冻土壁痛打了两三拳。

"怎么这么不走运……他究竟……为什么不一开始就告诉我月全食的时间?"

"恐怕说了我们也不懂吧?"

无线电轻轻地传来妙的声音——轻轻地颤抖着但却凝聚了全身的力量。

"首先向我们说明情况,防止我们恐慌,之后再介绍艰难的逃脱方法……很合理。"

"小妙……"

走也看着妙。妙眨巴着眼睛，眼眶中的泪水数度掉落下来。她直直地看着走也。

"只有那种办法，走也，不能怨他。别自暴自弃，冷静下来。"

"哎，我其实很冷静……"

走也的声音越来越小，惭愧得简直想把脸遮起来。想要守护她的想法与压力不知不觉把自己击垮了。

大方承认才能让自己恢复。"……刚才我惊慌失措了，对不起，你说得没错。"

"看来情绪稳定下来了。"

妙在头盔中微笑着，既像母亲又像幼儿一般紧紧地抱住了走也。

"我们战成平手了。一直以来都是你守护着我，所以我也想守护你。那是我当下最想做的事。现在，我想对你说。"

声音的震动透过二人互相紧挨的聚碳酸酯材料传递过来。

"我喜欢你，走也。"

妙闭上眼，凑上嘴唇。走也多少有些吃惊，但渐渐地，感情占据了心头。和妙一样，十一年的情意只为凝练成一句话。他也闭上眼。

"我也喜欢你。"

除了嘴唇的柔软与温暖之外，一切的一切都相互感知到了。

那是一个长长的拥抱。因为没有理由分开，也不可能分开。

但也恰恰是彼此的情意让拥抱戛然而止。

不能让对方死。要救对方。

"……好好想想。应该还有我们力所能及的事。"

"……好。"

二人松开拥抱互视着,确认双方都回归理性后,妙率先说道:"要不要稍微打开活板门观察一下外面的情况?"

"不,那样做太危险了,想必活板门周围的冻土已经松动了。刚才我试过,打开活板门需要非常大的力气。再说了,现在断崖崩塌下来一点都不奇怪。所以最好还是离门远一点。"

说完后,走也提了一个建议。"不知道能不能从反方向挖一条近道。利用宇航服的加热器融化冻土……"

"电池够用吗?在零下二百二十度的环境里,光保温似乎就消耗了相当多的电力……"

"真(见鬼)……真是啊。"

"山田等人会不会用多功能建机破坏集光镜?"

"不排除这种可能性,但还是要想一想我们自己能做的事。"

"要不燃烧存放在这里的氧和氢融化冻土?"

"这儿的氧是固态的。首先得把它熔化,这个过程也要消耗电池电力。你看这个办法怎么样?……"

一时间,两人把能想到的点子都验证了一遍,但都不尽如人意。两人的对话也越来越无力,最终双双陷入了沉默。

沉寂了好长一段时间之后,走也喃喃自语了一句,看来还没有完全丧失热情。

"到最后，还是只能蒙一下月全食的时间冲出去啊……"

"不能计算出来吗？"

走也被问得有些猝不及防，眨巴着眼睛说道："计算？"

"月全食的时间。"

"可是你我都不懂天文学啊……"

"不试一下怎么知道？你的可穿戴电脑呢？"

"我的电脑……"

走也习惯性地摸摸左手腕，咂了一下嘴——电脑交给基地工作人员充电了。

"不在。不然的话，电脑的程序库里兴许有相应的软件。"

"我的电脑还在，不过现在只能作为一个计算器使用。仔细回想一下山际说的话。月食开始的时刻好像是今天五点三十分左右，对吧？"

"对……没错。三十一分。之后，月球会经过地球阴影的南端。"

"视直径是三十三秒二，本影是九十一秒八。这两个是什么时间？"

"不，不是时间，而是角度。一秒是三千六百分之一度。二者分别是月球外观大小和月球轨道上的地球阴影大小。数字只有这些吧？"

"好像就只有这些……"

"好嘞，那就让我们开始计算吧。目标是算出月食持续的时间。中间点就是月全食的时刻。"

"是！"

妙的回答充满了力量。还有一些事是自己力所能及的！

"月食随着月球公转进行，所以需要知道月球的轨道速度。这个我还记得，是每秒一点六八千米。"

"月球的直径呢？好像是三万五千千米。"

"确切地说是三千四百七十六千米。一个三千四百七十六千米的东西以每秒一点六八千米的速度移动。"

"阴影的大小是……九十一秒八……直径多少千米呢？"

"这个时候用比例来算就可以了。三十三点二分之九十一点八乘以三千四百七十六，等于多少？"

"九千六百一十一点三四九四千米！"

妙迅速用可穿戴电脑计算出来。走也一只手摸着头盔，闭上眼睛。

"月球以每秒一点六七千米的速度横穿九千六百一十一千米的阴影。"

"嗯……啊，不对。月食开始和结束的时间不是应该分别对应月缺开始以及月满结束的时间吗？这样一来，就要多加一个月球的直径，也就是说……月球总共要转一万三千零八十七点三四九二千米，月食才结束。"

"不，那是月球经过本影中心的情况。现在的情况是月球以内切阴影南端的方式经过……内切圆和外切圆，极其简单的图形问题。你计算一下我待会儿要说的几个数字。用勾股定理哦。"

妙将走也报出来的数字好一番计算。

"答案是一万一千五百六十点一一二……千米。用它除以一点六八千米每秒是吗？"

"没错。"

"六千八百八十一秒。月全食的时刻为月食开始三千四百十四秒之后，也就是……六点二十七分。"

二人像是发现了珍稀生物一般，盯着可穿戴电脑。

"终于……算出来了。"

"不知道对不对。"

"计算过程应该没错，而且月食一般也是指本影食，但只要漏算了一个参数……就是前功尽弃。"

"千万别算错啊。"

"我们重新过一遍吧。你负责验算。"

"好。"

二人花了几分钟进行验证。不一会儿，二人再次看着对方。

"计算结果没错，但是小数点以下有点乱……"

"我也漏掉了一个因素——太阳活动的扩大。日照将会如何变化不得而知。"

瞳孔闪烁着不安。没想到两个门外汉计算的结果竟事关二人的性命。

走也看着妙的电脑，表情僵硬起来。已经没时间了，再过几分钟，计算出来的时间就要到了。

妙快要哭了。走也再度抱紧她。

"小妙。"

"嗯？"

"之前你与全世界为敌，一直都是赢家。之后，你又和全世界联手打造出了第六大陆。我相信你。"

"我也相信你。克服重重困难，帮助了许多人的你。"

"既然这样……"

他们再次松开怀抱，用力而坚定地抓紧对方的手。

"走吧！"

"嗯。"

二人迈开步子。

走过斜坑，站在活板门面前。妙盯着可穿戴电脑。令人窒息的几十秒钟之后，妙说了一句："就是现在。"

走也大力踢开活板门，没等任何响声响起，便用尽浑身力气拉着妙的手跑了出去。

"……晚霞！"

是错觉。直到刚才都应该还闪烁着耀眼光芒的地表淹没在鲜艳的橙色雾气中。

雾气粒子灿烂夺目，是廷德耳现象。如同星星粉末一般的微粒子慢悠悠地落到地上。升华后再冻结的水粒子，是钻石尘。

橙色的光从山脊照射过来，证明直射日光已被完全遮挡。只剩下长波长的红色光经过地球外围薄薄的大气层折射后，照耀着月球。

走也大声欢呼："我们没算错！"

"真……真的……"

"快跑，过不了多久月食就结束了。"

二人将塌落的门留在背后，奋力蹬踩因水分挥发而变得松垮的地面。飞起，落下，但就是寸步难行。就像在噩梦中，动作非常迟钝。训练有素的走也拉起跌倒的妙。脆弱的地面埋葬着一些金属管道和箱子等物品——是月球车，但看起来已经启动不了了。二人越过月球车继续往前跑。

正跑着，突然感觉脚下一阵不可思议的震动。也许叫蠕动更适合一些——如同地底的蛇解开盘成一团的身体尽情伸展着。看来某种东西在诞生之后开始生长了。

从晚霞中狂奔出来的二人倒吸一口凉气。

货真价实的星空下，一望无际的雪原闪烁着几千个金色的光点。不是自然现象，它们分明在联动、律动、脉动着。

"到底是什么东西？"

就在那一瞬间，故乡的行星开始从情同兄弟的卫星身上撤去影子。

压倒性的闪光朝冰雾涌去。光迅速转化为热，重新点燃了悠悠晃晃的水分子。爆发式的膨胀正朝奔跑的二人袭来。

走也扭过头看见背后的一切，本想用身子护住妙趴到地上，但气体旋涡电光火石之间将二人抛到空中，之后又以近乎毁灭的气势将他们震飞。

那种感觉犹如骨头散架，内脏变形。一番短暂但浓烈的苦痛之后，一种漂浮感包围了身体，一如暴风雨前的宁静。妙的喉咙挤出一丝微弱的声音，她已然没有力气喘气或是尖叫。走也和她在几十米的高空中不约而同地看着掠过眼前的地表。在六分之一的重力下，即便身上裹着坚硬的玛纳式宇航服，从几十米的高空摔下去，照样摔得面目全非，就像用力扔到地上的罐头内容物。

二人相拥着划出一道美妙的抛物线从空中掉落。

就在抛物线的轨迹碰到地表的前一刻，救星出现了。

"快抓住！"

强有力的臂膀一左一右将二人救起。抛物线的方向反转上升。如同被鸟儿抓起了一般。可是，这里不用说鸟了，连飞机都没有一架。

走也还没回过神来，但听到声音的那一刹那，抬起头，脱口而出对方的名字。

"亨德森！"

"还有我——哈丁。哟，还是第一次和你见面呢。"

两名男子骑着和女巫扫帚一模一样的工具——一款制式化的个人飞行器，名叫火箭彗星——揽起了走也和妙。纯白的硬式宇航服袖子上印着一个标志：绯红的箭头与蔚蓝的宇宙。

"奉卡罗龙卷风之命前来营救二位。"

原来二人是从自由女神岛专程过来的。

走也将妙扶起来让其坐到哈丁的彗星上，自己则跨坐在亨德森的彗星上，紧紧抱住他的背包。两名NASA飞行员无视复杂的重心变化、两个人的重量以及乍起吹到高空中的冰粒疾风，以完美的编队飞行方式在空中划出一道弧线。走也心里充斥着感叹与安心，说不出话来。

亨德森说道："大概三十分钟前，你们的多功能建机来到避难所外边,隔着墙说明了你们俩的情况。真是对不住。没想到在发出避难通知之前,居然有人在环形山里。正想赶过来,又赶上太阳活动警报,只好瞄准月全食的空当过来实施营救。"

"你们难道不是瞄准了过来看好戏的吗?"

走也长叹一口气。亨德森报以欢快的笑声,但走也却怎么也笑不起来。

"我们俩差点就死在这儿了。要不是逃跑时机把握得好,恐怕早就连着宇航服一块儿烤焦了。你们为什么要做那么离谱的实验?"

"有人提出了一个关于ENG的有力假设,说是ENG会利用月面的元素增殖。增殖需要能量,但是永久阴影区的冻土能源潜力极低。热能、电荷、光、风,什么都没有。如果在那种地方都能增殖,给足光线的话,岂不就能观察到它们茁壮成长的样子吗?"

"那种实验不是已经在地球上利用样品做了好几百次吗?"

"这里有地球上无法复制的实验条件——六分之一的重力。在地球上的唯一一次增殖还是因为地震导致重力加速度发生变化时观测到的。"

走也倏地想起来确实如此。

亨德森继续讲道:"但是,把样品带到自由女神岛之后结果没有任何变化。这样一来,样品和环形山的ENG之间的差异就只剩一项,那就是一群ENG的绝对量。"

"所以,你们就给本家ENG喂足了饵料,是吗?真是的,你们美国人,就喜欢硬来。"

"二百五十年来可不都是这样走过来的吗?"

亨德森一本正经地开着玩笑。无奈,走也只能苦笑。

"真是一次惊险的意外,还好没有出现伤亡。话说,ENG会怎样——"

"快看那个!"

妙大喊一声。大家纷纷将视线转回斜坑附近。

随后,这一天最长的沉默开始了。

建设作业——只能用这个词来形容——开始了。数百根金色的柱子矗立起来,数百根金色的横梁相连其中。数千张网挂在柱子上,形成数千堵墙。无数的凉台、无数的屋脊、无数的尖塔目不暇接地不断出现。以光线的焦点——直径三十多米的区域作为奠基地点,如同巨船、如同堡垒,又如同大树树枝一般的东西正呈东西方向不断壮大。

正在这时,宛如微速摄影一般令人瞠目结舌的成长突然停下了脚步。四十张闪光卡片相继撤离雪原。加热试验中止,集光镜的焦点被转移开了。伊甸环形山短暂的白昼宣告结束。

留在原地的是高十五米、长轴长达五百米、浮于黑暗之中、壮丽却未完工的城堡——出自非人类之手的圣堂。

对眼前的景象一直梦寐以求的亨德森和哈丁静静地将火箭彗星悬停在上空,一句话都说不出来。

"……那不和我建的东西一模一样吗?……"

妙说出了当时现场的唯一一句话。

九、工程外附带设施的评价及新议题

　　管风琴的高音飘荡在教堂中,大门打开,两位新人现身。

　　坐在长椅上的宾客纷纷起立,送来波浪般的掌声。新娘穿着公主型婚纱,与身着绯红色晚礼服的新郎手挽手一步一步走过红地毯。

　　二人走到站在祭坛的牧师跟前,停下脚步。掌声慢慢退去,只剩下送风机微弱的声音,现场一片安静。牧师宣布婚礼开始。

　　奏唱圣歌。一名身穿绯红礼服的女孩坐在电子乐器面前指法优雅地演奏起三一二号圣歌。出席人员人手一本小册子,或结结巴巴,或驾轻就熟,演唱起赞美圣者、祈求恩泽的歌词。

　　接着,牧师开始念诵最初的祷告,对垂首的二人说道:"……创世记中,主说:'要生养众多,遍满地面,治理这地。'我们正是依照主的指示,管理着地上的一切。

"不仅如此，我们还入主了月球。主会不赞同吗？不，这是应该做的事。因为我们是遵照主的旨意而出生的产物，而我们之所以能来这里，也是上帝的旨意。

"但是，主也会教导我们并不是所有能做到的事都会得到嘉奖。身居王位者，必有相应义务。治地者必须遵守地上的章法，治天者则必须遵守天上的章法。

"要像爱惜地一样，爱惜天。二位能做到吧？等到那时就能生养众多、遍满月面、治理这天了。上帝一定会同意的——虽然可能会带着苦笑。"

这位牧师的说教有些不拘常规，出席人员主要是白种人，纷纷抿嘴一笑。

气氛一转进行严肃的祈祷之后，牧师开始了誓约仪式。

"那么，新郎八重波龙一先生，我问你，现在的你想和这位女士结婚并依照上帝的旨意结为夫妇。你是否愿意无论她生病或健康、贫穷或富裕、美貌或失色、顺利或失意，你都会去爱她、安慰她、尊敬她、保护她并在一生之中对她忠贞不二吗？"

"我愿意。"铿锵有力的回答。

"新娘，保泉玲花女士。现在的你想和这位男士结婚并依照上帝的旨意结为夫妇。你是否愿意无论他生病或健康、贫穷或富裕、美貌或失色、顺利或失意，你都会去爱他、安慰他、尊敬他、保护他并在一生之中对他忠贞不二吗？"

"我……愿……意……"

回答声断断续续，略显纤细。之后，是一阵呜咽。

牧师亚伦笑眯眯地说道:"作为婚姻信物,请交换戒指。"

身着绯红礼服的女孩从新娘手上接过手套和花束。夫妇二人接过戒指,牵起对方的手,轻轻地为对方戴上。

之后是接吻。没有面纱,新娘有些犹豫,新郎用力抱紧她,来了一个长吻。参加者要么侧过脸去、要么缩紧身子、要么吹口哨起哄。

"星路"出现后,月面起飞的成本急剧下降,为人类带来了无尽的希望,也为第六大陆带去了些许福利——大约七支夏娃火箭的剩余收益。金额刚好可以举办一场非盈利目的的内部人员婚礼,于是御鸟羽社长用来筹办了八重波的婚礼。

婚礼不仅邀请了第六大陆相关人员以及新人家人,还邀请了邻居——NASA自由女神岛的人以及决定重开昆仑基地的中国航天局的飞行员。

举办婚宴的第六大陆宴会厅交织着各个国家的各种语言。

"可找到你了,青峰。"

身穿连身衣的走也和身穿绯红色真丝裙的妙正结伴走着,一位神色温和的年轻人拨开人群来到二人面前。走也举起酒杯。

"好久不见,江。"

乘坐强化型弹道艇从昆仑基地过来的江进庆同样举起酒杯以示回应,还用日语对旁边的妙说了一句:"你好。"

"这儿太棒了,真羡慕你们啊。"

"你们那儿不也马上要增设西王母七号了吗?下次一定得去

拜访拜访。"

"可以啊,到时天天抓你干活儿。"

"干活儿?"

走也有些不解。江拍了拍他的肩膀,把脸凑过来。

"之前和你说过的氦-3开采作业将在明年启动。"

"真的吗?"

"嗯,国务院决定了。位于月球北半球的基地只有昆仑,我们可以尽情开采。"

"那太棒了……十年后,中国或许已经是世界第一的能源大国了。"

"不,我想至少也得二十年后吧。"

江装作一本正经地说道。走也不禁笑了出来,但当他看见另外一名高个子的中国人走上前来时,他收起了笑容。

"崔……"

站到走也跟前的崔鹏辉面无表情地低头看着走也,之后僵硬地伸出一只手。

"听说你们在发现星路时急中生智成功逃生。在那种情况下,还能坚持战斗到最后,换作我们职业飞行员都不见得能做到……太佩服你们了。"

走也重新展露出笑容,握住他的手。

"谢谢!你们也要加油。有什么事我能帮上忙的,请随时联系我。"

"你……"崔笑了笑,用力握紧走也的手。

"那就先说到这里吧。我们去多吃点东西,这里的食物实在太好吃了。"

说完后,二人便走开了。

"昆仑基地都是中华料理啊,也难怪。"妙自言自语地说道。走也不由得放声大笑。

一名身穿金色长裙、风头快要盖过新娘的女子和一名与之形成鲜明对比、身穿印花T恤搭配牛仔裤的男子走到跟前。妙瞪大眼睛,说道:"好漂亮的裙子。设计也很棒。"

"是自制的哦。"

卡罗琳从侍酒师御木本那儿轻盈地取过一杯香槟,凑到嘴边。此时的御木本正端着装满一打酒杯的托盘熟练地游走在宴会厅。

"自由女神岛哪来的裙子?只能自己动手剪裁剪裁隔热材料聚酰亚胺,感觉像是一颗人造卫星。"

"真是什么东西都能造啊……"

"如果你想要的话,我也可以给你做一件哦。三围多少,嗯?"

卡罗琳探过身子。眼看要被丰满的胸部压到,妙往后一退。

"我……我这样就好了……"

"好了,你们慢慢吃,食物还有很多。"

走也往厨房一指,不巧,竖眉瞪眼的柏原从厨房追出来怒吼一声:"喂,那个汤没有搅动,只有底部是热的!"服务员纪和司空见惯地回了一句:"好了好了,知道啦。"

走也失望地嘟囔道:"都已经办了十场婚宴了,那个人怎么就不能信任其他岗位的同事呢?"

"第十场了还这样,说明员工管理不力啊。不巧我们还有事要忙,先告辞啦。"

卡罗琳把酒杯往桌上一放,快步走开。"你要去哪儿?"走也叫住她。

"星路。我果然还是不喜欢这种浮躁的地方。而且,亨德森他们正在努力工作,而我却在游玩。"

兰巴赫苦笑着说道:"卡罗,你不是还有时间做裙子嘛,那个解释站不住脚啊。"

"要你多嘴,走啦!"

卡罗琳凶巴巴地说完后,大步流星地离开了。兰巴赫挠着头道歉:"不好意思,她其实很羡慕这里。"

"很荣幸。"

"我得去送她了……哦,对了。"

走到一半的兰巴赫停下脚步,回过头。

"感谢招待,请收下这个。"

"啊?"

兰巴赫将可穿戴电脑伸过来,笑而不语。走也用自己的电脑接收完传输的数据后,兰巴赫丢下一句"再见啦",便走了。妙探过头去看了看。

"是什么呢?"

"似乎是一份报告书。之后再看吧。"

二人慢悠悠地在宴会厅游走。除了第六大陆的相关人员之外,还有江和卡罗琳这种宇宙开发相关人员、疑似新娘友人的几名女子以及双方的父母。他们作为唯一的普通人，没有一丝紧张，反倒像在地球上一样气定神闲。轻盈的步伐，宛如雪洞灯一般圆圆的蜡烛火焰，无不穿插着他们的笑声。

所有人当中年纪最大的人此时正坐在墙边的椅子上，两手捧着红酒杯。二人走上前去。

"参堂部长，您累了吗？"

"不不，没事。才这点活动就累了的话，也太对不起社长以及将苹果号的座位让给我的桃园寺先生了。"

参堂露出温和的笑容。走也不由得想起留在地球的御鸟羽社长以及闪之助。

两个人都有资格来月球，但又以各自的理由拒绝了。在走也等人启程之前，已经坐上轮椅的闪之助这般说道："十二年前，我领着妙环游了全世界，现在已经有两个人代替我了，我自然也就没有必要再领着她。青峰君，妙就拜托给你了。"

"爷爷，这次反过来。我带您去月球吧。"

"说什么呢。别看我现在这样，只要我想走，多少步都没问题。"

说着就要从轮椅上站起来，身边的人见状赶忙将他按下去。

御鸟羽更干脆。他在会社内部征集想去的人，结果发现九成单身员工、六成已婚员工都对这份奖励垂涎三尺，于是便让大家抽签，最终爽快地将座位让给了北海道分社的一名女销售员。

走也对着代替闪之助的参堂说道："社长也太大方了。虽说将来赴月的费用会下降，但这次将机会让给别人，之后再自掏腰包前来实在是……"

"他估计不会来了。"

"是吗?"

"他想让年轻人接班。"

参堂摸了摸光溜溜的秃头,说道:"月球开发还是一项非常困难的工程。如果不让潜力无限的年轻人多多积累经验,就无法继续开拓创新。差不多快退休的老人还把机会占了,估计他心里过意不去吧。这么一说,我似乎也不该来……不过我呢,现在在用心脏起搏器。"

参堂指了指佩戴着翡翠色窄领带的胸口附近。

"有心脏病的老人都能平安往返,这事要是传开了,火箭的安全口碑一定能大大提高……于是我就作为一个试验品来这里了。"

"怎么会是试验品呢?"

"我认为这很有必要。因为在国外,豪华旅行都是老年人居多。"

参堂笨拙地眨了一下眼睛。

"也正因为如此,我才乖乖地坐在这里。好了,你们好好玩去吧。"

"……谢谢您!"

二人对着参堂鞠了一躬,从这名老科学家身旁走开。

会场正面,新娘从刚才开始就频频朝走也二人这边看。但在去新娘那儿之前,妙拉着走也来到另外一位老人的面前。老人身穿牧师服,正一脸严肃地用筷子夹奶酪。妙欢快地打了一声招呼:

"亚伦,您主持的婚礼很棒,谢谢!"

"哟,是小妙啊。你的圣歌演奏也很棒哦。"

"果然那身衣服比较搭。"

"是新郎的要求。新娘本来是想戴白色头纱的。"

"变来变去很麻烦吧?"

"也不会。无论采用哪个宗教的仪式,祝愿两位新人幸福的心情都是一样的。话说我也就只能主持日本人的婚礼吧。为了服务其他国家的人或是真正的信徒,等到下一次轮替,我回地球之后,请一定选派专业的牧师过来。"

"专业?……一般不都是专业的吗?只针对基督教的。"

妙一边笑一边点头。

"没错,目前我们还在寻找新教、穆斯林以及犹太教的祭司,分不同时期采用不同的宗教……但是,天主教还是想委托亚伦。"

"再过几年就想接待真正的天主教徒,我觉得非常难。因为梵蒂冈方面还未认同。"

"是吗……"

妙低下头,突然说道:"您说再过几年还很困难,也就意味着总有一天他们会认同?"

"我在罗马的朋友告诉我说,因为星路的出现,那边正闹得沸沸扬扬。"

"因为星路的出现?"

"没错,毕竟《圣经》里没写上帝还创造了外星人。"

亚伦兴味盎然地微笑着说道:"为了用天主教教义解释外星住民,大主教和红衣主教们绞尽了脑汁。不过,总有一天会解决的。毕竟教会连进化论都承认了。届时，人类住到月球上也就不再是问题。也只有到了那天，全世界十亿天主教徒信徒才会真正安心地造访这里。"

"那要花很多年，是吗？"

走也感到十分费解。亚伦缓缓地摇头。

"伽利略·伽利莱被逐出教会，三百五十年后驱逐令才解除……别着急，历史不会倒退的。"

说完后，亚伦抬起头，推了一把妙的背。

"好啦，麻烦事下次再说，快去新娘那儿吧。她从刚才开始就一直在等你们啦。"

"好的。"

二人离开亚伦后，朝着会场正面的桌子走去。

此时，裹着一身纯白婚纱的新娘正一脸快要哭了似的表情注视着二人。

妙走近后，玲花不安地大声说道："小姐……"

"玲花，恭喜你。"

"那个，我，看起来是不是有点奇怪。这么大年纪了还打扮得这么华丽，真是羞死了……"

"但是你心里应该很高兴吧？非常漂亮哦。"

妙递过一条手帕，玲花立刻把它揉得皱巴巴的。

新郎八重波的旁边站着另一个人——桃园寺辉一郎。走也举着酒杯走过来，一开口便先调侃新郎："恭喜恭喜。八重波社长，您该不会是想在这儿举行婚礼才加入第六大陆计划的吧?"

"乱讲。这个纯粹是天上掉下来的馅饼,我从来没想过居然能在这里办婚礼,作为证据,入户手续老早以前就办好了。唉,泰的墓也扫完了,现在不需要顾忌天底下的任何人了。"

向来精悍的他满脸通红,看来喝了不少酒。只见他将身子探过桌子,盯着走也。

"青峰君,本来可是应该由你坐在这边的。别一副事不关己高高挂起的样子。"

"啊?那个……嗯……"

走也含糊其辞,把目光投向妙。妙的眼睛微微泛红回视着走也。二人已经许下一个承诺。

正在这时,一个人突然从侧边杀出。

"可不是嘛。要是妙的婚礼的话,我这趟就来得值了。"

是辉一郎。他笑着扫了一眼妙和走也。

妙忍不住大叫:"爸爸,请不要横加干涉!这是我们两个人的事。"

"哟,只许你一味责怪我是吧?"

辉一郎淡定地回击。妙一直责怪他并让他为已故的妻子重新举办婚礼,他也一度答应了。但过了一阵后,妙又反悔了——她想先搞清楚母亲真正希望得到什么。

至少不是让辉一郎守着自己的墓度过余生吧。

"干预这种事情是父亲的特权。一直把工作忙作为借口是行不通的。八重波和我为了调整第二期工程一样很忙。"

"您父亲说得没错，小姐。"

连玲花都探出身子。

"一不小心时间就过去了！"

"还是玲花你这话有说服力啊。"

"啊，你们太过分啦。"

大家正笑得人仰马翻，突然侧脸打上了闪光灯的灯光。只见受邀记者洲本一边对着挂在脖子上的照相机按下快门，一边给肩上的摄像机调焦。

"啊，请大家保持别动！第六大陆的主角齐聚一堂，这会是一个很好的宣传哦。"

妙拉了拉走也的袖子窃窃私语："我现在不想宣传。"

"这样啊，好吧，那就……"

"主角是我，是我，往哪儿拍呢？"

八重波站起来挡在洲本面前，扭过头隔着肩膀朝二人使了个眼色。

"喂，快走！"

"是！"

于是一群人用暖暖的眼神目送着他们俩跑出了会场。

密闭环境维持栋的屋顶温室规模已扩大到可以栽种树木。二人跑到那儿后并坐在洋麻叶下，长舒了一口气。

妙脱去高跟鞋。走也心疼地问道："脚疼吗？"

"一点也不疼，因为体重没有产生重力，只是现在想光脚。"

"没穿正装实在是太明智了。要是穿正装的话,搞不好就被八重波抓去当替身了。"

"要是真被抓过去了,我也会陪着你的。"

二人相视一笑。之后,一起眺望着玻璃墙外的伊甸环形山。

靠太阳一侧的墙面和天花板用的是防辐射的铅化玻璃,其他玻璃则透明度要高许多。雪白耸立的外轮山对面,一个让人误以为是错觉的巨大构造物呈现在眼前。

那是一条越过环形山的西墙向远处延伸的金色宽大坡道。坡道的另一头远在九十千米之外,根本瞧不见,但远望过去,有如芥子种子大小的物体正在桥上不停滑动。

那就是星路。

第六大陆开业半年前,现在倒推回去也就是一年前,ENG集合构造体被发现。经过彻底调查,人们终于揭开了其功能的神秘面纱。原来吸收阳光后反应活跃的ENG正试图建造一架由支承基础、桥墩、桥梁组成的桥状物体。对桥的表面进行一番调查之后,人们发现几万个大小只有几厘米的线圈状小构造沿着长轴方向规则地排列在一起。

人类的宇宙建筑专家们得知之后纷纷愕然——这分明是一种驱动放置于表面的带磁物质朝长轴方向加速的结构。而且,桥状物体面向的是西侧也就是月球的公转方向。

质量投射器。

有了它之后,即便没有推进剂也可以将月表的物体运送到太空中。事到如今已经再明显不过,ENG就是为了在月球上建造质量投射器而播散的种子。

　　查明它的功能之后，人类开始试图建完甚至操纵它运转。但是，这种想法遭到了强烈的反对。连它的施工者和生长原理都没弄清楚就贸然动手，无异于让猴子发射核导弹。

　　和发现ENG电波时不同，全世界的人们都被卷入了这场激辩当中。这也难怪，毕竟稍有差池，质量投射器就可能化身恐怖武器，炮轰地球。

　　但经过多次慎重的议论，反对意见一点一点地消失了。

　　ENG靠吸收光和热能生长，仅在六分之一的重力下活动。后面通过实验发现，其运转条件并不限于六分之一重力，百分之一重力左右的低重力环境也符合要求，但零重力不行，三分之一重力以上的环境也不行。

　　据此可推断，为了保证顺利运转，ENG只会生长在与大型的小行星有同等体积的天体上。

　　于是，有人推测，施工者既然能造出ENG这种物体，自然也能造出在地球上运转的类似物体。另外，以ENG的能量转换能力，完全可以吸收地球上的阳光不断生长，随心所欲地改变地球环境。

　　但地球上却不存在ENG。施工者只在月球播下了ENG。

　　如果他们怀有恶意或者有利用地球的想法，早就得逞了，但他们就是没有对地球下手。

　　其实，他们不是不利用，而是没有那个必要。

　　他们的想法也成为一个疑问。ENG没有选择月球的日照地带，而是选择了让其在能量极其短缺的永久阴影区环形山内生长发育。也就是说，水不可或缺。

明明需要水，却没有选择水资源丰富的地球，只有一种解释，那就是他们刻意避开了可能存在生命的环境。南部天空传来的电波也佐证了这一点——他们故意选择了无法进入大气圈内的周波数。地球上是否存在氧气，光谱探测一测便知，只不过他们不想让地球生物收听到而已。

大多数人认为，这是对地球的保护。施工者为了不打扰地球生物，礼貌地选择了在月球播撒种子。

品格高尚的施工者彬彬有礼地隐忍在月球，而人类却肆意使用他们的设施，如此无礼的行为恐怕会遭到报复——这种意见已经成为少数派。根据泛宇宙常识，生物的本性就是能吃则吃。只有智慧生命体才能做到能吃却不吃。人们选择相信施工者的理性。

第六大陆开业前夕，自由女神岛方面慎重地操作集光镜，为整个架在永久阴影区内的桥状构造体输送了半年前试验百分之一的日照。ENG再次开始成长。算上中途夹杂的调查活动，前前后后忙活了一个月左右，星路终于宣告完工。

那是一条始于环形山内，全长达九万米的宽大投射轨道。前端出了永久阴影区之后，自力更生地延伸，但总长度达到九万米之后，突然停止了生长。不出所料，紧接着桥的表面构造开始有电流流动。人们试着将安装了磁铁的集装箱放在轨道上，结果集装箱获得了3G加速度，完美地以秒速二点三八千米的月球逃逸速度投射到了行星际太空中。

ENG只有这种功能，其他功能一概没有，虽然它在吸收太阳光之后完全可以为所欲为。无论施工者是何方神圣，ENG就是ENG，只是一个工具，除此之外什么都不是。

第六大陆和自由女神岛联合将其取名为星路，之后开始充分利用起这个从天而降的便利工具。与此同时，人们也没有停止讨论施工者究竟为什么要建造星路。

有两点非常明确。

一是施工者并没有超未来的科技——如果有的话，不需要建造质量投射器也可以逃脱天体的重力圈。

二是施工者此前并没有来过月球——如果来过的话，星路理应早已完工。

换句话说，他们还没有来。

他们一定盘算着今后要来月球，但又能力有限，于是只好在抵达之前先在目的地建造星路。

了解恒星际航行的人对这些非常熟悉。因为人类往别的行星系派遣探险队时就是用的这种套路。

质量投射器的加速度一般为3G。他们若打算乘坐质量投射器，说明身体强度与人类相近。如果身体比人类强壮，理应会制造长度更短且加速度更高的质量投射器；反之，如果身体比人类柔弱，则会制造长度更长的质量投射器。

思维与身体均与人类相近的智慧生命体。他们会来见人类吗？推测千千万万，但始终没有一个定论。

另外，人类还提前了许久建成星路。没人知道是吉是凶。

大家都认为没人知道。直到今天。

走也突然直起身子,依偎着他肩膀席地而坐的妙险些摔倒。一看,原来他并没有在眺望环形山的景色,而是在紧盯着可穿戴电脑。

"发生什么事啦?"

"怎么可能……那么快……"

"什么东西?"

"啊,没什么……我正在读刚才兰巴赫传过来的报告书,卡罗手下那位。"

"什么内容啊?"

"ENG和施工者的通信记录。星路被发现后,二者进行了多次通信。"

"能解读出来吗?"

妙猛地将头探过来。走也苦笑着将她的脑袋摁回去。

"还不行。但是,从他们互相通信的频率及间隔可以推测出他们是在进行问答。从发出信息到收到回复的时间也算出来了。"

"这样一来……岂不是可以算出与施工者之间的距离?"

"没错。现在的距离大约是五千兆米,也就是零点五光年,太阳系的五百倍大。至今为止他们的行进速度是光速的一百六十分之一,预计抵达时间与星路原计划竣工时间也就是八十年后正好一致……没想到人类提前竣工了。"

走也意味深长地笑了笑。

"这份报告书上说,最新接收到的电波出现了多普勒效应。"

"多普勒效应?"

"把它比作救护车的警报声你能理解吧?救护车驶过来的时候,声音会越来越高。就是那种感觉。"

"你是说施工者发来的电波有这种效应?"

"是的。施工者加速了。他们正在以光速三十分之一的速度航行。"

"三十分之一……也就是说十五年后抵达月球?!"

"中途减速的话可能还会久一点,不过肯定会在你我还在世的时候抵达。"

走也开玩笑似的说道。

"他们加速的理由只有一个,那就是星路建成使得他们将航行日程提前了。"

妙瞪大双眼。

"那……他们肯定知道起降设施已经建好了。"

"不止如此,他们估计也注意到我们的存在了。"

"怎么可能!我们吭都没吭一声。"

"我可不是空口无凭。你想想他们为什么现在过来——不,应该是他们为什么挑'现在'过来?"

面对走也的提问,妙断断续续地回答道:"因为我们在这儿……为了见我们?"

走也重重地点了一下头。

"如果他们的目标仅仅只是资源的话,根本没有必要着急。

他们是为了赶过来和我们见面。"

地球上的一部分人也持这样的主张。

ENG仅靠月球地热和宇宙射线成长的话,预计八十年后可建成星路。施工者应该是参照预计抵达时间才设置了这个时间点。反过来可以推算出,ENG的种子是一百五十年前被播撒到伊甸环形山内的。前后二百三十多年的时间正好与地球史四十六亿年中的现在重合,不得不说是一种必然。

他们知道人类的存在。

只不过无法得知他们是否想见我们,是否想与我们对话。他们说的话人类听不懂;人类说的话,他们也无法回答。人们预测,双方的接触将会像水槽中的鱼向主人打招呼一般困难重重。

走也深知这一点。和他人交往难在见面之后,而不是见面之前。

"他们要来我们这儿……那样的话,必须尽快做好欢迎的准备才行啊。"

妙一脸愁容。

"我觉得和平地欢迎他们就好……但是肯定会有人主张制造武器迎击他们。托星路的福,我们现在也确实能够做到。"

"小妙你怎么看?你觉得他们危险吗?"

"我……"

妙略微思考了一下,低下头。

"老实说,我有点害怕。至少得做好防身的准备……"

"因为小小的擦肩而过导致关系彻底恶化的经历,你有过吗?"

妙羞愧得满脸通红。何止没有，长达二十年间都是和父亲保持那种关系，和走也之间的关系也险些重蹈覆辙。

走也温柔地抚摸着她的头。

"放心，不用害怕。星路提早建成使得他们认识到人类的力强也不可小觑。明知星路可能已经被我们占领，他们还不减速，反而是加速赶来。这不是他们善意的表现，又是什么呢？"

"……他们会信任我们吗？毕竟一次都没见过。"

"即便没见过也能理解，就像我们也理解他们一样。喏，你看看星路。他们有那么强大的力量，开战之前完全可以轻易制服我们，只要用它盖住地球就好了。可是，他们却只把力量用于创造，而不是破坏……对方非常值得尊敬哦。"

"走也……"

妙两眼放光抬头看着走也。

"你一直相信我们和他们能友好相处对吗？"

"当然，只不过需要努力。话说回来，无论和谁交往都一样，不努力就难以维系感情。相遇、对话、产生误解、消除误解……不需要多久就能变得亲密无间。从素未谋面的陌生人变成相识的人，再变成朋友，最后——"

"变成恋人。"

妙低声接了一句，脸上洋溢着幸福的笑容。

"还有结婚，人类和他们的婚礼放在这里再合适不过了。"

走也先是眼睛睁得溜圆，随即大笑。与此同时，紧紧抱住妙的肩膀。

"是啊,你正是为了这个目的才建造的第六大陆。第六大陆会成为一个崭新的世界,许许多多的人将在这里喜结良缘,从这里开始新的旅程。"

"没错,新大陆。"

"干脆那会儿一起办了吧?我们的——"

话还没说完,妙拧了一把走也的膝盖。

"不是说好了吗?二期工程开工,你进驻这里之后就办!我可不是玲花,等不了十五年!"

"我错了。我也等不了那么久。要不先忍一忍,咱们到时候办一个月球头号居民的婚礼?"

"还是……就现在?"

妙调皮地抬头看着走也。走也惊得目瞪口呆,随即微笑着抱紧妙,一起倒在了柔软的蕨草上。

二人的孩子、孙子将在这里出生,和素未谋面的人相遇,一起前往下一个崭新的大陆——实现这些还需要一点时间。

但是,那天一定会到来,就像二人迎来今天一样。

"第六大陆"沿革

在丑陋的社会当中，人往往容易失去希望，走上享乐的道路。然而，人们心中对"更高"和"更远"的朴素追求驱使人类思考、挑战。人类也有着克服种种障碍和困难的历史，这是优秀的个人智慧或者胸怀共同理想的人类集体一起努力的结果，对此，本书希望各位读者加以学习。

这不是本书的主题，而是加古里子氏出版于一九七八年的绘本——《宇宙——穿越时空去遨游》（福音馆书店）后记中的一句话。

《宇宙——穿越时空去遨游》这本书从一只跳蚤的插图开始。昆虫跳蚤，体长两毫米的它可以跳四十厘米高。下一页是蝗虫、蜻蜓和独角仙。再下一页是兔子、高角羚和人。

越来越大、越来越快、走得越来越远的东西相继登场，从第十三页开始出现交通工具。第二十页是各国高山的高度对比。第二十六页是各类武器的飞行距离。第三十四页是置于精确比例尺下的地球和月球。

翻阅完最后的六十页后，就到了一百五十亿光年之后的宇宙尽头。

至今为止，我从未见过一本书能如此巧妙地将地面和天空连在一起。另外，该书还以手绘的形式细致入微地画出了多达几百种生物、机械、建筑甚至电波望远镜等等，细节描写也很棒。

本人实在不敢大言不惭教导各位读者学习，只不过想写一本像这本绘本一样的书，让天地万物铺展于手中。不知《第六大陆》是否能成为这样一本书。

执笔本书的过程中，本人得到了许多朋友的帮助。

宇宙建筑专家松本信二老师，爽快地答应了本人不请自来的采访。"宇宙军"[①]的白土晴一先生促成了本人与松本老师的会面，"科幻圣诞"的专家小组讨论则为本书奠定了基础。当时有幸见到的插画家幸村诚先生，如同接受了同样训练的飞行员一般很好地理解了作画要求。水城徹先生，在俄罗斯宇航服方面提供了很多建议。宇宙作家俱乐部的松浦晋也先生查找出了原稿中的错误，使本人大为安心。作家野尻抱介先生迅速地回复了本人唐突打去的电话。编辑盐泽先生对文

[①]译注："宇宙军"是日本著名科幻作家野田昌宏的科幻粉丝团体，成立于1977年。"科幻圣诞"（SF Christmas）为该团体定期举办的科幻大会。

稿进行了准确的校正。

执笔匆忙，衷心感谢各位的帮助。

本书内容如有错误，纯属小川的责任。但是，作品的力量绝非小川一人所有。

是的……正是热爱宇宙的各位读者鼓励本人写下了这本书。

"第六大陆"的意义及展望

……(略)未来并不唯一。我们可以选择自己的未来……这就是我从科幻世界中收到的信息。

——荻尾望都《未来并不唯一》

看不见未来。

近年来经常听到这句话。尤其是人类跨入新世纪之后,这种感觉尤其强烈。

手机和互联网的普及、两足步行机器人的开发等等科技的变革日新月异,但其最前端的全像——未来——却越来越难以把握。在曾被视为光辉未来象征的宇宙开发领域,这种倾向尤为明显。二〇〇三年春天发生的航天飞机的惨痛事故似乎在每个人的心中植入了深深的无力感。

看不见未来。

但是笔者认为这句话应该有更正确的表达方式,即在现代社会中,科学技术、社会形势、经济等等一切都在不断更新,未来不管看得见还是看不见都将降临,而我们只是厌倦了人类在世纪交替之后仍不思改过的愚行,暂时迷失了未来的方向。

那么——怎样做才能看见未来呢?

如果你心中已经浮现出了这个疑问,请务必读完手中的这本小说。本书《第六大陆》会是一个强大的罗盘,为你的问题指出一条明路。

……话题好像跑得太远了。鉴于小川一水是第一次为本文库执笔,所以还是从他的经历开始讲起吧。

小川一水,一九七五年生。高中时以河出智纪为笔名完成的中篇小说《小星星》入围集英社JUMP小说·纪实文学大奖佳作,并登载于《Jump Novel》第六刊。一九九四年正式出道。一九九六年,凭借《先通知白杨宫殿》获得该大奖。之后,以河出智纪为笔名发表两本著作。从一九九八年发表的《地球卫士》开始,变更为现在的笔名小川一水。

小川的名字真正受到科幻读者关注是从一九九九年发表的《这里是邮政省特配科》以及次年发表的《伊卡洛斯的生日》开始的。前者以邮政省虚构的岗位为舞台,只要是能贴邮票的东西,不论是一栋房屋还是一匹赛马,都必须迅速而准确地配送到位,是一部与众不同的近未来科幻作品。后者描写了拥有飞行能力的人种挣脱普通人类的镇压飞向天空的故事，是一部进化主题的作品。

小川在《SF杂志》二〇〇三年八月刊与幸村诚的对话中这样说道："此前在写《地球卫士》及《阿玛利亚大道的故事》时，还不知道自己到底想写什么。"反过来可以说，正是《这里是邮政省特配科》及《伊卡洛斯的生日》将他作家的天赋真正挖掘了出来。事实上，两部作品充斥着后期小川作品的所有主旋律因素——对最尖端科技的关注、缜密的细节描写、现场处理专家的气质、对宇宙的强烈憧憬、组织（或社会）与个人的纠葛、高雅的幽默感等等。在那之后，小川便开始分开写两种风格的小说，一是将《这里是邮政省特配科》一脉相承的专家作为主人公的作品；二是描写人类志在进军宇宙的作品，此类作品极易让人联想到《伊卡洛斯的生日》。二〇〇二年发表的《群青神殿》是一部以深海为舞台的作品，该书风格属于前者，各方面都受到了非常高的评价，虽然很可惜没能获奖，但还是被推荐为第三十四届星云奖（日本长篇部门）的参考候补作品。

然后是二〇〇三年。

小川一水有着专家的气质和对宇宙的憧憬。

他完成了一部至今为止截然不同的两种创作风格融会贯通的作品。这部作品将作为小川科幻的代表作被人们永世铭记。它就是本书《第六大陆》。

《第六大陆》的故事内容很单纯。二十多年后的近未来，人类前往月球建造一个设施。仅此而已。

前往月球！

哎呀，如果在半世纪前暂且不论，这都二十一世纪了，还在写以奔月为主题的科幻小说？想想阿波罗号都已经登过月了，这哪里是近未来，简直是半过去的主题。也许会有读者纳闷，小川的尝试，引用《圣经》里一句著名的比喻来说，不就是旧皮囊盛新酒吗？别着急，本书中倾注的创意将彻底打消那些疑虑。

第一个创意，进军月球的不是美国宇航局（NASA），也不是日本宇宙航空开发研究机构（JAXA），而是日本一家纯民营企业。书中提到，之所以阿波罗号等宇宙开发项目均由国家主导，一是因为地月往返无法实现商业盈利，二是因为火箭技术是在东西冷战时押上国家威信成长起来的，国家机密的森严壁垒无法破除。本书描写的未来社会在这一点上没有任何变化。

但是，小川以此为背景，大胆地让默默无名的民间技术员、公司职员们飞向了远在三十八万千米之外的天体。在那里，国家事业性质的宇宙开发项目不存在的问题接二连三地派生出来。技术性的突破自不必多说，可投资的资金有限、作为商业设施必须维护企业形象、必须理清与月球相关国际条约之间的法律关系……以后无来者的气势彻底追求多面模拟构成了《第六大陆》的一大主干。精通成本管理的监查部员粉墨登场、法庭还能成为故事舞台的宇宙小说，笔者孤陋寡闻，除本书之外，别无他家。尽管如此，本书绝对不是枯燥无味的小说。小说虽然以正面对决作为基础，但也在重要的地方穿插着诸如预算一千五百亿日元大项目领军人物的真面目、意外的设施用途等等积极向上但却出乎读者预料的情节。妙在这些地方的表现值得读者好好玩味。

第二个创意,《第六大陆》在验证"如何去月球"的手段问题时,也没忘记追寻"为什么要去月球"的动机问题。毋庸赘述,被大气包围的1G重力加速度环境下进化成长的人类面对六分之一重力的真空月面,生理上必然无法适应。投身如此严酷的世界,风险高得惊人,甚至一定会有人因此丧生。尽管如此,人类却依旧志在进军月球——甚至比月球更加严酷的宇宙。这是为什么呢?

事实上,对于这个问题,《第六大陆》给出的答案五花八门。单纯想去宇宙的人有之,为了履行承接项目的责任而去的人有之,出于个人原因推动项目的人有之。书中还会有反对进军宇宙的势力登场,不过,他们并不是各类科幻作品中经常出现的狂热宗教团体,而是持有正当科学依据的人,这点请大家务必留意。小川在此处也进行了彻底模拟。足见他并没有丧失公平的立场,而是不戴有色眼镜地去探讨所有可能性。

话说回来,本书真正的厉害之处是将两个创意变得牢不可分,并在此基础上进行构思。前者是广义上的技术问题,后者则可还原为心情或者伦理的问题。就像宇宙开发、核武器,或是最近几年的克隆技术所揭示的那样,人类即便被现实告知行不通,也不会停止对其日思夜想。反之,技术上可行的话,即便违背伦理也会在所不惜进行尝试。

技术和人。

二者的关系如同复杂的嵌套结构,根本无法明确划分。因为人类一旦掌握技术,问题就会从那个瞬间开始源源不断地出现,它们之间的关系相信今后也会被人一直提起。《第六大陆》的舞台设置为地月之间，作为宇宙科幻小说来说，可以说是最小的空间。但是本书的洞察力却非常宽广且极具深度，甚至覆盖到了几万光年之后。小川在用旧皮囊装新酒的同时，还顺便换了一个皮囊。

《第六大陆》作为小说的魅力，我认为体现在有趣的群像描写上。技术员围绕月面开发燃烧的热血、率领一干人等的经营者们抱有的苦恼和决断、少女的家庭和成长的肥皂剧、志趣相同者一起梦想宇宙的友情、爱情……基本上该有的都有了。在前文提及的缜密创意的衬托下，故事充满了压倒性的重量感，但若要说起激活登场人物并让我们读者产生共鸣的力量，绝不是创意本身，即便确实有它一份功劳。

有时宁愿伤害自己，宁愿脱离人道，也要追求技术上的可能性。这就是人类。不过，人类也同样确信或是祈祷自己正在朝更好的未来一点一点地前进。《第六大陆》的故事就这样在二者之间左右摇摆，朝着结局发展。

其深层中暗含了一句话：最重要的是要思考各种未来的可能性，我们要深信不疑，并用自己的力量去赢得它。

无论是怎样的未来，只要是用自己的双手创造的产物，只要是用自己的双手争取的东西，就值得骄傲。

也许这个总结听起来极其理所当然，但如此理所当然的事在被充分的说服力描写出来之后，读者的心灵将会受到多大的震撼呢？本书会给出答案。

理所当然却又震撼人心。那不就是思考未来、相信未来、偶尔用宇宙开发或者两足步行机器人推动现实的科幻小说这种文学体裁更加健康也更加美好的精神吗？

未来在我们手上！——这个科幻从过去宣扬至今的志向，鲜明地响彻在本书的字里行间。

DAIROKU TAIRIKU Volume No.
© 2003 Issui Ogawa
This book is published by arrangement with Hayakawa Publishing Corporation
Simplified Chinese edition copyright © 2016 NEW STAR PRESS
All rights reserved.

图书在版编目（CIP）数据

第六大陆：全2册／（日）小川一水著；曹京柱译．—北京：新星出版社，2016.7
ISBN 978-7-5133-2147-1

Ⅰ.①第… Ⅱ.①小… ②曹… Ⅲ.①科学幻想小说－日本－现代 Ⅳ.①I313.45

中国版本图书馆 CIP 数据核字（2016）第 100329 号

幻象文库

第六大陆（下）

（日）小川一水 著；曹京柱 译

策划编辑：贾 骥
统筹编辑：丁诗颖
责任编辑：陶凌寅
责任印制：李珊珊
封面设计：园 里
封面插画：徐寅良

出版发行：新星出版社
出 版 人：谢 刚
社　　址：北京市西城区车公庄大街丙3号楼　　100044
网　　址：www.newstarpress.com
电　　话：010-88310888
传　　真：010-65270449
法律顾问：北京市大成律师事务所

读者服务：010-88310811　service@newstarpress.com
邮购地址：北京市西城区车公庄大街丙3号楼　　100044

印　　刷：三河市兴达印务有限公司
开　　本：910mm×1230mm　　1/32
印　　张：17.625
字　　数：240千字
版　　次：2016年7月第一版　　2016年7月第一次印刷
书　　号：ISBN 978-7-5133-2147-1
定　　价：65.00元（全2册）

版权专有，侵权必究；如有质量问题，请与印刷厂联系调换。